Um Amor de inverno

CB064564

Carrie Elks

Um Amor de inverno

As Irmãs Shakespeare
LIVRO 2

Tradução
Andréia Barboza

6ª edição
Rio de Janeiro-RJ / São Paulo-SP, 2022

VERUS EDITORA

Editora
Raïssa Castro

Coordenadora editorial
Ana Paula Gomes

Copidesque
Lígia Alves

Revisão
Raquel de Sena Rodrigues Tersi

Capa e projeto gráfico
André S. Tavares da Silva

Imagens da capa
Pexels | Pixabay (paisagem)
Kamal Bilal | Unsplash (mulher)

Diagramação
Juliana Brandt

Título original
A Winter's Tale
The Shakespeare Sisters, book 2

ISBN: 978-85-7686-754-8

Copyright © Carrie Elks, 2018
Publicado originalmente na Grã-Bretanha, em 2017, pela Piatkus.
Edição publicada mediante acordo com Bookcase Literary Agency.

Tradução © Verus Editora, 2019

Direitos reservados em língua portuguesa, no Brasil, por Verus Editora. Nenhuma parte desta obra pode ser reproduzida ou transmitida por qualquer forma e/ou quaisquer meios (eletrônico ou mecânico, incluindo fotocópia e gravação) ou arquivada em qualquer sistema ou banco de dados sem permissão escrita da editora.

Verus Editora Ltda.
Rua Argentina, 171, 3º andar, São Cristóvão, Rio de Janeiro/RJ, 20921-380
www.veruseditora.com.br

CIP-BRASIL. CATALOGAÇÃO NA FONTE
SINDICATO NACIONAL DOS EDITORES DE LIVROS, RJ

E42a	
Elks, Carrie	
Um amor de inverno / Carrie Elks; [tradução Andréia Barboza]. – 6. ed. – Rio de Janeiro [RJ]: Verus, 2022.	
; 23 cm. (As Irmãs Shakespeare; 2)	
Tradução de: A Winter's Tale	
ISBN 978-85-7686-754-8	
1. Romance inglês. I. Barboza, Andréia. II. Título. III. Série.	
18-54312	CDD: 823
	CDU: 82-31(410.1)

Vanessa Mafra Xavier Salgado – Bibliotecária – CRB-7/6644

Revisado conforme o novo acordo ortográfico.

Seja um leitor preferencial Record.
Cadastre-se no site www.record.com.br e receba
informações sobre nossos lançamentos e nossas promoções.

Atendimento e venda direta ao leitor:
sac@record.com.br

1

Não tenho obrigação de ser amável no que te responder.
—*O mercador de Veneza*

— Kitty Shakespeare — ele disse olhando para ela, seus lábios se curvando em um sorriso. — Esse nome não é comum. De onde vem? — Drake Montgomery era o assistente executivo do famoso produtor de cinema Everett Klein. Ele equilibrava o currículo dela no colo como um guardanapo em um restaurante. As pernas compridas estavam cruzadas diante de si, os cotovelos, apoiados nos braços da cadeira. Ao lado dele havia uma bela mulher, que se apresentara como Lola, sem dar nenhuma pista sobre seu cargo ou motivo para estar lá. Do outro lado estava a assistente do sr. Klein, Sheryl. Mais velha, com óculos que deslizavam continuamente pelo nariz, levando a uma constante batalha com o dedo. Ela os empurrava para cima e os óculos deslizavam para baixo. Era quase hipnótico assistir.

Respirando fundo, Kitty olhou ao redor da sala. Como todas as outras nas quais fora entrevistada, também era terrível e impessoal. Muito tempo antes ela abandonara a esperança de ser recebida no escritório do produtor, onde não havia dúvidas de que as paredes estavam repletas de cartazes de filmes e fotografias de atores, e as prateleiras, abarrotadas de prêmios constantemente espanados. Uma simples estagiária — nem estagiária; apenas uma aspirante — não merecia entrar no santuário e, certamente, não seria apresentada ao produtor em pessoa. O que, no caso de Everett Klein, parecia mais uma bênção do que qualquer outra coisa. Um dos melhores produtores de Hollywood, o homem tinha uma reputação que despertava terror em todos que entravam em contato com ele. O cara era um ícone e tinha um temperamento que combinava.

Claro que todo mundo queria trabalhar para ele. Um estágio na Klein Produções seria como conseguir uma estrela na Calçada da Fama de Hollywood. De acordo com seu orientador na UCLA, até mesmo Deus parava de falar sempre que Everett Klein abria a boca.

A cada segundo que se passava, ela sentia seu ritmo cardíaco aumentar. Odiava entrevistas. Detestava falar sobre si mesma. Toda vez que abria a boca, sentia o rosto esquentar até se parecer com um morango maduro. Não era de admirar que ainda não tivesse conseguido um estágio.

Drake ergueu o currículo dela na altura dos olhos, franzindo a testa, como se fosse a primeira vez que estivesse lendo os detalhes. Em seguida, colocou o papel de volta na mesa, dobrando as mãos com as unhas muito bem-feitas no colo. Seus olhos a observaram, analisando-a. Estaria ele olhando suas unhas roídas? Ela conscientemente se ajeitou na cadeira, tentando esconder as mãos sob o corpo enquanto mantinha o sorriso cordial nos lábios.

— Kitty é o nome que a minha irmã mais velha me deu quando nasci. Ela disse que eu parecia tão fofa enrolada num cobertor que achou que eu fosse um gatinho. O nome pegou. — Ela olhou para ver se ele acreditava. Era uma meia verdade, afinal. A verdade nua e crua era muito menos emotiva.

De acordo com a tradição familiar, foi Lucy, a mais velha das três irmãs, quem lhe dera o nome; o resto era invenção. Na verdade, sua mãe voltou da maternidade, com Kitty recém-nascida nos braços, e disse às meninas que tinha um presente para elas.

— Um bebê? — Lucy dissera, com evidente aversão. Ela já tinha duas irmãs. Por que precisaria de mais uma? — Eu preferia ganhar um KitKat.

Pois é, Kitty não planejava dividir aquela informação com o perfeitamente penteado Drake Montgomery.

— E você é britânica? — ele perguntou, como se o sotaque e o lugar de nascimento em seu currículo não fossem suficientes para convencê-lo.

Ela podia sentir as gotas de suor que se espalhavam em sua testa. Por que seu pé não parava de bater? Ela realmente precisava se concentrar.

— Exato. Nasci em Londres. Mudei para cá no ano passado para fazer um curso de pós-graduação em cinema. — Ela se sentia autoconsciente de novo. Engoliu em seco, embora sua boca parecesse tão seca quanto o deserto. Todos eram intensos demais enquanto a encaravam. Sentia-se mais um objeto do que uma entrevistada.

— E antes disso você trabalhou com crianças? — Ele estremeceu, mostrando os dentes perfeitamente brancos.

— Sim, eu fui babá por alguns anos. — Ela assentiu vigorosamente. Estava tentando compensar demais? Definitivamente, estava quase hiperventilando. — Depois que terminei a graduação, não tinha certeza do que queria fazer, então consegui um emprego com um casal americano que vivia em Londres.

Ao contrário da maioria dos colegas na UCLA, ela não entrou logo na graduação. Não podia entrar, para começar. Passou dois anos guardando dinheiro para pagar o ano aqui.

— Deve ter sido interessante. — Sheryl, a outra assistente, ofereceu um leve sorriso. — Imagino que seja mais ou menos como procurar atores talentosos.

— Só que as crianças fazem menos birra — Lola se juntou a eles com uma voz inexpressiva.

— Bem, sim. — Drake limpou a garganta e então mudou rápido de assunto, como se o assunto "crianças" pudesse ser contagioso. — O que te fez decidir se mudar pra cá para estudar?

Kitty pegou o copo de água que Sheryl gentilmente colocara na mesa de frente para ela, levando-o até os lábios para umedecê-los. Sentia o coração batendo forte enquanto tentava se lembrar das palavras que ensaiara repetidamente no espelho. Como era possível explicar a maneira como os filmes a salvaram quando criança? O jeito como ela imergia na tela de prata, se vendo confortada por estranhos, fingindo ser outra pessoa. A maneira como sonhara ter o tipo de família de Hollywood que só existia em contos de fadas.

Ela tomou um gole de água, observando o olhar cheio de expectativa de Drake quando colocou o copo sobre a mesa.

— Eu sempre quis trabalhar com filmes — disse em voz baixa. — Desde muito nova, era fascinada por eles. Não só pelas histórias, mas pelo jeito como são feitas também. — Ela sorriu. — Eu quero transportar as pessoas para outro mundo, tirar suas preocupações por uma hora ou duas. Quero inspirar e entreter, e fazer as pessoas saírem do cinema querendo mais.

Isso pareceu muito melhor quando dito na frente do espelho. Para começar, sua voz não tinha soado vacilante. E ela também não estava se retorcendo em uma cadeira de plástico duro.

Lola verificou o telefone e então sussurrou rapidamente na orelha de Drake, com a voz baixa demais para distinguir suas palavras. Os olhos do homem se arregalaram.

— Avise que estou ocupado — ele sussurrou de volta. Ele pegou seu próprio aparelho, engolindo com dificuldade enquanto lia a tela. Então apertou o botão na lateral que colocava o celular no silencioso. A moça deu de ombros e digitou uma mensagem no próprio telefone, sem se preocupar em olhar para cima.

As mãos de Kitty começaram a tremer. Em quantas entrevistas como essa já estivera? Já perdera a conta. As cartas de rejeição se acumulavam na mesa do apartamento que compartilhava com outras três garotas em Melrose, e essas vinham daqueles que se preocupavam em responder. Esta aqui parecia ainda pior — era como se eles tivessem esquecido que ela estava presente. As gotas de suor que se agarravam à raiz do cabelo finalmente começaram a deslizar pelo rosto quente.

Uma vibração cortou o silêncio carregado da sala. Drake verificou a tela do telefone de novo, estremecendo ao ver quem ligava.

— Merda — sussurrou, claramente não querendo ser ouvido. — Agora ela está me ligando.

Limpando a garganta, ele olhou para Kitty.

— Eu preciso atender — disse, deslizando o polegar sobre a tela e levando o celular à orelha. — Drake Montgomery. — Ele fez uma pausa enquanto ouvia a pessoa no outro lado da linha. — Não, o sr. Klein está no set hoje. Ele não pode ser incomodado. Deixou instruções estritas para que não encaminhássemos nenhuma ligação. — Outra pausa enquanto ele estremecia de novo. A pessoa do outro lado da linha claramente não estava satisfeita com a desculpa. — Eu entendo, sra. Klein, de verdade. Deve ser horrível. Mas, ainda assim, eu não posso levar o meu telefone para ele.

O grito que resultou da sua recusa ecoou pela sala. Drake afastou o aparelho da orelha e seu rosto se transformou em uma imagem de pânico.

— Você tem ideia de como é difícil conseguir uma babá por aqui? — a voz feminina se fez ouvir. — Eu preciso que o Everett peça alguns favores. Coloque-o no telefone agora, antes que eu perca a cabeça, Drake. É caso de vida ou morte.

Lola soltou uma risadinha, e Drake a encarou com os olhos arregalados.

— Só um instante, sra. Klein. Estou em uma reunião. Me deixe ir lá para fora. — Ele se levantou e cobriu a boca. Kitty não se atreveu a olhar para ele, pois estava com muito medo de rir também.

— Desculpe, eu tenho que ir, mas acho que temos o suficiente para tomar uma decisão — Drake se despediu. — A Sheryl vai te acompanhar até lá fora. Obrigado pelo seu tempo. — Com isso, fechou a porta atrás de si, deixando-a de boca aberta, olhando para as duas mulheres que estavam na sala.

Uma olhada no relógio indicou que ela estava ali fazia menos de dez minutos. Esse deveria ser um novo recorde. Era questão de tempo até que a carta de rejeição chegasse à caixa de correio, e ela a adicionasse à pilha que já tinha.

Oficialmente, era o momento de entrar em pânico.

❇

Mesmo depois de viver em Los Angeles por um ano, ela ainda não tinha se acostumado com o clima ameno. Ao sair do prédio comercial que abrigava a Klein Produções, Kitty parou na calçada, sentindo o sol aquecer a pele enquanto caminhava em direção à garagem. Era início de dezembro, mas as temperaturas ainda estavam em torno dos vinte graus, quente o suficiente para caminhar pela cidade sem casaco. Ela não conseguiu se lembrar da última vez que tinha chovido. Por aqui, um dia ruim consistia em poucas nuvens que, ocasionalmente, cobriam o sol. Não era de admirar que todos parecessem tão saudáveis e bronzeados o tempo todo. Era quase impossível não ser.

Em uma tentativa desesperada de parecerem alegres, as lojas e os escritórios que ficavam nas ruas haviam decorado as janelas, enchendo-as de neve falsa, enfeites e árvores que brilhavam com centenas de pequenas luzes. Mesmo com a falsa boêmia, era quase impossível se sentir animada com o Natal. Por um momento, pensou em Londres — as ruas molhadas, a escuridão que aparecia antes das quatro da tarde, as barraquinhas de castanha assada e os vendedores de chocolate quente, todas as imagens e aromas que faziam a época ser boa.

E nenhuma dessas coisas estava aqui.

Na verdade, era estranho que uma cidade cujo sustento dependia de vender a ideia do Natal norte-americano perfeito tivesse que fingir para si mesma.

Enquanto entrava em seu pequeno Fiat, ela sentiu o telefone vibrar no bolso. Deslizou as chaves na ignição, deixando-as penduradas ali antes de pegar o celular e checar quem estava ligando.

Cesca.

Havia algo em ver o nome da irmã que sempre a fazia sorrir. A mais nova das quatro, Kitty sempre tentara ser como as outras, e, mesmo já adultas, sempre esperava conversar com elas.

— Alô?

— Kitty? Como estão as coisas por aí? — A voz de Cesca soou calorosa.

— Está caindo o mundo aqui. Falei para o Sam que, da próxima vez que ele quiser filmar em uma locação, precisa escolher um lugar quente e com praia.

— Achei que ele tivesse parado com aquela coisa de salva-vidas. — Sam Carlton, o namorado de Cesca, era um ator ítalo-americano, mais conhecido pelo seu papel nos filmes da série *Brisa de verão* — uma franquia de filmes sobre um galã sexy adolescente. Eles se conheceram no verão anterior, quando ficaram em uma *villa* na Itália. Ela passara horas ao telefone dizendo às nossas irmãs como ele era arrogante e como o detestava, quando todas sabiam que ela estava se apaixonando. O resto foi história de Hollywood. Ele declarou seu amor por Cesca em um programa de tevê e depois voou para Londres para conquistá-la.

Uma das melhores partes da vida em Los Angeles tinha acontecido quando Cesca e Sam estavam na cidade. Infelizmente, suas visitas eram muito raras nos dias de hoje.

— Existe um limite para personagens torturados e encharcados de chuva que eu posso aguentar. Me dê o Sam com um short vermelho e nada mais qualquer dia.

— Um milhão de garotas americanas concordariam com você. — Kitty sorriu. — Houve protestos quando ele disse que não iria mais protagonizar os filmes da série *Brisa de verão*.

— Sim, bem, ninguém é insubstituível. Nem mesmo o Sam. E não conte para ele sobre essa coisa de um milhão de garotas. Ele já é metido o suficiente. — A voz de Cesca baixou um tom. — E você, como está? Alguma novidade sobre o estágio?

— Acabei de sair de outra entrevista — Kitty respondeu. Ela inclinou a cabeça para trás, de encontro ao banco, as pernas se esticando até seus pés baterem nos pedais.

— Como foi?

— Tão boa quanto as outras — disse. — O que significa terrível. Fiquei suando e em pânico de novo, e falei coisas idiotas. Até inventei uma história boba sobre a Lucy me chamar de gato. — Era hora de encarar: ela era péssima em entrevistas. — Toda vez que me faziam uma pergunta, eu me sentia como uma atriz que havia esquecido suas falas.

— Com quem foi? — O tom de Cesca era simpático. — Talvez o Sam possa fazer alguma indicação.

— Foi para um estágio com o Everett Klein.

— Ah. Hum, acho que o Sam não poderia dizer muito para fazer esse cara mudar de ideia. Ouvi dizer que ele é um babaca.

— Eu também — Kitty confessou. — Mas, para ser sincera, nem o conheci. Era o assistente dele quem devia me entrevistar. Mas ele nem conseguiu se concentrar em mim. Estava muito ocupado conversando com uma mulher que estava gritando com ele no telefone.

Cesca suspirou, e sua respiração suave ecoou pela linha.

— Você quer que eu peça para o Sam te dar uma força com isso? Ele deve ter contatos, e aposto que poderia te ajudar a encontrar um estágio em algum momento.

— Isso é muito legal da sua parte, mas não, obrigada. — Kitty fechou os olhos, bloqueando o raio de sol que atravessou as lacunas do muro de concreto. Não se sentiria bem pedindo ajuda a Sam. Ela não queria ser conhecida como a garota que só conseguiu um trabalho graças ao namorado da irmã. — Eu quero fazer isso sozinha.

— Não é vergonha pedir ajuda — Cesca falou suavemente. — Eu falo por experiência própria. Achei que podia fazer tudo sozinha e acabei cavando meu próprio buraco.

Os problemas de Cesca eram bem conhecidos entre as irmãs Shakespeare. Aos dezoito anos, ela escreveu uma peça incrível e ganhou um concurso para ser encenada no West End. O que veio depois foi uma decadência inacreditável em queda livre, deixando-a desamparada e deprimida, quase incapaz de se sustentar.

Graças a Deus ela estava se recuperando. Durante sua estadia na Itália, não só conseguiu se apaixonar por Sam como escreveu uma nova peça.

— Ainda não estou no fundo do poço — Kitty falou em voz baixa, embora às vezes se sentisse chegando lá. — Vou continuar tentando. Quem sabe eu consiga fazer uma em que não fique suando? Se as coisas piorarem, eu te falo, tá?

— Tá bom — Cesca pareceu relutante em concordar. — Mas, sério, pense na oferta. Às vezes a gente só precisa de um empurrãozinho.

— Vou pensar nisso — Kitty prometeu, sabendo muito bem que não o faria.

— Nós vamos te ver em Londres no Natal, né? — Cesca perguntou. — Já reservou as passagens?

Kitty mordiscou o lábio inferior, pensando em seu saldo bancário negativo. Ela realmente precisava fazer algumas horas extras no restaurante.

— Eu não planejei nada concreto — respondeu à irmã. — Te aviso quando tiver certeza.

Houve uma pausa momentânea. Kitty podia ouvir o barulho da chuva contra a janela, onde quer que Cesca estivesse.

— Faça isso — Cesca finalmente falou. — Porque você sabe que a Lucy vai nos perguntar sobre os nossos planos no domingo.

A mais velha das quatro irmãs Shakespeare, Lucy desempenhava o papel materno na família desde a morte da mãe, quando Kitty tinha só dez anos. Era ela quem cuidava de todas, se preocupava com todas e se certificava de que todas participassem da videoconferência uma vez por semana.

— Talvez eu trabalhe no domingo — Kitty falou, tentando se lembrar do seu turno naquela semana.

— Você pode correr, mas não pode se esconder — Cesca alertou. — Se você não ligar, sabe que ela vai te encontrar.

Havia prós e contras em ser a mais nova de quatro. Ser constantemente incomodada era um contra, mesmo que tanta preocupação a fizesse se sentir secretamente reconfortada por dentro.

Depois que elas desligaram, Kitty deu a partida no Fiat, dirigindo em direção ao apartamentinho onde morava em Melrose.

Ela precisava fazer uma pausa para se recuperar e descobrir como conseguiria encontrar um estágio. Seu futuro dependia disso, afinal.

❄

O supervisor fez uma pausa no vídeo, virando a cadeira de couro preto para olhar para ela.

— Isso é ótimo, Kitty. Realmente criativo. Adoro o que você fez com os efeitos na segunda metade. — Ele clicou no mouse, arrastando o cursor na tela para destacar o que queria dizer. — Qual foi o orçamento para isso mesmo?

Praticamente nulo, graças aos atores desesperados por qualquer tipo de exposição.

— Fizemos com pouco dinheiro — ela disse. — Parece?

Ele deu de ombros.

— Um pouco, acho, mas você conseguiu fazer muito com praticamente nada. Isso é uma habilidade por si só. — Ele escreveu algo na folha de avaliação impressa na sua frente. — Notei alguns erros por volta de dez minutos, e, perto do final, o estrondo foi filmado algumas vezes, mas, tirando isso, você está se saindo muito bem. Se fizer outra rodada de edições, deve estar pronto para enviar em janeiro.

Ela não conseguiu esconder o sorriso que ameaçava dividir seu rosto em dois. Esse curta-metragem fazia parte de sua avaliação final, e, se fosse bom o suficiente, deveria facilitar seu caminho rumo à formatura.

— E como está a busca por estágio? — ele perguntou.

O sorriso de Kitty vacilou um pouco. Ela tentou estabilizá-lo, os músculos das bochechas reclamando do esforço.

— Eu fiz algumas entrevistas, mas nada de concreto ainda.

— Tudo vai se ajeitar. Até o Kevin D'Ananzo conseguiu uma colocação.

Isso era para ter sido reconfortante, Kitty imaginou, mas era tudo menos isso. Mesmo que ele fosse o último da turma, as habilidades de entrevista de Kevin D'Ananzo eram, obviamente, melhores que as dela. Não era difícil: um coelho recheado provavelmente teria impressionado mais Drake Montgomery do que ela.

Enquanto colocava o notebook de volta na bolsa de couro, ela se despediu de seu orientador e se dirigiu ao campus a caminho da Biblioteca Young. O sol estava alto no céu azul-claro, a luz lançava sombras pelas calçadas de concreto enquanto os raios eram interrompidos pelas árvores verdes frondosas. O campus estava silencioso — a maioria dos estudantes já havia partido para as férias de inverno, e sua mente aproveitou o silêncio para se encher de preocupações sobre a falta de estágio, o trabalho final e as duas tarefas que deveriam ser cumpridas antes do Natal.

Havia quase chegado aos degraus da biblioteca — um edifício cinzento de concreto que sempre pareceu mais uma garagem do que um espaço de aprendizagem — quando o celular começou a vibrar. Kitty se agachou, remexendo na bolsa de couro pesada até encontrar o telefone.

— Alô?

— É a Kitty Shakespeare? — A voz feminina tinha um sotaque característico. Por um instante, prendeu a respiração, se perguntando se finalmente conseguiria um estágio.

— Sou eu. — Nota dez para originalidade, Kitty. Realmente iria impressioná-los.

— O meu nome é Mia Klein. Ouvi dizer que você está procurando emprego.

Parecia um pouco grosseiro dizer que não fazia ideia de quem era Mia Klein.

— Humm, sim, é verdade. — Ela franziu a testa, tentando descobrir quem era. Havia comparecido a tantas produtoras que estava confusa. Mia Klein... Humm.

— Maravilha. Você pode começar amanhã?

Kitty piscou com a luz do sol. *Amanhã?*

— Eu me formo em janeiro — ressaltou. Qual seria a melhor maneira de perguntar, educadamente, quem era Mia e de que empresa ela estava ligando? — Na verdade, eu estou procurando uma colocação para depois disso. — Ela sentiu a animação crescer dentro de si. Será que finalmente conseguiria uma proposta?

— Você pode trabalhar meio período? — Mia perguntou. — Eu preciso mesmo de você o mais rápido possível. É muito importante.

— Acho que sim — Kitty falou, ainda agachada na calçada em frente à biblioteca. — Só que eu trabalho meio período em um restaurante, e esta é a época mais movimentada do ano. Eu precisaria cumprir o aviso-prévio.

— Você vai ser totalmente compensada. Se eu te passar um endereço, você pode vir amanhã? Não se esqueça de trazer seus documentos e referências.

— Será que uma referência do orientador da faculdade é suficiente? — perguntou. Kitty não achava que o gerente do restaurante lhe daria alguma coisa se soubesse que ela sairia em breve.

— Eu queria que você me desse os detalhes dos seus empregos anteriores. Os de Londres.

Kitty franziu a testa.

— Mas lá eu era babá.

— Isso mesmo.

— Eles não vão saber te dizer se eu faria um bom estágio ou não — Kitty disse, ainda piscando em confusão. — O meu supervisor da escola de cinema vai estar muito mais apto a dizer isso.

Mia riu, e sua risada era tão estrondosa que Kitty sentiu como se a mulher fosse um gigante.

— Ah, não, eu não estou falando de estágio. Estou ligando para uma vaga de babá. Eu preciso de alguém para cuidar do Jonas, o meu filho, nos feriados. A nossa última babá pediu demissão, e a nova só vai começar em janeiro.

— Desculpe, você disse que o seu nome é Mia Klein? — Aquilo começava a fazer sentido.

— Sim. O assistente do meu marido me passou o seu currículo. Drake Montgomery. Acho que você o conheceu.

— Ah, sim. Conheci mesmo. — Ele deixou uma grande impressão, afinal. Especialmente quando abandonou a entrevista no meio.

— E então, você pode começar amanhã? — Mia perguntou. — Por volta das duas.

— Humm. — Kitty olhou para a biblioteca, as paredes cinzentas, as janelas brilhantes, seu corpo agachado refletido no vidro. O que a irmã mais velha sempre disse? Cavalo dado não se olham os dentes. O único problema era que ela não tinha certeza se essa oferta se tornaria um presente ou um cálice envenenado. Não era um estágio. Não chegava nem perto disso. Mas era uma oportunidade de provar a si mesma do que era capaz e de se aproximar de um dos melhores produtores da cidade.

Pensou de novo na pilha de cartas de rejeição e em Kevin D'Ananzo, o pior aluno da turma, que conseguira alcançar o que ela achava tão difícil.

— Claro, estarei lá — ela finalmente disse, ficando de pé e pegando a bolsa. — Me passe o endereço.

2

Dizer o que sentimos, não o que deveríamos dizer.
—*O rei Lear*

— O seu irmão está de volta à cidade. Como você se sente em relação a isso? — Adam olhou para o terapeuta por um instante, esfregando o maxilar. Ele sentia como se um holofote se voltasse para ele toda vez que o homem lhe fazia uma pergunta. Quanto tempo mais teria de passar ali, respondendo a perguntas que enrijeciam todos os músculos do seu corpo? Fazia o que, três meses desde a primeira consulta? E levaria mais um mês até cumprir o compromisso.

Aquele que assumiu quando a polícia de Los Angeles concordou em liberá-lo só com uma advertência.

Outro mês de questionamentos. Ele poderia fazer isso, não poderia?

Moveu a mão até a nuca, esfregando a pele que coçava. Seu cabelo estava ficando comprido — mais do que nunca.

— Eu não o vi — Adam admitiu, puxando o colarinho da camisa xadrez. Até a menção do nome de Everett fazia sua pele se arrepiar. — Então isso não me faz sentir nada.

Por um momento, Martin, seu terapeuta, o encarou como se pudesse enxergar através da fúria, do cabelo e dos músculos que Adam cultivava como escudos.

— Mas ele está aqui na Virgínia? Vai ficar com os seus pais, certo?
— Sim.
— E você ainda não o encontrou? — Martin franziu a testa. — Você o está evitando de propósito?

Adam esticou as pernas compridas na frente do corpo, notando a sujeira incrustada em seu jeans velho e desgastado. Fazia tempo que não comprava roupas novas. Bastante tempo que não fazia nada além de cortar madeira, entalhar e fingir que estava tudo bem. Ele estava dividido entre o "ele vai superar isso" e "precisamos falar sobre o Adam". Se fosse possível, gostaria de ficar do lado mais fácil, mesmo que isso significasse comprar roupas.

— A casa é grande — Adam apontou. — E eu nem moro nela. Fico há pelo menos uma caminhada de dez minutos da casa principal. Eu não preciso ir lá todo dia.

— Quando eles chegaram?

— Há três dias.

Martin ergueu uma única sobrancelha. Adam queria engolir as palavras de volta. Ele tinha muita informação para um homem que fingia não se importar, e Martin sabia disso também.

— Ele tentou falar com você? — Martin perguntou, batendo a caneta contra o lábio inferior. Ao longo dos últimos três meses (e inúmeras sessões), Adam notou que Martin repetia o gesto muitas vezes.

— Que eu saiba, não. — Ele não conseguiu decidir se aquela era uma meia verdade ou uma mentira. No fim das contas, era as duas coisas. Ele, de todas as pessoas, deveria saber disso. As mentiras nunca eram claras: eram sombrias e afiadas, e feriam as pessoas feito uma faca.

— Acho que seria muito bom para vocês dois se encontrarem de novo. — A voz de Martin era sincera. Ele se inclinou para a frente, apoiando os cotovelos na calça de lã, a caneta ainda na mão. — Você não fala com ele há muito tempo, e a sua mente o rotulou como um tipo de demônio. Se conversar com ele, vai perceber que é tão humano quanto eu ou você.

Adam balançou a cabeça.

— Não vai acontecer.

— Você parece muito certo disso. Por que pensa assim? — Adam virou a cabeça para o lado, tentando compreender Martin. Se os observasse de longe, os dois tinham muito em comum. Eles ganhavam dinheiro disfarçando a verdade, especialmente aquela que saía de bocas involuntárias. Ou pelo menos ganhava, até Adam ferrar com tudo. Agora, ele ia depender do resto de suas economias e do fundo fiduciário, complementando-o com a renda proveniente dos seus móveis artesanais, quando sentisse vontade de fazê-los.

— Porque o Everett é um idiota.

O brilho muito breve de um sorriso surgiu nos lábios de Martin.

— De acordo com o que você diz, a vida toda ele foi um idiota, e, ainda assim, antes você estava disposto a passar um tempo com ele. Eu quero que pense sobre o que mudou agora. No que está tentando evitar quando pensa em não ver o seu irmão.

— Tudo bem.

Houve silêncio por um momento, e Adam esperou que Martin o quebrasse. Em vez disso, o terapeuta o encarou até que a pausa parecesse desconfortável o suficiente para fazer Adam se remexer na cadeira e esfregar a nuca mais uma vez.

Droga, ele conhecia essas técnicas. Poderia ter escrito todas elas. Já tinha usado com homens de negócios, líderes mundiais e militares que tentavam ferrar com seus documentários. No entanto, quando eram usadas contra ele, se sentia esquisito pra caramba.

Ele não ia preencher o silêncio. Não ia.

Porcaria.

— Eu não quero vê-lo porque toda vez que o encontro quero arrancar sua cabeça.

Lentamente, Martin balançou a cabeça, sem mostrar nenhuma reação pelo fato de sua técnica ter funcionado.

— Certo. E você acha que essa é uma reação válida?

— Sim, acho sim. — Adam sentiu o sangue correndo pelas veias, quente e espesso. — E acho que eu devo ouvir os meus instintos. Veja o que aconteceu da última vez que o confrontei. E olhe onde eu terminei. Aqui, na terapia, tendo que me explicar.

— Você reconhece como o seu corpo reage quando nós falamos sobre o Everett? — Martin perguntou. — Eu quero que você verifique agora. Me explique o que está acontecendo.

Adam fechou os olhos, respirando bruscamente pelo nariz. Ele se sentia dividido entre querer se envolver, ver se o que estavam fazendo poderia realmente fazê-lo se sentir melhor ou resistir, se divertindo um pouco até se afastar bastante de Martin.

Talvez por isso ele fosse tão bom no trabalho. Ele achava as pessoas fascinantes e suas reações, irresistíveis. Algumas das melhores experiências de Adam tinham vindo de pressionar homens estoicos a revelar suas emoções internas. Estranho como estar do outro lado da cerca não parecia tão satisfatório.

Ah, droga. O que ele tinha a perder?

— O meu coração está batendo forte — disse em voz baixa, tentando sintonizar suas reações fisiológicas. — E o meu pulso está acelerado. Eu consigo ouvir as batidas nos meus ouvidos.

— E as suas mãos?

Adam abriu os olhos e olhou para os lados, onde as mãos estavam firmemente fechadas.

— Sim, eu meio que quero socar alguma coisa.

— Reconhece o que está vivenciando?

— Lutar ou fugir — Adam disse suavemente. — Só que eu realmente quero lutar.

— Agora olhe ao seu redor. Respire um pouco. Absorva tudo. Me diga o que vê.

Adam observou a sala. Seus olhos refletiram os detalhes que a maioria das pessoas ignorava. A maneira como uma das persianas estava em um ângulo estranho, como se alguém tivesse puxado o cordão com força naquela manhã. Uma lacuna na estante de livros — livre de poeira — de onde algo fora removido recentemente. As chaves do carro de Martin na mesa ao lado da porta, um pedaço de papel amarelo ao lado da carteira. Seria um tíquete de estacionamento? Como se ele tivesse chegado tarde e, num descuido, tivesse deixado cair, sem pensar no risco de segurança.

— Estou vendo o seu escritório — Adam falou, inspirando de novo. — A sua mesa, livros e a caneca de café meio cheia na mesa ao lado. — Ele olhou para a direita. — E vejo a janela, com a persiana quebrada. Está nevando lá fora, e os flocos estão batendo no vidro, como se estivessem tentando entrar na sala.

— Isso é bom. — Martin assentiu, encorajando-o. — Consegue ver ameaças aqui? Qualquer coisa que faça o seu corpo reagir da maneira que fez?

Os olhos de Adam observaram a sala mais uma vez.

— Não.

— Então, como você classificaria a sua reação?

Os lábios de Adam ficaram secos e grudentos. Ele pegou o copo de água que Martin sempre deixava para ele na mesa — ao lado de uma caixa de lenços, para o caso de lágrimas do paciente — e engoliu um bocado.

— Estou reagindo a uma coisa que não está aqui. — Ele devolveu o copo à mesinha e esfregou os olhos com as palmas das mãos. Em algum lugar nos últimos dez minutos, ele se permitiu se envolver na terapia. Não era tão ruim quanto esperava.

— Está aqui — Martin disse a ele. — Mas não está no mundo físico. Está na sua mente ou na sua memória. É como aqueles rapazes que voltaram do

Vietnã na década de 70: você está lutando contra uma guerra que terminou há muito tempo.

— Você acha que isso é só uma reação ao que aconteceu em LA?

Martin balançou a cabeça com empatia.

— Não, isso é muito simplista. Há muito mais camadas aí do que isso. Nós temos que ir tirando uma a uma até você começar a reconhecê-las pelo que elas são.

Adam estava interessado agora. O suficiente para se inclinar para a frente, fazendo uma careta.

— E se eu reconhecer essas camadas, o que acontece? Será que tudo vai melhorar num passe de mágica? Será que vou me ajoelhar diante do Everett e perdoá-lo por tudo? — Seu peito apertou com o pensamento.

— Novamente, isso é muito simplista. O objetivo das nossas sessões nunca foi fazer tudo parecer um conto de fadas. Nós queremos ajudar você a reconhecer o que está acontecendo e te permitir assumir o controle das suas reações. Para impedir que alguma coisa como LA aconteça de novo. — Martin cruzou as pernas, um joelho sobre o outro. — E em breve nós vamos precisar falar sobre o que aconteceu na Colômbia.

Um segundo depois, Adam se sentou ereto e vacilou como se alguém o tivesse atingido.

— Não agora — Martin falou, levantando a mão. — Mas nós temos algumas sessões pela frente, e, antes de terminarmos, eu gostaria de explorar o que aconteceu lá. — Ele olhou para o relógio. — Nosso tempo está chegando ao fim. Eu gostaria de te dar uma lição de casa antes da nossa próxima sessão. — Ele virou a cadeira, puxando um pequeno caderno da mesa ao seu lado. — Quero que você anote num diário toda vez que reagir como hoje. Escreva o que está sentindo, onde está e o que acha que desencadeou essa sensação. Então, da próxima vez, nós podemos discutir o que você fez.

— Claro. — Adam pegou o caderno azul das mãos de Martin.

— Você vai escrever? Ele não conseguiu esconder o sorriso que lhe surgia nos lábios.

— Provavelmente não.

Martin suspirou. Sua frustração era óbvia.

— Sabe, seria muito mais fácil se você se comprometesse com isso.

Adam sentiu os músculos relaxarem e a coluna se afrouxar nesse retorno ao território mais familiar.

— Mas também não seria tão divertido.

— Divertido para quem? — Martin murmurou em um tom de voz que não incitava uma resposta. — Certo, Adam, você está liberado. Te vejo na próxima sessão.

Adam acenou em despedida. Da maneira mais estranha, ele estava ansioso por isso.

❋

Quando Adam saiu do alto edifício comercial na Main Street, a neve ainda estava caindo, formando um manto branco no chão. Era a primeira tempestade de inverno no vale — embora em Cutler's Gap, na cabana onde estava vivendo, já estivesse nevando havia semanas.

Ele tinha algumas coisas para fazer enquanto estava na cidade — cartas para enviar e alguns suprimentos para comprar. Coisas que não podia comprar em Cutler's Gap. Embora gostasse do isolamento, a falta de amenidades às vezes era um saco.

Todas as lojas estavam decoradas para as festas e as janelas de madeira brancas emolduradas com luzes para destacar o que estava exposto por dentro. A rua também estava decorada — os postes de iluminação e as lâmpadas estavam enrolados com festões vermelhos que iam do chão ao topo, cheio de luzes entre eles. E na praça central, ao lado do coreto, havia uma enorme árvore de Natal com uma grande estrela no topo.

Tudo estava pronto para o desfile que aconteceria na semana seguinte. Atraía visitantes de todo o estado e, às vezes, de fora. Pessoas desesperadas para desfrutar o Natal tradicional que raramente viam em qualquer outro lugar além da televisão. Adam podia se lembrar do desfile quando mais novo — a intensa animação que sentia quando a banda começava a tocar, a maneira como os bombeiros jogavam doces do caminhão enquanto todas as crianças se reuniam com as mãos erguidas. Relíquia de um tempo mais inocente.

Ironicamente, ele tentou escapar para Los Angeles para fugir da nostalgia daquele clima, mas, de alguma forma, estava de volta.

Eram quase cinco horas da tarde quando terminou suas tarefas e comprou café do Blue Bear Café para viagem. O céu já estava escurecendo por trás da camada de nuvens de neve, o sol abandonando sua luta contra o cinza invasor. Adam equilibrou o copo de isopor no teto da caminhonete Chevy vermelha escura e deslizou as chaves na maçaneta, abrindo a porta. Jogou as sacolas no banco do carona e entrou, dando a partida no motor.

Ele tinha essa caminhonete fazia anos. O veículo passara a maior parte da última década na garagem dos seus pais, cercada por modelos mais novos e reluzentes. Mas havia algo em sua familiaridade e solidez que o impedia de trocar por uma nova. Além disso, era confiável nas antigas estradas da montanha como um tanque de guerra no gelo escorregadio. Isso deveria contar quando um curto percurso poderia significar o fim de sua vida.

Claro que "curto" era um termo relativo. Nesse caso, significava pouco mais de uma hora para subir as montanhas e dirigir de volta para Cutler's Gap. Tudo ficava espalhado na Virgínia Ocidental — não era incomum alguém dirigir duas ou três horas para comprar pão.

Ele pisou no acelerador, dando vida ao motor, e depois engatou a marcha. Era hora de ir para casa. E, quando saiu da vaga no estacionamento e entrou na estrada principal, percebeu que era exatamente o que sua cabana na floresta significava para ele.

3

Esta noite gelada vai acabar fazendo de nós todos bobos ou loucos.
— *O rei Lear*

Kitty se inclinou para a frente, o nariz a poucos centímetros do para-brisa enquanto os limpadores funcionavam na velocidade máxima. Tinha parecido uma boa ideia quando ela entrou no avião no aeroporto de Los Angeles, algumas horas antes, e foi conduzida por um comissário de bordo para a primeira classe.

Três horas de puro luxo. Agora era uma experiência que ela, provavelmente, nunca mais teria.

A viagem do aeroporto Washington Dulles para a Virgínia Ocidental estava mais para terceira classe. O carro com tração nas quatro rodas que disseram que estaria a sua espera no aeroporto se transformara em um Kia compacto. Ainda era melhor do que qualquer carro que ela já possuíra, mas, aparentemente, o carrinho odiava as estradas repletas de gelo das montanhas. E Kitty também.

A neve caía grossa e rápida e os flocos cobriam o para-brisa, não importando o quanto ela tentasse limpá-los. Ela cuidadosamente mantinha o pé no acelerador enquanto tentava acalmar a respiração. Não havia motivo para entrar em pânico. Isso só pioraria tudo.

Uma olhada no GPS mostrou que ela estava a menos de vinte minutos de seu destino. Ou, pelo menos, da cidade mais próxima. Embora Cutler's Gap aparecesse nas escolhas no menu do aparelho, o endereço de seu destino nas montanhas — onde a família Klein estava hospedada — parecia completamente desconhecido.

Os Klein haviam viajado para a Virgínia Ocidental na semana anterior para passar um tempo com os pais de Everett, que tinham uma casa lá.

Embora Mia tivesse implorado a Kitty para deixar as aulas antes e se juntar a eles, ela conseguira negociar para ir depois. Foi assim que acabou voando sozinha, concordando em alugar um carro e seguir por conta própria para se juntar a eles na montanha.

Ela não imaginava que estaria nevando tanto.

Estava tão distraída em seus pensamentos que, no momento em que se deu conta de que o GPS estava falando alguma coisa, realmente não conseguiu entender o que dizia. Olhou para baixo, franzindo a testa e tentando resolver se deveria permanecer na estrada ou virar à esquerda. Quando voltou a olhar para a frente, já era tarde demais. Um cervo apareceu do nada — um flash repentino de pelo marrom contra o manto branco da neve. Ela mal teve tempo de pisar no freio antes que o corpo do animal batesse contra o para-choque com um baque surdo.

O carro parou e o motor ficou em silêncio enquanto as luzes do painel piscavam. Ela olhou boquiaberta pelo para-brisa, seus olhos encarando a carnificina à sua frente.

Caramba, ela tinha acabado de matar o Bambi.

Sua mão tremia conforme ela abria a porta do carro. Precisou de mais de uma tentativa antes de seus dedos estarem firmes o suficiente para conseguir.

Um vento gelado entrou pela fresta, fazendo-a tremer ainda mais. Ela colocou os pés no concreto e apertou seu casaco irremediavelmente inadequado. Quando caminhou até a frente do carro, viu que o capô fora esmagado pelo impacto e os faróis estavam quebrados. Não parecia que ele iria a lugar algum agora.

Quando ela ouviu dizer que fazia frio na Virgínia Ocidental, assumiu que seria frio como Londres. Alguns graus acima de congelante, talvez uma leve chuva enevoada. Mas este tempo era horrível. O ar parecia ártico, facilitando o trabalho do seu jeans fino, jaqueta leve e sapatos de camurça. A neve já estava penetrando nos sapatos, transformando a camurça marrom em uma cor escura e lamacenta. Flocos se agarravam à calça jeans azul, umedecendo o tecido e fazendo a pele protestar contra a sensação de frio. Ela olhou para o cervo morto, se perguntando se deveria simplesmente voltar para o carro e esperar a tempestade, mas então viu algo que fez sua respiração falhar.

Seu coração acelerou enquanto olhava para o animal, esperando para ver se o tremor dele era apenas fruto da sua imaginação. Mas então ele se moveu novamente, um pouco mais forte desta vez, o suficiente para fazê-la perceber que, depois de tudo, o cervo não estava morto.

Ela voltou para o carro e pegou o telefone na mochila. Com certeza alguém poderia ajudá-la. Procurou nos contatos até encontrar o número de Mia Klein e pressionou o ícone verde para fazer a ligação.

Nada.

Nem um toque, nem caixa postal. Apenas uma chamada e depois silêncio. Tirou o telefone da orelha e olhou para a tela. Um único sinal piscava, como uma criança levada brincando de esconde-esconde. Assim que pensou que poderia estabilizar, desapareceu completamente, sendo substituído por "sem serviço".

Maravilha.

Afastou a neve do cabelo, os dentes tilintando com a fria umidade no rosto. Ela estava começando a sentir frio nos ossos agora, o tipo congelante que não pode ser curado com um simples banho e uma troca de roupa. Não. Levaria horas para se aquecer até que pudesse sentir os dedos dos pés novamente e até que a pele não parecesse como se tivesse passado por algum tipo de processo em uma fábrica de produtos congelados.

Suspirando, ela ergueu o telefone e deu alguns passos para longe do carro. Pinheiros cobertos de neve se alinhavam por toda a lateral da estrada, e suas altas copas impediam qualquer sinal. Talvez, se ela caminhasse mais para a frente, conseguisse captar alguma coisa. Ela seguiu pelo caminho, os olhos focados nas barrinhas inexistentes, procurando por sinal. Pisando devagar no chão congelado com os músculos tensos por tentar se manter ereta, Kitty revirou os olhos.

No momento em que chegou ao corpo do cervo, suas roupas estavam encharcadas pela neve. Ela ficou de pé sobre o animal deitado, olhando o sangue derramado na estrada. Levou a mão até a boca para cobri-la conforme sentia o estômago revirar.

As pernas dianteiras do cervo começaram a se mover, procurando alcançar o chão gelado, mas o resto do corpo permaneceu imóvel como uma estátua. Kitty jogou o peso do corpo em uma perna, e seu olhar se encontrou com o do cervo. O animal parecia tão assustado quanto ela, e o medo refletido lhe trouxe lágrimas para a superfície.

— Me desculpe — ela sussurrou, acariciando seu pelo surpreendentemente grosso. — Eu não te vi. Nunca quis te machucar.

É claro que o cervo não respondeu. Só ficou ali deitado e olhando para ela com os olhos vidrados enquanto o casco das patas dianteiras faziam alguns movimentos ocasionais e infrutíferos. Kitty o observou, impotente, esfregando o queixo e desejando saber o que poderia fazer para ajudar o pobre animal.

Acima dela, o céu escurecia conforme a tempestade se apoderava dele. Kitty olhou para cima, depois voltou a encarar o cervo. Nenhum carro passava por ela desde que derrapara, dez minutos antes. Quando foi a última vez que vira uma casa? Ela havia passado por uma pequena cidade cerca de quarenta minutos atrás, Hartville, Harville ou algo assim. Desde então, alinhadas, havia árvores cobertas de neve, cortadas ocasionalmente por algumas estradas de cascalho que levavam a lugares desconhecidos.

Quem saberia quanto tempo ficaria presa aqui?

Foco, Kitty. Certo. O que suas irmãs fariam se estivessem nessa situação? Lucy, a mais velha, era fácil. Nesse ponto, provavelmente teria organizado algum tipo de ambulância veterinária, teria rebocado o carro e feito um apelo em nome dos cervos ameaçados de extinção. Juliet era mais romântica. Ela estaria muito ocupada olhando as flores silvestres de inverno e imaginando se haveria ursos vivendo na floresta.

Ursos? Ah, merda. Kitty mordeu o lábio, tentando lembrar se realmente havia ursos aqui. Hibernavam no inverno? Seria sorte dela ser comida viva e nunca mais ser vista. Tentando se distrair, pensou em Cesca, não muito mais velha que ela. Cesca provavelmente seria tão desatenta quanto Kitty, se sua descrição ao chegar à Itália no verão passado servisse como um indicador. Ainda bem que foi Lucy quem tomou conta delas quando eram pequenas, caso contrário nenhuma teria sobrevivido.

Um barulho veio da floresta, e as folhas verdes balançaram cada vez mais ao vento. Era só isso, certo? Kitty sentiu a coluna enrijecer, e seu corpo ficou alerta. De jeito nenhum conseguiria correr sobre o terreno gelado com os mocassins Steve Madden.

Ela estava só pensando nas formas como um urso-pardo poderia matar uma pessoa quando ouviu o ruído baixo de um motor vindo por trás dela. Um momento depois, viu os faróis também, crescendo sobre a colina, se aproximando dela e do cervo a uma boa velocidade.

Ela ficou de pé, agitando os braços como louca.

— Ei — gritou. — Bem aqui!

Acabou que era uma caminhonete velha e enferrujada, com a pintura vermelha escura descascando. O veículo desacelerou, parando ao lado do carro alugado abandonado. O motorista desligou o motor e abriu a porta.

Sua nuca se arrepiou. O que parecia uma boa ideia um minuto antes, agora soava terrível. Ela estava no meio de uma montanha deserta na Virgínia Ocidental, com um carro quebrado e um celular que não funcionava. E agora um estranho estava saindo de uma caminhonete acabada, e o cara podia ser uma espécie de assassino da machadinha, desesperado por sua próxima vítima. Talvez um ataque de urso não fosse tão ruim, afinal. Seu medo se intensificou quando o motorista saiu da caminhonete.

Ele — e cara, definitivamente era ele — era alto, bem mais de um e oitenta, com a barba grossa e um gorro de malha preto enfiado na cabeça. Entre o gorro, o casaco grosso e o jeans resistente, a única pele exposta ficava entre a linha do cabelo e a barba.

E aqueles olhos cor de chocolate derretido que a estavam absorvendo.

Ah, cara. Apesar do corpo congelado, ela podia sentir o sangue se acumular nas bochechas. Mesmo que só pudesse ver uma pequena parte do seu rosto, era capaz de dizer que ele era atraente, com um nariz forte e reto e maçãs do rosto esculpidas. Ela não tinha certeza se o seu coração estava batendo de medo ou interesse.

Olhando para onde Kitty estava, ao lado do cervo, o homem pegou alguma coisa na caminhonete antes de se virar para encará-la novamente.

Ele estava carregando um rifle. Sim, definitivamente era medo.

Segurando a arma, ele caminhou em direção a ela. Quanto mais perto chegava, mais ela percebia como ele era alto e musculoso. Sua proximidade aumentou o medo de Kitty até algum tipo de histeria.

— Não atire! — ela gritou, levantando as mãos para o alto. — Pelo amor de Deus, não me mate.

Surpreso, o estranho parou de andar.

— Mas o que...

A voz dele era baixa e rouca, combinando com sua atitude determinada. Kitty sentiu que começava a tremer, e seus músculos vacilaram enquanto olhava para o serial killer na sua frente.

— Sinto muito. — Ela tentou fazer a voz soar o mais normal possível. Não demonstre que está com medo. — Por favor, não me machuque.

O homem olhou para ela por um momento antes de balançar a cabeça.

— Parece que eu vou te matar? — Um tom de sarcasmo atravessou suas palavras. Imediatamente ela sentiu a pele arrepiar.

— Você está segurando uma arma — ela apontou.

— Para acabar com o sofrimento do cervo. — Ele gesticulou para o animal ao lado dela e lhe lançou um olhar de desdém. — A menos que ele já esteja morto.

— Eu... pensei que estivesse — Kitty falou, os dentes começando a bater em uma mistura de frio e choque. Não que o cara em sua frente estivesse ajudando. Ele podia ser bonito, mas o desprezo por ela era nítido.

— Mas as pernas da frente estão se movendo, viu?

O homem se aproximou mais e se agachou ao lado do animal, colocando a mão contra o pescoço.

— O pulso está fraco — disse, acariciando o animal de novo. Em seguida, se inclinou, até falar no ouvido dele. — Não se preocupe, garota, você não vai sofrer. — Só quando ele carregou o rifle, Kitty percebeu suas intenções. O temor por sua própria segurança desapareceu e rapidamente foi substituído pela indignação. Ele não estava planejando puxar o gatilho, não é?

— Não o mate — ela gritou e se lançou na frente do cervo. — Ainda está vivo. Só precisa de ajuda.

O homem inclinou a cabeça e olhou para ela com os olhos semicerrados.

— Ela está morrendo — ele disse bruscamente, acariciando o animal, a mão pressionada contra sua coluna vertebral. — O impacto quebrou a coluna dela. Você precisa se afastar para que eu possa cuidar dela. É a melhor coisa a fazer.

Kitty queria chorar. O alívio pelo cervo estar vivo foi substituído pela descoberta de que o animal sofria com os ferimentos. Ficando de pé com os mocassins de camurça inúteis, Kitty meio pisou, meio deslizou para trás, deixando o homem rude fazer o que precisava.

Mas ela não podia ficar ali, presenciando a cena. Desviou o olhar, colocando a mão sobre a boca e se preparando para ouvir o estrondo do tiro, esperando que o estranho matasse o pobre animal. Quando o som alto veio, ressoando pelas árvores, ela soltou um gritinho e lutou contra as lágrimas, tentando ignorar o suspiro alto que veio do homem.

— Acabou — ele falou, sem se preocupar em esconder a irritação na voz. — Pode olhar agora.

Quando se virou, não foi para o cervo que ela olhou, mas para o estranho alto a sua frente. Agora que estava perto, ela podia vê-lo melhor. Era mais novo do que pensou, talvez por volta dos vinte e poucos anos ou no início dos trinta, a julgar pela suavidade da pele ao redor dos olhos.

Não havia rugas à vista. Não que ela estivesse olhando.

— Você chamou um guincho? — ele perguntou bruscamente.

Kitty balançou a cabeça.

— Não consegui sinal. — Ela balançou o celular para ele, como que para provar seu argumento.

— Para onde está indo? — perguntou. Ela podia jurar que ele havia revirado os olhos.

— Para um lugar perto de Cutler's Gap.

O estranho inclinou a cabeça para a caminhonete.

— Entre. Eu também vou para lá.

Kitty fez uma pausa, tentando descobrir se era uma boa ideia. Ao ver sua hesitação, ele suspirou alto.

— Escuta, moça, eu tive um dia longo, então só quero ir para casa e tomar uma cerveja. Pode entrar na caminhonete e eu te levo para onde você precisar ir, ou então você pode ficar aqui mesmo com essa roupa molhada e esse sapato bonito e congelar até a morte. A escolha é sua. De qualquer forma, eu vou entrar, seguir meu caminho e não voltar mais.

Ele pendurou a alça de couro da arma no ombro e se curvou ao lado do cervo, erguendo o corpo do animal com facilidade. Após arrastá-lo pela estrada, colocou-o na caçamba da caminhonete. Não olhou de volta para Kitty, apenas caminhou até a frente do veículo e abriu a porta do motorista, colocando o rifle no banco de trás. No momento em que percebeu que ele estava falando sério, o homem estava sentado no banco do motorista e prestes a dar a partida para seguir sem ela.

Correndo com seus sapatos ridículos, Kitty chegou à caminhonete quando ele girou a chave na ignição. Prendendo a respiração, ela abriu a porta e subiu no banco desgastado ao lado dele.

Sem dizer nada, ele pôs o pé no acelerador, se afastando lentamente da cena do acidente. Ele estava sério, a boca formando uma linha e os olhos cerrados e penetrantes.

Bem-vindo a Cutler's Gap. Lar de Cervos Mortos e Idiotas Barbudos e Sensuais.

4

> Agora é o inverno do nosso descontentamento.
> — *Ricardo III*

*A*dam olhou para o para-brisa, se concentrando na estrada à sua frente enquanto tentava ignorar a garota tremendo em silêncio a seu lado. Ela era britânica — ele adivinhou pelo sotaque —, mas, fora isso, não tinha ideia de como ela acabara presa na estrada da montanha. Ou por que estava indo para Cutler's Gap. Olhando de relance para a direita, ele viu a calça jeans encharcada que se agarrava às coxas, tentando não notar como eram esbeltas e macias. Os sapatos de camurça marrom ridículos com os quais ela escorregava pela estrada eram bonitos, mas completamente inapropriados, e estavam pingando água no assoalho da caminhonete.

Não havia muitas garotas bonitas em Cutler's Gap.

Na verdade, não havia um monte de coisas.

— Qual é o seu nome? — ele perguntou, para matar o silêncio tanto quanto qualquer outra coisa.

— Kitty — ela respondeu. Sua voz estava rouca e baixa, como um vento de inverno.

— O que você vai fazer em Cutler's Gap, Kitty?

Adam olhou para as coxas dela novamente; não podia evitar. Fazia muito tempo que não via pernas tão boas quanto as dela. Deus, ele precisava se controlar. A última coisa que desejava era mostrar algum interesse em uma loira chatinha. Conhecera muitas daquele tipo em Los Angeles, e eram todas iguais: davam risadinhas, eram amigáveis e cabeças de vento.

Ela deve ter notado seu interesse e se remexeu no banco para se distanciar dele.

Para satisfação de Adam, ela não conseguiu.

— Estou aqui a trabalho — ela finalmente respondeu.

Adam riu, curto e grosso.

— Sem querer ofender, moça, mas de que merda você está falando? Não existe trabalho em Cutler's Gap. Nenhum que eu conheça, digamos assim.

Kitty se virou para olhá-lo, os lábios comprimidos de raiva.

— Está me chamando de mentirosa?

A garota era bonita naquele estilo californiano. Se não fosse pelo sotaque, ele poderia descrevê-la como tipicamente norte-americana, mas o cabelo loiro claro com mechas obviamente havia sido feito em um salão. Sentada ali, com sua jaqueta fina e jeans justo, ela era o tipo sexy que ele costumava gostar.

Agora, claro, não mais. Ele só precisava lembrar seu corpo disso.

— Não, moça, não estou te chamando de mentirosa. Só estou dizendo que não tem emprego aqui. Não tem minas, moinhos, só algumas casas decadentes e uma loja de conveniência, além de um bar que já viu dias melhores.

Isso também não era um exagero. Uma das coisas de que Adam mais gostava em Cutler's Gap era o fato de nada mudar. Ninguém vinha, ninguém ia embora, ninguém queria saber das coisas dele.

Bem, quase ninguém.

— Eu não vou trabalhar no moinho — Kitty falou, o nariz franzido com desdém. — Se quer mesmo saber, eu sou babá, e estou aqui para cuidar de uma criança.

Adam não disse nada, e continuou olhando para a estrada coberta de neve. Ao contrário do carro alugado de Kitty, sua caminhonete estava preparada para o inverno, com correntes de neve nos pneus e um motor ajustado para as condições.

— Eu trabalho para Everett Klein — ela continuou. — Tenho certeza de que você já ouviu falar dele. Ele veio passar o feriado com os pais.

— Ouvi falar — Adam murmurou, o estômago revirando com a menção ao nome de Everett. Ele não sabia que eles trariam uma babá. Isso é o que ele conseguia ao evitar o irmão como uma praga. Assim que Everett e a esposa chegaram, num enorme Escalade preto que não combinava nadinha com as montanhas, Adam se escondeu em sua cabana aos pés do lago, decidindo aguardar os visitantes partirem. Tivera o bastante quando estava em Los Angeles, e a presença deles em Cutler's Gap o estava deixando furioso. Uma boa razão para manter distância até que todos deixassem a cidade.

Ele não estava planejando mudar de ideia agora, então, quando chegou aos portões da casa principal, parou a caminhonete e puxou o freio de mão. Quanto mais cedo se livrasse da garota, melhor.

— Você pode seguir daqui. A casa fica logo depois da curva — Adam soltou bruscamente, apontando para o caminho limpo havia pouco tempo. Quando Kitty hesitou, se inclinou sobre ela e abriu a porta do passageiro.

— Não se preocupe: a caminhada não vai te matar.

— Mas está escuro. — Ela olhou para ele por um momento antes de se virar e sair. Antes de fechar a porta, ela se inclinou na direção dele, a raiva brilhando nos olhos. — Eu gostaria de agradecer a sua ajuda — ela começou, acenando quando ele tentou responder. — Mas não posso. Mesmo que pareça um cavalheiro, você, com certeza, não é.

Com isso, ela se virou e começou a caminhar de forma decidida ao longo da entrada. Adam a observou ir, os lábios se contorcendo quando ela tropeçou. A maneira como os músculos da panturrilha flexionavam sob o jeans, se agarrando quando ela tentou ficar na posição vertical, não lhe passou despercebida.

Eram só pernas. Pernas longas e sensuais. O tipo de perna que poderia deixar um homem louco.

Por um momento, ele considerou sair e oferecer ajuda, mas então se lembrou de quem era o patrão da menina e se fixou nisso. Ela podia ser bonita, mas trabalhava para um cretino que Adam não queria ver nunca mais. Então ele ligou a caminhonete e dirigiu pelo caminho sinuoso que levava a sua cabana em ruínas, deixando para trás todos os pensamentos sobre a loira molhada.

❄

Kitty passou toda a caminhada até a entrada murmurando com raiva do homem barbudo e a maneira como ele a tratou. Tudo bem, pelo menos ele havia parado para ajudar e ofereceu uma carona até a casa dos Klein, mas não precisava ser tão grosseiro. Não a levar até a porta na escuridão, especialmente quando sabia que ela estava usando aqueles sapatos, era muito cruel.

Ainda bem que nunca mais veria sua cara estúpida, mesmo que gostasse do que tinha visto. Que homem miserável, irritante e bonito ele era. Por que as pessoas bonitas são sempre tão idiotas?

Quando ela alcançou os degraus de pedra que levavam à entrada coberta da varanda, Kitty se inclinou e tirou os sapatos molhados. O ar frio sibilou ao redor dos pés gelados. Suas solas nuas pressionaram o chão frio enquanto ela parou diante da enorme porta da frente.

De acordo com o monólogo de Mia Klein alguns dias antes, a casa tinha mais de cem anos. Fora comprada pelos pais de Everett no início da década de 1950, e eles restauraram com muito amor a construção colonial em ruínas, até que a propriedade se tornou um lar para sua família crescente.

Atualmente, apenas os dois, mais a idosa que cuidava da casa, moravam lá. Mia explicara que a família viajava para o leste todo Natal, mas este ano os planos haviam sido prejudicados pelo recente acidente da sra. Klein — ela havia escorregado nos degraus congelados e quebrara o quadril. Era por isso que a presença de Kitty era tão necessária. Everett e Mia teriam muitas reuniões e eventos para participar em Washington, e geralmente a mãe dele cuidava de Jonas. Mas esse plano não funcionaria este ano, já que a mulher não podia andar.

Kitty não perguntou se os Klein haviam pensado em reduzir seus compromissos sociais por causa do acidente — não era da sua conta, e esse infeliz incidente poderia se transformar em uma coisa boa para ela. Kitty realmente não podia se dar ao luxo de olhar os dentes do cavalo que ganhara de presente.

Não, seu trabalho não era questionar. Era cuidar tão bem de Jonas que Everett Klein não pensaria duas vezes em lhe dar uma excelente recomendação. Ou até mesmo um estágio. Isso sim seria ótimo.

Mexendo os dedos dos pés, ela tocou a campainha. Ao apertá-la duas vezes, ouviu a música reverberar pela casa. Uma sombra atravessou a porta e, quando se abriu, uma senhora sorridente estava ali parada.

— Srta. Shakespeare? Eu sou Annie Drewer, a governanta. — Annie abriu mais a porta, gesticulando para que Kitty entrasse. — Não ouvi o seu carro.

Kitty atravessou o batente. O ar quente atingiu sua pele na mesma hora, afastando o frio. Ela fechou os olhos por um momento, apreciando o calor.

— Eu sofri um acidente — ela disse à governanta, deslizando a bolsa do ombro. — O carro não está funcionando, então eu tive que deixá-lo na estrada. Preciso ligar para a locadora e providenciar que seja rebocado.

— Ah, querida, você está bem? — Annie segurou Kitty, olhando-a de cima a baixo. — A estrada pode ser muito perigosa no inverno.

Sua preocupação trouxe lágrimas aos olhos de Kitty.

— Eu matei um cervo — ela disse, com a voz falhando. — E então um homem horrível me trouxe até aqui, mas ele me fez caminhar pela estrada usando isso. — Ela apontou para os mocassins deformados, ainda agarrados em sua mão esquerda. — E agora eu me lembrei de que todas as minhas roupas e meus sapatos ainda estão naquele carro estúpido e eu não tenho absolutamente nada para usar. — Com isso, Kitty começou a chorar. As lágrimas foram inesperadas, surpreendendo-a tanto quanto surpreenderam Annie. Kitty não costumava chorar por qualquer coisa, mas não era todo dia que ela matava um pobre cervo ou se deparava com um cretino arrogante.

A mulher estalou a língua, puxando Kitty para perto e esfregando suas costas de um jeito reconfortante.

— Tudo bem, tudo bem, eu vou fazer um café quente para você. — Colocando o braço ao redor dos ombros de Kitty, a governanta a conduziu pelo longo corredor de azulejos. — Tem uma lareira na cozinha, e você pode se esquentar lá. Logo vai se sentir muito melhor.

— Você é britânica. — As sobrancelhas de Kitty se arquearam com surpresa. Embora o sotaque de Annie houvesse diminuído pelos anos de vida na Virgínia Ocidental, ela ainda não conseguia disfarçar suas raízes.

— Nascida e criada lá — Annie concordou quando entraram na cozinha. — Vim para passar um ano em 1970, conheci um rapaz e nunca voltei.

A cozinha era quente e espaçosa e tinha janelas voltadas para o horizonte preto azulado. Kitty olhou para fora, observando o gramado iluminado que levava a uma área arborizada escura que desaparecia no nada. A casa fora construída ao lado da montanha, onde a terra se inclinava para Cutler's Gap. Seguindo o olhar de Kitty, Annie lhe disse que havia um grande lago no sopé — uma grande extensão de água, onde as crianças Klein aprendiam a nadar.

— Eu vou mandar buscar a sua bagagem — Annie falou, deslizando uma caneca fumegante de café na frente de Kitty. — E vou avisar a jovem sra. Klein que você está aqui. Ela e o resto da família estão no hospital visitando a Mary. Ela é a sra. Klein mais velha. Deve estar em casa logo.

Kitty tomou um gole do líquido quente e amargo. O calor irradiou através do seu corpo assim que engoliu, descongelando-a do estômago para cima.

— O Jonas também está lá? — perguntou.

Annie voltou a estalar a língua.

— Está, sim. Eu avisei que não era lugar para um menino, especialmente um tão irritante como ele, mas, depois que ele caiu no lago dois dias atrás, a sra. Klein mais jovem não quer deixá-lo longe das suas vistas.

— Caiu no lago? — Kitty repetiu, alarmada. — Ele estava sozinho? — Um garoto de sete anos não deveria ficar sozinho perto de um lago congelado. O pensamento de ele ter ficado perto da água a fez estremecer. Ela podia ter trabalhado como babá havia cerca de um ano, mas até mesmo Kitty sabia que precisava manter um olhar bem mais atento neles onde houvesse água.

— Sim, estava, e também teria morrido congelado se o tio não o tivesse encontrado. Felizmente, ele voltou para casa só com uma bronca daquelas, mas eu estremeço ao pensar no que poderia ter acontecido.

As duas mulheres trocaram olhares, e Kitty sentiu que Annie poderia ser uma aliada.

— Graças a Deus pelo tio — ela sussurrou, tentando ignorar o pânico que agitava seu estômago ao pensar em Jonas mergulhando no lago. — Ele também está aqui?

— Sem chance enquanto o Everett estiver. Ele não tem nada a ver com isso... — Annie se calou quando a porta da frente bateu e as vozes ecoaram no corredor: o grito agudo de um menino e o suave alvoroço de uma mulher, seguidos de duas vozes masculinas baixas.

Os recém-chegados entraram na cozinha, ainda falando rapidamente. Everett Klein apareceu primeiro, seguido de um homem idoso, que só poderia ser o pai, os dois com narizes muito parecidos. Um menino o seguiu, o cabelo loiro levemente coberto de neve. Ele olhou para Kitty, mas se manteve para trás como se fosse tímido. Ela sorriu para ele, tentando se tornar o mais amigável possível.

— Ah, Kitty, você está aqui. — Mia Klein olhou ao redor da cozinha, limpando a neve dos ombros. — Eu te esperei por horas.

— Sofri um acidente...

— Ah, sinto muito. — Ela piscou algumas vezes, como se os flocos de neve estivessem presos a seus cílios. — Jonas, essa é a Kitty. Ela está aqui para cuidar de você. — Foi alívio o que Kitty ouviu na voz da mulher?

Os olhos de Jonas se arregalaram. Kitty se levantou e se aproximou dele, se agachando para ficar da mesma altura.

— Oi, Jonas, como você está?

— Bem. — Ele deu um sorriso muito rápido.

— Eu vou estar aqui pelas próximas semanas. Nós vamos nos divertir muito — Kitty disse, sentindo pena do pobre menino. Ele parecia muito perplexo. Mia nem contou a ele que ela vinha? — Está animado para o Natal?

Jonas assentiu sem falar.

Ela lhe deu um enorme sorriso.

— Eu também. Tenho muitas coisas interessantes planejadas para nós. Acho que podemos fazer deste o melhor Natal de todos.

Ele ficou um pouco mais feliz com isso, e a expressão cautelosa deixou seu rosto.

— Desde que você consiga impedi-lo de pular no lago de novo, vamos ficar satisfeitos. — A voz profunda de Everett encheu a cozinha.

Os olhos de Jonas se arregalaram, como se ele tivesse sido pego com a mão no pote de biscoitos.

— Foi um acidente. Eu não fiz de propósito.

Mia deu um passo à frente, passando os dedos vermelhos e feridos pelo cabelo do garoto.

— Claro que não fez, querido, mas você não devia ter se aproximado do lago sem um de nós. — Encarando Kitty, Mia lhe lançou um olhar de avaliação. — É por isso que a Kitty está aqui. Ela vai ficar de olho em você quando nós não pudermos.

Everett tossiu e riu ao mesmo tempo. Kitty olhou para ele. O homem estava olhando para ela como se a estivesse avaliando, na tentativa de fazê-la ir embora. Mesmo se estivesse na ponta da sua língua perguntar onde ele estava quando o filho quase se afogou, ela afastou o pensamento. Queria impressionar o homem, e não enfurecê-lo.

— Nós podemos assistir ao desfile de Natal de Harville? — Jonas perguntou, seu rosto se iluminando. — A vovó geralmente me leva, mas ela não pode andar. A mamãe disse que ela vai ficar de repouso por todo o Natal.

Desta vez, Kitty não se preocupou em olhar para Mia pedindo confirmação. Em vez disso, segurou o rosto rosado e frio de Jonas, tocando as bochechas rechonchudas com as palmas. Ele era um menino bonito — a combinação perfeita de genes —, e suas roupas eram caras e bem-feitas. No entanto, ela não podia deixar de sentir pena do garoto que tinha tudo o que podia querer, exceto a atenção dos pais.

— Claro que podemos. Eu não perderia isso por nada no mundo.

5

Viemos ao mundo como irmãos.
—*A comédia dos erros*

Havia um truque para correr na neve. Era necessário um tipo diferente de pessoa para ver, em algum momento, a paisagem congelada como um desafio em vez de um aviso para voltar para dentro e se aquecer. Adam calçou os tênis de corrida — à prova d'agua, para evitar o frio — sobre as meias grossas de lã e fechou a jaqueta à prova de vento sobre as camadas térmicas que vestira antes. A tempestade cessara em algum momento da noite e as nuvens desapareceram como fumaça. Agora o céu estava azul, o sol refletia sobre a neve recém-caída, fazendo as camadas de branco reluzirem como diamantes. Ele começou lentamente, seguindo sua trilha usual pela floresta que ficava entre a cabana e a casa principal, sentindo a neve ceder suavemente sob os pés em cada passo. Quando criança, ele aprendeu que a neve possuía características diferentes dependendo dos flocos e do tempo que seguia. Pó era bom; gelo, ruim.

Sua rota era a mesma todos os dias. Em parte porque ele sabia onde a neve era mais fácil, e em parte porque tinha o instinto de sobrevivência de que a familiaridade poderia significar um resgate em uma emergência — aqueles que saíam da pista eram os que acabavam nunca sendo encontrados. Depois que deixou a parte da copa das árvores verdes, ele emergiu na clareira entre a floresta e a casa principal — o que se tornava um gramado no verão, uma vez que a neve já tivesse derretido. Passou pela casa, seguindo na estrada por cerca de um quilômetro, e depois retornou, correndo ao longo do perímetro da propriedade dos pais antes de passar pela casa mais uma vez.

Às vezes ele parava para tomar um café com Annie antes de terminar a corrida até a cabana. Mas hoje não. Não quando Everett e Mia estavam na casa, mandando em tudo. Melhor evitar esses dois.

Estava quase de volta à floresta quando viu duas figuras à sua frente, correndo e rindo enquanto jogavam bolas de neve um no outro. Adam desacelerou, virando para a esquerda e tentando não entrar em contato com eles. Um momento depois, os dois se viraram, observando-o com suas roupas de alta visibilidade, destacando-se como um polegar colorido contra a paisagem branca.

Ele reconheceu Jonas imediatamente. Seu sobrinho era um bom menino, um garoto amável e extrovertido que parecia idolatrá-lo, apesar de sua aspereza. Ele estava usando uma jaqueta grossa e calça de neve, gorro de lã e um cachecol que o cobria. Por um momento, Adam se lembrou de quando o viu mergulhar no lago no outro dia, o corpo minúsculo atravessando a camada mais fina de gelo coberta de neve. Adam entrou em pânico e correu da cabana o mais rápido que pôde, atingindo a água trinta segundos depois de ver o menino cair.

Mas trinta segundos era o suficiente nesse clima. Foi um milagre o menino não sofrer nenhum dano permanente.

Demorou alguns instantes mais para Adam descobrir quem estava com Jonas, talvez porque ela parecesse tão diferente do dia anterior. A calça jeans sexy e o sapato de camurça haviam desaparecido, sendo substituídos por um traje de neve caro que apertava sua cintura. O cabelo loiro comprido caía pelas costas. Enquanto ela corria em direção a Jonas, segurando uma bola de neve no alto, seu cabelo voava com a brisa, revelando o pescoço esbelto. Ela estava rindo, embora o sorriso tivesse congelado no rosto quando se virou para olhar para Adam, deixando cair a bola de neve da mão enluvada.

— Tio Adam! — Jonas gritou, o rosto alegre e caloroso. — Quer brincar de luta de bola de neve?

O plano de passar despercebido por eles claramente havia falhado. Adam parou de correr por um momento, levantando o gorro para esfriar.

A moça ainda estava olhando para ele.

Sua pele estava rosada do frio, seus lábios, vermelhos. Ela tinha um daqueles narizes perfeitos — o tipo que as pessoas pagavam muito dinheiro aos cirurgiões plásticos para conseguir, ligeiramente arrebitado quando chegava à ponta.

— Oi, Jonas. — Ele sorriu para o menino. — Agora não. Talvez outra hora.

A mulher deu um sorriso hesitante para ele, um sorriso que parecia iluminar todo o seu rosto. Adam sentiu os músculos puxarem na tentativa de responder, seus lábios querendo sorrir.

Ele afastou o olhar dela, se recusando a deixar seu corpo responder. Ela o deixara louco com a falta de noção sobre o clima, o carro e o cervo ontem. Uma típica garota da cidade, pensando que as montanhas eram como o subúrbio, só com um pouco de neve e vida selvagem. O tipo que entrava e deixava uma trilha de devastação para trás.

Ele tinha visto devastação suficiente para durar toda a vida. Definitivamente, não procuraria mais.

Após levantar a mão em um breve até logo, ele começou a correr de novo, os olhos focados nas árvores enfileiradas à sua frente. Ele podia sentir a pele arrepiada na nuca, como se ela estivesse olhando a sua partida. E também sabia qual seria sua expressão. Vira isso na noite passada, quando quase a expulsara da caminhonete e seguira para casa. O que ela havia dito mesmo? *Que ele não era um cavalheiro.* Por algum motivo, essa descrição o irritara. Não era como se ele passasse a vida tentando fazer as garotas chorarem. Ele estava muito ocupado apenas tentando passar o dia.

Quando chegou à cabana, o corpo de Adam estava coberto de suor. Ele tirou a camiseta, enrolou o tecido e o jogou em uma cesta ao lado da porta.

Ele terminou a rotina da manhã com uma centena de exercícios de barra no batente da varanda, contraindo seus grandes bíceps para levantar o corpo. Olhando pela água, viu a grande casa ao lado da montanha e a nuvem de fumaça que se espalhava pela chaminé. Ele se perguntou se ela ainda estava lá, olhando para a clareira onde ele havia desaparecido na floresta.

Ainda estava com a garota na cabeça quando abriu a porta, ouvindo o rangido das dobradiças ao entrar em casa. Pulou ao ver a forma familiar e irritante do irmão descansando na poltrona, os tornozelos cruzados e os pés apoiados na mesa de centro que Adam havia feito. O terno elegante e de boa qualidade de Everett contrastava com a rusticidade do interior da cabana.

Atravessando a sala de estar, Adam abriu o armário e pegou uma toalha limpa antes de entrar no banheiro. Claramente ignorando o irmão, entrou no cubículo e tirou as roupas suadas.

Everett ainda estava sentado lá quando Adam apareceu, dez minutos depois. Ainda estava molhado do banho, com uma toalha branca enrolada nos quadris finos. Se recusando a reconhecer o intruso, Adam pegou uma garrafa de água da geladeira, levando-a aos lábios secos.

— Por quanto tempo você planeja me ignorar?

As palavras do irmão fizeram Adam se lembrar de seu terapeuta. Ele se inclinou no balcão da cozinha com o frasco ainda na mão.

— Pelo tempo que for necessário — falou, encontrando o olhar de Everett.

— Então é isso. Nós temos um pequeno desentendimento e de repente eu não sou mais bem-vindo aqui? O que aconteceu com a lealdade familiar?

Adam abriu as mãos, um reflexo inconsciente da postura do irmão.

— Estava pensando a mesma coisa. Desde setembro.

Everett suspirou, seu peito subindo e descendo em um movimento muito exagerado.

— Isso ainda não acabou? A nossa mãe me disse que a terapia estava indo bem. Pensei que você já tivesse resolvido isso.

Adam olhou para o irmão, tentando descobrir como acabaram assim. Embora fossem próximos no passado, enquanto cresciam, havia poucas semelhanças entre os dois, seja fisicamente ou em personalidade. Às vezes Adam achava difícil acreditar que os dois fossem parentes. Mas, quando eram crianças, foram inseparáveis. Everett, o mais velho, inventava histórias e planejava aventuras, enquanto Adam, o mais novo e mais forte, executava seus planos, acrescentando sua força ao cérebro de Everett. Mesmo no ensino médio eles formaram uma boa equipe — com apenas um ano separando os dois, estavam o tempo todo juntos. Quando a mente hiperativa de Everett o colocava em problemas, eram os punhos de Adam que o ajudavam a encontrar uma rota de fuga. Os garotos Klein eram uma dupla unida. Ninguém mexia com eles; não se tivessem um pouco de juízo.

À medida que envelheceram, naturalmente suas vidas divergiram. Everett sempre foi levado a ter sucesso, forçando o caminho para o topo da escola de cinema com pura determinação. A jornada de Adam pela escola não foi tão direta. Começou a estudar direção e depois se sentiu atraído pelos documentários. Com seu faro para a verdade, encontrou uma maneira de convencer os entrevistados mais relutantes a revelar mais do que queriam. Alguns diziam que sua boa aparência também não o atrapalhava. As mulheres eram fãs ávidas de Adam Klein pelo jeito como ele parecia diante das câmeras.

Mas essa divisão entre eles era mais do que dois irmãos crescendo. Foi um abismo causado pelos eventos do verão passado, deixando Everett de pé em um lado do buraco e Adam no outro. Nenhum dos dois parecia estar disposto a atravessar a ponte. Em vez disso, estavam esperando que o outro o fizesse de alguma forma.

Não que isso fosse acontecer.

— Estou fazendo terapia porque a polícia insistiu — Adam lembrou ao irmão. — E todos nós sabemos quem chamou a polícia.

Everett pareceu magoado. Se Adam não o conhecesse melhor, poderia dizer que era sincero.

— Não tivemos escolha.

Adam engoliu o último gole de água, jogando a garrafa de plástico vazia na lixeira. Ela pousou lá dentro com um baque satisfatório.

— Sempre há uma escolha. — Não que ele estivesse preocupado em arrancar as bolas do irmão pelo telefonema. Essa seria a menor de suas contravenções.

— Não podemos deixar o passado para trás? — Everett perguntou. — O Natal está chegando. A nossa mãe vai sair do hospital. Ela merece ter a família reunida. Todos nós — ele falou mais alto para enfatizar a última parte, como se Adam ainda não tivesse percebido o argumento.

— Você passou muito tempo trabalhando em filmes — Adam respondeu. — Está começando a acreditar nessa merda toda. Felizmente as reuniões familiares só acontecem nas telonas. E sabe por quê? — Suas mãos ainda estavam cerradas. Ele as manteve ao lado do corpo com firmeza. Everett não podia vê-las, estavam encobertas pelo balcão da cozinha, mas, se pudesse, ficaria satisfeito com a reação que estava provocando. — Porque são todas mentiras, cada uma delas. São como as histórias de Ray Bradbury, em que os caras aterrissam em Marte e acham que estão em casa. Algum tipo de idílio com mamãe e papai e mingau para o café da tarde. Mas, assim que a noite cai, as máscaras derretem, e os alienígenas aparecem.

— E você passou muito tempo investigando bandidos. Está começando a vê-los em todos os lugares, mesmo quando não estão por aí. Eu sou seu irmão, Adam, e não seu inimigo. Por que não podemos deixar tudo isso para trás?

Adam pegou uma camiseta recém-lavada de um cesto que estava ao seu lado e a vestiu para cobrir o peito, agora seco. Everett fazia parecer tão fácil, como se esquecer o passado fosse como fechar uma porta. Ele podia ter aperfeiçoado a atuação de bom irmão mais velho, mas Adam era mais maduro e mais sábio agora.

Ele conseguia farejar a merda a cem metros.

— Eu vou ser civilizado com você enquanto estiver aqui — respondeu, mantendo a voz baixa. — Mas não pense que isso significa alguma coisa, porque não significa. Vou fazer isso pelos nossos pais e pelo Jonas.

Everett assentiu. De pé, passou a mão nos vincos da calça.

— Acho que é isso.

Era, ao que se referia a Adam. Ele queria que Everett saísse da sua casa — do lugar que, de alguma forma, se tornou seu santuário. E quanto antes melhor.

Everett seguiu até a porta da frente, pegando o casaco de neve do gancho na porta.

— A propósito, este lugar é uma merda. Não acredito que você more num lugar assim. — Antes que Adam tivesse a chance de responder, seu irmão havia desaparecido, fechando a porta. O mais novo e maior dos irmãos Klein estava sozinho na cozinha, seu sangue fervendo.

Como sempre, Everett tinha que falar por último.

6

Quando em fúria, atacamos até quem nos quer bem.
— *Otelo*

Em sua segunda noite nas montanhas, ela ficou tão inquieta quanto na primeira. Depois de colocar Jonas para dormir, Kitty ficou deitada com os olhos abertos na cama de solteiro desconfortável, a mente um turbilhão de pensamentos que se recusavam a deixá-la descansar. Apesar do tempo lá fora, o quarto no sótão estava quente e abafado e tinha um odor estranho que fazia seu nariz coçar. Ela revirou na cama até o amanhecer surgir pelas frestas das cortinas. O peitoril externo ainda estava coberto de neve, como um bolo congelado. A luz solar ressaltava o gelo formado no telhado, refletindo o brilho através da janela.

Este era o seu primeiro Natal longe de casa, longe da família que amava. Embora estivessem espalhadas por todo o mundo, ela costumava passar as férias com pelo menos uma, se não mais, das suas irmãs. Este ano, Cesca e Sam estariam comemorando em Londres junto com Lucy e o pai. Ela podia imaginar os quatro comendo biscoitos e contando histórias ao redor do fogo, cercados pelos mesmos enfeites de sempre, e uma árvore enfeitada com peças que elas faziam quando estavam na escola.

Uma onda inesperada de saudade de casa a invadiu enquanto pensava nas irmãs. Em Lucy, a mais velha e mais formidável, Julieta, a bela. Em Cesca, o gênio criativo que estava fazendo uma nova onda de sucesso. E havia Kitty — a mais nova das quatro. Ela esteve ao lado das irmãs por tanto tempo que, sem elas, nem sempre estava certa de seu lugar.

Um barulho na porta a fez se sentar de repente, puxando os lençóis para cobrir o pijama.

— Quem é? — gritou.

A porta se abriu para revelar Jonas. Depois de passarem um dia jogando bolas de neve e construindo bonecos, ele a derretera. De noite, estava falando com ela como se fossem melhores amigos, e, quando Kitty leu uma história para ele dormir, o menino se aconchegou a ela como um gatinho.

As crianças eram tão fáceis quando se tratava de relacionamentos. Era uma pena que os adultos não fossem assim.

— Bom dia, luz do dia — Kitty falou, abrindo um sorriso. — Dormiu bem?

— Tudo bem. — Jonas deu de ombros. — Mas é melhor levantar agora. São quase oito horas. O papai saiu para uma reunião, mas deixou uma lista de instruções para você. Ele disse que de jeito nenhum eu devo ficar perto do lago sozinho, o que é injusto pra cacete, se você me perguntar.

— Você não deve falar palavrão — Kitty o repreendeu com gentileza. — Tem tantas palavras melhores para usar.

— Mas o papai xinga o tempo todo — Jonas reclamou. — E ele nunca me disse para não falar.

Kitty disfarçou um sorriso.

— Se quiser passear pelo lago, vai precisar ficar comigo — falou. — Caso contrário, vamos ter que ficar perto da casa.

Vinte minutos depois, após um banho seguido de uma massagem com uma toalha macia e quente, Kitty caminhou até a cozinha. Jonas estava apoiado no balcão tagarelando com Annie enquanto ela preparava o café da manhã. O cheiro de aveia morna preenchia o ambiente, deixando Kitty com água na boca.

Seu estômago roncou alto o suficiente para Jonas parar de falar.

— Uau — ele disse, com os olhos arregalados. — Isso foi demais.

Não precisava de muito para impressionar um garoto, e as funções corporais pareciam estar no topo da lista de Jonas. Ela teria que se lembrar disso.

Annie estalou a língua e encheu uma tigela de mingau, entregando-a para Kitty.

— Tem xarope de bordo ali e mel orgânico, se estiver de dieta. A jovem sra. Klein insiste nisso.

— A mamãe despeja esse negócio no café toda manhã, e depois não come — Jonas acrescentou alegremente. — Isso deixa a Annie louca.

Pela expressão de desaprovação no rosto da governanta, Kitty podia ver que ele estava certo.

— Eu prefiro o xarope de bordo. — Kitty sorriu, alcançando a embalagem melada. Embora não estivesse com excesso de peso, ela era o que um ex-namorado chamava de "robusta": uma garota com quadris ótimos para o parto e um corpo capaz de suportar a fome. Em seus momentos mais caridosos, ele dizia que ela sobreviveria em caso de emergência nacional. Não foi um bom elogio. E era exatamente o motivo pelo qual ele era um *ex*-namorado.

Após o café da manhã, ela levou Jonas para escovar os dentes e se vestir. Escolhendo um suéter quente e uma calça grossa, ela o embrulhou como uma múmia, pronto para enfrentar o ar congelado. Nevara outra vez à noite, e, embora as estradas estivessem limpas, o cobertor gelado insistia em permanecer no gramado e nos canteiros de flores que levavam até a floresta cintilante sob o sol de inverno. Jonas correu na frente, puxando o trenó, gritando de volta com instruções e incentivando-a a continuar.

Kitty vestiu o casaco de neve cor-de-rosa que Mia lhe emprestara. Se as coelhinhas da *Playboy* brincavam na neve, era exatamente isso o que vestiam. Ela não podia deixar de notar esse fato.

Ainda que fosse melhor do que congelar com sua jaqueta fina.

— É bem por aqui — Jonas gritou, desaparecendo na mata densa. — Tem uma clareira que leva ao lago, com colinas e tudo. Você vai amar.

Kitty soltou um fraco sorriso. Quando criança, ela sempre odiara a neve, observando com inveja enquanto as irmãs mais valentes desciam a colina. Elas se equilibravam precariamente em seus trenós, confiando cegamente que, quando chegassem ao final, de alguma forma freariam. Enquanto isso, Kitty ficava ao lado da encosta, tremendo e esperando horas até poder ir para casa, voltar para o calor e para a TV.

No entanto, o inverno da Virgínia Ocidental colocava Londres no chinelo. O clima aqui não era apenas severo: era congelante, fazendo o vapor da respiração condensar assim que saía de sua boca e lhe batia na pele como uma mulher desprezada. Kitty já estava contando os minutos até conseguir persuadir Jonas a voltar para dentro, talvez com a ajuda de chocolate quente e marshmallows.

Ela estava tão perdida em pensamentos que levou um instante para perceber que o menino havia desaparecido. Sua trilha de passos na neve sumiu quando ele entrou na sombra da floresta.

Merda, merda, merda.

Ela não se incomodou em se repreender pelos xingamentos murmurados, acelerando o passo para entrar na floresta na direção que Jonas tomara. Seu peito apertou com pânico, fazendo-a respirar alto e pesado e forçando os movimentos. Olhando de um lado para o outro, ela procurou sinais do menino, mas não encontrou nada além de árvores.

Onde ele estava?

— Jonas! — Seu grito perturbou as poucas aves que permaneceram na floresta, se mantendo de forma obstinada no norte, apesar da atração para climas mais ensolarados. Asas bateram em tom alto e derrubaram a neve que estava sobre os ramos, caindo aos seus pés em grandes aglomerados brancos. — Jonas, eu não estou vendo você — chamou de novo. Um som agudo veio da sua esquerda, e Kitty virou a cabeça, mas não havia nada lá. Nada que pudesse enxergar. As batidas do seu coração ainda eram fortes contra o peito. Como ele podia desaparecer tão rápido...

E se ele tivesse ido até o lago?

As imagens do seu corpinho surgiram na mente de Kitty. A pele acinzentada, o rosto inexpressivo enquanto ele flutuava na água congelada. *Ah, meu Deus, faça com que ele esteja seguro*, rezou, juntando as mãos enquanto continuava a procurar.

Um minuto depois, ela chegou a uma grande clareira. A terra estava coberta de neve que brilhava como diamantes ao sol. Na ponta da colina, Jonas estava de pé, segurando o trenó com uma mão, usando a outra para acenar loucamente para alguém no lago.

Embaixo do gorro de lã grossa que Kitty insistiu que ele usasse, as bochechas de Jonas estavam coradas, e um grande sorriso estava refletido em seu rosto.

— Tio Adam! — ele gritou, sua voz alta o suficiente para ecoar pelo cânion. — Aqui! Você está me vendo?

Kitty seguiu a linha de visão de Jonas, observando a forma de um homem no lago, a pouco mais de cem metros de onde ela estava. Inclinado sobre uma pilha de toras, ele estava segurando um machado nas mãos, parando no meio do balanço quando ouviu o grito de Jonas. Quando o homem se levantou, estava usando só uma camiseta, apesar do clima. Kitty jurou que podia ver seus músculos ondulados, mesmo sabendo que a essa distância deveria ser impossível. Talvez o homem tivesse um corpo como a Muralha da China — visível mesmo do espaço.

Estava ficando mais quente aqui ou ela estava ficando vermelha?

— Jonas, venha cá — Kitty gritou. — Você não pode brincar lá embaixo. Vai acabar caindo no lago. — A colina era íngreme, terminando na beira da extensão de água, e o pensamento de que Jonas pudesse mergulhar na água gelada fez seu coração bater de forma selvagem.

Pelo canto dos olhos, ela viu Adam apoiar o machado e caminhar na direção deles. Apesar da sua roupa quente de neve, ela sentiu que estava começando a tremer. Encontrou esse homem exatamente duas vezes, e nas duas ele a olhou como se ela tivesse maculado seu brinquedo favorito.

Ele cobriu a distância entre eles e a cabana em menos de um minuto. Jonas estava sorrindo para o tio, ainda segurando a ponta do trenó com a mão enluvada. Ficou encantado ao vê-lo.

Ao contrário de Adam, cujo rosto parecia com um trovão. Kitty só podia assumir que era direcionado a ela.

— Tio Adam, você vai passear comigo?

Adam levantou o gorro de Jonas e bagunçou seus cabelos.

— Talvez mais tarde. Eu quero conversar com a sua babá primeiro. Pode nos dar um minuto?

A boca de Kitty ficou seca. O pensamento de uma conversa rápida a fez se sentir mal.

— Conversar é chato.

Adam sorriu para Jonas, o humor não alcançando seus olhos.

— Com certeza é. Então fique parado e não se mova, tá? Eu já volto. — Ele se virou para Kitty, o sorriso desaparecendo dos lábios. — Uma palavra, por favor?

Ele passou por ela, os pés empurrando a neve enquanto caminhava. Kitty sentiu seu braço encostar no dela. Ela respirou fundo, tentando ignorar a forma como seu coração estava batendo contra o peito. Quando se virou, ele estava a dez metros de distância. Ela se aproximou para se juntar a ele.

— Oi — disse, estendendo a mão para ele. — Talvez possamos recomeçar? Eu sou a Kitty, a babá do Jonas.

— Eu sei quem você é — Adam falou, ignorando seu cumprimento. — O que você estava pensando, deixando o Jonas correr para o lago sozinho? Você ouviu o que aconteceu no outro dia? O garoto quase se afogou. Eu tive que pescá-lo antes que ele afundasse. Que tipo de babá deixa uma criança correr um perigo desse?

Seu ataque verbal pareceu uma bofetada contra sua pele, já sensível. Ela recuou, dando um passo para trás, precisando da distância.

— Eu tirei os olhos dele por um segundo — protestou. — Assim que percebi que estava na floresta, corri atrás dele. E olha: ele está bem, né? Ele sabe que não deve andar de trenó sem mim. — Ela apontou para Jonas, que estava olhando para os dois com olhos semicerrados. Ele não era bobo. Devia saber que estavam discutindo.

— Não, não está tudo bem — Adam disse. — Está longe de estar bem. Um minuto é o necessário para alguém se machucar. Ele é só uma criança. Precisa que cuidem dele. E, se você estiver muito ocupada retocando o batom ou conversando com seus amigos no telefone, talvez deva ir embora.

Uma onda de raiva a atingiu.

— Não sei quem te aborreceu hoje, mas você está exagerando. Sim, ele fugiu quando não deveria, e sim, vou ter uma conversa com ele, mas você está louco se acha que pode falar assim comigo.

Ele balançou a cabeça com veemência.

— Não estou louco.

— Está, sim. Não tenho ideia do que eu fiz para te deixar tão irritado, além de ter matado um cervo por acidente, mas, toda vez que me vê, você me maltrata. — Ela parou para respirar fundo. Ele ainda estava olhando para ela com aqueles olhos castanhos profundos semicerrados.

— Sim. Faça o seu trabalho e todos estaremos bem. Esse garoto já é negligenciado o suficiente. Não precisa adicionar você à lista de pessoas que o ignoram.

Ela endireitou a coluna.

— Eu não o ignoro, e nunca faria isso. E dispenso qualquer outro tipo de sugestão. Agora, talvez possamos terminar esta discussão e eu vou dar a atenção que ele merece. — A jovem cruzou os braços.

Ele olhou para ela por um momento a mais, focando o olhar nos braços cruzados e depois na cintura marcada. Ela realmente odiava essa droga de roupa. Finalmente, ele deu um ligeiro aceno.

— Certo.

Deixando escapar o ar, ela se virou e voltou para Jonas, ignorando o sr. Irritado, porém lindo, que ficou parado atrás dela. Abrindo um sorriso só para Jonas, Kitty piscou, tentando afastar as lágrimas que ameaçavam cair.

— Venha, vamos andar de trenó.

7

Acima de tudo, seja fiel a si mesmo.
— Hamlet

— Quanto você ficou irritado? — Martin perguntou, cruzando as pernas. O movimento fez sua calça acinzentada se enrugar. — Em uma escala de um para LA.

Era uma piada? Adam não tinha certeza. Martin era sempre tão inexpressivo que ele não conseguia distinguir a diferença entre uma piada e uma observação pontual.

— Fiquei muito bravo. O garoto quase se afogou no lago, pelo amor de Deus. Ela foi negligente.

— Você disse que ela estava a poucos segundos dele. — Martin anotou algo em seu bloco. — Talvez você pudesse ter lhe dado o benefício da dúvida. Por que não deu?

Adam umedeceu os lábios secos por causa do ar aquecido.

— Fiquei bem irritado. Um acidente acontece em menos de um minuto. Ela não deveria tirar a atenção dele nem por um segundo. — Ele se inclinou para a frente, sua expressão intensa. — Se alguma coisa acontecesse, eu nunca me perdoaria.

Os lábios de Martin se contraíram quando ele escreveu em seu bloco de notas de novo. Adam se perguntou se conseguiria ver essas anotações.

— Eu percebo que você fica agitado quando fala sobre essa garota. Kitty, não é? O que é que desencadeia isso?

— Eu não fico agitado. Ela só me irrita.

Desta vez Martin permitiu que um sorrisinho aparecesse.

— Certo, então o que te irrita nela?

Adam se recostou na poltrona.

— Ela quase machucou o meu sobrinho.

— Mas, pelo que você me contou antes, ele estava em maior perigo antes de a Kitty chegar a Cutler's Gap. E não me lembro de você ter ficado tão irritado com a sua cunhada por deixar o Jonas correr livremente ao redor do lago. Essa Kitty disse alguma coisa que te deixou nervoso? — Adam fechou os olhos por um momento, rememorando os acontecimentos do dia anterior. Ele não conseguia tirar da cabeça a expressão dela, por mais que tentasse. Ela tentou ser amigável, até lhe ofereceu a mão, e ele praticamente a mordeu assim que abriu a boca.

Ele normalmente não reagia tanto às pessoas. Pelo menos, não antes de LA.

— Ela me faz lembrar de alguém — finalmente murmurou.

— Quem?

— Lisa.

A expressão de Martin se iluminou, como se finalmente os dois fossem ter algum progresso. Lisa, sua ex-assistente. Como Kitty o lembrava dela?

Ele não pensava em Lisa havia semanas. Não que existisse muito em que pensar. O relacionamento dos dois tinha sido casual, na melhor das hipóteses, nascido da proximidade e necessidade, em vez de desejo e paixão. Ela fora sua assistente quando ele estivera na Colômbia, e viu quase tudo o que aconteceu. Tudo, exceto a pior parte.

— Ela é bonita — disse, tentando descobrir onde as semelhanças estavam. — E projeta uma imagem amigável, como se não estivesse só esperando para te trair.

— Nós estamos falando da Lisa ou da Kitty?

— Das duas.

— Interessante. O que te faz pensar que a Kitty vai te trair? Ela conhece você? — Martin deixou a caneta de lado, absorvido demais para escrever.

— Não é isso que todas as mulheres acabam fazendo? — Se você permitir, sim. — E os homens também. Não vamos deixá-los de fora.

— Você acredita mesmo nisso? — Martin perguntou. — Acha mesmo que todo mundo está contra você?

Adam riu, uma risada curta, sem humor.

— Está me perguntando se eu estou paranoico?

O sorriso de Martin era mais autêntico.

— Essa é uma pergunta que uma pessoa paranoica faria. — Ele deu de ombros. — Mas sério. Essa garota, você a encontrou o que, duas vezes? A menos que ela seja alguma espiã assustadora, enviada pelo seu irmão, talvez você devesse simplesmente aceitá-la sem ficar questionando quem ela é.

Adam olhou para seu terapeuta por um instante, considerando suas palavras. Uma coisa boa sobre Martin: ele permitia que Adam ficasse em silêncio pelo tempo necessário para absorver as coisas. Às vezes isso era mais importante do que falar, ele dizia. Adam deslizou o polegar ao longo da mandíbula, sentindo a barba por fazer sob seu toque, pensando em Kitty e sua resposta a ela.

Desde o primeiro momento em que a vira, sozinha naquela estrada, sentira como se tivesse levado um soco no estômago. Ele se lembrou das lágrimas que brilhavam em seus olhos antes que ele atirasse no cervo e da maneira firme como ela se manteve enquanto ele dirigia para casa. Ela era sensível, mas não tinha medo de dar o melhor de si. Ele deu um meio sorriso, lembrando-se de ouvi-la falar que ele não era um cavalheiro quando a deixou na entrada. Um sentimento que ela repetiu na conversa de ontem, quando disse que não sabia quem o havia irritado.

Enquanto sua mente vagava pelos dois encontros — sem mencionar aquele em que ele fez de tudo para evitá-la quando estava correndo na neve —, ele chegou a uma conclusão. Ela não havia feito nada errado além de ser humana. Ele é que se comportara como um idiota.

Droga.

— Eu tenho que pedir desculpas a ela — disse com suavidade, mais para si mesmo do que para Martin.

— Kitty? — Martin perguntou.

— Sim. — Adam assentiu. Ele deixou a raiva do irmão, e talvez de Lisa também, se infiltrar em suas interações com a babá de Jonas. Bastava vê-la com seu lindo cabelo loiro e seu corpo perfeito, que se lembrava de tudo o que odiava sobre LA. A perfeição, os sorrisos fáceis, as pessoas fingindo ser amigáveis quando, na verdade, estavam tentando conseguir alguma coisa de você. As mentiras que mascaravam com roupas extravagantes para se disfarçar de verdades.

— Eu agi feito um idiota — continuou —, mas não tenho medo de dizer quando estou errado. E desta vez eu realmente estou errado. — Ele se sentiu mal quando se lembrou da expressão magoada dela e da maneira como continuou olhando para ele quando voltou para a cabana. Pior ainda: ele permitiu que Jonas os visse discutir.

— Então, o que você vai fazer a respeito? — Martin perguntou.

Só havia uma coisa a fazer quando se errava. Algo que Adam desejou que seu irmão conhecesse. Erguer as mãos, admitir e tentar melhorar as coisas.

— Vou me desculpar — disse a Martin.

Os lábios de Martin disfarçaram um sorriso.

— Esse parece um bom jeito de terminar a sessão de hoje.

❄

— Ele disse que perdeu as chaves, mas o estranho é que eu as encontrei no dia seguinte na bandeja ao lado da porta — Lucy falou. — Não sei o que há de errado. Ele sempre foi meio esquecido, mas juro que está piorando.

Kitty cruzou as pernas em pose de lótus, movendo o notebook no colchão para conseguir ver a todas na tela. Cesca e Lucy, Juliet e Poppy: as três irmãs e a sobrinha. Elas continuaram falando enquanto ela as olhava, observando cada uma delas. Depois dos últimos dias, estava sentindo mais falta de todas do que nunca, uma saudade que apertava o coração.

— Talvez nós devêssemos levá-lo ao médico — Cesca sugeriu.

— Ele nunca vai. — Essa foi Juliet.

— Às vezes a gente precisa bater o pé — Cesca falou.

— Tentou isso com ele? — Lucy perguntou, fazendo uma careta. — Você sabe como ele é.

— E nós sabemos quem herdou a teimosia dele. — Juliet sorriu para a irmã. — Olha, vamos esperar passar o Natal e depois conversamos sobre isso novamente? Não tem nada que possamos fazer tão perto das festas, de qualquer maneira. O consultório deve estar cheio de gente gripada, e a última coisa que queremos é que ele pegue alguma coisa.

Embora Kitty fingisse gemer quando falavam sobre esse encontro semanal via Skype, também havia algo reconfortante nisso. Que a fazia se lembrar de que não estava sozinha no mundo, e que, o que quer que acontecesse, sempre as teria. Mesmo que todos ao redor da montanha a odiassem.

Tudo bem, nem todos. Apenas um corpo, um muito bom.

— Falando no Natal, nós precisamos combinar um horário para nos falarmos — Lucy, sempre a organizadora, disse. — Vamos almoçar por volta das duas, no nosso horário, o que acho que deve ser nove da manhã onde vocês duas estão.

— Ei, nós vamos estar no mesmo fuso horário desta vez. — Juliet sorriu para a tela em direção a Kitty. — Se ao menos eles te deixassem ter o dia de folga, você poderia vir passar o Natal conosco.

Não havia muita chance de isso acontecer, mesmo que estivesse trabalhando com Mia e Everett por tempo suficiente para pedir. Os dois pareciam estar constantemente ocupados. Ela notou que os dois tinham algumas conversas tensas, mas em voz baixa. Algo definitivamente não parecia bem ali. No momento, ela era praticamente o único adulto responsável por aqui, além da governanta. E só conseguiu fazer essa ligação porque Annie concordou em cuidar de Jonas por meia hora. Os dois estavam na cozinha, assando biscoitos.

— Seria ótimo — Kitty falou. Impossível, mas ótimo.

— Então, a que horas vocês acham que nós devemos marcar a ligação? — Lucy perguntou. — Antes ou depois do almoço?

— Nós vamos almoçar com a família do Thomas — Juliet falou, franzindo o belo nariz ao mencionar os sogros. — Marcamos às três, então eu posso em qualquer horário antes disso.

— Não tenho certeza de quando vamos almoçar. Vou ter que verificar — Kitty falou. — Será que eles a deixariam tirar uma hora para passar com a família?

— Como vai o trabalho de babá? — Juliet perguntou. — Está se dando bem com o menino?

— Ele é uma graça — respondeu.

— E os pais dele? — Juliet perguntou. — São legais também?

— Não sei dizer. Eu quase não os vejo. Mesmo quando a mãe está aqui, está sempre ocupada. É como se ela não soubesse o que fazer com uma criança da idade dele. — Kitty franziu o nariz. Juliet assentiu, com pena. De todas as irmãs, ela sabia como era tentar cuidar de uma criança.

— Não teve sorte em perguntar ao pai sobre aquele estágio, então? — A voz de Cesca era simpática.

— Seria ótimo ter uma chance. — Kitty deu de ombros. — Ele também quase não fica aqui.

— Talvez você possa encurralá-lo na hora da ceia — Cesca sugeriu. — Espete-o junto com o peru, assim ele não vai poder se mexer.

— Acho que ele não gosta muito de mim — Kitty falou, se lembrando das poucas vezes que se falaram. — Não tenho certeza de que algum dos Klein seja meu fã, na verdade. — Exceto Jonas. Seu entusiasmo por Kitty havia aumentado.

— Por quê? Quem mais te chateou?

Kitty roeu a unha, se lembrando do encontro com Adam.

— O irmão do Everett parece não ir muito com a minha cara. Ele grita comigo toda vez que nos encontramos.

— Isso é horrível. Espero que você tenha mandado ele para aquele lugar. — Lucy ficou com raiva. As coisas eram sempre preto no branco em seu mundo. — Odeio pessoas assim.

Kitty também não gostava muito dele.

— Acho que eu o irritei desde o começo — ela disse, contando a respeito do acidente com o cervo. O divertimento das irmãs aumentou quando ela contou sobre a discussão com Adam no lago.

— Você realmente perguntou por que ele estava de mau humor? — Cesca questionou, tentando esconder o sorriso. — O que ele disse?

— Não lembro — Kitty admitiu. — Mas tenho certeza de que não foi bom.

— Sério, você tem coragem, garota. — Cesca levantou a mão, como se fosse bater na da irmã. — Você insultou o famoso Adam Klein.

Kitty sentiu o sangue escorrer do rosto.

— Como assim?

— Quero dizer que ele podia ter sido uma ajuda e tanto com o estágio, mas não se ficar agindo como um idiota.

— Adam Klein — Kitty repetiu, sentindo os músculos enfraquecerem. — Não percebi...

Ficou muito óbvio, assim que Cesca falou. Claro que ele era Adam Klein. Tudo bem, ele deixou a barba crescer, e por algum motivo estava matando cervos e cortando madeira com um machado, mas não havia dúvida de que ele era o produtor de documentários que estudou em seu curso de graduação.

O algoz dos criminosos em todos os lugares, Adam Klein era famoso por seus documentários que investigavam cartéis de drogas e traficantes de pessoas. Eles eram exemplos perfeitos de como a produção de filmes poderia fazer a diferença no mundo. Durante metade da faculdade, Kitty teve uma queda por ele.

E ela perguntou por que estava de mau humor. Meu Deus.

— Você está bem? — Cesca perguntou. — Está um pouco pálida.

— Deve ser a tela — ela respondeu, em voz baixa. — Não se preocupe comigo. Estou ótima.

Mais tarde naquela noite, ela se sentou na beirada da cama de Jonas, lendo um livro em voz alta e imitando as vozes para fazê-lo rir. Eles estavam lendo o primeiro livro de uma série que ela adorava na infância, e estava apreciando tanto quanto ele. Isso lembrava sua mãe. O jeito como a atriz brilhante interpretava, em vez de simplesmente ler, fazendo as histórias ganharem vida na cabeça do menino.

Outra coisa de que sentia falta em relação à mãe. Sentia saudade disso desde os dez anos.

Quando chegou ao final do capítulo, Kitty colocou um marcador de páginas e o fechou.

— Nós vamos ler mais amanhã — disse a Jonas, antecipando sua decepção. — É hora de dormir agora. — Ela se inclinou para abraçá-lo. — Boa noite, durma bem e bons sonhos.

— Nós podemos andar de trenó amanhã também? — Jonas perguntou, um bocejo abrindo a boca o suficiente para que ela pudesse ver suas amígdalas.

— Não posso. Tenho que ir ao aeroporto para pegar uma coisa.

— O que você precisa pegar? — Jonas se sentou, olhando-a com atenção. Como qualquer criança, algo fora do comum era o suficiente para atrair seu interesse.

— Nada especial. Só uma coisa que eu deixei em Los Angeles. — Ela sorriu para ele, deliberadamente evasiva. O fato era que Mia lhe enviara mensagens de texto para que pegasse os presentes de Jonas. Ela os enviara de Los Angeles a um custo enorme.

— Como é que alguma coisa pode tomar um avião? — Jonas perguntou, as pálpebras começando a se fechar. — Com certeza alguém teria que levar essa coisa.

— Às vezes você pode colocar as coisas no porão do avião. Nem sempre precisa de um passageiro para trazer. Agora tente dormir. Está ficando tarde.

Jonas fez o que ela disse, voltando para o colchão.

— O que é um porão?

Kitty puxou os cobertores sobre seu corpinho, prendendo-os firmemente ao redor dele.

— É como o porta-malas de um carro, só que fica na barriga do avião. É ali que eles armazenam todos as malas quando você voa. Também colocam pacotes e encomendas lá, e até alguns animais às vezes.

— E pessoas.

Ela balançou a cabeça.

— Não, meu bem. Pessoas não. Elas viajam nas poltronas.

— Nem sempre. Os cadáveres vão no porão.

Sua coluna se arrepiou.

— Quem te disse isso?

A voz de Jonas era abafada.

— Eu ouvi em algum lugar. O tio Adam quase acabou no porão, mas no fim ele não foi baleado, então voltou no avião.

— É mesmo? — Ela abriu a boca para dizer alguma coisa, depois a fechou novamente. O que ela deveria dizer? Ficou desconcertada.

Ele assentiu, e seus olhos finalmente se fecharam.

— Sim, o papai disse que ele teve sorte.

— Teve mesmo. — Ela esperou na cadeira ao lado da cama até Jonas adormecer, os cobertores subindo e descendo com sua respiração regular enquanto escapava para os sonhos.

Deixando o quarto, apagou a lâmpada e acendeu a luz noturna, voltando para verificar Jonas mais uma vez antes de fechar a porta com suavidade. Então se virou para caminhar pelo corredor até as escadas e bateu diretamente em um corpo alto e duro.

— Ah! — Ela deu um passo para trás. — Me desculpe, não te vi. — Na escuridão do corredor, demorou um momento para perceber quem era.

— Eu estava te esperando — Adam disse. Ele inclinou a cabeça para o lado, olhando para ela.

— Estava? — Ela engoliu em seco. — Por quê?

— Nós podemos falar em outro lugar?

— Sobre? — Sua nuca eriçou. Queria dizer algo irônico, mas era Adam Klein.

Adam Incrível Klein. Ela devia estar se remexendo ou algo assim.

Seu rosto se torceu como se estivesse pensando.

— Acho que vai ter que ser aqui mesmo — ele falou. — Eu sei que a Mia e o Everett estão viajando, perguntei para a Annie. E o meu pai está visitando a minha mãe no hospital, então ninguém vai nos interromper.

Ela olhou de volta para a porta de Jonas.

— Se nós mantivermos a voz baixa, talvez não acordemos o menino.

Pela primeira vez desde que o conheceu, ele abriu um sorriso para ela. E, cara, era glorioso. Um daqueles sorrisos tipicamente americanos, tão bonito que deixava suas pernas bambas.

Ou que deixaria se você ficasse notando esse tipo de coisa. Algo que Kitty não estava fazendo. De jeito nenhum.

— Eu te devo desculpas — Adam falou, se aproximando para se encaixar casualmente na parede ao lado dela. — Eu disse algumas coisas que não devia, e, definitivamente, fiz isso de uma maneira muito errada. Me desculpe. — Bem, isso foi inesperado. Kitty não conseguiu pensar em uma única palavra para responder. Era como se alguém tivesse tomado seu cérebro e o substituído por uma bola gigante de algodão. — Pode me perdoar? — ele perguntou.

Os olhos de Kitty se arregalaram.

— Certo.

— Isso é um *certo, eu te perdoo* ou *certo, vou dizer qualquer coisa se você me deixar sozinha, porque você me deixa com medo?* — Adam perguntou.

— Hum, um pouco dos dois, provavelmente.

Ele riu e isso animou todo o seu rosto, enrugando a pele entre os olhos e fazendo as bochechas se levantarem. Ele era bonito demais. Não, demais não. Só bonito. Deus sabia que parecia ainda melhor sem aquela barba toda.

— Acho que vou aceitar, então. — Ele se afastou da parede, dando a Kitty o espaço que ela não percebeu que precisava. Seu corpo estremeceu de alívio. — Sinto muito mesmo. Normalmente não sou idiota, pelo menos não costumava ser. Prometo que, da próxima vez que te vir, não vou gritar contigo. Boa noite, Kitty.

Haveria uma próxima vez? Ah, caramba. Kitty não tinha certeza se esse pensamento a excitava ou a aterrorizava.

Um pouco dos dois, provavelmente.

8

Desejo ouvi-la falar de novo e me banquetear através de seus olhos.
— *Medida por medida*

De onde estava, através da linha das árvores, Adam parou para recuperar o fôlego enquanto observava Everett embarcar no utilitário esportivo preto, segurando o telefone na orelha como se fosse parte do corpo. Acenando distraidamente para o filho, que estava de pé ao lado de Annie Drewer, Everett mal olhou para Jonas, muito ocupado gritando ordens no aparelho para notar a expressão de decepção do menino.

Foi quando Kitty saiu correndo, parando onde Jonas estava de pé, parecendo triste. Virando-se para o menino, ela o pegou nos braços, fazendo cócegas nas laterais do corpo e barulhos no seu pescoço.

Adam se viu sorrindo quando ouviu as risadas agudas do sobrinho — seu riso estava muito perto de se tornar choro, as lágrimas ameaçando aparecer, mas a garota sussurrou algo na orelha de Jonas, lhe trazendo outro sorriso para o rosto.

No momento seguinte, ela olhou para cima. Seus olhos examinaram a linha de árvores, e Adam se viu recuando, como se fosse para evitar o olhar dela. Não podia deixar de encarar as bochechas esculpidas e os lábios cheios, admirando a forma como seus olhos azuis brilhavam. Ela cintilava como uma joia sob o frio sol de inverno. Ele tentou engolir o flash de desejo que invadiu seu corpo. Era só a abstinência falando.

— Está pronta, Kitty? — Everett gritou do banco de trás do Escalade, afastando o celular da orelha por tempo suficiente para mostrar seu descontentamento. — Nós precisamos ir agora. Eu tenho um avião para pegar.

Kitty correu para o carro, uma expressão agitada no rosto enquanto Everett fechava a janela, o vidro escuro cobrindo seu rosto.

O motor foi ligado, rosnando como um leão faminto, e Kitty entrou no carro lentamente. Adam os viu virar a esquina na estrada principal, seguindo seu progresso até que desapareceram na curva da estrada, o zumbido baixo se dissipando lentamente até parar.

Ele estava prestes a reiniciar a corrida quando ouviu o grito de Annie.

— Pode sair agora.

Adam olhou em volta, tentando descobrir com quem ela estava gritando.

— Você acha que eu não estou te vendo atrás das árvores, Adam? Estou te vendo muito bem. Você vai ficar satisfeito em saber que estamos só eu e o Jonas, então você pode entrar e tomar um café. — Passando as mãos pelo cabelo, Adam cruzou a floresta e atravessou a garagem, onde Annie e Jonas estavam no abrigo da varanda. Seu sobrinho sorriu descontroladamente, encantado por vê-lo enquanto Annie franzia o nariz por sua aparência desgrenhada. Um fio de transpiração deslizou na testa do rapaz.

— Vá tomar um banho enquanto eu encho a cafeteira. — Ela se agitou ao redor dele da mesma forma que fazia quando ele tinha dez anos. Algumas coisas não mudam. — Não vou aceitar você fedendo na minha cozinha.

Adam sorriu, puxando-a para um abraço que a fez gritar.

— Tire as mãos de mim, seu menino sujo e suado.

— O que eu vou vestir depois do banho? Ou você quer que eu me sente pelado na sua cozinha? — Ele ergueu as sobrancelhas para ela, provocando-a. Annie pegou um pano de prato ao lado do fogão, tentando golpeá-lo com ele.

— Não tem nada aí que eu não tenha visto antes, garoto — grunhiu. — Mas tem roupa limpa na lavanderia. A menos que você tenha engordado desde que as trouxe, é claro. Nesse caso, talvez você devesse voltar e terminar a corrida.

— Onde está todo mundo? — Adam perguntou. — Ele sabia que Annie nunca o colocaria em uma armadilha. Se ela disse que só ela e Jonas estavam ali, ele acreditava.

— A sra. Klein foi até Fragant Pines — Annie disse, se referindo a um spa caro a cerca de cem quilômetros dali. — E o Everett foi chamado de volta para LA.

Adam engoliu em seco, olhando pela janela.

— Por que ele levou a babá junto?

Annie inclinou a cabeça, olhando de um jeito estranho para ele.

— Kitty? — perguntou. — Por que você quer saber?

— Não quero — ele respondeu, apressadamente. — Só estava conversando.

Annie semicerrou os olhos.

— Que seja. Se você está dizendo, eu acredito. E, de toda forma, ela não está voltando para LA. Só deu uma carona a ele. Você vai gostar de saber que, depois disso, ela volta para cá.

Não querendo se envolver *naquele* tipo de conversa, Adam deu de ombros de forma enigmática e então se dirigiu para as escadas.

— Acho que é a minha deixa para tomar banho. — Ele virou para ela com um sorriso. — A menos que você queira que eu fique aqui fofocando igual a uma velha.

O pano de prato voou pelo ar, quase batendo na sua cabeça. Adam se abaixou para segurá-lo, afastando-o com facilidade, e o colocou na mesa da cozinha. Tudo parecia tão normal, tão real. Como se ele fosse criança de novo, com pouco mais do que uma tarefa para estragar seu dia.

Pela primeira vez em muito tempo, era difícil afastar o sorriso no rosto.

❄

— Tio Adam, por que você não gosta do meu pai? — Jonas se inclinou para pegar um punhado de neve, colocando-o no abdômen do boneco de neve gigante que estavam construindo. Passar um tempo sozinho com o sobrinho era um prazer, do tipo que Adam não tinha muita chance de realizar desde que Everett e a família chegaram em Cutler's Gap. Havia algo na inocência de Jonas que afastava as preocupações dele, o impedindo de se perder demais nos próprios pensamentos.

Adam não estava tão interessado nas perguntas perspicazes.

— Não é que eu não goste dele. Nós não entendemos muito bem. Ele queria que eu fizesse uma coisa, eu não concordei e nós acabamos tendo uma grande discussão.

— É por isso que você veio embora da Califórnia sem se despedir?

Adam franziu a testa.

— Algo assim. — Ele não tinha ideia do quanto Jonas sabia sobre aquele dia em Los Angeles. Felizmente, muito pouco.

— Eu perguntei ao papai para onde você tinha ido, mas ele não me falou e simplesmente se virou e saiu para trabalhar. A mamãe me mandou parar de fazer tantas perguntas, pois eu o estava perturbando.

— Você não faz muitas perguntas — Adam falou, com a voz grossa. — Só faz perguntas que as pessoas têm medo de responder. O tipo certo de pergunta.

Jonas pareceu surpreso.

— É mesmo?

— É, sim. Mas isso não significa que eu sempre vou querer responder. Nem quer dizer que vou. Mas você não deve parar de perguntar porque deixa as pessoas incomodadas. Isso significa que você está no caminho certo.

Jonas tomou isso como uma luz verde para mais.

— Então, por que você foi embora? Foi porque eu estava te incomodando o tempo todo?

Se abaixando, Adam puxou seu sobrinho para perto. Tirou a luva e o gorro de Jonas, bagunçando os cachos do menino com suas mãos grandes cheias de calos.

— Não foi por isso que eu fui embora. A razão pela qual tive que ir foi porque o seu pai e eu tivemos uma grande briga, do mesmo jeito que você tem com alguns dos seus amigos. Nós decidimos que seria melhor se eu viesse para cá. — Não era a verdade, mas também não era mentira.

Pelo olhar no rosto de Jonas, ele não entendeu. Não que Adam pudesse culpá-lo. No mundo de Jonas, o rancor era guardado por horas, não dias ou meses. E, no pátio da escola, ressentimentos eram logo esquecidos. Jonas abriu a boca para fazer outra pergunta, depois a fechou novamente quando um carro se aproximou da entrada, as rodas triturando o caminho de cascalho. O velho Ford parou perto dos degraus da varanda, e Francis Klein — o pai de Adam — saiu, parando antes de fechar a porta para esfregar as mãos no rosto.

— Vovô! — Jonas deixou cair a neve que estava segurando e correu para o carro. — Nós andamos de trenó e fizemos um boneco de neve enquanto o tio Adam estava me contando tudo sobre ele e meu pai.

O pai olhou para Adam, seus olhos se encontrando em um momento de compreensão, e Adam sentiu uma onda de calor injetada em seu corpo frio. O pai parecia velho — muito mais do que seus setenta anos. Um forte contraste com o homem vital e impulsionado de quem Adam se lembrava da juventude.

— É mesmo? — Francis se curvou para apertar as bochechas de Jonas. — Espero que ele tenha te contado tudo sobre os problemas que os dois criavam quando eram meninos. Eles deixavam a Annie louca nas férias escolares.

— Eles construíam fortes, nadavam no lago e brincavam de pirata — Jonas falou. — Mas agora eles não se gostam muito.

Francis estremeceu, apertando os lábios finos. Adam não pôde deixar de ver a expressão de dor no rosto dele. Nenhum pai gostava de ver os filhos brigando, Adam sabia disso, mas ainda não conseguia encontrar disposição em si mesmo para perdoar o irmão.

— Como está a mãe? — Adam perguntou, numa tentativa vã de mudar de assunto.

— Confortável. O quadril está se curando bem. E estão administrando a dor.

O quadril quebrado estava demorando muito para se curar — algo esperado, o médico havia dito, para uma mulher de sua idade. Ainda assim, ela estava ficando louca presa naquela cama de hospital.

— Disseram quando ela poderá voltar para casa? — Adam perguntou. Os médicos prometeram que seria antes do Natal. Ela não poderia se mexer até lá, mas pelo menos poderia se recuperar em casa.

— Nos próximos dias. O médico quer que ela faça um raio x primeiro. Ele não quer causar mais problemas no quadril com ela em casa. Isso nos dá tempo suficiente para contratar uma enfermeira e preparar o quarto. — Francis sorriu. — Ela vai precisar de uma cama especial e algumas outras coisas.

— Eu ligo para a agência — Adam ofereceu. — Eles têm enfermeiros à disposição. Só precisamos marcar a data. — Ele havia falado com a agência alguns dias antes, quando o médico mencionara pela primeira vez que sua mãe voltaria para casa.

Francis assentiu.

— Obrigado, filho. Isso tiraria um peso dos meus ombros.

Com isso, Francis seguiu para o alpendre. Quando o avô partiu, Jonas puxou a mão de Adam, apontando para o boneco de neve, e o tio do menino se permitiu ser levado de volta à sua tarefa.

Parecia que toda a família ficaria em casa para o Natal. Que pena que ele não conseguia se sentir feliz com aquele pensamento.

9

O gato vai miar e o cão terá seu dia.
— *Hamlet*

Kitty olhou no espelho retrovisor. O vidro refletia Everett Klein, ainda falando ao telefone com a voz alta e impetuosa, como se estivesse gritando com toda a Califórnia. Fazendo uma careta, ela bateu os dedos no volante, desejando poder ligar o rádio e abafar o barulho.

Ele esteve no limite durante todo o caminho, como se vivesse irritado, passando os primeiros vinte minutos no carro em uma discussão com Mia. E agora estava descontando toda a raiva em seu assistente. Kitty sentiu pena, mas se sentia grata pelo fato de Everett não estar gritando com ela.

— Drake, eu não estou te pedindo para fazer milagres — Everett gritou. — Só acorde a droga do juiz, autentique essa porcaria e a leve para o escritório.

Houve uma pausa, e Kitty imaginou que Drake estivesse protestando a respeito da sua tarefa. Acordar um juiz a essa hora? O que Everett estava pensando?

— Faça a porra de um boquete nele, não me interessa. Se vira — Everett retrucou. — Eu te pago uma grana preta para fazer as coisas acontecerem. Então, levante a bunda da cama e faça o que está sendo pago para fazer.

Encantador.

Kitty tentou se lembrar da bunda de Drake Montgomery mas não conseguiu, ainda que sua última lembrança fosse dele saindo da entrevista.

— Não me interessa se ainda são seis da manhã. Acorde o velho cretino. Ei, espera... *porra*, você perdeu a droga da saída.

Demorou um momento para Kitty perceber que a última frase fora dirigida a ela. Alarmada, ela olhou para o GPS e viu que havia ignorado a curva à direita. *Droga, merda, porcaria*. Essa era a última coisa de que precisava —

quando ela estava prestes a pegar uma estrada que não parecia uma cena de Misery, conseguiu fazer um retorno.

Seu coração se apertou quando a I-66 desapareceu ao longe no retrovisor.

— Você não sabe ler um mapa? — Everett perguntou, claramente agitado.

— Meu Deus, eu mesmo deveria estar dirigindo. Ou ter arranjado alguém que soubesse fazer isso.

Kitty se perguntou onde Jonas tinha sido educado, quando seu pai, claramente, era um grosso.

— Ele está refazendo a rota — Kitty falou, com calma, acenando com a cabeça para o GPS.

Everett soltou uma série de suspiros enquanto a tela azul-escura dizia calmamente que levariam mais vinte minutos para alcançar seu destino.

— Drake, ligue para o aeroporto e avise que eu vou me atrasar. Vão precisar conseguir outra brecha. E, pelo amor de Deus, arranje um motorista competente para me buscar. Se eu tiver que sofrer assim de novo, acabo matando alguém.

O homem era muito dramático. Ela teve que morder o lábio para se impedir de dizer qualquer coisa.

— A propósito — Everett falou, desligando a chamada com Drake, sem se preocupar em se despedir —, o Drake me disse que você está procurando um estágio. É verdade?

A mudança abrupta na conversa deixou Kitty sem fôlego.

— Sim.

Ele assentiu.

— Me lembre disso quando eu voltar de LA. Talvez eu possa te ajudar.

Ela tentou não mostrar o quanto o assunto a deixou animada, mas era difícil manter a expressão neutra.

— Isso seria maravilhoso — ela disse por fim. — Obrigada.

Everett não disse nada por um momento, olhando as mensagens no smartphone. Por fim, ele olhou para cima, encontrando seus olhos no espelho.

— Sim, bem, você está fazendo um bom trabalho com Jonas. Ele parece feliz. Vou fazer algumas ligações e nós veremos o que podemos fazer.

Ela tentou manter o sorriso no rosto, mesmo que parecesse desagradável.

— Sempre valorizo quem trabalha duro e mantém a boca fechada. Você vai achar que eu sou uma boa pessoa para ter ao lado. Lembre-se disso.

O resto da viagem transcorreu em relativa paz. Kitty seguiu as instruções do GPS, voltando para a I-66 enquanto Everett fazia várias ligações no banco de trás. Eles conseguiram chegar ao aeroporto só vinte minutos depois da hora prevista. Seguindo para o terminal de voos fretados, ela desligou o carro enquanto Everett pegava a pequena bagagem do porta-malas, ainda murmurando ao telefone, e entrou no terminal sem se despedir. Ele nem se preocupou em fechar o porta-malas. Suspirando alto, Kitty saiu do banco do motorista e foi até a parte de trás, fechando-o com uma expressão irritada. Ótima viagem para ele. Talvez ela precisasse de sua ajuda, mas tinha a sensação de que pagaria por isso. E talvez o preço fosse um pouco alto demais.

A próxima parada foi no terminal de cargas, onde Mia deu instruções para pegar os presentes de Natal de Jonas. Eles tinham sido adquiridos a um custo bem alto por Arlo, o comprador pessoal de Mia.

O funcionário do terminal a encaminhou para o estacionamento, e ela conduziu o Escalade para uma vaga vazia. Em seguida, entrou na pequena recepção, se esquivando da planta pendurada na entrada, e tocou o sino na mesa para chamar a atenção.

Dez minutos depois, estava carregando uma enorme pilha de caixas para o Escalade. Dois funcionários uniformizados seguiram atrás dela, cada um carregando suas próprias caixas. Organizar tudo no porta-malas foi uma tarefa árdua. As caixas preencheram praticamente todo o espaço.

Ela havia acabado de fechar o compartimento quando uma mulher saiu correndo do depósito.

— Espere, tem outro pacote que você precisa levar. — Seu cabelo escuro voou, revelando uma expressão incomodada. — Não vamos ficar tristes por ver isso ir embora, posso te garantir.

Um homem saiu do depósito carregando um cachorrinho preto e peludo. Apesar da carinha fofa, estava saltando e rosnando para ele, que o segurava a distância. A expressão do homem era de total desgosto.

— O que é isso? — Kitty perguntou, com a voz fraca.

O homem abaixou o cachorro, ainda segurando a coleira. O animal correu direto para Kitty, latindo e pulando ao redor dela, fazendo o homem o forçar para trás.

— É um cão-d'água português. Geralmente são bonzinhos. — Ele olhou para o animal com os olhos arregalados. — Este pode ser um pouco bonzinho demais.

— É para levar mesmo? — Kitty perguntou, embora já soubesse a resposta. A maioria dos empregadores teria avisado, talvez sugerisse que ela levasse uma gaiola ou, pelo menos, uma tigela de água para mantê-lo hidratado. Em vez disso, tudo o que Kitty possuía era um bagageiro cheio e um filhote hiperativo. Pensar em dirigir por todo o caminho de volta a Cutler's Gap com um cachorrinho na parte de trás a estava deixando enjoada.

— Não posso levá-lo no carro — falou. — Ele vai pular em cima de mim antes mesmo de nós pegarmos a estrada.

— Ele não é tão ruim. Só não gostou de viajar no porão de um avião, só isso. Ele foi dopado, está acordando agora e está meio animado. É provável que durma assim que você der a partida, embora seja bom que você coloque algo nele, pois sofre mal-estar nas viagens.

Pelo amor de Deus, era tudo o que ela precisava. Kitty olhou para o cachorrinho, que a encarou de volta com um olhar animado. Respirando profundamente, ela se inclinou, pegou o animal nos braços e, para sua surpresa, ele parou de latir e se aconchegou a ela.

Talvez não fosse tão ruim mesmo.

Mas então ele abriu a boca e mordeu seu braço com força suficiente para quase rasgar sua pele. Kitty gritou, deixando-o no chão. Ele fez uma tentativa de se libertar e se esquivou do carregador, que começou a persegui-lo pelo estacionamento. Em seguida, a recepcionista se juntou a ele, os dois correndo atrás do filhote que alegremente os abandonou, voltando para dentro da cabine e para o calor.

Cinco minutos depois, o levaram de volta para o Escalade. O homem tinha um olhar de alívio supremo no rosto. Kitty o colocou no banco de trás, suspirando quando ele pulou do console para o banco do motorista, colocando as patas no volante, como se fosse dirigir.

Uma coisa era certa: a viagem para casa seria longa.

❄

Toda vez que Kitty olhava no retrovisor, o cachorro estava olhando para ela. Seus olhos castanho-escuros eram úmidos e redondos, a cabeça inclinada para o lado em um ângulo lamurioso. Os pulos e os latidos haviam se transformado em gemidos suaves como efeito da viagem de carro que estava cobrando o preço ao estômago dele. Se um cão pudesse chorar, este certamente estaria gritando.

Kitty sentiu vontade de chorar. Além da vira-lata louca dos seus vizinhos, ela era totalmente inexperiente com cachorros. Não tinha ideia do que fazer com o bichinho, além de parar toda hora para deixá-lo tentar fazer suas necessidades e limpar o vômito do banco de couro traseiro.

No momento em que ela parou pela terceira vez — na droga de uma parada de caminhões abandonada a leste das montanhas —, o cachorrinho estava completamente obstinado, rosnando toda vez que ela tentava pegá-lo no colo.

— Você não vai ganhar — ela disse, com os dentes cerrados. — Mesmo que eu tenha que voltar para Cutler's Gap com um braço mutilado, você vai entrar nessa droga de carro.

O cachorrinho simplesmente se sentou com teimosia e a encarou, se recusando a se mover.

Como um cachorro tão fofo parecia tão desafiador?

— Vamos. Só falta mais uma hora — ela disse. — Só sessenta minutos e você vai estar fora do carro. Vai poder se enrolar na cozinha da Annie e latir para outra pessoa.

Não que houvesse algo para ele comer ali. A comida pesada de Annie provavelmente não serviria para o seu estômago delicado, e, conhecendo a distração de Mia, com certeza ela não teria providenciado para que comida adequada fosse entregue. Se tivesse sinal no celular, ligaria para Annie e a avisaria, mas mais uma vez as árvores altas bloqueavam o sinal. Ah, ela teria que se preocupar com isso quando voltasse para a montanha. Isso é, se ela conseguisse alguma coisa.

Meia hora depois, chegou às montanhas cobertas de neve, maravilhando-se com a aparência como se alguém tivesse peneirado açúcar no meio da terra. O céu sem nuvens estava num tom de azul profundo, refletindo os picos da crista azul e não deixando nenhuma dúvida na cabeça de Kitty sobre como receberam aquele nome. Ao contrário do carro alugado que conduzira alguns dias antes, o Escalade agarrou a estrada com determinação. Seu peso e motor poderosos eram uma boa combinação para as estradas geladas enquanto faziam sua subida.

As estradas serpenteavam ali, torcendo e girando como um tobogã feito de asfalto. A cada balanço do carro, o cão rosnava alto antes de esvaziar o conteúdo do estômago sobre seu pé. O cheiro de vômito atravessou o banco da frente, revirando o estômago de Kitty até que ela achou que poderia acabar passando mal como o cão.

Se havia alguma dúvida antes, era óbvio que Kitty não era uma pessoa ligada a animais. Também não era uma garota do campo. Mais do que nunca desejava as calçadas tranquilizadoras da cidade, alinhadas com lojas em vez de árvores. Elas poderiam não ter a mesma beleza natural que as montanhas cobertas de neve, mas eram infinitamente mais seguras. Para não falar bastante livre de cães.

— Olha, cachorro, você não está ajudando em nada — falou. — Na última vez que eu estive nessas estradas, consegui matar um cervo. Você acha que eu vou ter algum problema em cometer assassinato canino?

Se os cães fossem como seres humanos, Kitty jurou que ele riria agora.

Ela estava prestes a parar para tentar limpar a bagunça quando a tela no console da frente acendeu, indicando uma chamada recebida no celular, através do Bluetooth. Ao ver o nome Mia Klein formado em letras verdes, Kitty revirou os olhos, aceitando a ligação com um toque.

— Alô?

— Kitty? É a Mia. Está me ouvindo bem? — ela estava gritando, sua voz ecoando como se estivesse em uma caixa de metal. — Estou no elevador. Conseguiu pegar tudo?

— Peguei os presentes — respondeu. — E o filhote de cachorro. Definitivamente, eu peguei o cachorrinho.

— Como ele está? — Mia perguntou. — Você acha que o Jonas vai gostar dele? Eu queria surpreendê-lo na manhã de Natal. Ele nem imagina. O cachorrinho é parente do Bo, o lindo cachorrinho dos Obama. Olhei para ele na internet e soube que o Jonas precisava tê-lo.

Kitty olhou de volta para o cachorro. Ele estava de pé, ainda olhando para ela como se a jovem fosse a fonte de todos os seus problemas.

— Ele é, hum, uma figura mesmo. Tenho certeza de que o Jonas vai amar.

— Mesmo que ninguém mais sentisse o mesmo.

— Ah, graças a Deus. As crianças são sempre tão difíceis de agradar. Não vejo a hora de olhar para o rosto dele na manhã de Natal. Vamos gravar muitos vídeos. Ele sempre quis um irmãozinho ou uma irmã.

Kitty olhou para o cachorro, que agora estava bocejando no banco de trás. O cachorrinho tinha duas velocidades — louco ou adormecido.

— ... você vai precisar escondê-lo em algum lugar por uma semana — Mia continuou, interrompendo os pensamentos de Kitty.

— O quê?

— O cachorrinho — Mia falou, com paciência. — Você vai precisar mantê-lo longe do Jonas por uma semana. É uma casa grande. Não deve ser tão difícil. Esconda-o no sótão ou alguma coisa assim. Ninguém vai encontrá-lo lá.

Foi a primeira vez que Kitty começou a sentir pena do cachorro. Ele podia ser irritante e uma máquina de vômito nojento, mas não merecia o que encontraria com os Klein. Se Mia achava que era apropriado esconder um animal em um sótão por uma semana, só Deus sabia como ia tratar o filhote de cachorro depois que ele fizesse parte da família.

Talvez Kitty tivesse mais em comum com ele do que pensava.

— Acho que não podemos esconder no sótão — respondeu, com franqueza. — Eu vou pedir uma sugestão para a Annie. Talvez haja um depósito ou algo assim. — Isso é, se ela conseguisse terminar esta viagem viva.

— Ah, você pode fazer isso? Seria maravilhoso. Acho que ela não gosta muito de mim.

O filhote latiu alto, fazendo Kitty pular. Era a primeira vez que ele fazia algo além de gemer ou chorar. Talvez ele entendesse o que ela havia dito e estivesse demonstrando seu desgosto. Ela não podia culpá-lo. Na verdade, estava frio o suficiente para congelar o lago lá fora, e quem ia querer passar a semana seguinte se escondendo em um depósito?

Quem gostaria de passar uma vida escondida com os Klein?, pensou. Mais uma vez pareceu que os dois tinham muito em comum. Pelo menos ela iria embora depois do Natal. O pobre cão não teria tanta sorte.

— Bem, é melhor eu ir. Tenho um compromisso e depois alguns telefonemas para dar. Ah, avisaram que ele é vegano, né? Você vai precisar pedir comida especial para cães. Tem um lugar na internet que entrega.

Vegano. Claro. Que cão gostaria de comer carne quando poderia ter uma tigela cheia de tofu misturado com legumes? Kitty revirou os olhos e terminou a ligação, se perguntando como iria conseguir que uma empresa de comida vegana para cachorros entregasse em Cutler's Gap nas próximas vinte e quatro horas. E se o cachorrinho a perdoaria por negar a ele sua proteína à base de carne.

Pela expressão na carinha do filhote, ela achava que não.

10

Sir, ele é um bom cão e um cão justo.
—*As alegres comadres de Windsor*

— O que é isso? — Annie perguntou, franzindo o nariz enquanto Kitty carregava o cachorrinho pela cozinha. A moça presumiu que fosse uma questão retórica. Apesar de viver no meio do nada havia mais de quarenta anos, ela estava certa de que Annie já tinha colocado os olhos em um cachorro antes.

Talvez não em um como este filhote.

— É o presente de Natal do Jonas — Kitty sussurrou, gesticulando para Annie falar baixo. — A Mia mandou trazer de LA. hoje de manhã. Acho que ele não gostou da viagem.

— Ele está fedendo. — O desagrado de Annie estava refletido em seu rosto. — Que droga de cheiro é esse?

Em um esforço para manter o cachorrinho escondido de Jonas, Kitty o mantivera trancado no Escalade até a hora de dormir. Ele claramente não era treinado, nem os efeitos da estrada sinuosa passaram despercebidos por suas entranhas. Como resultado, o interior do carro agora se assemelhava parecia um poço de esgoto.

— Você não vai querer saber — Kitty respondeu. — Tentei limpá-lo da melhor forma que pude, mas, sem uma mangueira, não consigo tirar o cheiro. — Ela colocou o cachorro no chão e pegou uma tigela do armário, enchendo-a com água e colocando para ele. O filhote se aproximou lentamente, abanando a cauda como se fosse suspeito. Cheirando a água, lançou um olhar desconfiado para Kitty antes de mergulhar a língua na tigela e beber.

— Ela o comprou para o Natal? — Annie perguntou, ainda franzindo a testa. — O que está planejando fazer, colocá-lo em baixo de um pote?

Kitty deu de ombros.

— Ela quer que eu o esconda em algum lugar até a semana que vem. Se Jonas o encontrar antes da manhã de Natal, ela não vai ficar feliz.

— Ela nunca fica — Annie resmungou. — Que ideia comprar um cachorro de Natal. Ela não ouviu todas as advertências? Que raça é?

— Cão-d'água português — Kitty falou. — Ah, e ele é vegano — acrescentou.

— É o quê?

Kitty tentou sufocar o riso.

— Vegano. Nada de carne, peixe ou produtos derivados do leite. Eu preciso comprar a comida dele pela internet.

Annie ficou horrorizada, como se Kitty tivesse dito que precisava alimentá-lo com restos humanos.

— Nunca ouvi tanta bobagem na vida. Que tipo de cão não come carne? Com o que você vai alimentá-lo enquanto aguarda a comida especial chegar? Você não pode deixar o pobrezinho morrer de fome. — Kitty olhou para o cachorrinho, que ainda estava bebendo a água. Ela não pensou nisso. Levaria pelo menos um dia para a comida especial chegar. Ela não podia se recusar a alimentá-lo enquanto aguardavam a chegada da entrega, poderia?

— Kitty! — o grito de Jonas encheu o ar. De repente, a cozinha ficou cheia de ação quando Annie pegou o cachorro e Kitty procurou, em vão, algum lugar para escondê-lo. Os olhos dela se iluminaram quando olhou para a porta da despensa, e se virou para Annie com um olhar interrogativo, só para receber um balançar severo de cabeça.

Tudo bem, então. Claramente, a despensa estava fora de cogitação.

— Tire o cachorro daqui — Annie sibilou. — Eu vou distrair o Jonas.

Foi assim que Kitty se viu presa ao lado da janela da cozinha, tentando manter o cachorro tranquilo apesar da noite escura e do chão frio e úmido. Ele continuou a enfiar as patas na neve e, então, a remexer o focinho, olhando para Kitty como se fosse culpa dela.

Ela se agachou debaixo da linha da janela, tentando se encobrir de qualquer olhar indiscreto, consciente do quanto deveria estar parecendo estúpida.

Levou cinco minutos para Annie aparecer, enfiando a cabeça na porta da cozinha, tentando localizá-la.

— Ainda está aí? — a empregada sibilou.

— Estou — Kitty respondeu, com a voz muito baixa. — Mas acho que ele fez cocô no deque.

— Bem, ele não pode ficar aqui — Annie disse.

Kitty sabia disso. Ela precisava encontrar um esconderijo. Pelo menos até o dia de Natal, quando esperava que ele fosse problema de outra pessoa.

— Onde vou escondê-lo?

Annie deu um suspiro profundo.

— Não consigo pensar em nenhum lugar. Tem o antigo depósito de gelo, mas acho que ele iria morrer de hipotermia em algumas horas.

Annie estava certa. Não havia nenhum lugar afastado onde Kitty pudesse esconder o cachorro que não resultaria em congelá-lo. Até a casa de veraneio à beira das árvores estava coberta de neve e suas janelas estavam opacas. O interior dela não poderia estar muito mais quente do que o depósito.

— Nós vamos ter que contar ao Jonas — Kitty sussurrou, suspirando com o pensamento de que a surpresa seria estragada.

Foi quando Annie colocou a cabeça para fora da porta de novo.

— Você poderia levá-lo até a cabana.

— Onde?

— A cabana perto do lago. É aquecida e tem comida. Além disso, o Adam não tem nada melhor para fazer. Leve o cachorro lá embaixo e tenho certeza de que ele vai nos ajudar.

Kitty ficou surpresa. O pensamento de levar o cachorrinho para a floresta até a casa de madeira de demolição foi suficiente para fazer seu estômago revirar. A última coisa que ela queria fazer era pedir ajuda a Adam depois dos encontros anteriores. Ele podia ter se desculpado, mas não havia dúvida sobre o que ele realmente pensava a respeito dela. Isso só pioraria as coisas.

— Com certeza deve ter algum lugar aqui onde eu possa ficar de olho nele — sussurrou. — Tem uma garagem ou algo assim?

Um silêncio foi seguido pela risada vazia de Annie.

— Se você puder pensar em alguma coisa, me avise. Eu tenho procurado um lugar para fugir pelos últimos quarenta anos.

Na escuridão da noite, Kitty observou a paisagem cinza. Seus olhos não conseguiam ver nada além da terra coberta de neve. Não havia um bom esconderijo para um cão pequeno.

Era a cabana junto ao lago ou o porta-malas do carro.

— O Adam gosta de cachorros? — Kitty resmungou. — Ou eu vou passar vergonha?

Annie atravessou a porta, seu corpo robusto iluminado pela luz amarela da cozinha. Aquilo a fez parecer um anjo.

— Se tem uma coisa que sei sobre o Adam, é que ele é um bobo para histórias tristes. Você só precisa contar uma história e ele cuida do cachorro.

— Contar uma história? — Kitty repetiu em voz baixa. — Que tipo de história? — Ela era péssima em mentir. Não podia fazer isso nem se tentasse. Uma sensação de morte iminente a atingiu.

Annie sorriu.

— Diga para ele que é um cão resgatado ou algo assim. Invente uma história sobre como ele conseguiu salvar uma família inteira de um incêndio antes de todos serem queimados. Qualquer coisa para fazer o Adam se sentir motivado a nos ajudar.

— Você quer que eu minta para ele? — Por favor, não. Qualquer coisa menos isso. Ela não precisava deixá-lo mais irritado do que já era.

— Não! — Annie protestou. — Eu não sonharia com isso. Basta fazer ficar mais fácil para ele concordar.

De alguma forma, Kitty não podia imaginar uma única situação em que Adam concordasse com algo. Tudo o que ela podia pensar era no seu tom irritado e olhar desaprovador.

— Certo, se você está dizendo — ela concordou. — Mas, se ele gritar comigo, vou culpar você.

— O Adam não vai gritar. Ele é um ursinho — Annie respondeu.

Kitty fez uma careta, mordiscando o lábio inferior. Se havia uma coisa que ela sabia, era que o homem irritadiço que morava perto do lago não tinha nada de ursinho de pelúcia. Se não fosse pelo cachorrinho e o fato de Jonas merecer uma surpresa de Natal, ela não ia até lá de jeito nenhum.

A moça não podia deixar de se perguntar como conseguiu se colocar nessa posição. Dependendo da boa vontade de um homem que já provou ser grosseiro e sem coração. Mais importante, se perguntou o que ela precisava fazer para se livrar disso.

❄

Com o cachorrinho trotando ao seu lado, eles cruzaram o espaço até a velha cabana, deixando duas trilhas paralelas de pegadas para trás. Atrás das cortinas grossas, Kitty podia perceber que havia uma sombra de luz e, pela fumaça cintilante e cinzenta que saía da chaminé, também havia uma lareira acesa lá. Aquilo a fez estremecer.

O que ela não daria para se aquecer ao lado de uma no momento?

— Bem, garoto, aqui não vai dar em nada — ela sussurrou, batendo na porta de madeira com os nós dos dedos. — Tente se comportar, tá bem? Se ele não quiser ficar com você, estamos ferrados.

A porta se abriu, revelando Adam por trás dela, com um olhar de surpresa cruzando seu rosto quando viu Kitty e o cachorro ali de pé. Seu cabelo estava molhado — talvez tivesse acabado de sair do banho —, e ele estava usando uma camiseta preta simples, além de um jeans macio e confortável. Mais uma vez ela percebeu o quanto ele era atraente, de modo muito mais claro quando não estava gritando. Desta vez seu coração batendo contra as costelas não tinha nada a ver com o medo.

E tudo a ver com a aparência dele.

Antes de ir dormir na noite passada, ela tinha ficado uma hora no notebook, pesquisando sobre ele. Todas as fotos mostravam Adam muito bem barbeado, o cabelo escuro caindo sobre a testa, a altura eclipsando todo mundo a seu redor. Mesmo nas fotos, ele tinha uma aura que não podia ser negada. Não era de admirar que as pessoas se abriam para ele nos documentários. Com aqueles olhos castanhos e o sorriso caloroso, era quase impossível não desmoronar diante dele.

Seus olhos deslizaram do rosto, observando os ombros largos e os músculos rígidos do peito, mal disfarçados pela camiseta apertada. Ele tinha aquele instinto protetor, como se pudesse ficar na sua frente e te proteger de uma explosão, como se fosse algum tipo de super-herói dos quadrinhos.

— Você está bem? — Seus olhos deixaram o rosto da jovem e foram para o cachorro animado ao lado dela. Ele franziu um pouco a testa, percebendo tudo. Mas não parecia zangado. Não desta vez, graças a Deus.

— Espero que sim — Kitty falou, seguindo seu olhar até o cachorro preto e peludo. — Eu estou com um probleminha. — Ela inclinou a cabeça para o cachorrinho. — Nós podemos entrar?

Ele umedeceu os lábios lentamente, os olhos piscando mais rápido que o habitual, levantando a mão para esfregar a barba que começava a aparecer. Então se afastou, gesticulando para que ela entrasse e fechando a porta atrás dela. Kitty pegou o cachorro no colo, entrando na sala quente e acolhedora.

— Não estou exatamente preparado para receber visita — Adam falou. — Não posso te oferecer nada a menos que você goste de café ou cerveja.

O pensamento de uma cerveja depois desse longo dia foi como um néctar para a alma.

— Eu adoraria uma cerveja — falou, tentando esconder como estava desesperada por isso. — E uma tigela de água para o cachorrinho seria ótimo.

— Qual é o nome dele? — Adam perguntou, entrando na pequena cozinha no final da sala e abrindo a geladeira.

— Ainda não tem nome — a moça respondeu, se perguntando se deveria ter remediado isso. Por quanto tempo ela poderia continuar a chamá-lo de "filhote de cachorro"?

— De onde ele veio? É seu? — Pegando duas garrafas marrons de cerveja da geladeira, ele tirou as tampas e passou uma para ela, levando a outra aos lábios e tomando um gole.

Kitty tomou um longo gole da cerveja, deixando o líquido deslizar pela garganta e aquecer o estômago. Não conseguiu se lembrar da última vez que havia feito aquilo. Era mais saboroso que água gelada em um dia de verão.

— Quer sentar? — Adam gesticulou para o velho sofá e cadeiras que rodeavam o fogo. Toda a sala parecia aconchegante e rústica, com mobiliário esculpido a mão e repleto de estofados que a fizeram desejar se enrolar e relaxar.

Ele encheu uma tigela de água e a colocou no chão de ladrilhos. Ao vê-la, o cachorrinho começou a se remexer nos braços de Kitty, até que ela o colocou no chão. Ele correu direto para lá e lambeu furiosamente. O rosto de Adam suavizou enquanto observava o pequeno pacote de pelos beber da velha tigela de porcelana, e se agachou, acariciando as costas do filhotinho. Sua mão era quase tão grande quanto o animal. O filhote de cachorro parou de beber e começou a lamber furiosamente a palma de Adam, provocando um sorriso no rosto dele. Era louco o quanto o homem era lindo, especialmente quando estava sorrindo. Kitty tentou se lembrar de que esse mesmo homem passara a maior parte da semana gritando com ela.

Sim, diga isso ao seu coração acelerado.

Deixando o filhotinho com a tigela, os dois foram até as cadeiras ao lado da antiga lareira. Ao contrário do resto da cabana, a lareira era coberta de pedra, com chamas em tom laranja dançando na grelha de ferro fundido. Kitty estava desesperada para sentir o calor penetrar em seus ossos. Os dois se sentaram em silêncio por um momento, tomando suas bebidas, e se acalmaram. Pela primeira vez naquele dia, parecia que ela estava começando a relaxar.

Engraçado como as coisas mudam rápido.

Embora a cadeira fosse grande, o corpo de Adam dominava, com seu peito forte e cheio de ondulações, as pernas longas e firmes. Ele tomou outro gole de cerveja, respeitando o silêncio dela. Não parecia nada envergonhado com a análise de Kitty, e também não tinha pressa de acabar com isso. Ela podia sentir o rosto esquentando, e não pelo calor do fogo. Havia algo na forma como ele a olhava que a fazia se sentir exposta.

Limpando a garganta, ela olhou para o cachorro. Ele estava sentado pacientemente ao lado da tigela, com o rabo balançando. Muito mais feliz do que quando estava no carro. Talvez ele realmente estivesse se sentindo mal.

Finalmente, ela interrompeu o silêncio.

— Hum, eu preciso de um lugar para esconder o cachorrinho, e a Annie disse que você poderia ajudar.

Adam levantou as sobrancelhas.

— Por que você precisaria esconder um cachorrinho? — Sua voz era profunda e suave, a mesma voz que ela tinha ouvido no vídeo que assistira no notebook na noite anterior. O tipo de voz em que se prestava atenção.

— É um presente de Natal para o Jonas, e nós não podemos deixar o menino ver. Caso contrário, estragará a surpresa. Então, eu preciso encontrar um lugar para escondê-lo, e aqui foi o único lugar em que nós pensamos. — As palavras saíram como se ela não pudesse suportar o gosto.

— Então eu sou o último recurso — Adam disse secamente.

— Não! Não é isso. — A língua de Kitty tropeçou nas palavras na tentativa de formá-las. — É que não tem anexos na casa dos seus pais, e, se eu colocá-lo no sótão, o Jonas vai acabar suspeitando e vai investigar. E a Annie disse que você gosta de animais. Assim...

Adam se recostou na cadeira. Suas longas pernas estavam esticadas na frente dele. Kitty não podia deixar de admirar a firmeza das coxas e a maneira como preenchiam o jeans. Fora do casaco volumoso e gorro grosso — e, o mais importante, sem um olhar furioso no rosto —, ele parecia uma pessoa diferente.

Ela balançou a cabeça como se para colocar algum juízo na cabeça. Esse era o homem que tinha gritado com ela duas vezes, e lhe dissera que era uma babá terrível. Ela precisava colocar a cabeça no lugar.

— Ele é adestrado?

Kitty olhou de lado para o cachorrinho, se lembrando da sujeira que precisou limpar no carro.

— Acho que sim. — Não era exatamente uma mentira, certo?

— O que ele come?

De jeito nenhum diria a ele que era um cachorro vegano, não quando Adam parecia quase disposto a ajudá-la.

— Ah, qualquer coisa. Carne, frango, arroz. Qualquer coisa que você tenha na despensa.

Ele se virou para encarar novamente o cachorro, o olhar firme enquanto o observava.

— Um cão-d'água português. Como o Bo, dos Obama. — Ela não sabia por que se preocupou em acrescentar isso. Não era como se a semelhança com o cão do ex-presidente fosse um ponto importante.

— Nunca ouvi falar.

— Ah, é uma raça adorável. Bonzinho, feliz, realmente o melhor amigo de um homem. Você nem vai notar que ele está aqui. — De repente ela pareceu a garota-propaganda de cães-d'água portugueses. Não admirava que Adam estivesse quase rindo.

— Por que eu acho que você está me enrolando?

Porque ela estava?

— Honestamente, ele vale ouro. É só por um tempo. Juro que ele não vai te trazer problemas.

— Se eu ficar com ele, e estou dizendo *se*, você vai ficar me devendo uma.

Ela assentiu rapidamente.

— Claro.

— Então eu posso pedir alguma coisa em troca. — Ele não disse isso como uma pergunta. O tom de sua voz, baixo e grave, enviou tremores pela coluna dela.

— Pode?

— Sim — ele disse devagar. — Posso.

Seu coração estava batendo muito rápido, de um jeito irritante. Quando finalmente encontrou as palavras para responder, sua voz estava cheia de antecipação.

— O que você quer que eu faça? — Era errado que ela tivesse pensamentos maliciosos com ele.

Adam olhou para ela, a ponta da língua passando pelos lábios cheios. Kitty observou seu movimento, fascinada, tentando ignorar a forma como ele lhe tirava o fôlego. Ele não respondeu por pelo menos um minuto, preferindo encará-la como se a estivesse avaliando ou, talvez, considerando seu destino. Era atraente e aterrorizante ao mesmo tempo.

— Ainda não sei. Preciso pensar — ele disse finalmente. — Eu te digo quando decidir.

Animada pela percepção de que havia resolvido o problema do cachorrinho, mas chocada com sua barganha, Kitty se viu inclinando a cabeça, ainda incapaz de afastar os olhos dos dele. Pensar em ter uma coisa que Adam pedisse a ela era o suficiente para fazer seu corpo se arrepiar.

❄

O cachorrinho estava enrolado na cama improvisada por Adam — uma caixa de madeira forrada com cobertores e travesseiro. Ele resmungou um pouco, o corpo minúsculo subindo e descendo a cada respiração e o tremor ocasional interrompendo o ritmo do seu sono. Adam olhou pela janela, observando o caminho que Kitty deixara na neve quando voltou para a casa grande e se perguntando se deveria ter insistido em levá-la até lá em vez de deixá-la ir sozinha.

Não que existisse algum perigo no caminho, a menos que se contasse o lago. Mas ela tinha o hábito de atrair problemas — de um cervo na estrada a um cachorrinho nos braços —, e ele não duvidaria de que ela poderia fazer alguma coisa no caminho de volta.

O cachorrinho deu um ganido, depois se virou na caixa, se enrolando como um gato. Adam olhou para ele, ainda tentando entender o fato de que realmente havia concordado em cuidar do vira-lata. Mas não concordou com tanta facilidade assim.

Ele estava fazendo isso por Jonas, lembrou a si mesmo. Pelo seu sobrinho. O pobre garoto merecia uma surpresa no Natal, já que precisava aturar muita merda no resto do ano. Não foi o sorriso bonito de Kitty ou seus grandes olhos azuis que o fizeram concordar com esse arranjo. Não. Era sua necessidade de fazer o sobrinho feliz.

Então, por que, quando se deitou na cama grande e macia, puxando os cobertores sobre seu corpo forte, tudo o que podia pensar era ela? A maneira como sorriu para ele enquanto acariciava o cachorro, o jeito como tomou a cerveja — como se nunca tivesse provado nada melhor. A forma como o agradeceu com suavidade antes de partir, se inclinando para acariciar o cachorrinho mais uma vez com uma expressão calorosa e aberta.

Ele fechou os olhos, se virou e se remexeu na cama até as cobertas se embolarem no seu corpo. Na sala de estar, ainda podia ouvir o cachorro — para um animal tão pequeno, ele fazia muito barulho, mesmo quando estava dormindo.

Estava vivendo aqui fazia muito tempo, esse era o problema. Quando não havia nada em sua vida exceto a neve, a corrida e o ocasional trabalho com madeira, uma garota bonita que chegou da cidade assumiu um significado que nunca teria antes. Ela ia ficar ali só por algumas semanas. Ele só precisava passar por elas, e então tudo voltaria ao normal.

Seja lá o que "normal" significasse.

II

Tu sabes, o inverno doma homem, mulher e besta.
— *A megera domada*

— Oi. — Adam acenou quando abriu a porta. — Desculpe, demorei um pouco porque o seu cão acabou de sujar todo o chão da cabana. — Não eram as boas-vindas que Kitty esperava. Ela estava parada na porta da frente, aquecida com sua jaqueta de esqui e calça térmica, sacudindo a fina camada de neve do gorro. Antes de Adam abrir a porta da frente, ela estava olhando para o portal, pensando que seria perfeito para um arranjo de visco. As deliciosas folhas verdes e os grãos brancos ficariam lindos contra a madeira escura da construção.

Ela podia dizer que ele não estava exagerando pelo fedor que a atingiu assim que ele abriu a porta. Para um cachorrinho, o filhote sabia mesmo como se fazer notar.

— Ah, Deus, sinto muito — ela disse, fazendo uma careta para a pilha de sujeira que o filhote havia despejado no chão da casa de Adam. — Onde tem produto de limpeza? Eu resolvo isso. — Ela rapidamente tirou o casaco acolchoado, revelando a calça preta justa e um grosso suéter de lã, pendurando o casaco no gancho ao lado da porta.

— O alvejante está debaixo da pia — Adam disse, apontando para a cozinha. — Se você se livrar da merda, eu lavo o chão. — Ele lhe lançou um olhar questionador. — Achei que você tivesse dito que ele era adestrado.

Kitty tentou não parecer culpada.

— Talvez ele não esteja acostumado com o lugar. Você o deixou sair de manhã?

— Eu o deixei sair a cada duas horas durante a noite. Todas as vezes que ele me acordava latindo.

Ela se sentiu péssima. Sempre assumiu que os cães dormissem durante a noite imediatamente, não considerando que fossem mais bebês do que adultos.

— Que horrível. Você deve estar exausto.

Olhando para ele, pôde ver as sombras escuras sob seus belos olhos.

— Sim. Bem, da próxima vez que quiser trazer o seu cachorro, talvez deva me avisar antes. Vou estocar sono com antecedência.

— Não é meu cachorro. É o cachorro do Jonas. Eu sou só a pessoa que tem que mantê-lo escondido — afirmou.

Adam levantou as sobrancelhas.

— Acho que quem está escondendo sou eu. Não vi o vira-lata idiota sujar o seu chão.

— Dê uma chance para ele — Kitty murmurou.

O cachorrinho estava sentado, todo feliz, no piso de ardósia no meio da cabana, abanando o rabo e olhando para Kitty com a expressão satisfeita. Ela pegou um saco da cozinha e retirou a sujeira com o plástico, limpando o restante com papel toalha.

Ah, cara, aquilo fedia. Devia ter sido toda a carne que comera na noite anterior. Claramente, não combinava com o intestino dele. Por sorte, Adam jogou um balde cheio de água sanitária, esfregando o chão com movimentos firmes, o cheiro de limpeza da amônia substituindo o fedor anterior.

O Natal realmente não poderia demorar mais. Depois disso, o cachorrinho não seria mais problema dela. Nem de Adam. Era estranho, mas esse pensamento não a fez se sentir melhor. Ainda mais estranho que, embora a sujeira no chão fosse absolutamente nojenta, ela, de alguma forma, se divertiu.

— Certo, tudo pronto. — Adam pegou o balde, o lavou e o colocou na varanda. Era estranho ver esse homem, o mesmo que era responsável por todos aqueles documentários surpreendentes, sendo tão domesticado em sua própria cabana. Sexy também.

Droga, ela precisava parar com essa linha de pensamento.

— Obrigado por ser tão legal — Kitty, falou, lavando as mãos na pia. — Você não tinha obrigação.

Ele deu um meio sorriso.

— Tudo bem. Ele é um cachorro. E, de qualquer forma, me ajudou a decidir o que eu quero de você.

Ela piscou rapidamente.

— O que você quer dizer?

— Lembra de ontem à noite, quando eu disse que você me devia por eu ficar com o cachorro? Eu avisei que precisava pensar no que você poderia fazer em troca. Bem, já decidi. Eu quero que você venha aqui todas as manhãs me ajudar com ele. Você pode alimentá-lo e me ajudar a limpar. Talvez levá-lo para passear.

Havia uma profundidade na voz dele que despertou seu interesse. Não era necessário que ele a provocasse. Ela estava hiperconsciente da proximidade e presença masculina. Ele a cercou como um cobertor.

— Não posso — respondeu, sem fôlego. — Tenho que cuidar do Jonas. Preciso arrumá-lo, fazê-lo tomar o café da manhã. Ele vai perguntar aonde eu fui.

Adam deu de ombros.

— A Annie pode te ajudar. Bem como a Mia e o Everett, se quiserem que você mantenha o cão em segredo. Venha antes que ele acorde, se quiser. Eu sempre acordo antes das seis mesmo.

— Acorda, é? — Sua boca ficou tão seca quanto os troncos estalando na lareira. Seu rosto também parecia muito quente.

Ele assentiu.

— Sim. E seria bom ter a sua ajuda. Eu corro todo dia. Não quero que o cachorro interfira na minha rotina.

— Mas você não se importa que ele interfira na minha? — Droga, ela devia simplesmente morder a língua e ficar calada.

Por que a cada vez que Adam olhava para ela sentia um tremor de prazer correndo da cabeça aos pés? Ele era só um homem. Certo, era um homem muito bom, muito forte, muito lindo. Mas ainda assim era só um homem.

— Se você não quer me ajudar, então diga logo — Adam disse. — Talvez a Annie possa vir ou algo assim.

— Não, não, tudo bem. — Ela assentiu, como se quisesse enfatizar suas palavras. — É claro que eu vou ajudar. Afinal, você está me fazendo um favor ou, pelo menos, fazendo um favor para o Jonas.

— Certo. Se você puder chegar aqui às seis e meia, vai me dar tempo suficiente para correr antes que precise voltar para o Jonas. Se houver algum problema, tenho certeza de que a Annie vai ajudar.

Kitty assentiu, tentando não pensar em quão cedo teria que acordar. Com antecedência suficiente para se certificar de que havia se maquiado, penteado os cabelos e que não parecesse uma bruxa.

— Acho que te vejo amanhã.

Desta vez o sorriso dele se alargou.

— Acho que sim. — Seu olhar se fixou no dela e, por um momento, pareceu que todo o ar tinha sido forçado a sair do peito.

O pensamento de vê-lo todas as manhãs a emocionava e a assustava na mesma medida. Ela não tinha certeza de qual sentimento gostava mais.

❄

Adam ficou na varanda, observando o caminho de Kitty muito depois que seu corpo bem-feito desapareceu na floresta. Suas bochechas estavam doendo de tanto sorrir. Ela acabou por ser completamente diferente da garota que ele imaginara. Para ser sincero, ele achava que ela reclamaria do cheiro e diria que sua função não era limpar a merda do cachorro. O fato de ela ter esfregado o chão o intrigara. Ele não podia imaginar Mia, nem nenhuma das outras mulheres com quem trabalhara em LA, concordando em limpar a sujeira do cachorro. O que tornava Kitty tão diferente?

Isso lhe deu a oportunidade de dar outra olhada naquele corpo também. Uma vez que ela tirou aquele casaco acolchoado ridículo, revelando uma camiseta rosa-claro que moldava suas curvas, achou difícil afastar os olhos. Talvez fosse por isso que ele fez aquele pedido idiota para que ela fosse até a cabana todos os dias. Deus sabia que ele realmente não precisava de ajuda com o cachorrinho. A pequena bola de pelos não fazia muito mais do que comer, latir e fazer cocô em todos os lugares.

Ele realmente precisava sair mais. Talvez, se não estivesse tão isolado, ele não a acharia tão atraente. Tédio, era só isso, certo?

O cachorro latiu alto, correndo para a varanda e se sentando. Apesar do monte de coisa fedida, ele não era um vira-lata muito ruim.

Ele deu outro latido curto.

— O que foi isso, garoto? — Adam se agachou e fez cócegas no cachorro embaixo do queixo. Em resposta, ele aconchegou o focinho no antebraço do homem, que sorriu novamente, de alguma forma desfrutando a companhia.

O olhar do cão se voltou para a montanha, seguindo a trilha de passos que levaram à floresta.

— Está preocupado com a Kitty? — Adam perguntou. — Ela vai ficar bem. Ninguém se atreveria a fazer algo contra ela.

Com um último olhar para a montanha, Adam balançou a cabeça e voltou para a cabana, fechando a porta logo que o cão o seguiu para dentro. Era óbvio que ele estava tão interessado nela quanto o peludo.

Ele não tinha certeza de como deveria se sentir sobre isso.

❄

Kitty voltou para a casa principal e se deparou com uma cena de intensa atividade: com Annie correndo de sala em sala, o rosto corado e brilhante pelos esforços. O rosto de Kitty também estava vermelho, mais do encontro com Adam do que pela viagem curta e congelada de volta. Ela ainda estava um pouco ofegante com as lembranças.

O cheiro de canela e pimenta-da-jamaica encheu o ar, juntamente com o cheiro de pinheiro que flutuava da enorme árvore apoiada no corredor.

— Você está aqui! — Annie disse, olhando para Kitty com alívio. — Graças a Deus. Nós temos muita coisa para fazer.

A cabeça de Jonas surgiu de uma enorme pilha de cadeias de papel.

— Nós temos exatamente três horas para decorar a casa para o Natal.

Ao contrário de Annie, Jonas parecia estar curtindo a agitação. Um gorro de Papai Noel estava alegremente apoiado sobre seus cachos loiros, e ele tinha um festão enrolado no pescoço como cachecol. A música ecoava pelos alto-falantes da sala de estar as eternas canções de Natal que todos conheciam. No corredor havia caixas repletas de peças de decoração natalina, bolas de vidro lindamente pintadas que pareciam relíquias de família. Seu coração se aqueceu por vê-lo tão feliz. Ele realmente era um bom garoto.

— Por que a pressa para a decoração? — Kitty perguntou enquanto o sino do temporizador do forno começava a chiar, mandando Annie de volta para a cozinha. A velha governanta pegou uma luva de forno acolchoada para puxar uma assadeira cheia de biscoitos perfumados do forno. Kitty seguiu atrás dela, ainda tentando descobrir o que estava acontecendo.

— A sra. Klein está voltando para casa. Nós acabamos de receber uma ligação do hospital. O sr. Klein está providenciando a ambulância agora. Ele quer que fique tudo pronto para o Natal para animá-la.

A atmosfera dali era um contraste completo com a calma relativa da cabana — exceto pelo acidente com o cachorrinho. Ela podia sentir o pulso começar a acelerar com o ritmo de Annie e Jonas. Era impossível não ser apanhado no redemoinho.

Desde que chegara, Kitty se perguntava sobre o tipo de mulher que Mary Klein seria. Junto com o marido, Mary tinha trabalhado arduamente nos negócios da família, construindo um império multimilionário. Quando os meninos ainda eram pequenos, o casal tinha vendido a empresa para o governo, se retirando permanentemente para a Virgínia Ocidental com os rendimentos. Além disso, ela sabia muito pouco sobre a senhora.

— Então nós devemos fazer deste o melhor Natal de todos — Kitty falou, examinando as ideias da cozinha. Mais do que ninguém, ela sabia o quanto era importante estar cercado pela família durante os feriados.

— Vamos decorar e assar, e então podemos planejar algumas coisas agradáveis para a sra. Klein, algo que toda a família possa desfrutar com ela. De que tipo de coisa ela gosta?

Um sorriso se formou no rosto de Annie.

— Ah, Deus te abençoe, você é uma boa garota. Você nem a conhece e está tentando animá-la. — Sua expressão mudou. — O que é mais do que posso dizer de algumas pessoas.

Kitty não perguntou de quem ela estava falando, mas, com Mia ainda na cidade e Everett preso em reuniões em LA, era bem óbvio.

— A sra. Klein gosta de filmes de Natal? — Kitty perguntou.

— Ah, sim, ela adora. Quando os meninos eram pequenos, todos se sentavam juntos e assistiam ao filme *Felicidade não se compra*. Esta família sempre foi louca por filmes.

— Então seria bom colocar uma TV no quarto — Kitty sugeriu. — Se ela estiver disposta a ter companhia, todos poderiam assistir aos filmes com ela. — Havia algo muito emocionante em assistir filmes natalinos cercados pelas pessoas que se ama.

As duas mulheres ficaram em silêncio por um momento, perdidas em seus pensamentos. Elas tinham mais em comum do que se imaginaria à primeira vista, Kitty pensou. Estavam vivendo longe de casa, com famílias que não eram suas. Talvez fosse por isso que coisas tolas como tradições de feriados parecessem tão importantes para elas.

— Ela adoraria isso — Annie disse com suavidade. — Vou pedir ao Adam para colocar a TV grande no quarto. Nós podemos ver um filme diferente toda noite. Eu conheço todos os favoritos dela, e nós podemos apresentar Jonas a algumas das tradições da família Klein. É uma pena que ela não possa ir à igreja. Essa é a outra coisa que ela gosta de fazer sempre na véspera de Natal.

Você nunca ouviu alguém com uma voz tão doce quanto a dela. A sra. Klein adora cantar todos os cânticos e hinos.

Kitty franziu a testa. Não havia como transportar a sra. Klein para a igreja, não com o quadril em uma condição tão frágil. Embora tivessem muita música de Natal no sistema de som, não era o mesmo que ouvir um coro de vozes. Não chegava nem perto.

Inclinando os cotovelos sobre o balcão da cozinha, ela apoiou o queixo na mão. Se a sra. Klein adorava os cultos e canções natalinas, então ela os teria. Kitty não sabia como nem onde, mas, de alguma forma, a sra. Klein ia receber a bênção na noite de Natal.

Mesmo que custasse toda a criatividade de Kitty.

12

> A bondade nas mulheres, não a sua bela aparência,
> deve ganhar meu amor.
> — *A megera domada*

— Você está cuidando de um cachorro? — Cesca perguntou, como se estivesse tentando disfarçar a risada. — Mas você odeia cães.

— Ele é bonzinho — Kitty falou, baixando a voz enquanto inclinava a cabeça contra a parede da sala de estar. Jonas estava a uns dez metros de distância, tentando organizar o presépio na mesa de canto. Mesmo a essa distância, ela não queria que ele ouvisse e estragasse a surpresa. — É um filhote.

— Como você se envolveu nessa situação? — Cesca perguntou. — Só você acabaria no meio do nada com a droga de um cachorro.

— Ao contrário de você — Kitty apontou, ainda sussurrando —, que acabou no meio do nada com o homem que mais odiava no mundo.

— Bem, colocando assim, talvez nós tenhamos muito em comum. — Desta vez Cesca deixou a risada escapar. — Mas não esqueça que eu acabei me apaixonando por esse homem. Não me diga que você vai se apaixonar pelo cachorro também.

Kitty revirou os olhos.

— Que lindo, Jonas — ela gritou quando ele a encarou, esperando uma reação. — Ficou ótimo. — Voltando a atenção para a irmã, acrescentou: — Acho que não vou me apaixonar por nenhum animal daqui. Ou homens, a propósito. — Por que isso fez com que ela pensasse em Adam? *Argh*. Ela precisava tirá-lo da cabeça. — De qualquer forma, o cachorro está em um lar temporário, longe de mim. Só tenho que ir vê-lo uma vez por dia.

— Aah, onde?

— Ele fica com o tio do Jonas.
— O famoso Adam Klein? O sr. Mau Humor? — Cesca perguntou, surpresa. — Ele não te detesta?
— O próprio.
— Talvez ele não seja assim tão ruim — a irmã respondeu. — Quantos anos você disse que ele tinha mesmo?
— Cess... — Kitty advertiu. — Não começa.
— O quê? Só estou perguntando quantos anos ele tem porque sou sua irmã. Você sabe, caso os dois resolvam *melhorar o humor juntos* ou algo assim.
— Pare com isso.
Cesca riu.
— Então, quantos anos ele tem? Me diga, senão eu vou procurar no Google. E aí eu vou te mandar fotos sensuais dele todo dia.
Kitty suspirou. Quando Cesca começava, era impossível segurá-la.
— Não sei. Trinta e poucos, acho.
— Aah, um homem muito mais velho. Sua safada.
— Não tem nada acontecendo! — Kitty protestou. Annie entrou na sala de estar e levantou uma sobrancelha para ela. — Eu tenho que ir. Estou no meio da decoração de Natal.
— Certo, mas me ligue mais tarde. Eu preciso saber de tudo.
— Não tem nada para saber. E eu vou estar ocupada mais tarde.
— Fazendo o quê? — Cesca perguntou.
— Te evitando. Tchau. — Kitty passou o dedo pela tela, terminando a ligação antes de voltar para ajudar Jonas e Annie com a decoração.
Menos de um minuto depois, o telefone vibrou em seu bolso, notificando o recebimento de uma mensagem de texto. Tinha quase certeza de que era de Cesca.
Mas ela não ia checar isso tão cedo.

❄

Quando Adam e o pai voltaram para casa no final da tarde, a decoração estava pronta e a árvore estava iluminada com centenas de pequenas luzes. Elas piscavam ao som do CD de Natal, enquanto Jonas e Kitty cantavam.
A expressão de admiração de Adam quando atravessou a porta fez Kitty querer sorrir. Ele olhou ao redor, os olhos arregalados como os de uma criança encantada. Os olhos do sr. Klein se encheram de lágrimas e ele balançou a cabeça.

— Você fez isso? — Adam perguntou a Annie com a voz rouca.

— Nós três fizemos. Embora eu deva admitir que, com os meus joelhos tão ruins, a Kitty fez a maior parte do trabalho duro.

— Você deveria tê-la visto subir a escada para colocar a estrela no topo da árvore — Jonas falou. — Ela balançou tanto que eu achei que iria cair.

— Não sou boa com altura — Kitty admitiu, olhando para o chão, constrangida. — Fiquei um pouco tonta lá em cima.

Quando ela levantou o olhar novamente, seus olhos encontraram os de Adam. Como antes, quando falavam sobre o cachorro, ele tinha uma suavidade na expressão que quase lhe tirou o fôlego.

— Obrigado — ele finalmente disse. — Significa muito.

— A Kitty também teve outra ideia. Ela sugeriu que nós colocássemos a TV de tela grande no quarto da sra. Klein para fazermos noites de cinema juntos. Você sabe o quanto a Mary ama filmes de Natal.

— Foi ideia sua também — Kitty protestou. Ela se sentiu desconfortável sendo o centro das atenções. — Foi você que disse que ela adora *A felicidade não se compra*, então não me dê todo o crédito.

Adam ainda a encarava. Kitty teve que admitir que havia algo em seu olhar que a fazia sentir calor de dentro para fora. Havia também algo em vê-lo ali na casa que a confundia. Cercado de pessoas, ele parecia menos irritado e selvagem do que quando o viu no lago.

Pela primeira vez ela percebeu uma semelhança entre ele e Everett. Apesar de não gostar do chefe, ela tinha que admitir que ele era um homem bem-apessoado. No entanto, não era atraente. Para isso, precisava mais que beleza. Para ser atraente, era preciso ter uma alma bonita. Com seu temperamento irritadiço e as explosões, Everett claramente não tinha o que era necessário.

— Acho uma ótima ideia — Adam falou, com a voz ainda suave. — Vou levar a TV para o quarto dela. A ambulância deve estar aqui em uma hora mais ou menos. Vai ser bom tê-la em casa durante os feriados.

Algo na expressão dele apertou o coração de Kitty. Seus olhos estavam nublados e distantes, como um garotinho perdido. Lembranças da própria mãe surgiram na mente de Kitty.

Fotos desbotadas de uma mulher que sempre tinha um sorriso enorme, cercada por quatro garotas e o caos que as acompanhava. Com a família por perto, Milly Shakespeare sempre parecia estar em casa.

Talvez ele tenha percebido as lágrimas se formando nos olhos de Kitty, ou talvez só estivesse agradecido pelas sugestões dela. Seja como for, Adam se aproximou e segurou sua mão, apertando-a firmemente dentro da palma cheia de calos. O choque inesperado do toque fez o coração de Kitty acelerar.

— Obrigado — Adam disse novamente. — Isso vai significar muito para a minha mãe.

Sua respiração ainda estava presa na garganta. Tudo o que Kitty poderia fazer era assentir, mordendo o lábio para impedir que as lágrimas se formassem. Adam a soltou e se afastou, saindo da cozinha, e entrou no corredor. Ela o observou atentamente, tentando descobrir exatamente quem ele era. Assassino irritado de cervos, barbudo grosseiro, tio amável... nenhum deles descrevia bem o homem cujo toque acabara de incendiá-la. Ele era multifacetado e complicado pra caramba, e mais difícil de decifrar do que uma equação matemática.

Mas era um quebra-cabeça que estava desesperada por resolver.

❄

Adam entrou na sala de estar e a atravessou, indo até a ampla janela e se encostando na parede em um esforço para recuperar o fôlego. Ele teve que sair da cozinha antes de fazer algo estúpido... como chorar, ou possivelmente abraçar a droga da babá inglesa de Jonas. Havia algo na forma como ela estava olhando para ele com aqueles olhos arregalados e vidrados e sua expressão cheia de emoção que o fazia querer abraçá-la e apertá-la.

Era só a emoção do dia fazendo truques com sua cabeça. Mesmo quando estava filmando e tendo que lidar com os horrores dos traficantes de drogas, ele sempre conseguia encontrar socorro nos braços quentes de uma mulher disposta. Essa necessidade de Kitty Shakespeare não era diferente disso.

Uma distração, era tudo o que ela era. Também não era indesejável. Mas demorou muito para que ele parasse de pensar em como ela estava naquele corredor, com o cabelo loiro colorido pelas luzes da árvore piscando. Um conflito explodiu dentro de si, e ele tentou se lembrar de que ela o deixara louco desde que chegara à montanha, desde o momento em que saíra da caminhonete e a vira se debruçando sobre aquele cervo moribundo.

Mas isso não era tudo. Ele a tinha visto brincar com Jonas até o garoto se contorcer com gargalhadas, cuidar de um cachorrinho que não pedira, e agora havia decorado uma casa que não pertencia a ela. Ela era gentil, o que era óbvio, mas havia muito mais nela do que isso. Cada pingo de força de vontade era necessário para que ele não quisesse descobrir o que era. Seu pai entrou na sala e parou sobre o tapete, olhando ao redor para a decoração festiva. Ele tinha um ar de fragilidade que não estava lá antes. O acidente da esposa também cobrara um preço ao pai. O homem de quem Adam se lembrava desde a infância — aquele homem vivo e altivo que passava horas na corrida corporativa e ainda conseguia encontrar tempo para os filhos — já havia desaparecido.

— A sua mãe vai adorar isso — ele disse, finalmente focando o olhar em Adam. — Ela sempre gostou dos feriados.

Adam deu um sorriso rígido ao pai.

— Vai, sim. Lembra do Natal em que eu quebrei o braço? Ela ainda insistiu que eu subisse a escada e pendurasse as peças de decoração com uma mão. Ela disse que, só porque fui estúpido o suficiente para ser pego no campo de futebol, não queria dizer que eu me isentaria de fazer o trabalho duro em casa.

Não que ele se importasse. Adam sempre fora uma criança muito ativa para se sentar e ficar só olhando.

— Vai significar muito para ela passar este Natal cercada pela família. — O olhar do pai era aguçado.

— Sim — Adam concordou.

— Mas tem uma coisa que significaria mais ainda. Uma coisa que a tem preocupado muito nos últimos meses.

O desconforto passou por Adam como uma capa pesada. Ele sabia exatamente o que seu pai ia dizer, mas não queria se envolver com essa linha de pensamento. Verdade seja dita, ele não queria ter essa conversa. Os dois costumavam se encaixar em temas fáceis, como esporte e a Nasdaq, entremeadas com um papo ocasional sobre as notícias. Tanto quanto amava o pai, Adam nunca havia compartilhado emoções com ele. As conversas longas e profundas sempre aconteciam com a mãe.

Mas essa era uma discussão que não estava disposto a ter com qualquer um deles.

— Pai...

— Você sabe que é verdade, filho. Acabou com o coração dela ver você e o Ev se engalfinhando. Nós achamos que, quando você voltou da Colômbia e foi morar em Los Angeles, tudo ficaria bem. O que aconteceu com vocês dois lá? Por que você não fala mais com ele?

O coração de Adam se apertou. Quando criança, seu papel na família sempre fora o de pacificador. Ser o responsável por causar dor aos pais o fazia sofrer. Mas, ainda assim, não havia como perdoar o irmão.

Deixá-los no fogo cruzado o fazia sufocar.

— Eu vou ser civilizado com ele — Adam falou. — Só não posso prometer nada além disso.

— Mas por quê?

A confusão no rosto do pai o estava matando.

— Você não quer saber. — Daquilo, Adam tinha certeza. Embora ele nunca tivesse sido pai, sabia o suficiente para entender que sua família amava a ele e a Everett igualmente. Tinha sido muito difícil quando ele voltara da filmagem na Colômbia, não só com os machucados, mas pelo sofrimento com flashbacks que o faziam suar à noite. Dizer a eles o que aconteceu na Califórnia só os machucaria ainda mais. Ele não tinha certeza de que poderia enfrentar isso. Especialmente agora, quando sua mãe estava voltando para casa.

— Você não pode dar uma trégua? Eu sei que não está tendo um bom momento agora, mas nem ele. Só de olhar para ele e a Mia já se pode dizer que as coisas não vão bem. Eles dificilmente ficam juntos. — Seu pai balançou a cabeça lentamente. — Eu não tenho a pretensão de entender o que aconteceu para fazer você guardar tanto rancor, mas conheço o seu irmão o suficiente para arriscar algumas hipóteses. Seja o que for, não posso acreditar que valha a pena perder um membro da família.

Havia uma parte de Adam que queria colocar tudo pra fora. Voltar a ver aquele garoto que confiava tudo aos pais. Mas os tempos mudaram, e agora ele assumiu a responsabilidade pela felicidade deles. Não estava planejando tornar tudo mais difícil do que já era para todos.

Então, ele balançou a cabeça, incapaz de dizer mais nada.

Principalmente porque não restava mais nada a dizer.

❄

A ambulância que trazia sua mãe chegou pouco mais de duas horas depois, acompanhada por duas enfermeiras particulares e seu médico pessoal. O dinheiro dizia às pessoas que elas seriam bem recompensadas se trabalhassem para os Klein. Levou quase uma hora para deixá-la confortável no quarto, deitada na cama especial que compraram apenas para esse fim. Ela estava ligada a um soro com medicamento — um alívio intravenoso para a dor. No início da noite, Mary parecia confortável o suficiente para receber visitas, e Adam se sentou com ela enquanto comia seu jantar, brincando sobre o fato de que a comida de Annie era melhor do que as coisas que estavam passando pelos tubos.

— Você sempre adorou cozinhar — a mãe salientou. — Devia aparecer e comer com a gente com mais frequência.

Adam deu outra garfada na caçarola de cordeiro.

— Sim. Bem, eu já estou bem grandinho. Posso cuidar de mim mesmo.

— Eu sei, querido. — Ela deu um tapinha na mão dele. — Mas nós sentimos a sua falta. Deve ser muito solitário naquela cabana. — Ela não perguntou quanto tempo ele pretendia se esconder por lá. Ainda que o fizesse, Adam não teria como responder.

— O seu pai me contou que tem um cachorrinho com você lá embaixo — ela falou, mudando de assunto. — Deve ser interessante.

Eles continuaram conversando enquanto ele comia, e Adam entreteve a mãe com histórias sobre Jonas. Ele teve o cuidado de não mencionar muito o nome de Kitty, mesmo que o nome parecesse forçar caminho a cada frase que ele falava. Ele não queria que a mãe fizesse perguntas. Não estava pronto para respondê-las ainda.

Por que ele pediu que ela fosse até a cabana todas as manhãs quando já estava achando difícil tirá-la da cabeça?

Sua mãe dormiu um pouco depois do jantar enquanto Annie estava sentada com ela, fazendo tricô. Então Adam voltou para o andar de baixo, enxaguando o prato e colocando-o na máquina de lavar louça. De pé, ele sentiu um arrepio no pescoço quando percebeu que estava sendo observado.

Kitty lhe lançou um olhar cauteloso quando ele se virou.

— Como está a sua mãe?

Por algum motivo, ele gostava da forma como ela pronunciava as coisas. Seu sotaque era tão britânico.

— Está dormindo agora. Deve descansar uma hora ou mais. Nós podemos começar o filme assim que ela acordar.

Kitty balançou a caixinha quadrada que estava segurando.

— Eu ia fazer pipoca para o Jonas. Ele está bem empolgado por ficar acordado até tarde para assistir ao filme. Se ele não achar chato, eu estava pretendendo ensiná-lo a usar essas linhas. Nós podemos fazer correntes de pipoca.

— Para comer? — Para sua surpresa, Adam se viu sorrindo. Ela sabia que seus olhos sempre suavizavam quando falava sobre Jonas? Por algum motivo, isso o aqueceu. — Ou para decorar?

— Conhecendo Jonas, para as duas coisas. Não consigo ver a pipoca durar muito. Ele é um monstro quando se trata de pipoca de micro-ondas. — Ela colocou o primeiro pacote no aparelho, pressionando os botões tão rápido que quase fez seus olhos se aquecerem. Kitty Shakespeare era um demônio com a pipoca. Talvez ensinassem esse tipo de coisa na escola de babás. Ele fechou os olhos, imaginando uma multidão de mulheres jovens, todas vestidas com Mary Poppins, só que mais novas e mais sensuais.

Porra, de onde veio isso?

Quando ela lhe entregou duas grandes tigelas quase transbordando com grãos brancos fofinhos, Adam sorriu novamente, desejando que ela sorrisse de volta.

— Doce ou salgada?

— As duas, é claro. — Ela revirou os olhos, como se a pergunta tivesse sido estúpida. Pegando algumas latas de refrigerante, ela se virou bruscamente e começou a caminhar até a porta. — Qual é a sua favorita?

— Adivinha. — Ele mostrou um sorriso. Estava flertando? Era o que parecia. Uma pergunta melhor seria: por que ele estava flertando? E por que ele não conseguia afastar os olhos daqueles lábios bonitos?

Kitty o encarou, e seus olhos se estreitaram. Sua observação silenciosa foi dolorosa e prazerosa na mesma medida.

— Humm, um amador imediatamente escolheria salgada. Afinal, os homens gostam de coisas saborosas, e você parece muito viril...

Ele prendeu a respiração enquanto ela continuava.

— Mesmo que você seja muito ouriçado do lado de fora, juro que em algum lugar lá no fundo existe um garotinho que adora doces.

Ele engoliu em seco.

— Andou falando com a minha mãe?

Ela mordeu o lábio. Aquilo enviou um choque direto ao estômago dele.

— Não — ela disse, ainda mordiscando o lábio rosado. — Devo fazer isso?

— Ah, não. A não ser que você queira ouvir histórias sobre como eu costumava molhar a cama e que minhas primeiras palavras foram *biscoito* e *açúcar*.

Finalmente, Kitty sorriu, e ele sentiu como se tivesse conquistado uma grande vitória.

— A sua mãe parece ser uma senhora muito interessante.

— Ah, sim. Ela é.

Ele sentiu o sangue correndo nas veias, seu pulso audível nos ouvidos. Adam realmente achou que ela fosse obcecada por si mesma? Quase todas as palavras que saíam de sua boca eram sobre outra pessoa: sua mãe, Jonas, Annie. Ele se lembrou de seu bom coração no início daquela noite, quando decorou o corredor e pegou os velhos DVDs de feriados que a mãe havia escondido no quarto. Kitty era doce e sexy, uma combinação perigosa que o fazia querer saber tudo sobre ela. Uma hora depois, eles levaram os lanches até o quarto da mãe, onde Jonas já havia se sentado na poltrona ao lado da cama. Suas pernas estavam enroladas debaixo dele, que sugava a ponta do polegar, da maneira familiar que fazia sempre.

Adam colocou as tigelas na mesa ao lado da cama da mãe.

— Nós trouxemos lanches — ele disse.

Sua mãe tossiu alto.

— Quem somos nós?

Adam ficou vermelho, percebendo que ninguém tinha se incomodado em apresentar Kitty à mãe. Por algum motivo, isso o incomodou muito mais do que provavelmente deveria. Para uma mulher que só havia entrado em sua vida poucos dias antes, ela deixou uma grande impressão.

— Mãe, esta é a Kitty. Ela é a babá do Jonas. — A explicação ficou muito aquém do que ele queria dizer. Ele não conseguiu pensar em outra maneira de descrevê-la.

— Venha cá. — As palavras de Mary Klein pareciam mais um comando do que qualquer outra coisa. Kitty deu um passo à frente, colocando as mãos nos braços estendidos de Mary. Ele observou enquanto sua mãe os espremia, o aperto ainda surpreendentemente forte, apesar de sua condição. — O Jonas me falou muito sobre você. — Ele a ouviu sussurrar. — Obrigada por cuidar tão bem dele.

Seu pai e Annie se juntaram a eles, carregando eggnog para os adultos e um leite com chocolate para Jonas. Adam colocou o filme enquanto Annie e seu pai se acomodavam no pequeno sofá de veludo no canto do quarto. Com Jonas na poltrona, Kitty se sentou no chão, as pernas cruzadas no lado esquerdo da cama, colocando a bacia de pipoca no piso antes de tomar um gole da bebida. Ele desligou as luzes, com apenas o brilho das máquinas de sua mãe lançando iluminação no quarto até a TV ser ligada.

— Está monopolizando a comida? — ele sussurrou, se sentando no chão ao lado dela. Ao contrário de Kitty, sentar com as pernas cruzadas não era uma posição natural para Adam. Em vez disso, ele esticou as longas pernas na sua frente, ocupando muito mais espaço do que ela. Sem perguntar, pegou um punhado de pipoca, colocando os grãos salgados na boca. Ela bufou, indignada, e tentou não sorrir.

— Pegue sua própria pipoca, seu ladrão de comida — ela sussurrou, batendo na mão dele quando tentou pegar mais. Na segunda tentativa, ela segurou a mão de Adam, que automaticamente se viu circulando os dedos ao redor dela. Como o resto do corpo, sua mão dominou a dela, e ele observou com fascínio enquanto tentava, sem sucesso, escapar do seu alcance. Havia algo na forma como sua palma se encaixava tão perfeitamente dentro da dele, o que significava que ele não conseguia afastar os olhos.

Então os créditos de abertura começaram, e ela usou a distração para se afastar do seu toque, golpeando-o suavemente no pulso quando ele tentou pegá-la de novo. Era estranho, mas havia um vazio nele, como se tivesse se acostumado com a sensação de sua mão. Ele queria voltar àquele doce sentimento de satisfação, a pele macia e morna contra a dele.

Como um adolescente, ele começou a tramar, pensando em como poderia manter o contato entre os dois. Entre a escuridão e o fato de estar no chão, fora da visão de todos, era como se fossem as únicas duas pessoas no quarto.

Cada vez que ela pegava mais pipoca, Adam fazia o mesmo, aproveitando a oportunidade para tocar suas mãos na dela. Às vezes ele pegava o punhado que ela havia pego, forçando um suspiro de irritação dos lábios, que o fazia querer beijá-los intensamente e por muito tempo.

Ele era como uma criança puxando tranças. A irritação dela parecia a única coisa que ele podia provocar, para ser sincero, estava gostando muito. Então, quando ela finalmente pegou a tigela e a moveu para o outro lado, longe do seu alcance, ele aproveitou a oportunidade para deslizar o braço ao redor da sua cintura e mergulhar a mão na tigela.

— O que você está fazendo? — A voz suave era uma onda de calor contra a orelha dele. Ele não havia percebido que estavam tão perto.

— Estou com fome — ele sussurrou, incapaz de parar de sorrir. — Você não pode deixar tudo isso bem na minha frente e depois tirar.

— Pegue o seu próprio lanche.

— Eu gosto mais do seu. — Ele pegou mais pipoca, aproveitando a oportunidade para encostar nas costas dela, fazendo Kitty estremecer de uma maneira que o fazia querer mais.

— Você é irritante. — Kitty o acotovelou. Mas ela não parecia irritada. Em vez disso, parecia um pouco ofegante, e, quando ele olhou para seu rosto, iluminado pela tela, pôde ver os olhos abertos e os lábios carnudos. Se houvesse um pouco mais de luz, ele teria jurado que suas bochechas estavam vermelhas também.

Ela não tinha o direito de ser tão linda, mas Adam estava feliz por ela ser. Pela silhueta contra a cena de abertura do filme, ele pôde ver os cílios grossos vibrando enquanto ela piscava, e a maneira como seus lábios se abriam um pouco quando ela respirava. Ele sentiu o desejo de tocá-los, traçar um dedo ao longo da pele inchada e ver seus olhos se arregalarem enquanto ele colocava o polegar para dentro da sua boca.

— Nós podemos trançar a pipoca agora, Kitty? — Jonas se jogou ao lado deles. Adam não percebeu que ele havia se levantado. Não que ele tivesse prestado atenção em mais alguém ali além de Kitty. — Podemos enrolar isso na árvore, como você falou.

A interrupção deveria ter aliviado a tensão que se acumulava entre eles, mas, quando Adam olhou para ela novamente, Kitty estava olhando para ele. Ela estava mordiscando o lábio inferior. Ele podia ver o reflexo da tela grande em seus olhos brilhantes quando James Stewart jogou um laço ao redor da lua, prometendo pegá-lo para sua namorada.

No filme, George queria dar à garota dos seus sonhos tudo o que ela desejasse.

Mesmo que Adam tivesse uma corda longa o suficiente, nunca poderia fazer o mesmo.

13

A beleza é julgada pelos olhos de quem compra.
— *Trabalhos de amor perdido*

Kitty ficou acordada na cama muito tempo depois que o resto da família tinha ido dormir. Ela ouviu os sons da casa, os canos estalarem, as telhas gemerem e uma coleção de outros barulhos que formavam a alma da mansão. Cada casa em que vivia tinha a própria trilha sonora, tão distinta quanto uma impressão digital seria para um humano, mas isso era o mais próximo do que ela já havia ouvido em sua casa de infância. Poderia ser pela idade do lugar, ou pelo fato de estar cheia de gente. Ou talvez fosse simplesmente uma coincidência que o barulho de pingos da água nos tubos antigos parecesse ter o mesmo ritmo que a casa de seu pai, em Londres.

Havia outra semelhança. Quando era criança, ela dormia no quarto do sótão, parte da casa que, em sua origem, era destinada aos criados. Agora ela estava, de novo, acomodada sob o telhado de uma casa, pensativa e sozinha. Ao contrário daqui, seu quarto em Londres era apertado, com o teto baixo, mas a sensação mágica de estar no topo do mundo atingia a jovem Kitty toda vez que ela subia os três degraus para chegar lá. Era um refúgio da família, das irmãs barulhentas e curiosas que às vezes podiam ser demais. Era seu refúgio de problemas na escola, e em algum lugar ela podia se esconder do pai amoroso e querido, que, quando estava concentrado no trabalho, muitas vezes a confundia com Cesca ou Julieta.

Agora, seu quarto estava em algum lugar onde ela podia se deitar e pensar no que aconteceu antes, quando Adam ficou segurando sua mão e roubando pipoca com um enorme sorriso que lhe tirou o fôlego. Ela o chamou de irritante, mas ele não era nada disso. Tudo nele havia sido sedutor. Mesmo quando Jonas se aproximou e se sentou com eles, ela ainda podia sentir o olhar de Adam queimar sua pele e acelerar seus batimentos cardíacos, e ela não queria que ele parasse.

Claro que isso aconteceu, e ele se levantou para beijar a mãe, que estava dormindo, dizendo a Annie que precisava ir porque tinha "algo a sua espera" na cabana. Todos sabiam que ele estava falando do cachorro, bem, todos exceto Jonas, mas Kitty não pôde deixar de se sentir decepcionada com sua partida. Ele lançou um último olhar e disse que a veria pela manhã, e seu peito se apertou de novo.

Era difícil entender como alguém tão irritante poderia ser tão atraente ao mesmo tempo. Quando se sentaram juntos assistindo ao filme, era como se uma reação química estivesse ocorrendo entre eles. Ele a deixou sem fôlego e dolorida, se perguntando se ele iria tocá-la cada vez que pegasse mais pipoca. E, para ser honesta, cada célula do seu corpo esperava que sim. Ele era como um vício.

Ela passou a noite rolando na cama, nervosa e repetindo as cenas da noite na cabeça até as primeiras horas da manhã. Fazia mesmo só alguns dias que o conhecia? Ela estava com tanto medo quando ele pegou a arma e atirou perto dela, seu rosto sombrio apesar da sua única preocupação ter sido com o animal que sofria. Então, ficou muito irritado quando discutiu com ela no lago, a boca esticada em uma linha apertada e esbranquiçada.

Desde o momento em que se conheceram, os dois entraram em confronto, como se estivessem atraídos por um ímã. E agora ela não parecia capaz de escapar da atração.

Talvez nem quisesse.

Ela dormiu mesmo com o toque do alarme, sem acordar até que fosse seis horas. O pânico imediatamente apertou seu peito quando viu a hora. Em uma confusão de roupas limpas e artigos de higiene, de alguma forma ela conseguiu se arrumar antes de descer as escadas para encontrar Jonas colorindo na velha mesa da cozinha. Os lápis de cor estavam espalhados sobre a mesa: vermelho, verde e amarelo rabiscados no papel. Ele estava preenchendo o esboço de uma árvore de Natal, desenhando a decoração e fazendo a estrela se destacar. Por que ele teve que acordar tão cedo hoje?

— Aí está você. Nós não te esperávamos tão cedo. — O sorriso de Annie era caloroso enquanto ela olhava para a mesa. — Achamos que você merecia um descanso depois de todo o trabalho duro.

Kitty alcançou o cabelo de Jonas.

— Eu devia ter acordado antes — ela disse, dando um olhar aguçado a Annie. — Tenho algumas coisas para fazer esta manhã e preciso levar um recado.

Annie indicou o canto da cozinha para Kitty, puxando-a para a despensa e fechando a porta para que Jonas não pudesse ouvi-las.

— Se você estiver indo para a cabana, encontrei uma caixa de decoração que não usamos ontem. Você poderia pegar e oferecer ao Adam?

Annie sabia tudo sobre o arranjo entre Kitty e Adam, e o fato de que ela devia ir para a cabana todos os dias. Embora suas sobrancelhas tivessem arqueado quando Kitty contou a história, Annie parecia mais surpresa do que julgando.

— Ele *quer* decorar a casa? — Kitty não conseguiu disfarçar a descrença na voz.

Annie sorriu.

— Ele pode achar que não, mas, com uma pequena e suave persuasão...

Kitty arregalou os olhos. Ela já ouvira tudo isso antes. O que fazia Annie pensar que ela poderia influenciar Adam a fazer alguma coisa?

— Ele não vai me ouvir. A última vez que eu estive lá, o cachorro tinha sujado o chão todo.

— Você ficaria surpresa. — Annie não estava levando isso em conta. — Você o persuadiu a cuidar do cachorro, sem mencionar que ele concordou com uma noite de cinema com a mãe. Estou pensando em levar um pouco de alegria para a cabana dele, tornando tudo um trabalho matinal para você.

Elas estavam falando sobre a mesma pessoa?

— Você está errada — Kitty protestou. — Ele não gosta de mim. Lembra como ele me tratou quando eu sofri o acidente com o carro no caminho pra cá? Ele me fez subir a estrada com o pior de todos os pares de sapato.

Annie balançou a cabeça.

— Eu vi como ele te olhava ontem à noite. Acredite, não há nada que obrigue o Adam a fazer algo quando ele não quer. Mas, quando ele estava olhando para você, ah, garota, os feromônios estavam voando no ar.

Kitty riu baixinho.

— Feromônios? — Ela não estava esperando por isso. Annie era boa em surpreendê-la.

— Ah, você me entendeu. Quando esse garoto te olha, me faz lembrar o dia em que o sr. Drewer pediu a minha mão em casamento para o meu pai. E naquela época os meus pais tinham um telefone comunitário. Ele teve que mandar um telegrama para agendar um horário. Teve sete dias para se acalmar a respeito dessa conversa com meu pai.

Kitty não pôde deixar de sorrir com a doçura da história de Annie. Havia uma atemporalidade na velha governanta que tornava difícil acreditar que ela já fora uma jovem cheia de esperança e sonhos românticos. Mas a esperança era atemporal, assim como o amor. Kitty precisava dos dois. Ansiava mesmo. Não que tivesse certeza de que um dia iria encontrá-los.

— Tudo bem. Eu levo a decoração — concordou. — Mas, se ele gritar, vou dizer que foi ideia sua.

Annie riu.

— Por mim, tudo bem. Falta pouco para o Natal. Você e eu temos muita coisa para fazer.

Era tão bom estar incluída em um plano que aquilo fez os olhos de Kitty se encherem de lágrimas. Os Klein podiam não ser sua família — nem Annie chegava a ser isso —, mas havia algo nesta casa que a fazia se sentir em casa.

Naquele momento, numa antiga mansão no meio das montanhas da Virgínia Ocidental cobertas de neve, gelo e mil luzes cintilantes, parecia que ela estava em um especial de feriado.

❄

Adam passou a maior parte da noite acordado. A incapacidade de dormir o fez lembrar daqueles momentos em que estava filmando em um país estrangeiro, com a cabeça cheia de perguntas e o corpo alerta. Mesmo no tempo em que não estava fazendo nada, não se permitia descansar. Agora, preso em sua cabana no meio do inverno na Virgínia Ocidental, ele sentia como se estivesse se preparando para a batalha.

Só que desta vez era consigo mesmo.

Ele não devia ter flertado com Kitty na noite anterior. Era como se outra pessoa o tivesse pego e baixado sua guarda até que tudo que restasse fosse o garoto que já fora: esperançoso, honesto e vulnerável. Não o homem cansado do mundo que se tornara.

Mais do que a maioria, ele sabia onde a vulnerabilidade o pegava.

Estava sentado diante do tênis de corrida havia horas, pronto para sair assim que ela atravessasse a porta. Ele não podia passar nem dez minutos com ela ali. Não confiava em si mesmo para se comportar do jeito que sabia que deveria. Se pudesse colocar certa distância entre eles, talvez conseguisse controlar a atração que continuava a empurrá-lo para ela.

O cachorrinho se aproximou dele, cheirando sua mão. Adam já havia lavado o chão uma vez naquela manhã, reclamando com o cachorro enquanto o fazia, e foi recompensado com uma cauda abanando e um encostar esperançoso de nariz por seus esforços.

Quando era jovem, nunca tivera animais de estimação. Seus pais eram muito ocupados quando era pequeno, e, quando adolescente, estudava em colégio interno e só vinha para casa durante as férias. Esse estilo de vida itinerante não era bom para ter um cão. Então, claro, quando adulto, foi ainda pior. Ele deixava o país a qualquer momento, o trabalho o levava para todos os cantos do mundo. A primeira vez que se instalou em um lugar por qualquer período de tempo foi nos últimos meses, e só agora estava percebendo como seu estilo de vida era solitário.

O filhote começou a ofegar, colocando a língua para fora quando parou. Adam estendeu a mão para acariciá-lo, passando a mão pelo pescoço grosso e peludo, e o filhote soltou um suspiro contente. No instante seguinte, suas costas endureceram, as orelhas apareceram como se estivessem em alerta. Correndo até a porta, ele latiu alto na madeira escura, abanando a cauda.

Não foi surpresa para Adam quando ouviu uma batida suave na porta. Ele bateu os dedos no braço da cadeira, se forçou a ficar de pé e depois atravessou o chão de madeira. Seu coração estava batendo furiosamente quando chegou à entrada e teve que respirar profundamente antes de abrir o trinco.

Ele precisava se concentrar. Ela não era ninguém especial, só uma garota britânica bonita com quem ele estava fantasiando. Ele enfrentou demônios maiores do que ela antes e saíra vivo.

Sua boca ficou seca assim que abriu a porta. Kitty estava na varanda, o cabelo loiro meio escondido debaixo de um gorro de lã vermelha e um lenço combinando ao redor do pescoço. Ela estava carregando uma caixa cheia do que parecia enfeites e ornamentos, mas o que ele realmente notou foi o enorme sorriso no rosto.

Ela parecia muito feliz em vê-lo. Ele não conseguiu se lembrar da última vez que esteve tão desarmado. Metade dele queria pegá-la nos braços e girá-la ao redor da sala enquanto a outra metade queria correr para bem longe, onde não teria que ficar ansioso.

A segunda metade ganhou. Ele pegou o tênis de corrida, calçando-os enquanto evitava o olhar de Kitty. Ignorando o cavalheiro dentro de si que queria tirar a caixa de suas mãos e aliviá-la do seu fardo, ele limpou a garganta.

— Quase que você não me pega. Eu estava saindo para correr. — Ele pareceu indiferente o suficiente? Adam não tinha certeza.

— Ah.

Uma única sílaba, mas ele pôde ouvir todas as emoções contidas nela: decepção, surpresa, tristeza. Isso o fez se sentir ainda mais idiota, mas também fortaleceu nele a determinação de evitá-la. Ela não merecia suas alterações de humor.

— A Annie me deu isto — ela falou, ainda segurando a caixa. — Ela quer que nós decoremos a cabana.

Ele se sentiu ainda pior.

— Você pode fazer isso enquanto eu saio. Provavelmente já vai ter ido embora quando eu voltar, então feche a porta com o trinco e veja se o cachorro está aqui dentro. Não quero ter que procurá-lo na neve.

Ele sentiu, em vez de ver, seu titubear.

— Você não vai ficar? A Annie mandou um pouco de chocolate quente também. — Kitty tirou uma garrafa da caixa, levantando-a na frente dele, como se fosse um prêmio. — Conhecendo Annie, eu sei que deve estar muito gostoso.

Ela poderia fazê-lo se sentir pior?

Ele poderia tirar o tênis agora mesmo. Podia tirar a garrafa das mãos dela, pegar duas canecas e servir o líquido doce, sorrindo enquanto brindavam. Eles podiam fazer a decoração, compartilhando risadas enquanto contavam histórias de quando eram crianças, contando de onde vinham os velhos enfeites que estavam saindo da caixa. Se ele fosse outro tipo de homem, seria exatamente o que faria. Mas ele não era esse homem, e, com a certeza de que o gelo iria derreter na primavera, ele sabia que ela merecia mais do que isso.

— Eu não sou muito ligado nos feriados. — Ele não podia olhar para o rosto dela. — Decore se quiser, ou não se incomode. Eu não vou dizer nada para a Annie.

Com um dar de ombros, ele abriu a porta e se virou para vê-la uma última vez. A expressão de desapontamento de Kitty abriu caminho em sua cabeça, imprimindo-se como uma marca.

Adam saiu na varanda, fechando a porta atrás de si. Tentou afastar a lembrança da angústia dela quando começou a aquecer os músculos. Saltando no chão, sem se preocupar em usar os degraus, ele deixou as pontas dos tênis estabilizarem sua marcha. A corrida lhe faria bem, ajudaria a esquecer de tudo, exceto do ar nos pulmões. Ele correu mais rápido, mais intensamente, ainda mais. Faria o que fosse necessário para apagar o rosto dela da memória.

Para se esquecer de como ela o olhava fixamente com os olhos arregalados e a linda boca aberta. A maneira como a testa da jovem franzira enquanto segurava a caixa ainda estava clara em sua mente, mesmo quando atravessou o amplo espaço aberto do campo e chegou até a colina.

Ele a magoara.

Sem intenção, sem querer, ele causara dor de qualquer maneira. Embora estivesse tentando evitar fazer exatamente isso, de alguma forma acabara agindo como um idiota.

— Merda. — Ele bateu a palma da mão contra a casca áspera de um pinheiro. Parou de correr, apesar de ainda não ter começado a transpirar. Sua mente foi consumida por pensamentos sobre Kitty, e nada mais parecia importar. Nem suas lembranças daquela droga de documentário na Colômbia, ou do surto em Los Angeles, nem mesmo o conflito que o assolava, dizendo para se afastar dela.

— Droga. — Suas mãos se fecharam em punhos, como sempre faziam quando se sentia ameaçado. Sem pensar direito no próximo movimento, Adam se virou e começou a correr de volta para a cabana, os olhos focados na construção de madeira. Levou menos de um minuto para chegar lá. A falta de ar era mais um sinal da ansiedade que o percorria do que qualquer esforço que poderia ter causado. Ainda assim, subiu os degraus e abriu a porta, surpreso por encontrá-la ali, em pé com a caixa nos braços.

— Você voltou? — Os vincos em sua testa se aprofundaram. — O que aconteceu?

Adam não respondeu. Em vez disso, tirou a caixa dos braços dela e a deixou cair no chão. O cão trotou e tentou cheirar os enfeites, e Adam teve que afastá-lo. O olhar de surpresa no rosto de Kitty — muito mais bem-vindo do que a tristeza de alguns momentos antes — o fez querer rir alto. Isso fez uma sensação de leveza percorrer seu ser, como se estivesse flutuando no céu. Ele não conseguia se lembrar de quando fora a última vez que se sentira tão bem.

O lábio inferior dela se abriu o suficiente para ele ver a ponta da língua ali dentro, despertando novamente o desejo de beijá-la. Queria prová-la, ser provado, ver exatamente como seria tê-la contra si, mas não tinha ideia de como isso aconteceria.

— Sinto muito. — Foi a única coisa que conseguiu pensar em dizer. Ele queria transmitir tanto nessas duas palavras, mas ficaram muito aquém da sua necessidade.

— Por quê?

Ele balançou a cabeça.

— Não faço ideia. Por atirar no cervo? Por te fazer chorar? Por ter gritado com você no lago?

Kitty riu. Uma risada alta e gutural que parecia inadequada vinda dos seus lábios. No entanto, o riso o tocou fundo o suficiente para fazê-lo se aproximar e segurar a lateral do rosto dela com uma das mãos. Com a outra, tirou o gorro, afastando-lhe o cabelo da testa.

— Você é tão linda.

— Sou? — Ela franziu o cenho. Isso só aumentou sua estima por ela. Uma garota bonita que nem sabe disso, alguém adorável por dentro e por fora.

Ele assentiu lentamente.

— É, sim. Com a sua pele luminosa, os seus olhos cintilantes e a boca macia e que me deixa louco para te beijar. Você é um colírio.

— Louco para me beijar?

Seu coração gemeu quando ela sorriu.

Ainda acariciando seu rosto, ele deslizou o polegar para baixo até lhe tocar o lábio inferior. Ela o encarou com os olhos arregalados, a expressão aberta e confiante enviando uma onda de puro prazer às suas veias.

— Louco para te beijar — ele repetiu. Baixando a cabeça, tocou a sobrancelha na dela. Estavam tão perto que ele podia sentir seus cílios vibrando contra os dele enquanto ela piscava e sentia a fúria quente de sua respiração contra a pele. Os dois ficaram aconchegados um no outro, em silêncio, desejando dizer tudo. Os olhos compartilhando uma conversa que não podia ser feita com palavras. Então Adam deslizou a mão ao redor do pescoço dela, inclinando seu rosto antes de pressionar seus lábios frios contra a boca quente de Kitty.

Foi tão bom que ele quase perdeu a cabeça.

14

>Por isso, bela mimosa, venha me beijar.
>— *Noite de reis*

Kitty já tinha sido beijada antes. O primeiro beijo fora um selinho roubado no playground por Tom Jenkins, o devasso de sete anos que roubara seu frágil coração no ensino fundamental. Desde então, ela trocara toques castos, beijos apaixonados e embriagados, cheios de língua e chupões no pescoço. Ah, sim, ela foi beijada...

Mas nunca tinha sido beijada assim.

Adam a segurou, envolveu um braço na cintura dela, o outro ainda agarrando seu pescoço. Ele a beijou como se fosse alguém desesperado por ar, roubando-o dela enquanto saqueava sua boca, tomando e dando em igual medida. Seus lábios eram mais suaves do que achava que seriam, se movendo com segurança contra a dela, sua língua a persuadindo a se abrir antes de entrar. Seus braços serpenteantes se enrolavam ao redor do pescoço dele, se agarrando enquanto ele a inclinava para trás, ainda a beijando profundamente como se estivesse em algum tipo de batalha.

Ele afastou uma mecha solta do rosto dela, e segurou todo o cabelo na nuca, puxando-o como se fosse uma corda. O movimento fez a cabeça de Kitty se inclinar para trás. Deslizando os lábios para o canto da sua boca, ele beijou uma trilha pelo pescoço dela, mordiscando e acariciando a pele sensível logo abaixo da orelha.

A sensação da barba contra a pele dela fez Kitty gemer suavemente. A cada movimento de seu corpo, Adam a dominava. Seu braço apertou a cintura dela, puxando-a com firmeza de encontro a ele até que tudo o que ela podia sentir eram os músculos rígidos do seu peito.

Seus sentidos estavam repletos dele. O cheiro de pinheiro quente encheu o nariz de Kitty enquanto sua pele tremia ao tocar seus lábios. Ela podia ouvir a respiração de Adam enquanto ele lhe beijava o pescoço, mesmo que rápido, e, embora tivesse os olhos bem fechados, ela jurava que ainda podia ver seu rosto.

— Seu gosto é tão bom — ele murmurou, puxando o lóbulo da orelha dela entre os dentes. Embora não tenha machucado, ela ofegou com o sentimento que despertou, enviando prazer diretamente para os dedos dos pés. Ela entrelaçou seus dedos no cabelo escuro e na nuca de Adam, quase sem fôlego enquanto ele continuava a beijar sua garganta. Embaixo do casaco e da camiseta, seus mamilos eriçaram e seu corpo ficou desesperado por mais.

Como se sentisse a necessidade de Kitty, Adam puxou o zíper da jaqueta, ainda a beijando quando ela empurrou o tecido acolchoado dos ombros. Soltando os cabelos dela, ele moveu as mãos para sua cintura e as deslizou para baixo do tecido de algodão. Sentindo as mãos ásperas pressionadas contra sua pele, Kitty abriu os olhos e focou diretamente os olhos castanho-escuros. Ela podia ver o desejo e uma necessidade tão grande quanto a dela. Engoliu em seco e sentiu a boca secar de repente.

— Me beije de novo.

A segunda vez que capturou sua boca foi tão intoxicante quanto a primeira. Com a sensação adicional das palmas dele acariciando a lateral do seu corpo, Kitty pensou que poderia entrar em combustão. A língua de Adam deslizou contra a dela, suave mas firme, e ela passou os dentes ali. Seu coração parecia estar crescendo no peito, pressionando as costelas até que o torso inteiro doesse por ele. A cada carícia, ela se sentia como se estivesse voltando para casa.

Então o mundo explodiu acima deles com o som de mil asas batendo. A cabana começou a tremer, as fotos se moviam na parede e a porcelana fina estremecia nos armários. Adam franziu o rosto com um olhar de consternação e os olhos semicerrados quando começou a olhar ao redor da sala.

— Mas o que é isso?

O barulho aumentou, juntamente com os tremores. Por um momento, Kitty se perguntou se era uma avalanche. Adam ainda a segurava com força, embora pudesse sentir a agitação aumentar. Finalmente, afastou as mãos e correu até a janela para olhar para o campo lá fora.

— Idiota — ele murmurou, ainda olhando para o lado de fora.

— O que é isso? — Kitty correu para seu lado, examinando através do vidro embaçado. O topo das árvores estava se inclinando para baixo, como se estivesse sendo soprado por uma grande força. A neve que cobria a parte de cima das copas estava sendo derrubada com uma onda repentina.

— É um helicóptero. — A voz de Adam ainda estava baixa, embora repleta de raiva. — O filho da puta vai pousar no campo.

Mesmo em sua curta estadia em Cutler's Gap, Kitty sabia que a cidade não era rica. Não havia muitas pessoas que pudessem se dar ao luxo de pousar um helicóptero no meio do campo da Virgínia Ocidental.

A menos que fossem produtores de filmes ricos.

— É o Everett? — perguntou.

A risada de Adam foi curta e desprovida de qualquer humor.

— É claro que é o Everett. Quem mais seria tão insano?

O helicóptero pousou no meio do campo e as hélices diminuíram de velocidade quando o motor desligou. Poucos momentos depois, a porta se abriu e duas figuras surgiram, correndo pelo campo até saírem do vento forte. O da frente — Everett, ela presumiu — olhava para trás e gritava. A outra pessoa estava segurando uma mala e uma pasta, meio deslizando na neve como se não soubesse o quanto era escorregadio. Pelo peso dele, Kitty adivinhou que devia ser um homem, e, quando se aproximou, ela conseguiu perceber que estava usando um terno feito sob medida, sem casaco de neve. Ele estava tremendo e tropeçava na neve com seu sapato de couro. Quando se aproximou, Kitty percebeu que o reconhecia.

— É o Drake — ela sussurrou. Os braços de Adam ainda estavam ao redor de sua cintura, segurando-a contra ele.

— Quem? — A resposta de Adam foi nítida.

— Drake Montgomery, o assistente do Everett — ela respondeu, olhando para as duas figuras enquanto se aproximavam da cabana. — O que ele está fazendo aqui?

— Não faço ideia. Mas tenho a sensação de que nós estamos prestes a descobrir. — Enquanto eles esperavam que Everett e Drake cobrissem a distância entre o helicóptero e a cabana, Kitty estava ciente da atmosfera que crescia entre ela e Adam. Era quase tangível, como um dragão sibilando e estalando no ar. Quase impossível de ignorar.

Adam estava esfregando os lábios com a ponta áspera do dedo indicador, os olhos semicerrados enquanto observava o progresso do irmão. Everett tropeçou entre as nevascas criadas pelas hélices do helicóptero. Então eles estavam na porta, batendo com impaciência, e Adam suspirou audivelmente antes de soltar Kitty e se dirigir para a entrada.

Ao abri-la, ele não fez nada para ocultar a irritação.

— Isso era mesmo necessário?

Kitty se afastou, esperando permanecer invisível. Ela realmente não se importava em explicar sua presença na cabana do irmão de Everett. O cachorro não teve tais escrúpulos, latindo alto quando atravessou a sala e parando no calcanhar de Adam como se ele fosse seu protetor.

— O quê? — Everett perguntou, pedindo a Drake que o seguisse.

— O helicóptero. Você poderia ter arrancado o seu pau e o balançado por aí. Teria tido o mesmo efeito.

Everett olhou para o irmão como se ele estivesse falando em uma língua estrangeira.

— Ouvi falar que a nossa mãe está em casa e decidi voltar o mais rápido possível.

Cada vez que Everett abria a boca, o cão latia alto, fazendo com que ele quase tivesse que gritar. Kitty permaneceu nas sombras.

— Ela não está à beira da morte. Você poderia ter chegado normalmente.

— O que é normal? — Everett deu de ombros. — De qualquer forma, o Drake e eu temos trabalho a fazer aqui. Tem alguns locais em que quero que ele dê uma olhada.

— Ei, eu conheço você. É a Kitty, né? A garota que recebeu o nome de um gato. — O sotaque do vale de Drake atravessou a casa. Ele sorriu, revelando um conjunto caro de dentes brancos e perfeitos até demais. Ela abriu a boca para dizer que era graças a ele que estava aqui, que havia passado seus detalhes para Mia. Ela não tinha certeza se estava irritada ou grata.

Talvez um pouco dos dois.

Drake caminhou até Kitty, apertando a mão dela como se a última vez que se viram ele não estivesse fugindo no meio da entrevista. Ele estava encarando suas bochechas — seu rosto estava corado como sentia? Os lábios estavam ardendo, a lembrança dos beijos de Adam fazendo seu corpo todo se curvar. Drake se inclinou para ela, até que seu rosto estava a poucos centímetros do dela.

— Que tipo de inferno é esse, afinal? Me diga que tem pelo menos uma Starbucks nas proximidades.

Kitty sorriu, se lembrando de como seus próprios pensamentos eram semelhantes quando chegou em Cutler's Gap. Engraçado que rapidamente ela tinha conseguido mudar de ideia. Ela estava prestes a tirar as esperanças de Drake quando olhou para Adam, que estava olhando com raiva para eles. Imediatamente se afastou de Drake quando um novo fluxo de sangue deslizou pelas suas bochechas.

— Vai ficar aqui por muito tempo? — perguntou, tanto para esconder o constrangimento quanto para qualquer outra coisa.

Drake gesticulou para as malas que colocara no chão de madeira riscado.

— O Everett me fez trazer o escritório móvel para nós ficarmos aqui por um tempo. Eu tenho coisas para ficar até o dia 27.

Embora ela soubesse que Everett ficaria com vontade de voltar para LA após o Natal, o dia 27 parecia muito próximo. Próximo demais. Por algum motivo, sabendo que o aconchegante filme da última noite não se repetiria, Kitty se sentia triste.

E, de uma maneira estranha, foi um alívio ver o assistente de Everett. Como ela, ele era um estranho para essa família, e claramente a via como uma aliada agora. Se suas irmãs estivessem aqui, lhe diriam para trabalhar com ele, ver se ele poderia ajudá-la a encontrar um estágio, mas naquele momento sua mente estava muito confusa para pensar nisso. Além do mais, quando não estava se esquivando de telefonemas gritados de Mia, ele realmente parecia ser um cara legal.

— Não é aqui que nós vamos dormir, não é? — Havia horror na voz de Drake. — Este lugar que parece a cabana de um caçador é uma atração turística, certo?

Ela sentiu os pelos se arrepiarem. Drake talvez não tenha tido a intenção de criticar a casa de Adam, mas, ainda assim, ela se sentiu na defensiva, querendo proteger o homem que estava a poucos passos de distância. Certo, talvez Drake não fosse *tão* legal.

Se ela protestasse demais, Everett notaria? De jeito nenhum queria que o chefe soubesse de seus sentimentos pelo irmão dele. Sem mencionar o fato de ela ter experimentado o beijo mais quente e sensual de sua vida. Então ela riu de leve.

— Não seja bobo, não tem turistas aqui. Só nós e um cachorrinho. — Ela estava mais do que ciente do olhar reprovador de Adam queimando em sua pele. Toda célula dentro dela gritava, querendo se virar e olhar para ele para lhe dar um sorriso reconfortante que lhe mostrasse que ela só estava fingindo. Que ela não era tão fútil quanto fingia ser. Mas também sentiu os olhos de Everett e Drake nela e sabia que qualquer indício de relação entre os dois só complicaria ainda mais essa situação. Ela era como uma criança andando na ponta dos pés, tentando não fazer barulho.

— Bem, isso pode funcionar... — Drake parou de murmurar quando encarou a sala. — Este poderia ser o esconderijo que nós estamos procurando, Everett. O tipo de lugar para o qual um homem escaparia. — Ele pareceu ansioso para agradar seu chefe.

Everett limpou a garganta.

— Não vamos falar de negócios agora. Vamos até a casa principal para nos instalar. — Ele olhou para o irmão antes de gesticular para Drake pegar suas coisas. — Você e a Kitty podem levar a bagagem. Eu te encontro daqui a pouco.

Não havia nenhum motivo para ela sentir vergonha de receber ordens de Everett. Ele era o chefe e pagava seu salário, afinal de contas. No entanto, o rosto de Kitty ficou corado, sabendo que seu status de empregada havia sido confirmado na frente de Adam. Ela não tinha outra opção além de seguir o comando de Everett.

— Vamos. Eu te mostro o caminho através da floresta — disse a Drake. — Talvez você queira vestir alguma coisa mais quente. É uma caminhada.

— Não tenho nada mais quente. — O rosto de Drake demonstrou espanto quando ele olhou para a pilha de bagagens no canto. — Eu não tinha ideia de que seria tão frio. Talvez você possa me emprestar seu cachecol ou algo assim?

O suspiro alto de Adam foi impossível de ignorar.

— Um cachecol não vai fazer nada para afastar a hipotermia. Eu te empresto algumas roupas. E, se puder esperar cinco minutos, eu pego a motoneve. Vai ser mais rápido do que andar pela trilha.

— Eu realmente apreciaria isso. — Ele olhou ao redor, os olhos arregalados enquanto analisava a paisagem. — Nunca estive em qualquer lugar com neve de verdade antes.

Ela teria achado a reação de Drake mais engraçada se não tivesse tido uma similar quando chegou às montanhas. Suas roupas eram tão inadequadas quanto as de Drake, e tinha dado respostas igualmente irritantes para Adam. Mas agora se sentia em casa ali, acostumada ao frio e às roupas quentes. Estava se apegando à família, aprendendo seus gostos, se acostumando a eles.

Ela também estava se acostumando a Adam? Não, isso não estava certo. Seria quase impossível se acostumar a ele. Mas ela estava atraída, querendo conhecê-lo, senti-lo, prová-lo.

O único problema era que, desde que Everett e Drake atravessaram a porta, ele não tinha lhe dirigido um único olhar.

15

> Eu, que nunca chorei, agora me desfaço em pesar, que o inverno deve, então, interromper nossa primavera.
> — *Henrique VI, parte 3*

Se não estivesse tão confusa, a volta para a mansão teria sido divertida. Adam conduziu a motoneve azul com calma e convicção, atravessando os bancos de neve com facilidade. Ele prendeu um reboque para a bagagem, com os quatro empoleirados nos assentos e um cobertor ao redor das pernas para tentar amenizar o frio. Era quase como estar em um barco. A sensação de deslizar suavemente era muito parecida com a lancha da sua amiga em Venice Beach. No entanto, o vento frio que atingia seus rostos não os deixava ter dúvida de que estavam no meio de uma montanha no inverno, a neve se levantando na frente deles como se fosse uma onda se separando na frente de um barco.

— Então, sobre a Starbucks. — Drake teve que gritar acima do barulho do motor e do vento para ser ouvido.

— Que Starbucks? — Kitty respondeu. — O mais próximo que você vai chegar de um *mochaccino venti* é o coador da Annie, e isso se você conseguir falar com ela.

— Quem é Annie? É a barista? — Ele torceu o nariz, como se algo estivesse realmente cheirando mal.

Ela tentou abafar a risada.

— Não, Annie é a governanta. Nós estamos no meio do nada. Não existem cafés ou restaurantes por aqui. Parece que tem uma loja e um bar caindo aos pedaços e só. — Ela lançou um olhar para as costas de Adam, lembrando suas duras palavras quando a encontrara junto ao cervo moribundo na estrada. Não havia negócios em Cutler's Gap.

Tinha sido mesmo uma hora antes que ele a segurara nos braços, proporcionando a experiência mais sensual da sua vida? Durante todo o tempo em que ele preparou a motoneve e carregou tudo, Adam continuou a evitar seu olhar. Agora ela estava mais confusa do que nunca. O homem era tão instável que ela não sabia se deveria queimar ou congelar. Toda vez que olhava para ele, sentia um frio na barriga. Isso não poderia ser bom, né?

— Bar? — Drake perguntou. — É um daqueles típicos bares de montanha, com velhos barbudos e uma mesa de bilhar no canto?

Ele se virou para Everett.

— Vamos checar. Seria perfeito para a cena de despedida...

— Drake. — O tom da voz de Everett o cortou antes que ele pudesse terminar. — Nós conversamos sobre trabalho mais tarde, ok?

— Ah, claro. Você joga bilhar, Everett? — O resto da ida para a casa principal prosseguiu assim. Drake e Everett conseguiram manter um fluxo interminável de conversas que a distraíam de seus pensamentos.

Adam parou na parte de trás da casa, desligando o motor antes de descer do banco do motorista. Everett saltou, com Drake seguindo logo atrás, o homem mais novo murmurando seus agradecimentos antes de entrarem no calor da cozinha de Annie. Adam estendeu a mão para Kitty, a cabeça inclinada para o lado enquanto a olhava, e ela segurou sua palma enluvada com a dela, permitindo que ele a levantasse do banco.

Envolvendo o braço ao redor de sua cintura, Adam a segurou com firmeza enquanto ela apoiava os pés no gramado coberto de neve. Seu aperto demorou um momento mais do que o necessário, enviando arrepios pela coluna de Kitty.

Droga de frio na barriga. Agora estava pelo corpo todo.

— Está entregue — ele disse, finalmente a soltando. — É melhor você entrar, antes que pegue um resfriado.

Kitty olhou para ele, tentando ler sua expressão. Entre os cabelos e a gola grossa que usava, não havia muito que pudesse observar.

— Você não vem?

Ele balançou a cabeça.

— Não, senhora. Está muito cheio.

— Não está cheio. São só duas pessoas a mais.

Os dois sabiam que não era o número de pessoas que o impedia, mas uma pessoa. A curiosidade a tomou.

— Qual o problema entre você e o Everett?

Ela quis engolir as palavras assim que perguntou. Adam franziu a testa e chutou a neve com a bota pesada, com raiva pela sua intrusão.

— É uma coisa de família.

Ela não podia comparar o homem aborrecido diante dela com aquele que fora tão sensual menos de uma hora antes. Ele parecia o mesmo, tinha até o mesmo cheiro, mas era como se o cara que a beijara tivesse se retirado para dentro de sua concha.

— Eu deveria ter imaginado, já que vocês são irmãos. Mas nós estamos em uma época de paz e boa vontade entre os homens. Não tem nenhuma maneira de vocês tentarem se reconciliar? Especialmente com o acidente da sua mãe?

As lembranças de sua própria mãe a atingiram. Ou melhor, a falta dela. Cada Natal parecia como se houvesse algo faltando, apesar dos esforços de seu pai e irmãs. Uma lembrança brilhou em seu cérebro, de uma jovem Kitty enrolada no sofá, comendo doces enquanto assistia a algum filme de Natal da Hallmark.

Sozinha, como costumava ser.

— Não se envolva nas coisas que não te dizem respeito — Adam falou, com a voz baixa. — O que acontece entre o meu irmão e eu só diz respeito a mim, e eu agradeço se você ficar fora disso.

Retrocedendo como se tivesse levado uma bofetada, Kitty tropeçou na neve grossa. Seu peito apertou em reação à impetuosidade dele enquanto ela se perguntava o que tinha feito para merecer uma resposta dessas.

— Me desculpe — disse suavemente, piscando para dispersar as lágrimas. — É que, se a minha família estivesse aqui, eu ficaria encantada, não escondida em uma cabana perto do lago.

Algo nublou o rosto dele, uma emoção que ela não conseguiu identificar. Mesmo assim, foi o suficiente para suavizar a voz dele quando respondeu.

— Bem, você tem muita sorte.

Puxando o gorro como se estivesse agitado, ele deu de ombros rapidamente e depois voltou para a motoneve.

— A gente se vê. — Essas quatro palavras a fizeram entrar em pânico, como se estivesse perdendo algo de que não estava disposta a abrir mão.

— Eu não vou te ver de manhã? — perguntou, ainda sem fôlego. — Quando eu for lá para ver o cachorro.

Adam virou a cabeça, finalmente encontrando seu olhar. Mas, em vez de dizer alguma coisa, ele ligou o motor, fazendo o rugido abafar tudo. Ele inclinou a motoneve para cima, depois virou a máquina gigante até que cada parte dele estivesse de costas para ela.

Era o fim, então. Suspirando, ela o observou desaparecer em direção à cabana, e a neve disparou de baixo da máquina enquanto atravessava o caminho entre a casa e as árvores.

Estúpido, irritante, cretino e sexy. E daí que ele beijava melhor do que qualquer um que ela já conhecera? Por ela, ele podia desaparecer na floresta e nunca mais voltar.

Sim. Ela se sentia exatamente assim.

❄

Adam estava dirigindo rápido demais, mas a necessidade de sentir o perigo e deixar a satisfação afastar a ira que sentia era muito atraente para ignorar. Ele manteve o pé pressionado com firmeza, manobrando a motoneve ao redor da copa das árvores, se recusando a olhar para a casa principal atrás de si e para a garota de olhos úmidos que ele sabia que ainda estava em frente a ela.

Danem-se todos eles. Por que Everett tinha que passar o Natal na Virgínia Ocidental, complicando as coisas com a família e com funcionários que pareciam estar deixando-o louco? E como foi que ele acabou beijando a babá de Everett? Com sua inocência de olhos arregalados e seus lábios macios e perfeitos, ela era tudo o que deveria evitar. Ela era...

Dele?

Adam suspirou quando estacionou a motoneve no galpão nos fundos da cabana. Claro que não era dele. Se pertencesse a alguém, era a Everett. Afinal, era o irmão que pagava seu salário. Era a ele que ela devia lealdade. Mais uma vez, uma onda de raiva irracional o atingiu. Como um garoto ciumento, ele queria roubar o brinquedo de Everett e guardá-lo para si.

O que ele estava pensando ao beijá-la? Ele, de todas as pessoas, sabia o que viver em LA fazia com as pessoas. Kitty não era diferente, com sua pele bronzeada e risada fácil, sem mencionar a incapacidade de se vestir adequadamente para a estação.

No entanto, uma parte dele que sabia que não era verdade. Ela poderia ter vindo do aeroporto de Los Angeles, mas não tinha a malícia que ele havia visto na maioria das pessoas da indústria. Não teve aquela sensação de avaliação quando olhava para ele. Não ficava se perguntando quem ele era e o quanto seria bom para sua carreira, nem se ele poderia ajudá-la a escalar outro degrau dessa escada escorregadia e difícil. Nesse sentido, Kitty estava tão longe de Hollywood quanto ele.

Adam podia dizer, pela maneira gentil como ela lidava com Jonas, sem mencionar a suprema paciência quando estava cuidando do cachorro, que ela não estava fingindo nada enquanto estava aqui. Estava apenas sendo quem deveria ser. Babá, empregada... amiga.

Isso o fez completar o círculo para se sentir uma merda da mais alta ordem. Que tipo de homem praticamente fazia amor com uma mulher com os lábios e em seguida se recusava a sorrir para ela, e muito menos a reconhecer o fogo ardendo entre eles? Talvez ele devesse admitir que Kitty estava melhor sem ele. O que uma garota da sua idade podia ver em um idiota como ele? Ele estava acabado, era a mera sombra de um homem desde que voltara da Colômbia e de LA. Ele mal podia se aventurar para fora da cabana, muito menos ser o tipo de homem que Kitty merecia. Ela era jovem, bonita, e reconhecidamente um pouco ingênua, mas claramente não tinha um osso ruim no corpo.

Esse fato sozinho era exatamente o motivo pelo qual ele precisava se afastar.

E precisamente o motivo pelo qual era impossível fazê-lo.

❄

Kitty e Jonas passaram a tarde na cozinha com Annie, ajudando-a com os preparativos do feriado e tentando mantê-la calma. O lugar estava quente, o aroma do café enchendo o ar junto com os frascos abertos de especiarias.

— Todas essas mudanças de última hora — ela resmungou. — E agora eles me dizem que o sr. Montgomery é vegetariano. O que eu vou preparar para o Natal? Ele não come peru nem pernil. Vou ter que fazer um pouco daquele tutu ou algo assim, se não ele vai morrer de fome.

— Você quer dizer tofu. — Kitty tentou bloquear da mente a imagem de Drake com uma saia de bailarina, meio que conseguindo. — Honestamente, eu não me preocuparia com o Drake. Acho que ele não come nada mesmo.

— Ah, ele é um daqueles. — Annie colocou outra colher de canela na tigela. — Todas aquelas pessoas em Hollywood que nunca comem. Estou surpresa que haja tantos deles. Claro que a sua mãe não é melhor, Jonas.

O menino assentiu alegremente e pegou um punhado de gotas de chocolate.

— Sim, ela odeia comida.

Olhando para suas coxas, Kitty desejou por um momento que também pudesse odiar comida. Mas, em seguida, Annie abriu a porta do forno e o aroma de biscoitos recém-assados encheu a cozinha. Como alguém podia odiar comida quando cheira tão bem? Adam não pareceu se importar com as curvas dela quando a estava beijando na cabana. Suas bochechas coraram conforme ela se lembrava de como a boca dele se movia contra a dela, e a sensação das palmas de Adam deslizando sob seu suéter. Ela nunca tinha sido beijada assim antes, com uma ferocidade animal, que lhe tirava o fôlego. Mas então ele praticamente a descartou depois que ele os levou na motoneve, deixando-a com uma sensação persistente de aversão.

Infelizmente, nem os cookies quentes de Annie seriam capazes de tirar o gosto ruim de sua boca.

Por que isso tudo a fazia lembrar de Adam? Era muito frustrante a forma como ele invadia todos os seus pensamentos. A lembrança do beijo permaneceu como o sabor do bom vinho nos lábios, e era tudo o que podia fazer para não tocá-los repetidas vezes. Kitty não conseguia se lembrar da última vez que se sentiu assim — se é que já havia sentido —, tão consumida por alguém com quem não tivesse nada em comum, exceto a química que continuava crescendo entre os dois.

Talvez tivesse assistido a muitos filmes. Ela sempre assumira que a paixão era uma invenção, composta por escritores para encher as cadeiras no cinema. Agora que experimentara por conta própria, não tinha tanta certeza.

De uma coisa Kitty tinha certeza: precisava se acalmar. Seja lá o que houvesse entre ela e Adam, era certo que terminaria em lágrimas.

— Pode levar para a biblioteca? — Annie entregou a Kitty um prato de porcelana cheio de biscoitos. — Eles se instalaram lá, embora só Deus saiba o que estão fazendo tão perto do Natal.

Kitty colocou o prato em uma bandeja e encheu duas canecas fumegantes de café antes de equilibrá-las. Talvez um bate-papo com Everett fosse exatamente o que ela precisava — era o equivalente a um banho frio.

— Vem comigo, Jonas?

O garoto de sete anos balançou a cabeça.

— De jeito nenhum. O papai está de mau humor. Já me deu bronca por mexer no equipamento. Acho que eu vou ficar aqui com a Annie.

A governanta assentiu.

— Eu fico de olho nele.

— Nesse caso, me desejem sorte — Kitty falou, fazendo uma expressão dramática. — Se eu não voltar em dez minutos, enviem um grupo de busca. — Jonas sorriu, pegando outro biscoito enquanto Annie revirava os olhos. Do ponto de vista deles, nenhum dos dois teria pressa para salvá-la de uma bronca se ela conseguisse irritar Everett ou Drake. Quanta lealdade.

Quando entrou na biblioteca, ela viu exatamente o que atraíra Jonas lá para dentro. Era como se a sala cheia de livros tivesse sido transformada em um centro de controle moderno. Os notebooks zumbiam, um intensificador de wi-fi piscava e a mesa estava coberta de papel. Ela olhou um pouco mais de perto. Pareciam as páginas de um script impresso.

— Onde eu posso colocar isso? — Sua voz soou mais alto do que o habitual, ecoando ao redor da sala de pé-direito alto. Os dois homens imediatamente se levantaram e se viraram para encará-la, mas foi a expressão irritada de Everett que ela notou primeiro.

— Você não devia estar aqui. Está fora dos limites. Quantas vezes eu tenho que dizer? E pare de olhar para esse roteiro. É o segredo principal.

Kitty hesitou, ainda equilibrando a bebida e os biscoitos nas mãos. Em vão, ela olhou ao redor, procurando um lugar para colocar a bandeja, mas parecia que cada superfície estava cheia de equipamentos de informática e pilhas de papéis.

— A Annie me pediu para trazer um café para vocês — ela gemeu. — E tem biscoitos também. — Parte dela queria dizer onde ele poderia enfiar a porcaria dos biscoitos, e não era perto da boca. Mas ele era seu chefe, e, mais do que isso, sua chave para um estágio. Para o bem ou para o mal, ela precisava dele.

— Você é surda? — Everett perguntou. — Apenas saia. Agora.

Drake deu uma risada desconfortável e se aproximou, tirando a bandeja do alcance dela.

— Está tudo bem, Everett. Não tem nada para ver aqui. E ela assinou um acordo de confidencialidade, não assinou?

Acordos de confidencialidade eram comuns para a equipe de Hollywood, sejam elas diretamente empregadas pela indústria do cinema ou não. A última coisa que um ator famoso queria era que a babá vendesse seus segredos para os jornais. Praticamente todos tinham que assinar um desses acordos antes de assumir o emprego.

— Não importa. Se isso vazar, nós podemos perder tudo — Everett grunhiu. — Tudo o que seria necessário era a palavra certa no ouvido errado, e as cópias do filme vão ser exibidas em todo o lugar. Eu quero que isso se mantenha em segredo.

Ele estava sendo dramático. As fofocas de Hollywood sempre se preservavam, os dois sabiam disso. Seu trabalho não seria segredo por muito tempo. Então, por que estava tão mal-humorado?

— A Kitty não vai contar nada, não é? — Drake olhou para ela, as sobrancelhas arqueadas.

— Claro que não. Nem tenho nada para dizer, só uma grande quantidade de equipamentos intermitentes e um roteiro jogado por aí. — Foi preciso muito esforço para ela não revirar os olhos. Qualquer empolgação que sentira durante as primeiras semanas em Hollywood havia passado havia muito tempo. Com certeza sabia que o cinema não era tão glamoroso.

Everett se voltou para o assistente.

— Eu quero este cômodo fechado. Só nós dois podemos entrar aqui. Quando estiver vazio, vamos trancá-lo com a chave.

— Claro, claro. — Drake colocou a bandeja em cima de uma pilha de papéis e depois gesticulou para Kitty. — Eu te acompanho até a saída — disse, se dirigindo para a porta.

Kitty não resistiu. Ela mal podia esperar para sair dali. Everett a estava tratando como se fosse um pedaço de terra que encontrara na sola do sapato. E ela havia tido o suficiente daquilo com ele e com o irmão irritante.

Ela não podia se importar menos com o filme que Everett estava produzindo. No que dizia respeito a ela, ele poderia ganhar milhões de bilheteria e isso não importaria. Ela só queria cuidar de Jonas por algumas semanas e encontrar um estágio, com ou sem sua ajuda. Everett podia manter seus segredos para si mesmo, pois ela não os queria.

16

A amizade é constante em todas as outras coisas,
exceto no trabalho e em assuntos de amor.
— *Muito barulho por nada*

— Você está bem? — Annie perguntou enquanto Kitty tirava duas latas de refrigerante da geladeira. — Parece meio nervosa.
— Eu? — Kitty se esticou, colocando as latas na bolsa. — Não pretendia estar.
— Talvez seja pela maneira como o sr. Everett falou com você ontem — Annie disse com simpatia. — Não tem desculpa para ele falar com alguém assim.
— Ele está empolgado — Kitty falou, abrindo a porta do armário para pegar alguns biscoitos. — Muitas pessoas em Hollywood são assim. Eu estou acostumada com isso. Trabalhava em um restaurante no centro de LA, e Everett não é pior do que alguns dos clientes de lá.
— Humm — Annie murmurou da sua cadeira de costume, a mais próxima do fogão. — Notei que você também não foi ajudar a cuidar do cachorro hoje de manhã.
— Achei que não era necessário. — Ela manteve a voz firme, mesmo que seu peito parecesse tão apertado. — É só um filhote. Acho que o Adam pode cuidar dele. Ele não precisa que eu interfira.

Ela estava no limite desde o dia anterior. Havia sido terrível — com o beijo de Adam e a decepção de Everett, e agora nenhum deles parecia querer reconhecer sua presença. Jonas era o único homem dos Klein que parecia ter interesse nela.

E era assim que deveria ser, lembrou a si mesma. Ele era a razão pela qual estava aqui, afinal.

— Vocês discutiram? — Annie perguntou, tomando um gole de café. — Achei que as coisas estivessem indo bem.

Se ela soubesse...

— Nós estamos bem — Kitty falou, sua voz soando levemente mais ríspida do que planejara. — Eu só quero passar um tempo com Jonas. E Deus sabe o que o menino poderia fazer com um pouco de atenção.

— Sente-se e tome o seu café — Annie disse, apontando para a caneca cheia sobre a mesa. — Você deve ter esvaziado metade dos armários na sacola. Não vai precisar de muita comida. É só uma parada, não um acampamento de uma semana.

Kitty suspirou com resignação e puxou a cadeira em frente a Annie, sentando-se pesadamente sobre ela.

— O Jonas come muito — disse.

— Todos os meninos Klein comem. Foi assim que eles cresceram tão fortes. O Jonas vai ser igual — Annie falou. — Como é que todas as conversas se voltavam para Adam e o irmão? Kitty não tinha certeza se gostava daquilo ou não.

— Esperemos que seja a única coisa que ele puxe deles — murmurou.

— São bons meninos. Um pouco excessivos, às vezes, e definitivamente muito rápidos em julgar, mas são bons — Annie disse. — E o Adam tem um coração de ouro. Já ajudou muitas pessoas por trás das câmeras. Sabia que ele pagou para as meninas daquele documentário voltarem para a escola?

— As vítimas do tráfico humano? — Kitty perguntou. — Não, eu não sabia disso.

Ela também não estava surpresa. Soava como algo que Adam faria. Ele tinha um sentido muito apurado de certo e errado. Claro que tentaria fazer o que pudesse para ajudar as vítimas.

— Aquele garoto tem um coração enorme. Ele também ama a família. É por isso que o que aconteceu em LA foi tão horrível.

Kitty se inclinou para perto. Seu interesse fora despertado.

— O que aconteceu em LA? — perguntou.

Annie balançou a cabeça, mexendo o café com a colher de açúcar.

— Não sei todos os detalhes e também não perguntei. Só sei que os dois tiveram uma briga tão grande que o Adam acabou preso. Pelo que disseram, ele destruiu o escritório da casa do Everett. Deixou-o com um olho roxo também.

— E por que eles brigaram?

— Não tenho ideia. — Annie deu de ombros. — Mas a sra. Klein me disse que a única forma de as acusações de Adam serem retiradas era concordando em vir para cá e fazer terapia por alguns meses. Ela queria que ele ficasse aqui na casa principal, mas ele recusou. Ela não teve coragem de discutir com ele. Então ele se mudou para a cabana, a consertou em uma semana e é lá que está morando desde então.

— E ele não está trabalhando em nada? — Kitty perguntou. — E o documentário na Colômbia do qual ouvi falar? Aquele sobre interceptadores de drogas.

— Não faço ideia. Ele não disse nada sobre isso.

Kitty mordiscou o lábio inferior, se perguntando o que acontecera entre os irmãos em LA. Como eles acabaram em uma briga tão ruim que Adam teve que deixar o estado?

Nada disso fazia sentido.

— Isso magoa a sra. Klein, da mesma maneira que o piso escorregadio quebrou o quadril dela — Annie falou. — O problema é que os quadris podem ser consertados, mas os corações, não.

— Não podem? — Kitty perguntou, franzindo a testa enquanto olhava para Annie. — Acho que podem, sim.

Annie olhou para ela por um instante.

— Você tem razão — disse, finalmente. — Acho que podem ser consertados, mas só se você permitir.

— Vamos? — Jonas perguntou, entrando na cozinha, já vestido com o casaco. — Nós queremos ter certeza de conseguir um bom lugar. A vovó sempre diz que o melhor lugar é do lado de fora da farmácia do Rinky, assim você tem uma ótima visão do coreto.

Ele falou sobre o desfile sem parar o dia todo, sua voz ficando cada vez mais animada conforme as horas se passavam. Kitty tinha certeza de que, se eles não partissem para Harville em breve, ele iria explodir.

Ela olhou para o relógio. Duas horas. O desfile deveria começar às cinco, assim que a tarde começasse a cair. Bem melhor para ver os caminhões iluminados e os personagens enquanto se dirigiam para o coreto para começar o concerto anual de Natal de Harville.

— Acho que daqui a pouco nós podemos ir e caminhar pela cidade — Kitty concordou. — Mas não vamos aguentar por mais de duas horas. Vamos congelar até a morte se fizermos isso.

Jonas revirou os olhos. Ele tinha o dom da circulação rápida, e mãos que nunca sentiam frio, não importava quanto tempo passasse fazendo bolas de neve. Kitty não tinha muita sorte.

— Você pega a sacola e eu vou pegar o meu casaco e as botas — Kitty falou, sabendo que não seria capaz de impedi-lo por mais tempo. — Vamos ver a parada.

— Você tem um cachorro? — Martin olhou para Adam de forma interrogativa, tentando disfarçar o sorriso no rosto. — Essa é uma grande mudança.

— Não é meu. Só estou cuidando dele para o meu sobrinho — Adam respondeu. — Eu quase o trouxe comigo, mas pensei melhor a respeito.

— Estou feliz em ouvir isso. Sou alérgico a animais.

Adam deu de ombros, pensando no pelo preto e grosso do cachorrinho.

— Ele é hipoalergênico — disse. — O pelo não cai e não dá alergia. Ele é o cão perfeito. — Ou seria, não fosse pelo cocô na cozinha todas as manhãs, que Adam teve que limpar antes. Não vira sinal de Kitty, não que a culpasse. Ele realmente tinha ferrado com tudo.

— Mais alguma coisa mudou desde a última vez que te vi? — Martin perguntou.

— Eu beijei uma garota.

— Humm.

— Você não parece tão surpreso — Adam falou. — Eu estava meio que esperando uma reação maior do que essa. — Era errado ele ficar desapontado? Até o cão teve mais efeito sobre Martin.

— Foi a Kitty, certo?

— Como você adivinhou?

Martin teve a cara de pau de rir.

— Não é uma história de detetive. Ela é a única mulher com quem você esteve em contato em semanas, se não contarmos sua mãe, a governanta idosa ou a cunhada que você diz odiar. — Ele colocou os dedos embaixo do queixo, examinando Adam. — Então, como foi?

Surpreendente? Glorioso? Não parecia haver uma palavra para descrever que não terminasse rimando com desastroso.

— Foi bom. — Ele deu de ombros, tentando parecer casual.

Martin não pareceu convencido.

— Certo. E depois, o que aconteceu?

— Meu irmão chegou de helicóptero e eu passei o resto do tempo ignorando a menina.

Martin balançou a cabeça, claramente exasperado.

— Vamos falar sobre isso por um momento. A primeira vez que encontrou essa garota, você gritou com ela porque ela estava chorando por causa de um cervo. Você a ignorou e depois brigou com ela de novo por se descuidar do seu sobrinho por um minuto. — Ele parou para respirar, os olhos ainda em Adam. — Da última vez que nos falamos, você disse que se desculparia com ela, o que suponho que tenha feito, se acabou dando um beijo nela. Espere, esse beijo foi consensual, não foi?

— Sim, foi. — Adam sentiu a nuca esquentar. — Consensual pra caramba.

— Jesus, só de pensar nisso seu coração acelerou de novo. A maciez e suavidade dos lábios dela, a forma como ela o olhava quando ele abriu lentamente o casaco. Seus olhos arregalados e confiantes cheios de admiração, como se o sol estivesse brilhando diretamente dele.

— Tudo bem. Então você a beijou de maneira consensual e depois a ignorou. É isso ou eu perdi alguma coisa?

Adam queria arrancar sua cabeça com a descrição.

— Quando você coloca assim, eu pareço um idiota.

— Parece o quê? — Martin ergueu as sobrancelhas. — Se eu não fosse seu terapeuta e tivesse que respeitar a confidencialidade, eu avisaria a pobrezinha sobre você.

— Estou fazendo um bom trabalho sozinho — Adam murmurou.

— Mais ou menos, né? — Martin apontou. — Porque claramente ela não se afastou com as suas atitudes. Você agiu do seu jeito cretino e taciturno, e ela ainda quis te beijar. — Adam engoliu em seco, sentindo uma dor na boca do estômago.

O tipo de fome que a comida nunca poderia matar.

— Eu ferrei mesmo com tudo, né? — perguntou, em voz baixa. — Com a minha vida, o meu trabalho e até com essa menina. Eu sou tipo um Midas no sentido inverso: tudo que eu toco se transforma em merda. — Mesmo com os olhos bem abertos, ele conseguiu imaginar o rosto de Kitty enquanto a deixava parada na neve: o choque que moldava suas feições enquanto ele se afastava dela.

— Isso não é verdade, né? — Martin questionou. — É só mais um exemplo de pensamentos negativos. Se você repensar as coisas que aconteceram nos últimos meses, vai ver que fez uma diferença positiva na vida de muitas pessoas. O seu sobrinho, por exemplo. O que teria acontecido se você não estivesse lá quando ele caiu no lago? Ele poderia ter morrido, mas, graças a você, está muito bem.

Adam deu de ombros.

— Acho que sim.

— E aquele menino na Colômbia, o que você acha dele?

— Não quero falar sobre isso.

— Certo. Então vamos falar sobre outra coisa — Martin disse, com suavidade. — Você passou a vida procurando a verdade, apostou sua reputação nela. Então, o que acha que ela significa realmente?

— O que você quer dizer? — Adam franziu a testa. — Acabei de te contar tudo.

— Eu quero que olhe para dentro de si. Tente descobrir por que continua indeciso com relação a essa garota.

Adam piscou, tentando descobrir o que Martin estava querendo dizer com aquilo.

— Acho que eu ajo assim porque estou atraído por ela e não gostaria de estar.

— Por que não?

A mente de Adam estava vazia. Ele piscou várias vezes, tentando descobrir o motivo de não conseguir ordenar seus pensamentos.

— Não sei... — Por que ele não queria se aproximar dela? O que o impedia? A idade dela? Ela não era tão nova assim. O trabalho? Ela era a babá de Jonas, mas isso não parecia importar. O fato de ela morar tão longe da montanha? Isso certamente deveria ser uma vantagem.

— Talvez eu a considere boa demais para mim — ele arriscou. — Talvez eu não queira machucá-la.

— Continue falando — Martin pediu. — O que você sentiu quando sugeri que você se aproximasse dele?

— Medo. Eu sinto medo.

Martin sorriu de forma encorajadora.

— O que te faz sentir medo?

— Estou assustado... — Adam arfou. — Tenho medo de me machucar de novo.

Ele sentiu como se Martin o tivesse levado até uma floresta e ele não tivesse ideia de como sair dela. As árvores estavam se aproximando, o ar era espesso ao seu redor e estava escuro.

— É normal ter medo depois do que você passou — Martin falou calmamente. — É bom admitir os medos. Mas, depois que você os reconhece, o próximo passo é fazer algo a respeito disso.

Adam olhou para a praça logo abaixo da janela do consultório. Os toques finais estavam sendo dados para o trajeto do desfile. Em uma hora, ficaria escuro o suficiente para que os veículos iluminados fossem vistos. Ele estava tão perdido em pensamentos que se esquecera do desfile de Natal.

— O que você sugere? — perguntou. — Se eu tenho medo, não há muito o que fazer.

— O medo é natural — Martin falou. — Pode até ser útil em certas circunstâncias. É um lembrete saudável das nossas limitações, nos dizendo que às vezes nós devemos nos afastar do perigo. Mas quando levado ao extremo, ou de alguma forma distorcido pelo nosso cérebro, pode fazer com que nos comportemos de maneira irracional. Como aquelas pessoas que têm tanto medo de voar que não podem nem pensar em pisar em um avião. — Martin o encarou. — O medo se torna uma doença quando nos impede de levar uma vida normal.

— Você acha que o meu medo é irracional?

— Essa garota oferece perigo a você? — Martin perguntou.

— Acho que não. — Adam deu de ombros. — Ela não é louca nem nada assim.

— Acha que ela poderia te machucar?

Sim, ele achava que poderia. Não fisicamente, claro — ela não era capaz nem de lidar com a morte de um cervo, e tinha sido um acidente. Mas ele já havia sofrido uma mágoa, sendo traído por aqueles que deveriam cuidar dele. Como poderia deixá-la entrar se não estivesse disposto a se tornar vulnerável?

Não que ela quisesse qualquer coisa com ele depois do jeito como a tratara.

— Acho que qualquer coisa tem o potencial de nos machucar se assim o permitirmos — Adam falou lentamente. — Os cortes provocados por uma folha papel são bastante inofensivos, mas uma quantidade significativa pode te fazer sangrar até a morte.

— E então, como nós nos protegemos contra todas essas ameaças? — Martin perguntou. — Nos embrulhamos e nos escondemos do mundo, nos recusamos a deixar qualquer pessoa entrar por medo do que ela pode trazer? Ou corremos o risco e saímos para ver a beleza que o mundo tem a oferecer?

A resposta era óbvia, Adam sabia. Mas uma coisa era racionalizar no cérebro, outra era sentir no coração.

— Então você acha que eu devo voltar para casa e me atirar nos braços dela?

Martin riu novamente, seus olhos se iluminando. Em algum momento durante as últimas sessões, os dois finalmente tinham começado a se conectar. Adam estava começando a aproveitar a terapia de verdade em vez de se sentir ressentido por ser obrigado a frequentá-la.

— Você é cheio de extremos, sabia? Em alguns meses, passou de explorador do mundo a eremita. E agora quer ir de zero a cem. Já pensou em moderação? É só se soltar mais, permitir que as coisas aconteçam naturalmente. Aproveite o momento, passe um tempo com ela, veja se têm mesmo alguma coisa em comum. — Ele fez uma pausa para tomar um gole de água do copo a seu lado. — Você sabe. Faça amizade com ela.

— Fazer amizade com ela — Adam repetiu. Ele não tinha certeza se ria ou revirava os olhos. Seu terapeuta fazia as coisas parecerem tão simples quando os dois estavam fechados naquele consultório elegante. A vida nunca era tão fácil quanto as pessoas diziam ser.

Mas isso não era motivo para não tentar, era?

❄

— Está começando! — Jonas quase vibrou de emoção quando a batida alta do tambor cortou o barulho da multidão. Eles estavam na frente da área de espectadores, e sua cabeça quase não alcançava a barra de metal. Ele se agarrou no ferro com as mãos enluvadas, inclinando o queixo no alto. — Você consegue ouvir, Kitty?

Ela assentiu, deixando o entusiasmo invadi-la. Ela não conseguia se lembrar da última vez que assistira a algo assim — a única coisa parecida que já vira em Londres e na qual poderia pensar eram os desfiles carnavalescos que aconteciam todos os anos. Mas tudo se passava no verão, quando o tempo permitia. Ela quase se sentira uma criança outra vez quando ouviu os instrumentos de sopro começando a tocar sua melodia, e a banda iluminada marchou em uníssono ao longo da rua principal, interpretando um arranjo de "Winter Wonderland".

Jonas segurou a mão de Kitty, seu rosto corado com animação enquanto apontava o caminhão decorado que seguia a banda. Podia ver um presépio completo, com Maria e José cercados por anjos e pastores, todo enfeitado com luzes.

— O Papai Noel só aparece no fim — Jonas alertou, como se ela estivesse preocupada com sua aparição. — Ele sempre vem no caminhão de bombeiro, e os soldados vêm vestidos de elfos. Eles jogam doces. — Do jeito que seus olhos se iluminaram, parecia que essa era a sua parte favorita.

Houve um murmúrio atrás dela quando uma fila de carros antigos seguiu o caminhão do presépio com o chassi adornado com luzes e festões. Ela sentiu algumas pessoas se remexerem, a multidão ao lado deles se separou. Em seguida, viu um homem alto parar perto dela e de Jonas.

Era a primeira vez que via Adam desde o dia anterior. Mesmo separados por alguns centímetros, para não mencionar suas jaquetas acolchoadas, ela ainda podia sentir seu corpo reagir a ele.

— Não imaginei que você fosse o tipo que participava dos desfiles — ela falou, ainda olhando para a frente enquanto os carros passavam por eles.

— Eu passei minha infância assistindo a isso — Adam falou. Pelo canto do olho, ela viu um meio sorriso nos lábios dele. — Me traz lembranças antigas.

— Boas? — ela perguntou. Do outro lado, Jonas estava inclinado para a frente, se esticando para ver o último caminhão do desfile — o famoso caminhão dos bombeiros do Natal. Ele nem havia notado a chegada de Adam.

Ele deu de ombros, o movimento levantando sua jaqueta preta.

— Sim. Foram dias bons. — Ela o viu olhar para Jonas, que finalmente percebeu sua chegada. — Ei, Jonas, está gostando?

O rosto do menino se iluminou com a atenção do tio.

— Você está aqui! — ele disse, radiante. — Não sabia que vinha.

— Eu não perderia isso por nada. — A voz de Adam era rouca.

— Está vendo o caminhão de bombeiro? — Jonas perguntou. — Tem muitos doces? Você é muito mais alto que eu. Não consigo ver nada.

— Quer que eu te levante?

Jonas assentiu com entusiasmo e, no momento seguinte, Adam estava erguendo o sobrinho e colocando-o sobre os ombros. Kitty não pôde deixar de sorrir para a expressão encantada de Jonas, o Rei do Castelo, com a melhor vista da cidade.

Adam percebeu o sorriso dela e abriu um dos seus, os cantos dos olhos franzindo. Ninguém falou nada por um momento, embora os olhares estivessem presos um no outro. O coração dela batia forte no peito, combinando com o ritmo da banda. Por que ela sempre reagia assim a ele?

— Posso falar com você depois do desfile? — Adam perguntou em voz baixa, para que Jonas não pudesse ouvir.

O olhar dela desviou para o garoto.

— O Jonas está comigo — ela lembrou. — Talvez mais tarde?

A resposta dele foi abafada pelo grito de uma centena de crianças quando o caminhão de bombeiros finalmente se juntou ao desfile. Jonas se contorceu até que Adam o abaixou, e ele correu de volta ao seu espaço na barra, o melhor lugar para pedir um doce. Kitty e Adam se afastaram para permitir que outras crianças se juntassem a ele, todas pulando enquanto o Papai Noel acenava do caminhão. Os bombeiros caminhavam ao lado, as roupas de elfos parecendo ridículas nos corpos musculosos, mas cada um deles estava se divertindo ao entregar doces para as crianças.

Ela se sentiu orgulhosa de Jonas quando ele pegou sua porção de doce e recuou, permitindo que outras crianças ocupassem seu espaço. Ela nem precisou lembrá-lo de ceder a vez. O menino havia feito isso naturalmente.

— Nós podemos ir até o coreto? — Jonas perguntou, já desembrulhando uma barra de chocolate. — Eles deixam as crianças sentarem na frente quando o show começa. Eu quero pegar um bom lugar lá.

Ela seguiu o menino enquanto ele atravessava a multidão, claramente acostumado com o ritmo da parada. Nos anos anteriores, sua avó o trouxera, e, por incrível que parecesse, ela gostava tanto disso quanto Jonas. Foi mesmo uma pena ela não ter podido vir este ano.

Adam se aproximou dela, que gostou disso. Tecnicamente, Adam e Jonas eram parte da família, e ela a intrusa, mas de alguma forma Kitty não se sentia preterida. Era como se, pela primeira vez, fosse a protagonista de sua própria história, no centro do seu universo, e gostou disso. Talvez um pouco demais.

Quando chegaram à praça da cidade, Jonas se juntou às outras crianças nas arquibancadas que alguém colocara na frente do coreto. A estrutura branca estava iluminada, decorada com coroas de azevinho e pisca-piscas pendendo do telhado. No interior, a banda já havia se preparado com gorros vermelhos de Papai Noel, e o palco fora decorado com festões. Assim que o caminhão de bombeiros chegou ao final do desfile, ajudaram o Papai Noel a descer, e ele caminhou até a multidão de crianças reunidas na praça, enquanto a banda tocava uma versão alegre de "Santa Claus Is Coming to Town".

— Quer um café? — Adam perguntou, inclinando a cabeça na direção do trailer ao lado da praça.

— Boa ideia.

Cinco minutos depois, Adam estava de volta, carregando dois copos de isopor decorados e um pacote de biscoitos. Ele lhe entregou um copo e um biscoito e, por um instante, os dois beberam e comeram ouvindo a música.

— Você fez uma coisa boa trazendo o Jonas aqui — Adam falou, depois de mastigar. — Ele sempre diz que é a melhor parte do Natal.

Ela sorriu.

— Além de abrir os presentes, aposto.

— Sim, isso também. — Ele deu um gole no café ainda fumegante. — Estou feliz por ter encontrado vocês aqui. Não tinha certeza de que conseguiria.

— Eu não esperava que você viesse — Kitty falou. — Na verdade, isso não é a sua cara.

Ele inclinou a cabeça para o lado.

— O que você acha que é a minha cara?

Ela piscou duas vezes, pensando na pergunta. O quanto ela realmente o conhecia? Ah, ela sabia das coisas que lera na internet e de todos os encontros que tivera com ele na semana anterior.

— Acho que, na verdade, eu não te vejo como um espectador — disse, tentando descobrir onde ele se encaixava. — Você parece mais participante do que qualquer outra coisa.

— Eu faço documentários — ele disse, com a voz leve. — Você não acha que isso é o máximo no que se refere a espectadores?

— Não, acho que não. Eu vi alguns dos seus trabalhos. Você é muito presente. Definitivamente, você participa da história.

O rosto de Adam se aqueceu com as palavras dela.

— Você viu?

Ela se pegou sorrindo novamente.

— Quem não assistiu?

— Acho que pensei que você não estaria interessada neles.

— Por que não? — ela perguntou, as mãos ainda envolvendo o copo de isopor. A banda terminou a música e emendou uma versão mais rápida de "White Christmas". Dançarinos saíram no palco.

— Não sei — Adam respondeu. — Talvez eu devesse ter perguntado. Quase não sei nada a seu respeito. — Ele se deteve por um segundo. — Eu gostaria de te conhecer melhor.

— É mesmo? — Foi a vez dela de ficar chocada. O que aconteceu com o cara que praticamente correu para longe depois de dar o melhor beijo da sua vida?

— Por que você parece tão surpresa? — ele perguntou.

— Acho que não imaginei que você estivesse interessado em mim. — Ela roubou as palavras dele, tentando, mas falhando em esconder o sorriso.

— O que te fez pensar isso? — Ele balançou a cabeça. — Pelo jeito que eu te beijei ontem? Ou pela forma como eu exigi que você fosse me ver na cabana todas as manhãs? Ou talvez por continuar me encontrando com você acidentalmente. Sim, não estou mesmo interessado.

Ela podia sentir a pulsação acelerando nos ouvidos. Aquilo foi completamente inesperado. Embora muito bem-vindo.

— Mas você sempre parece tão irritado comigo.

— Não é de você que estou com raiva, é de mim mesmo. Eu sou um idiota, um babaca, e continuo me enfiando em um buraco de onde não posso sair. Eu gostaria realmente de compensar as coisas com você.

— Compensar? — ela questionou.

— Sim, te compensar por ser um idiota. Foi completamente inapropriado da minha parte te beijar e depois te ignorar. Especialmente depois de um beijo como aquele. — Ele parecia quase envergonhado e completamente adorável.

— Tudo bem — ela concordou, ainda se perguntando aonde ele queria chegar.

Ele piscou, como se estivesse surpreso por aquilo ser tão simples. O que ele esperava? Toda vez que ele mostrava o menor interesse, ela o lambia como um gato faminto. Ele não percebia como ela se sentia toda vez que os dois se aproximavam?

— Você vai até a cabana amanhã de manhã? — perguntou, a esperança iluminando seu rosto.

Ela mordeu o lábio, olhando para Jonas. Podia ver o topo da cabeça do menino enquanto ele observava o show se desdobrar na sua frente.

— Não sei... preciso cuidar do Jonas.

— Eu diria para levá-lo com você, mas isso estragaria os planos de esconder o cachorro.

— Aliás, onde ele está? — perguntou.

— Eu o deixei com a Annie. O meu pai vai levá-lo de volta para a cabana antes que vocês voltem. O cão está exausto hoje. Nós fizemos uma longa caminhada de manhã.

Ela sorriu ao pensar em Adam levando a bolinha de pelos para passear na paisagem de inverno. Ver os dois juntos seria suficiente para derreter alguns corações. Um homem com um filhote era o passo antes de um homem com um bebê no banco de imagens adoráveis.

— Espero que ele não esteja causando muito problema — Kitty falou. — Eu realmente agradeço pela ajuda.

— Estou meio que gostando disso — Adam disse. — Estou tentando ensiná-lo a sentar e ficar.

— Sério? — Kitty arqueou as sobrancelhas. — Eu gostaria de ver isso.

— Venha até a cabana amanhã que eu te mostro — Adam prometeu. — E também vou te servir café da manhã.

Houve uma grande rodada de aplausos e gritos da multidão quando o recital chegou ao fim. Jonas se virou na arquibancada e acenou loucamente para Kitty, que retribuiu com a mão livre.

— Certo — ela falou, seu corpo formigando com o pensamento de ficar sozinha com Adam. — Eu te vejo lá amanhã.

17

Ame a todos, confie em poucos, não faça mal a ninguém.
— *Tudo fica bem quando termina bem*

Naquela noite, toda a família, exceto Adam, se reuniu ao redor da mesa de mogno polido na sala de jantar. Mia chegara de táxi uma hora antes, parecendo exausta antes mesmo de atravessar a porta. Annie voltou para a cozinha assim que viu quem era, tentando desesperadamente aumentar a caçarola de lentilhas que preparara para Drake enquanto o resto se satisfazia com o ensopado de carne que ela mantivera cozinhando durante todo o dia.

— Sem carne vermelha — murmurou para si mesma enquanto seguia pelo corredor. — Ela também poderia ser um desses vegetarianos.

O jantar foi estranho, com Everett e Drake falando de trabalho enquanto Jonas tentava desesperadamente chamar a atenção da mãe. Embora ela o ouvisse e sorrisse nos momentos certos, sua atenção não durava muito tempo.

— Mãe, você ouviu o que eu falei? — Jonas perguntou. — Eu estava contando do desfile. Tinha até doces.

— Claro que ela não te ouviu. — Everett olhou para a esposa. — Ela está ocupada demais para isso. Qual é o problema, querida? Três dias no spa não foram suficientes para você?

Mia lançou um sorriso desagradável para ele.

— Foi um ótimo descanso. Embora tivesse sido bem melhor se o meu marido tivesse ido comigo, como prometido.

— O seu marido estava muito ocupado ganhando dinheiro para pagar a droga das suas férias — ele grunhiu.

Kitty olhou para Jonas.

— O desfile foi ótimo mesmo, não foi? — ela perguntou, desesperada para mudar de assunto. — Me fez sentir em casa. E as músicas também foram ótimas.

Virando as costas para o marido, Mia sorriu para o filho.

— Ah, sim, me conte tudo sobre isso, querido.

Jonas respondeu à mãe quando Kitty se recostou, aliviada por ter evitado outro confronto.

O avô de Jonas se sentou à cabeceira da mesa, remexendo o cozido com um garfo e olhando para longe. Devia estar sentindo falta da esposa, ainda incapaz de descer as escadas para se juntar a eles para o jantar. Algumas vezes, Kitty tentava envolvê-lo, fazendo perguntas sobre a casa e sua história. Ele parecia grato pela distração.

Sabiamente, Annie decidiu ficar na cozinha, mencionando que precisava vigiar o forno e a comida que estava cozinhando. Trufas e tortas, além dos mais deliciosos e cheirosos brioches, se juntaram às pilhas de comidas assadas antes. Kitty não pôde deixar de pensar que era uma pena que ela e Jonas parecessem ser as únicas pessoas na casa a apreciar a comida de Annie.

O assado estava delicioso, a carne era de dar água na boca. Kitty tinha comido tudo antes que os outros tivessem dado as primeiras garfadas. Ela notou que Mia comeu uma pequena porção da caçarola de lentilhas e depois franziu o nariz, colocando o garfo e a faca no prato para indicar que havia terminado.

A campainha tocando no corredor trouxe uma boa distração ao jantar desagradável, e Kitty verificou o relógio, percebendo que poderia finalmente ser a entrega que esperava: a comida de cachorro vegana que ela encomendara em um pet shop na Rodeo Drive.

— Desculpe, provavelmente é para mim. — Kitty se levantou, arrastando os pés da cadeira no chão. Everett olhou por cima, mal piscando na direção dela antes de gesticular para que saísse sem se preocupar em interromper sua conversa com Drake.

— Posso ir? — Jonas pulou também, a cadeira balançando em duas pernas quando ele a inclinou para trás. — O que pode ser? Mais presentes?

— Você não terminou seu jantar — Kitty apontou.

— Eu termino mais tarde.

— Não, senhor. — Kitty balançou a cabeça. — Você fica aqui. Não vou demorar. — Ela não queria que ele visse a entrega de comida para cães, não depois de todo o problema que tivera para esconder a droga do cachorro na cabana. Faltava só uma semana até o Natal. Já havia passado por muita coisa e não planejava colocar tudo a perder agora.

— Ah, saco. — Jonas cedeu, sentando-se de volta, o desgosto estampado no rosto. — Você fica com toda a diversão.

Era algo a pensar quando receber uma entrega era mais divertido do que passar tempo com a família.

Kitty seguiu até o corredor, ruminando sobre a falta de atenção dada ao menino e tentando imaginar como poderia tornar divertido aqueles dias enquanto a avó estava presa na cama e os pais estavam mais interessados em marcar pontos um contra o outro do que se envolver com o filho.

— Precisa de ajuda? — Drake perguntou, parecendo ansioso para escapar do jantar assim como ela.

Kitty teve pena dele, mesmo que ainda não fosse sua pessoa preferida no mundo. Como ela, ele era um estranho, e certamente não deveria ter que passar por isso.

— Sim, seria ótimo. Venha.

— Não é justo — Jonas falou, mas continuou sentado.

— Aí está você. — Annie se virou para cumprimentar Kitty e Drake quando eles chegaram ao corredor. — Ele só trouxe os pacotes agora.

Um homem alto, usando um uniforme marrom, subia as escadas da varanda carregando três grandes sacos marrons. Ele os colocou no chão, puxando uma prancheta e solicitando a assinatura de Kitty. Ela rabiscou seu nome na linha e a entregou de volta, agradecendo por ele fazer uma entrega tão tarde.

— Sem problemas. — O motorista abriu um sorriso fácil, que se ampliou assim que ela entregou cinco dólares de gorjeta. — Feliz Natal para vocês.

Depois que ele se foi, Kitty caminhou até os sacos de comida. Eram tão grandes e pesados quanto sacos de batata. Do lado de fora, havia uma foto dos conteúdos: uma imagem pouco apetitosa de grãos secos e cinzentos que fez o estômago de Kitty revirar.

— Pobre cachorro — murmurou. — Ele não vai ficar feliz com isso.

Drake carregou os sacos de comida até a despensa, bufando com o peso enquanto os levava para a prateleira de baixo.

— Prontinho. — Para um cara que dizia gastar metade da vida na academia, ele estava surpreendentemente vermelho. Kitty não pôde deixar de pensar em Adam e naqueles músculos rígidos que ondulavam sob a fina camiseta quando ele corria. Ele levantou um cervo sem nem piscar...

Melhor não pensar nisso.

— Obrigada pela ajuda — disse a Drake quando os dois saíram da cozinha. O jantar terminou sem a presença deles. Ela descobriu que Everett desapareceu na biblioteca enquanto seu pai e Jonas subiram as escadas para se juntar à sra. Klein no quarto. Annie terminou de cozinhar, e Kitty a ajudou a lavar os pratos do jantar. A empregada se sentou na poltrona no canto, observando a pequena televisão montada na parede.

— Você deve ter ficado chateado por ter que mudar seus planos dos feriados para vir para cá — disse a Drake, servindo vinho tinto aos dois. Embora estritamente falando, os deveres de Kitty ainda não tivessem acabado (não até que Jonas estivesse dormindo), ela achou que os dois podiam tomar uma bebida.

Drake deu de ombros.

— Na verdade, não. Estava pensando em jantar com alguns amigos e depois voltar para trabalhar no dia 26. Não volto para casa no Natal há anos. Prefiro passar o Dia de Ação de Graças com os amigos.

— Sempre acho estranho todos voltarem ao trabalho no dia seguinte ao Natal — Kitty falou, tomando um gole de vinho. — Na Inglaterra, tudo para entre o Natal e o Ano-Novo. Nós passamos a semana inteira enchendo a cara de chocolate quente e vendo quem aguenta beber mais sem passar mal.

Drake franziu o belo nariz.

— Argh. Vocês, ingleses, e o álcool. Sempre que nós temos um ator do Reino Unido em um filme, eu sei que vamos ter problemas. Ressaca e gravação matinal não combinam.

Ela queria protestar, talvez dizer algo como isso ser melhor que os garotos do vale, mas, para ser realmente honesta, havia mais do que uma leve verdade nas palavras de Drake. Nas poucas festas de Hollywood que ela tinha frequentado, os maiores encrenceiros sempre pareciam ter vindo do Reino Unido ou da Irlanda.

Olhando para baixo, ela percebeu que já havia tomado toda a sua taça de vinho. Normalmente se serviria de outra sem hesitar, mas agora estava superconsciente do seu consumo de álcool.

Ao ver a expressão da moça, Drake rapidamente mudou de assunto.

— O Everett me disse que você ainda está procurando estágio.

— Estou — respondeu. Agora ela realmente queria aquela segunda taça. — Ainda não consegui nada. — Ela se perguntou se deveria mencionar a entrevista que ele fizera com ela, mas, por algum motivo, pareceu não ser o momento certo.

— Se continuar com o lado bom do Everett, ele vai poder te ajudar. Ele é muito bem relacionado na área.

Não brinca. Ela notou que ele não mencionara a vaga para a qual tinha se candidatado. Era óbvio que não conseguira.

— Acho que vou voltar a procurar depois do Natal. — E talvez descobrisse como não entrar em pânico assim que lhe fizessem uma pergunta. Sim, isso também seria bom.

— Talvez você devesse ver se consegue alguma coisa em casa — Drake sugeriu. — A indústria do cinema em Londres é bastante saudável. Já pensou em voltar para lá? — Ele estava tentando se livrar dela? Sua técnica de entrevista deve ter sido uma porcaria.

— Eu quero ficar aqui — respondeu. — Ou em Hollywood. Se eu puder.
— Não sente falta da sua família morando aqui? — Drake perguntou.
— Sim, mas elas não moram mais em Londres — Kitty falou. — Uma das minhas irmãs mora em Maryland e a outra na Escócia. — E até Cesca não passava muito tempo em Londres. — Nós conversamos por Skype e e-mail, então morar aqui não faz muita diferença.
— Pode me servir outra taça de vinho, Kitty? — Annie gritou da sua cadeira, do outro lado da sala.
Ah, droga. Kitty também se serviu de outra taça. Depois de um dia com os Klein, ela precisava. Se Drake quisesse julgá-la com seu sorriso hiperbranco e bronzeado brilhante, era problema dele.
— Por que o Everett estava tão preocupado com aquele roteiro no outro dia? — ela perguntou a Drake, depois de passar a taça para Annie. — Ele ficou realmente nervoso com isso.
— Esse projeto é importante para ele. Está trabalhando nisso há meses. Se alguma coisa der errado agora, acho que ele vai ter um ataque. Ele o vê como seu *magno opus*.
Ela ergueu os olhos para encontrar os de Drake.
— Um projeto de vaidade?
— Não, de modo algum. É um filme importante, que tem uma história real para contar. Ele baixou a voz. — Eu realmente não deveria dizer mais nada. É muito delicado, e você sabe o quanto ele ficou com raiva quando apareceu na biblioteca.
Kitty decidiu aproveitar o gelo que derretera na atmosfera entre eles.
— Tem certeza de que não pode me contar mais sobre isso? — Ela estava desesperada para saber. Quem não estaria? Não era frequente que uma estudante de cinema visse uma enorme produção planejada em primeira mão.
Não que ela estivesse vendo. Na cabeça de Everett, ela era apenas a babá, não uma possível estagiária.
— Não posso mesmo falar nada sobre isso no momento. — Drake parecia quase arrependido. — Eu diria se pudesse. Só posso adiantar que é grande. É por isso que Everett insistiu para eu vir para cá.
— Por que vocês vieram de helicóptero? Um avião não serviria? — Ela franziu a testa, se lembrando da cacofonia quando os dois pousaram no campo. Então começou a se lembrar exatamente do que a chegada de Drake e Everett interrompera, e um rubor abriu caminho por seu rosto.
Ela realmente teria que esperar até o dia seguinte para ver Adam? Parte dela queria correr até lá para saber exatamente o que ele queria falar com ela.

Drake riu.

— Era a maneira mais rápida de chegar. O que você estava fazendo na cabana? — Ele respondeu à pergunta com outra pergunta.

Por um instante, ela se perguntou se ele podia ler sua mente.

— Eu tinha que cuidar do filhote — ela gritou, entrando em pânico. — É um presente para o Jonas, e nós o estamos escondendo lá até a manhã de Natal. Era o único lugar em que pude pensar. Felizmente o Adam concordou em ajudar.

— É melhor você ficar longe daquele homem — Drake advertiu, fazendo uma careta logo que ela mencionou o nome dele. — Ele é louco e cruel pra caramba. Não é alguém com quem você queira lidar

A respiração de Kitty fechou na garganta.

— O que você quer dizer?

— Everett fez tudo o que pôde no verão, depois que o irmão voltou daquele grupo na Colômbia. Então o Adam jogou tudo de volta na cara dele, praticamente acabando com a casa da piscina. Ele até conseguiu deixar o irmão com um olho roxo. Ele é um animal.

— Por que ele bateu no Everett? — Sua boca estava seca. Parte dela queria saber mais, descobrir sobre a pessoa que Adam era, mas a informação que estava recebendo a fazia querer tremer.

Drake deu de ombros.

— Disseram que foi uma reação ao que aconteceu na Colômbia, por isso a polícia de LA foi tão indulgente com ele. Mas eu ouvi a discussão entre ele e o Everett, e não havia desculpas para a maneira como ele tratou o irmão.

Kitty tomou outro gole de vinho, tentando sem sucesso equiparar o Adam que ele estava descrevendo ao homem com quem passara um tempo naquela tarde. Nada nele parecia ser tão perigoso como Drake estava sugerindo.

— A vida faz coisas estranhas com as pessoas — ela falou.

— Bem, com certeza ela o estragou. Se você precisar de companhia quando for até lá, eu ficaria feliz em ajudar. Como proteção, quero dizer.

Kitty engasgou, cuspindo vinho tinto na superfície da mesa. Depois da conversa que tivera com Adam naquela tarde, o único tipo de proteção de que precisava, definitivamente, não vinha na forma de um garoto do vale.

Embora odiasse admitir isso, a descrição que Drake fizera de Adam só aumentava seu interesse no homem sombrio, possivelmente violento, porém lindo, que morava em uma cabana no bosque. Uma coisa era certa: quando fosse até lá na manhã seguinte, de jeito nenhum levaria Drake com ela.

Mesmo que tivesse que sair da casa sem ninguém perceber.

18

> É febre, meu amor, e ainda pede.
> — *Soneto 147*

Kitty observou o sol da manhã nascendo através do tapete. Eram seis horas quando ela levantou da cama, o cabelo bagunçado emoldurando o rosto como um capacete fora de lugar. Ela passou dez minutos sob a água morna do chuveiro. Seus olhos se fecharam enquanto a água lhe escorria pelo rosto.

A casa ainda não despertara quando ela entrou na cozinha. O aroma usual do café estava ausente, então ela colocou algumas colheres de grão moído no filtro, então encheu o reservatório e ligou a cafeteira. Girando o botão do rádio antigo que Annie mantinha ligado perto do fogão, ela se ajeitou na poltrona, segurando a caneca quente entre as mãos.

Tomando um gole de café, ela se perguntou quando deveria ir para a cabana. Adam insistira que ela fosse, mas não marcou hora. *Era muito cedo?*, pensou. Ele ainda estaria na corrida matinal? Ainda pior: ela o acordaria, fazendo-o atender a porta com o cabelo ainda bagunçado e os olhos pesados?

E se ele tivesse mudado de ideia e pedisse para ela voltar para casa?

Uma coisa era certa: Kitty enlouqueceria se ficasse sentada por mais tempo.

Pegando uma grande caixa de plástico, ela a encheu de comida de cachorro vegana, tentando não retorcer o nariz enquanto os grânulos grossos e espessos pousavam no pote transparente. Tinha um cheiro que não conseguia decifrar — frondoso, terroso e mais do que levemente pungente —, e era difícil imaginar que alguém pudesse achar isso apetitoso.

Até mesmo um cachorro. Coitadinho.

Calorosamente envolvida no casaco e cachecol grosso de inverno, ela seguiu seu caminho habitual pelas árvores. Ela seguia o caminho com o coração — virando à esquerda no pinheiro meio morto, depois nos três troncos caídos —, as pernas guiando-a sem que ela realmente tivesse que pensar nisso. A mesma rota na qual Jonas a levara nos primeiros dias aqui, quando a neve era nova e brilhante, e ela não percebera o que havia do outro lado dessas árvores.

Ou quem morava ali.

Chegando à clareira no topo da colina, ela se deteve por um instante, olhando para o vale abaixo. O lago estava calmo, o sol de inverno refletindo em sua superfície semelhante como um espelho, o céu de dezembro sem nuvens que lhe conferia uma tonalidade azulada. Na noite anterior, antes de ir para a cama, Annie dissera algo sobre uma tempestade se formando, mas a quietude do ar desmentia aquele pensamento. O céu estava muito claro, e o ar estava bastante estático. Não havia nenhum sinal de tempestade de neve à vista.

Voltada para o lago, a cabana de Adam parecia orgulhosa na clareira do prado. Uma nuvem de fumaça azul-acinzentada saía da chaminé, o único sinal de vida em uma cena dominada pela natureza.

Ele a estava esperando? A respiração de Kitty acelerou enquanto olhava para a cabana, seu coração batendo contra o peito. Ela não tinha certeza de quando começara a andar de novo, deixando uma trilha de pegadas atrás de si, mas, antes de começar a clarear as ideias, já havia cruzado metade da distância até a construção.

Foi quando o viu parado em silêncio na porta aberta, os olhos focados nela enquanto caminhava. Sua observação a fez se sentir autoconsciente, o que a fez tropeçar algumas vezes antes de alcançar as escadas. Ao contrário da última vez que estivera aqui, as tábuas de madeira que cercavam a varanda e seguravam o telhado estavam decoradas com ramos de pinheiro e azevinho. Entrelaçadas à decoração, luzes brilhantes cintilavam, proporcionando um ar de caverna a uma cabana que antes era tão simples.

Parecia algo de conto de fadas.

Ela sentiu um nó na garganta quando falou.

— Você decorou. — Ela reconheceu as luzes da caixa que trouxera dois dias antes. Nunca, nem em seus sonhos mais loucos, achou que ele faria qualquer coisa com aquilo.

Adam se inclinou contra a porta. Embora o ar estivesse congelando, ele só usava uma calça jeans e um fino suéter preto. A lã não fazia nada para esconder o peito definido. O cabelo ainda estava molhado, afastado do rosto, e a barba havia sido aparada recentemente. Ela quase podia sentir o cheiro do pinho da sua colônia — um aroma que já tinha a capacidade de enfraquecer seus joelhos.

— A caixa estava no caminho. Achei que era melhor fazer algo com essas coisas antes que o cachorrinho decidisse comê-las de café da manhã.

Kitty ainda estava extasiada pela maravilha primitiva e selvagem da cena.

— Ficou lindo.

Os olhos dele não deixaram seu rosto.

— Sim.

Todos aqueles medos e dúvidas que haviam sido seus companheiros desde que deixara a casa principal pareceram evaporar no ar do inverno. A maneira como ele a olhava, com olhos escuros e famintos, era suficiente para fazê-la derreter por dentro.

— Eu não tinha certeza de que você já teria voltado da sua corrida.

— Saí antes das seis. — O sorriso que ele mostrava era breve. — Não durmo muito. Também cortei a madeira para o dia.

Ela alcançou o topo dos degraus. Adam não se moveu, o corpo grande ainda bloqueando a porta. Kitty parou a poucos metros da entrada, o pulso acelerado a deixando sem fôlego.

— Estou feliz que esteja aqui. — A voz dela era suave.

— Eu também. — Pela primeira vez ele deu um passo em direção a ela, deixando em alerta cada célula de seu corpo. Um arrepio abriu caminho pela coluna, deixando um rastro na pele. Adam estendeu a mão e pegou a comida que ela carregava.

— É para o cachorro. — Ela estava ciente de que soava muito idiota. — É vegana. Orgânica também. Acho que ele vai adorar. — Ela olhou para o canto, onde o filhote estava enrolado em sua cama improvisada. Ele parecia fora do ar.

Adam não respondeu. Depois de colocar a caixa plástica no banco rústico na entrada da sala, ele estendeu a mão novamente, agora envolvendo-a ao redor da cintura de Kitty.

Era como se um holofote tivesse sido voltado para os dois, inundando o mundo exterior com escuridão. Eram atores em um palco, onde a única audiência eram os dois, e cada movimento um gesto para sua performance particular. Ela sentiu as mãos firmes ao seu redor através do casaco, enquanto ele a conduzia com facilidade para dentro. A decepção lhe inundou o peito quando ele a soltou.

A sensação meio que desapareceu conforme ele puxou o zíper da jaqueta e deslizou a peça pelos ombros, deixando-a cair no chão. Em seguida, os dedos dele estavam em seu pescoço, desabotoando o cardigã e aquecendo sua pele enquanto ele a tocava.

Ela olhou para cima, se conectando com o olhar caloroso dele. O rosto de Kitty estava corado e os lábios inchados, um reflexo da própria excitação. Ele tirou o cardigã dela, revelando a camiseta de algodão e o sutiã, as mãos deslizando as alças pelos ombros até ficarem completamente nus.

— Achei que você quisesse falar comigo. — Ela tentou inspirar, a boca seca. Temendo que ele tomasse isso como rejeição, rapidamente acrescentou: — Não que isso importe agora.

Adam inclinou a cabeça, pressionando o rosto na curva entre o pescoço e o ombro. Ela sentiu seus lábios se moverem contra sua pele excitada, e a voz dele foi pouco mais do que um sussurro, o volume abafado pelo corpo.

— Nós conversamos depois.

❆

Ele não tinha a intenção de pular em cima dela no momento em que ela entrou na casa. Ele encheu a cafeteira e bateu alguns ovos, na intenção de ter tudo à mesa para sua chegada. Passou a maior parte da noite pensando nela, nas perguntas que queria fazer, as desculpas que queria dar. Mas então, pela janela da cozinha, ele a viu saindo da floresta e da colina. Com a silhueta iluminada pelo sol que estava nascendo, ela parecia algo de outro mundo. A necessidade de tocá-la crescera a ponto de sentir como se o inferno estivesse queimando no seu estômago.

Adam permanecera na porta enquanto ela seguia colina abaixo, os dedos agarrando a madeira com esforço para não correr até ela. O que Martin dissera? Que ele escolhesse um meio-termo; não precisava ser tudo ou nada. Ela poderia ser só sua amiga.

Na verdade ela não parecia amiga agora, enquanto ele roçava os lábios no seu pescoço, sentindo o tremor dela enquanto a beijava. Ele chegou ao canto da boca — podia sentir o calor da respiração dela contra seus lábios — e parou por um momento. Seus olhos se encontraram com os dela para verificar se estava bem.

Ele estava com medo de que ela mudasse de ideia e fosse embora. Ainda mais receoso de que ela não mudasse. Sua boca estava doendo com a necessidade de beijá-la, prová-la, consumi-la.

Ele não queria ser seu amigo.

Queria ser seu amante. Para o inferno com essa indecisão. Desejo era tudo o que ele tinha.

— Está tudo bem? — Ele não tinha certeza do motivo de estar perguntando agora.

Kitty piscou para ele, seus lábios se separando levemente enquanto ele continuava a olhar. Ela engoliu em seco, como se estivesse saboreando o momento tanto quanto ele.

— Sim. — Ela assentiu. — Tudo ótimo.

Lentamente, de um jeito torturante, ele deslizou a boca até a dela. No começo era só o toque leve de lábios contra os lábios enquanto ele segurava seu rosto, inclinando-o para ele. Em seguida, aprofundou o beijo, a necessidade de prová-la esmagando todos os outros sentidos. Ela moldou o corpo contra o dele, seios suaves contra músculos rígidos, coxas quentes contra as dele. Caramba, ela era deliciosa.

Levou só um momento para que ele ficasse duro, o pau latejando no limite do jeans. Seus lábios eram tão suaves, a boca molhada e quente enquanto ele deslizava a língua dentro dela.

Adam moveu as mãos para baixo, deslizando-as do peito para a cintura. Sua pele era morna, suave e muito tentadora, mas nada comparado à inundação de calor através de seu corpo.

Ela dissera sim. *Para ele.* Adam queria gritar para o mundo. Neste canto abandonado por Deus, numa montanha coberta de neve, uma garota linda e engraçada, por quem ele passara a semana consumido, havia se aproximado para se entregar a ele.

Parecia uma espécie de milagre.

— Eu posso te levar para o quarto? — Com os hormônios em polvorosa como estavam, tê-la contra a parede da cabana não era o que ele tinha em mente. O corpo dela devia ser saboreado sem pressa. Se ele queria que ela aproveitasse também, uma rapidinha não ia satisfazê-los.

— É longe?

Ele inclinou a cabeça de novo enquanto ria.

— Não, baby, não é muito longe. — Ele a levantou até que suas pernas rodearam os quadris dele. Suas alturas relativas fizeram os rostos ficarem próximos. Kitty segurou seu maxilar, inclinando a cabeça até as sobrancelhas se tocarem.

— Não acredito que estou fazendo isso. Juro que só desci para o café da manhã. — No entanto, ela não parecia infeliz. O sorriso dele iluminou seu rosto.

Adam flexionou os músculos.

— Acho que você vai perceber que eu vou fazer todo o trabalho aqui. Você só vai aproveitar.

Sua risada o deslumbrou.

— Estou falando *disso*. Ir para a cama com você. E nem amanheceu ainda. Honestamente, eu não sou o tipo de garota que transa com estranhos.

— Nós não somos estranhos. — Eles eram qualquer coisa menos isso. Naquele momento, ele se sentia conectado a ela em todos os níveis. Era como se seu coração estivesse em sintonia com a cabeça pelo menos uma vez.

— Se você estiver mudando de ideia, nós podemos parar agora. Sem ressentimentos.

— Não se atreva a parar.

Aquilo resolveu tudo. Eles chegaram ao quarto. Adam a colocou suavemente em sua cama, ficando de pé para admirá-la por um momento. Seu cabelo se espalhou pela colcha de retalhos, a pele suave na luz da manhã. A parte superior do corpo estava nua, com o sutiã meio aberto. Da cintura para baixo, por outro lado, ela ainda estava vestida.

Adam se abaixou e tirou suas botas, depois puxou as meias de lã, mantendo seus pés aquecidos. As unhas dos pés estavam pintadas de laranja vivo, brilhante e cintilante. Algo nisso o fez querer beijá-los, e foi o que ele fez. Um a um, pressionou os lábios nos dedos dos pés, segurando-os com força quando ela tentou afastá-lo. Kitty começou a rir com a sensação.

— Posso tirar o jeans? — ela perguntou.

— Isso é trabalho meu. — Ele não queria se apressar. Adam planejou saborear cada momento daquela manhã, gravando cada toque e sensação na memória. Ele não tinha certeza do que aconteceria depois daquele dia. Por enquanto, só queria viver no momento.

Com ela.

Talvez fosse o que Martin quis dizer, afinal.

Ela começou a se mexer na cama, respondendo a seu toque. Com um sorriso no rosto, Adam subiu no colchão, se inclinando sobre ela enquanto a olhava nos olhos, com as mãos apoiadas em cada lado da cabeça.

— Adam, eu preciso de você.

— Diga o meu nome novamente.

Seus lábios se curvaram.

— Adam. Adam, Adam. Faça isso comigo, Adam.

Ele riu e balançou a cabeça.

Lentamente, ele desabotoou o jeans. Estava justo contra sua pele, o suficiente para fazê-la ter que levantar o corpo enquanto ele puxava a calça para baixo, observando-a deslizar ao longo das pernas até que finalmente o tirou pelos pés. Isso só deixou a roupa de baixo. Não, roupa de baixo não — lingerie. Era delicada e branca, o design intrincado da calcinha combinando com o sutiã. Saber que ela usava aquilo só para ele fez Adam ficar duro como pedra.

Ajoelhando-se sobre ela, ele se inclinou e pressionou um beijo no seu estômago. O corpo de Kitty estava quente e macio sob seus lábios. Enquanto deslizava a boca para o esterno, ela ofegou, o peito subindo com o esforço.

— Tire o sutiã.

A maneira como ela continuava tentando dominá-lo o divertiu. Ela não percebeu que ele estava planejando fazer isso mesmo. Mas, sabendo o desejo que ela estava sentindo, ele gastou o tempo que quis, fazendo-a ofegar e se contorcer enquanto seus dedos roçavam contra a parte inferior do seio.

Ela estava ofegante quando ele lhe tirou o sutiã.

Cara, que seios magníficos. Claros, cheios e com mamilos rosados. Ele não conseguia parar de olhar. Imaginou o gosto deles em sua boca, a língua girando até as pontas ficarem rígidas.

Kitty levou as mãos até lá, como se fosse cobri-los. Com firmeza, segurou os pulsos dela e colocou os braços nas laterais do seu corpo. Agora aquele paraíso pertencia a ele. Cada parte dela era dele. Mas o que ele planejou fazer era só para Kitty.

— Você é linda. — Sua voz falhou.

— Sério? — Ela pareceu surpresa.

— Como se você não soubesse. — Ele colocou o indicador abaixo do pescoço dela, traçando uma linha que atravessava os seios. — Olha pra você aqui, deitada como uma deusa. Você deve ouvir essa merda o tempo todo.

— Eu? Não.

— Então você deveria. Todo dia.

Ele não podia esperar mais. A necessidade de prová-la, de lhe dar prazer, era muito forte para ignorar. Ele inclinou a cabeça para o seio dela, parando a meio centímetro de distância. Perto o suficiente para fazê-la se eriçar com sua respiração quente. Pausando, ele provou a antecipação antes de envolver os lábios ao redor do mamilo.

Ela gemeu alto, fazendo-o pulsar no jeans. Era preciso um grande esforço para não penetrá-la e aliviar aquela dor latejante entre as coxas. Para se distrair, ele estendeu a mão até o outro seio, acariciando o mamilo entre o polegar e o indicador.

Os suspiros de Kitty demonstraram o quanto ela estava gostando. Assim como o modo que ela girava os quadris, dançando em um ritmo tão antigo quanto o tempo.

— Me toque. Por favor, me toque.

— Logo — ele prometeu, acariciando-lhe o seio novamente. — Quando você estiver pronta.

— Estou pronta. — Ela fez beicinho. Dane-se. Ele queria beijá-la de novo. Ele teve que enterrar a cabeça para esconder o sorriso.

— Sim, você provavelmente está certa sobre isso.

Ela estendeu a mão para puxar seu suéter.

— Mas você não está. Ainda está completamente vestido.

— Resolvo isso em trinta segundos.

Kitty tentou se sentar, mas os braços dele a impediram.

— E se eu quiser resolver?

Ele não conseguia deixar de sorrir.

— Quer tirar a minha roupa?

Ela engoliu em seco.

— Hum, sim. Posso?

Havia algo em sua hesitação que o atraía.

— Pode. Mas eu tenho que te avisar que é muito mais difícil despir um homem do que uma mulher.

— Você já despiu um homem antes? — ela perguntou, brincando.

Adam sorriu.

— Só a mim mesmo. E talvez o Ev, quando ele estava muito bêbado para fazer isso sozinho.

— Podemos não falar no seu irmão quando eu estou a ponto de tirar a roupa?

— Acho justo.

Ela demorou, levantando a bainha do seu suéter, deslizando os dedos sobre a camiseta. Era a vez dele de ficar impaciente, levantando os braços para encorajá-la a tirar tudo. Quando ela o fez, recomeçando a tortura com sua camiseta, Adam pensou em assumir o controle.

Mas então Adam viu a expressão intensa em seu rosto quando ela lentamente revelou seu estômago. A maneira como ela o encarava, umedecendo os lábios secos, era compensação suficiente pela tortura.

— Está gostando do que vê?

Ela respirou bruscamente.

— Razoável.

Adam balançou a cabeça.

— Eu não sou razoável. Isso é uma coisa que você vai descobrir sobre mim. É tudo ou nada o tempo todo.

Talvez ultimamente tenha sido muito nada. Ele tentou por muito tempo e acabou desistindo. Se esconder na cabana parecia a única opção, a maneira como ele poderia desaparecer do mundo. Ele não estava escondido agora. Estava se expondo, e não apenas fisicamente. A cada centímetro que Kitty puxava do tecido da camiseta, ela também estava abrindo algo profundo dentro dele. Algo que ele havia escondido por muito tempo.

Ele não tinha certeza se estava pronto para isso. Parecia muito cru. Se recusando a pensar em nada além de seus corpos, Adam abriu a fivela do cinto, puxando o jeans para baixo e chutando-o para o chão. Isso os deixou só de roupa íntima — ela de calcinha, ele de cueca. Quando se levantou de novo, colocou suas pernas entre as coxas dela e se abaixou até se encostarem.

Adam estava pronto. Como um garoto, ele queria manter o movimento até que os dois gozassem, ofegando em voz alta, até que tudo explodisse em uma luz ofuscante. Mas não era mais um garoto, era um homem. Se os anos lhe ensinaram alguma coisa, era que prolongar um momento era tudo. As coisas teriam um sabor ainda melhor se tivesse que esperar por elas.

Kitty colocou as mãos no traseiro dele, usando o movimento para criar fricção entre os dois. Ele abaixou a cabeça para beijá-la novamente. Suas bocas estavam aquecidas e desesperadas, as línguas tocando e deslizando uma contra a outra em um esforço para se consumirem. Ela começou a se balançar contra ele em um ritmo constante, os suspiros mais rápidos, mais ofegantes. Estava perto de gozar, ele podia sentir, e percebeu que não queria senti-la contra seu corpo.

Queria senti-la contra sua boca.

Kitty gritou quando ele se afastou. Suas mãos caíram na lateral de seu corpo e seus olhos brilharam de desapontamento, que se transformou em um olhar arregalado de espanto quando ele se afastou, enganchando os dedos ao redor do elástico da calcinha para puxá-la.

Jogando o pedaço de tecido para trás, ele estendeu a mão para agarrar suas pernas, empurrando-as para que estivesse aberta e exposta. As mãos dela estavam agarrando a colcha da cama, a cabeça inclinada para trás com os olhos fechados. Ele queria imprimir essa imagem para sempre.

Suavemente, ele deslizou a barba ao longo da parte interna da coxa, bem devagar até chegar à pele macia do topo. Kitty gemeu mais alto, uma das mãos soltando a colcha para que pudesse enterrar os dedos no cabelo dele.

— Por favor...

— Por favor o quê? — ele grunhiu.

— Adam, pare de provocar.

Mas ele queria provocar. Queria deixá-la tão louca que nunca mais iria embora. Queria se esforçar tanto que ela teria que ficar com ele na cabana para sempre.

— Quer que eu te toque?

— Sim! — Ela puxou o cabelo dele, tentando aproximar seu rosto. — Por favor.

— Já que você pediu com tanta gentileza... — Ele soprou, afastando o pelo escasso que a cobria. Kitty estremeceu sob seu toque, os quadris arqueados.

Ele tocou a parte mais sensível do corpo dela com a ponta da língua. Kitty balançou debaixo dele, gemendo enquanto ela a lambia novamente. O gosto era bom, o suficiente para fazê-lo querer mais. O suficiente para incentivá-lo a deslizar a língua várias vezes até os gemidos de Kitty se tornarem gritos. Seu corpo pulsava a cada lambida, a necessidade de tirar a cueca e tomá-la se tornando quase selvagem. Ignorando a dor, ele deslizou os dedos para cima, empurrando-os para dentro dela até que seu corpo começasse a estremecer ao redor dele.

Ela continuou a se mexer enquanto ele se arrastava sobre ela, pressionando os lábios mornos e macios contra os dela. Engolindo seus gritos, ele a deixou envolver as pernas em seus quadris, o corpo de Kitty buscando fricção quando chegou ao clímax.

Quando ela finalmente abriu os olhos, estavam pesados e escuros. Ela olhou para ele, seus lábios se separaram.

— Uau. Isso foi incrível.

Ouvir que ele a havia feito chegar lá o fez sentir como se tivesse ganhado uma medalha olímpica. Ele sorriu, finalmente, se permitindo esfregar entre suas coxas.

— Baby, isso foi só o começo. O melhor está por vir.

19

> Deus te deu uma face e você se dá outra.
> —*Hamlet*

Kitty não queria ir embora. Ela estava deitada nos braços de Adam, sentindo a respiração dele soprar contra suas costas. Estavam deitados, aninhados de conchinha. Ela se sentia aquecida, protegida e levemente excitada, o que era loucura depois de tudo o que haviam feito naquela manhã. Cada músculo em seu corpo doía.

Da cozinha, ela podia ouvir o ronco suave do cachorrinho. Estranho como seu mundo tinha dado um giro de cento e oitenta graus, tudo enquanto o filhote dormia.

Sentir Adam embalando-a, seu corpo se movendo com o dela, fora esmagador. Cada toque de sua pele contra a de Kitty era como música tocando dentro dela. Ele a encheu, física e emocionalmente, até ela se sentir como se não pudesse receber mais. Estar com ele parecia uma estranha combinação de novidade e volta para casa. Como se ela tivesse se encaixado no lugar certo.

O relógio ao lado da cama indica que eram quase nove e meia. Todo mundo na casa principal devia estar de pé a essa hora. Jonas devia estar comendo cereal, Mia bebendo uma caneca atrás da outra de café preto fumegante. Everett devia estar escondido na biblioteca, evitando a todos. Kitty deveria estar lá também, fazendo o que era paga para fazer.

— Eu preciso ir. — Ela tentou se desvencilhar dos braços de Adam.

— Ainda não. — Ele a apertou, puxando-a para mais perto. Sua voz estava pesada de sono. — Fica comigo.

Do seu lugar na cama, Kitty podia ver os flocos de neve macios passando pela janela do quarto. Sentiu como se os dois estivessem dentro de um globo de neve. Intocáveis. Bonitos. Frágeis.

— Não posso ficar muito tempo.
— Ainda não tivemos chance de falar — Adam apontou.
Ela abriu um sorriso.
— Estávamos muito ocupados.
— Bem, não estamos ocupados agora. Não pelos próximos cinco minutos, pelo menos.
Ela se retorceu em seus braços, se virando para olhá-lo.
— Sobre o que quer falar?
Ele pressionou os lábios contra o ombro dela.
— Me conte sobre a Inglaterra.
Kitty franziu a testa.
— Bem, é um país do outro lado do Atlântico.
A risada dele cortou o ar.
— Não sobre o país. Sobre você. Como você era quando criança?
Isso não era uma conversa normal depois de uma transa passageira. Não que essa também fosse uma transa passageira habitual. Para início de conversa, aconteceu de manhã. Kitty fechou os olhos, saboreando a sensação do corpo de Adam pressionado contra o seu. Ela realmente precisava parar de pensar demais.
Ela se virou para ele com um olhar de curiosidade.
— Por que quer saber?
Ele parecia quase infantil em seu constrangimento.
— Eu fiz uma lista das coisas que queria te perguntar. — Ele tossiu alto. — O meu terapeuta sugeriu isso.
Ela se esforçou para engolir o riso que tentou lhe escapar do peito.
— Sério? Por quê?
— Eu falei para ele que gostava de você. Ele então sugeriu que eu tentasse ser seu amigo. Como você pode ver, está funcionando muito bem.
Dessa vez o riso explodiu, e ele se juntou a ela, puxando-a ainda mais junto de seu corpo para sentir suas risadas.
— Meu Deus, que confusão — ele disse, recuperando por fim o controle.
— Uma bela confusão. — Ela deslizou a palma da mão pelo queixo, como se quisesse enfatizar o ponto. — Certo, vamos começar de novo. O que você quer saber?
— Podemos começar pela sua família. Me conte sobre eles.
Por um momento, ela se lembrou do homem que ele era nas telonas. O dos documentários, não o cara sexy deitado na cama com ela. Seu interesse era verdadeiro; seu exame, minucioso.

— Eu sou a mais nova de quatro irmãs. Nós fomos criadas em uma casa grande perto de Hampstead Heath, no noroeste de Londres. No começo, nós éramos seis: minha mãe, meu pai e minhas irmãs, mas quando eu tinha dez anos minha mãe morreu em um acidente.

Adam beijou o ombro dela novamente, a mão acariciando suavemente o estômago de Kitty.

— Sinto muito.

Ela engoliu em seco.

— Eu acho que é possível sentir a falta de alguém de quem não se consegue lembrar direito. Sei que senti muito a falta dela quando era adolescente, ou do conceito que ela representa, pelo menos. As minhas irmãs foram maravilhosas, fizeram tudo o que puderam, mas não existe amor como o de mãe.

Sua boca ficou seca com as palavras. As lembranças daquele dia, catorze anos antes, ainda estavam vívidas — a mínima menção e tudo voltava à tona. Ela estava na casa de uma amiga quando o acidente aconteceu. Ainda podia se lembrar do melhor amigo da mãe, Hugh, indo buscá-la, o rosto solene. Kitty não tinha percebido que seu mundo estava prestes a desmoronar quando ele pegou sua mão e a levou pelos degraus. Que sua vida seria dividida em duas partes — antes e depois da mãe. Ela passou de ser o bebê muito amado da família para um fio solto, mesmo que as irmãs fizessem o possível para cuidar dela.

Adam apertou a mão dela suavemente, como se estivesse dando força. Ele não parecia se importar que ela estivesse desvendando sua alma para ele — talvez porque estivesse acostumado com isso. Não que ele filmasse documentários na cama, certo?

Por um momento ela se perguntou com quem mais ele estivera na cama, mas o pensamento fez seu estômago revirar.

Ela respirou profundamente, afastando a melancolia.

— Mas a gente teve sorte. Antes de ela morrer, tivemos uma vida perfeita. Nós rimos, vivemos, aproveitamos muito quando crianças. Patinamos, brincamos e brigamos muito.

— Você disse que são quatro?

— Isso mesmo. Sou a mais nova.

— Quatro irmãs. Uau, nem consigo imaginar...

— O coitado do meu pai nunca soube o que fazer conosco. Às vezes nós gritávamos e ele abria a porta do escritório, olhava e voltava para dentro. Não o víamos pelo resto do dia. Acho que ele nunca imaginou que teria de criar todas nós sem a esposa ao lado. Além disso, ele ficou tão triste com a ausência dela quanto nós.

— Ele a amava.

— Sim — Kitty concordou. — Era amor de verdade. Ele era um professor ocupado e ela, uma atriz que chamou sua atenção. Os dois eram como água e óleo, mas de alguma forma combinaram. Eles trouxeram à tona o melhor de si um para o outro. — A irmã dela escrevera uma peça sobre isso, retratando os pais como amores impossíveis. A infelicidade nesse caso passou a ser uma velha van branca sem seguro contra a qual o carro de sua mãe colidiu.

Ela não tinha certeza se ele queria ouvir tudo isso, mas continuou falando. Foi bom contar sobre sua família. Em LA, ninguém parecia se interessar pelo lugar de onde o outro vinha — era para onde se estava indo que contava. A nostalgia era para os tolos.

— Suas irmãs ainda estão em Londres?

— A Cesca fica lá durante um tempo. Ela é a segunda mais nova. Mas viaja muito com o namorado. Ele também é da indústria.

Ela não precisava esclarecer que indústria. Qualquer um que trabalhasse em Hollywood sabia do que ela estava falando.

— E as outras?

— A Lucy, que é a mais velha, mora na Escócia. E a Juliet em Maryland.

— Ela mora aqui? — Adam perguntou. — Maryland não fica tão longe.

Kitty franziu o cenho. Ela não tinha pensado na proximidade entre Cutler's Gap e a irmã. Ela estava tão acostumada a viver em costas diferentes que às vezes nem pareciam estar no mesmo país. O fato era que Juliet estava quase tão perto em quilômetros da Inglaterra quanto da Califórnia. Os Estados Unidos era mesmo muito grande.

— Não é exatamente uma distância curta. — Uma viagem de ida e volta de novecentos quilômetros dificilmente era considerada curta. — De qualquer forma, ela está ocupada com a família. Ela tem uma menininha.

— Ela tem uma filha? Quantos anos tem a sua irmã? — Adam pareceu surpreso.

— Ela é um pouco mais velha que eu. É que ela se casou cedo. A Poppy tem cinco anos.

— É um belo nome.

Kitty sorriu. O nascimento de Poppy foi o melhor que aconteceu com a família em anos. Embora elas estivessem espalhadas pelo mundo, a bebezinha de alguma forma unira as irmãs.

A palma de Adam ainda estava pressionada contra seu estômago.

— Você deve sentir falta delas.

— Acho que sim. Mas a gente tenta se encontrar quando dá, ainda que seja por Skype. Estamos planejando conversar no Natal, se conseguirmos combinar um horário. — Ela colocou a mão sobre a dele. — Ter irmãs é uma coisa estranha. Nós podemos passar meses sem nos falarmos, e é como se nunca tivéssemos nos separado. Quando nós quatro, cinco agora, acho, se incluir a Poppy, estamos no mesmo quarto, pode ser bem esmagador.

— Aposto que sim. — Ela o sentiu sorrir contra seu ombro. — Mas isso explica por que você consegue lidar com a minha família. Nós devemos parecer quase normais para você.

Ela apertou a mão dele.

— Não, você está totalmente pirado. Não há esperança para nenhum de vocês.

Adam grunhiu alto, jogando-a sobre as costas e enganchando a perna sobre a dela. Kitty podia senti-lo crescer intensamente contra sua coxa enquanto ele deslizava os dedos pela lateral do corpo dela, aconchegando a cabeça em seus seios.

— Você acha que não há esperança? — Os dentes dele roçaram seu mamilo. — Acho que nós precisaremos ter um momento de glória, então.

Kitty se recostou, submetendo o corpo ao toque de Adam, curtindo as sensações criadas pelos lábios e dedos dele.

— Um momento de glória soa bem. — Sua voz estava tensa. Ele devia saber que a incendiava toda vez que a tocava.

Não que ela se importasse — ela planejava aproveitar cada momento.

❄

Era tarde quando Kitty voltou para a cozinha, tirando as botas e colocando-as sobre o capacho para secar. O cômodo estava vazio, exceto por Annie, que estava dobrando a roupa e colocando-a em pilhas na mesa da cozinha.

— Estava tudo bem lá? — Era um brilho nos olhos de Annie? Kitty tentou ignorar, fingindo indiferença.

— O filhote ainda está vivo, se é isso que você quis dizer.

O sorriso de Annie estava esquisito. Os olhos de Kitty se estreitaram quando ela a encarou.

— Eu não quis dizer nada — Annie falou. — A menos que haja alguma coisa para dizer.

Uma mudança de assunto provavelmente era o melhor a fazer, Kitty pensou.

— Onde está todo mundo?

— O Everett e o Montgomery estão na biblioteca. O Klein está sentado com a Mary. A Mia e o Jonas saíram para andar de trenó.

Kitty parou.

— Andar de trenó? Onde?

Ela não sabia o que pensar primeiro: o fato de Mia estar dando atenção ao filho ou se poderia realmente confiar nela para cuidar de Jonas.

Ah, Deus, o que é isso? Mia era a mãe do menino. É claro que ela tinha as melhores intenções no coração. Ela não o colocaria em perigo. Kitty se aproximou para ajudar Annie a dobrar a roupa, tentando ignorar a sensação ruim no estômago.

A cabana de Adam! Ali era o melhor lugar para corrida de trenó. Ela passou por Mia e Jonas no caminho e não percebeu? Kitty pensou que poderia ter passado pela metade da população de Cutler's Gap e nem teria se incomodado em olhar para cima.

— Eles saíram há alguns minutos. Não tenho certeza de onde estavam indo.

Era difícil não se preocupar com Jonas, mesmo que Kitty soubesse que não era seu papel se preocupar. Se Mia quisesse passar um tempo com o filho, qual o motivo da preocupação de Kitty? Afinal, ela só estava cuidando dele por pouco tempo. Ele era filho de Mia fazia sete anos. E ela era sua mãe.

Sem mencionar o fato de Jonas estar desesperado pela atenção da mãe.

— Talvez eu devesse ir atrás deles... — Kitty pensou. — Para o caso de eles precisarem de algo. É sempre bom ter dois adultos por perto.

Annie olhou para cima.

— Você está se apegando a esse menino, não é?

A pergunta fez a garganta de Kitty se apertar.

— Ele é um bom garoto. É difícil não se apegar.

— Isso é verdade — Annie concordou. — Eu estive presa aos Klein pelos últimos quarenta anos. Foram bons anos. Vi esses meninos se tornarem jovens e Mary e Francis se tornarem avós. Foi uma alegria assistir. — Ela olhou para cima. — Mas eles não são minha família, não é? Eu os amo e cuido deles, mas, no final do dia, eu recebia o pagamento para fazer isso.

E, se precisasse, poderia ir embora. Essa é a diferença entre um emprego e uma família.

Kitty não tinha certeza do que Annie estava tentando dizer.

— Eu sei que há uma diferença.

— Sua cabeça sabe disso. Seu coração nem sempre pode ser tão lógico. Você se importa com esse garoto, e eu sei que faria qualquer coisa por ele. Mas ele tem a família dele.

Por um momento, Kitty se perguntou se era realmente de Jonas que estavam falando. As mesmas palavras poderiam ser aplicadas a Adam. Mas Annie não sabia o que os dois tinham feito na cabana, a menos que ela tivesse algum tipo de sistema de segurança.

Não, definitivamente ela estava falando de Jonas.

— É verdade que sou só a babá por algumas semanas — Kitty falou, com a voz rouca. — Mas eu me preocupo com ele, e é meu trabalho cuidar da segurança dele. Isso é tudo o que estou tentando fazer.

Ela não sabia por que as palavras de Annie a faziam se sentir tão exposta. Talvez fossem os efeitos da manhã, ou talvez elas realmente acertassem um ponto. De qualquer forma, Kitty não conseguiu parar de pensar nelas enquanto ajudava Annie a arrumar a cozinha.

Eles não eram sua família. Mas poderiam acabar partindo seu coração mesmo assim.

❆

Adam ainda estava sonolento quando ouviu a batida na porta. Saltando da cama, correu para a entrada, abrindo a porta para Kitty. Um sorriso se formou em sua boca.

— Você não demorou muito... — As palavras pararam quando ele percebeu seu erro. Mia Klein estava na entrada, os olhos arregalados quando percebeu o estado descuidado dele. Adam não tinha se incomodado em se vestir quando Kitty saiu — caramba, ele nem entrou no banho. Estava muito ocupado aproveitando os efeitos secundários de uma manhã com Kitty Shakespeare para se preocupar com algo tão banal como higiene pessoal.

Se ele fosse verdadeiramente honesto, estava gostando de ter o cheiro dela no seu corpo ainda. Uma lembrança de tudo o que tinham feito juntos. Ele não tinha certeza de que queria tomar banho.

No entanto, estava certo de que queria ter feito isso. O nariz de Mia franziu quando ela o observou, os olhos a examiná-lo da cabeça aos pés. Ele não tinha ilusões de que ela estava o avaliando, ele não era seu tipo para isso. Ela gostava de homens suaves, sofisticados e com uma conta bancária bem recheada. Embora ele pudesse cumprir seu requisito final algumas vezes, o resto o tornava muito errado.

— O que você quer? — Era impossível tirar o desprezo da sua voz.

Quando ela deu um passo para a esquerda, ele viu Jonas de pé atrás dela. Adam imediatamente se arrependeu do tom áspero. Uma coisa era desrespeitar a mãe, mas ele não queria que seu sobrinho visse.

Droga, ele era um idiota no coração.

— Posso entrar? Preciso conversar com você. — Ela olhou por cima do ombro dele.

— Sobre? — Adam cruzou os braços.

Ela olhou para Jonas.

— É uma conversa para adultos — disse. — Provavelmente é melhor eu entrar. — Ela estendeu a mão, acariciando o rosto de Jonas com a mão enluvada. — Você pode esperar por um minuto, querido?

Do canto do olho, Adam pôde ver o cachorrinho se esticando na cesta. A qualquer minuto ele ficaria sentado ao lado dos pés de Adam — seu lugar favorito para estar. Em poucos segundos, Jonas descobriria o grande segredo.

— Jonas, você fica na varanda, ok? — Adam balançou a cabeça na direção do deque de madeira que circulava a casa. — É melhor você entrar — ele disse para Mia, se afastando para que ela pudesse passar por ele.

Jonas deu de ombros e começou a caminhar pelo lado da varanda, passando a mão pelo trilho para recolher a neve.

— Ei, Jonas — Adam gritou. — Nós podemos andar de trenó depois, se você quiser.

Jonas se virou, sua expressão de repente cintilante.

— Sério? — Seus olhos deslizaram para a mãe. — Podemos, mãe?

— Sim, é claro, querido.

Cinco minutos depois, Adam estava vestindo as roupas, tendo tomado um banho rápido o suficiente para lavar a evidência daquela manhã. Quando voltou para a sala de estar, Mia estava sentada em uma cadeira junto ao fogo. Ela se voltou a ele tão distante quanto pôde, como se tivesse medo de pegar algo.

— Quer um café?

Ela lançou um olhar para a cozinha, onde os pratos do café da manhã estavam empilhados ao lado da pia.

— Estou bem, obrigada.

Adam se serviu, adicionando um pouco de leite, antes de se juntar ao fogo. O que Everett e Mia tinham que sempre o deixavam tenso? Talvez tivesse algo a ver com o fato de eles estarem sempre por perto quando ele estava meio nu. Isso era o suficiente para afastar alguém.

Lembrando-se do motivo do seu desalinho, um sorriso furtivo apareceu em seu rosto. Mia olhou para ele, uma pergunta moldando suas feições.

— Por que você está tão feliz?

A pergunta dela o fez querer rir em voz alta. Adam imaginou dizer a ela exatamente por que estava sorrindo. Que ele havia passado as últimas duas horas fazendo amor com a babá. Mas esse pequeno pedaço de paraíso não era algo que ele quisesse compartilhar, e planejava fazer o que fosse necessário para protegê-la.

— Só estava pensando no motivo para você estar aqui. — Ele tentou disfarçar o divertimento.

— Você não perde tempo com sutilezas, não é? — Ela suspirou, se recostando na cadeira. — Eu só queria falar com você sobre o Everett.

— O que tem ele? — Adam perguntou, desconfortável. Se havia algo que gostasse menos do que falar *com* Everett, era falar *sobre* ele. Especialmente com sua esposa.

— Ele está tendo umas dificuldades — disse. — Depois de tudo o que aconteceu com vocês dois. Você não pode fazer as pazes com ele? Essa briga está transformando a nossa vida em um caos.

Ele tomou um grande gole de café. Queimou a língua antes de escorregar pela garganta.

— Não sei o que você quer dizer. O que aconteceu entre o Everett e eu não tem nada a ver com ninguém. Como isso te afeta?

— Porque ele está estressado com todos nós. Está perturbando o Jonas, passando pouco tempo com os pais e, bem, também não está sendo muito legal comigo. — Ela franziu o nariz. — Talvez, se fizessem as pazes, ele ficasse um pouco mais fácil de conviver.

— Sério? — Adam perguntou. — Você quer que eu faça as pazes com o Everett porque isso é um incômodo para você? — Ele queria rir do sofrimento dela.

— Eu quero que vocês se perdoem porque estão arruinando o Natal. A atmosfera naquela casa está tão densa que eu poderia cortá-la com uma faca. Ele está bravo e amargo, estressado com todo mundo. — Ela baixou a voz. — Até a sua mãe percebeu.

— Talvez ele devesse ter pensado nisso antes de chamar a polícia.

Ela olhou para baixo, de repente atraída por seus dedos.

— Bem, quanto a isso. Não foi ele quem chamou. Fui eu.

Adam franziu a testa.

— Você? Por quê?

Finalmente, ela olhou para cima.

— Porque você estava louco. Destruiu o escritório, e eu estava com medo de você machucá-lo. Você viu o olho roxo que deixou nele?

— Não. — Adam balançou a cabeça. — Porque, quando ficou roxo, eu estava em um avião indo para Washington. — Ele suspirou, passando a mão pelo cabelo. — Olha, eu não sei o que você quer que eu faça. Fiz tudo o que me pediram. Voltei para cá, cumpri o nosso acordo. Foram vocês que decidiram vir aqui. Não é minha culpa se isso está causando problemas com você e o Everett.

— Não pedimos para você viver nesta choupana. — Ela olhou para ele com desaprovação. — Por que você não fica na casa principal? Está se comportando como um louco, algum tipo de eremita. Você não está vivendo, está provando um argumento.

Ele enfiou as unhas nas palmas para impedir que explodisse com ela.

— Esta é a minha casa. Eu gostaria que você demonstrasse um pouco de respeito.

— Eu não quero te dizer como viver a sua vida. Só queria que soubesse que o Everett está sofrendo. Ele tentou se desculpar e você jogou tudo de volta na cara dele.

— Não há mais nada a dizer.

Mia levantou as mãos com frustração.

— Era só um negócio. Por que ele deveria se desculpar por fazer o que faz? Você está tornando isso tudo muito difícil para nós. Por que não consegue superar?

Adam queria rir — mas não com humor. Não, era a amargura que fazia seu peito apertar e a língua começar a querer gritar. Superar. Ela estava falando sério? Depois de tudo o que aconteceu, ele deveria simplesmente perdoar e seguir em frente?

Ele manteve a voz baixa, mesmo quando respondeu.

— Isso não vai acontecer.

— Então o que você vai fazer? Ficar aqui para sempre? Desperdiçar a vida nesta cabana abandonada enquanto o seu irmão se bate? — Ela balançou a cabeça, o nariz franzindo. — É isso? Você resolveu desistir?

— Você se importa?

— Não com você. Mas eu me importo com o meu marido, e você está tornando a vida dele um inferno. Ele é seu irmão mais velho, se preocupa com você. As pessoas continuam fazendo perguntas. Cadê o Adam? O que está acontecendo com o documentário dele? Quando o Adam volta para LA? Como você acha que nós nos sentimos quando temos que balançar a cabeça e dizer que não sabemos?

— Estou arrasado por você. — Ele jogou outra tora no fogo. — É só isso?

Do lado de fora, Jonas estava fazendo padrões na neve com os dedos enluvados. Parecia entediado. Pobre garoto.

— Você pode deixar que o que se passou seja esquecido por um dia, pelo menos? — perguntou. — Apareça para o almoço de Natal. Seus pais ficariam felizes, e Jonas também.

— E você e o Everett?

Ela umedeceu os lábios pintados de vermelho.

— Podemos conviver com isso se você puder.

Ele não tinha pensado no dia de Natal, ou no fato de que, se ele quisesse evitar o irmão, ficaria sozinho na cabana. Por um momento, imaginou ter Kitty aqui, os dois deitados, nus em um cobertor em frente ao fogo, segurando uma taça de vinho enquanto brindavam ao feriado. Seria uma boa forma de celebrar o dia.

E nunca aconteceria. Ela estaria lá em cima, com os outros.

— Vou pensar.

Mia ficou chocada com a resposta.

— Vai?

Ele deu de ombros.

— É só por um dia, não é? Não significa nada. E, como você disse, isso vai fazer os velhos felizes. — Ele se levantou, deixando óbvio que era hora de ela sair. — Agora, tem um garoto lá fora que quer andar de trenó. É melhor não o deixarmos sozinho no frio por mais tempo.

20

> No inverno, com lágrimas quentes eu vou [...] manter o
> eterno tempo da primavera em teu rosto.
> — *Tito Andrônico*

— O que fez você decidir se tornar babá? — Adam perguntou no dia seguinte. Ele estava no alto da encosta, segurando o trenó de Jonas quando o garoto tirou a neve do capuz da última descida.

— Não sou babá de verdade — ela disse, observando quando Adam afastou Jonas da direção do lago. Embora o menino tenha protestado, alegando que aquela descida era muito pequena, Adam insistiu, prometendo que eles desceriam a mais perigosa juntos.

— Não?

— Bem, estou sendo agora, obviamente. E já fui babá antes. Mas sou estudante de cinema. Só peguei este trabalho para recesso.

— Você é estudante? — De repente, o rosto dele ficou tão pálido como a neve. — Você é maior de idade, né?

Ela deu uma gargalhada. Por um momento, pensou em mexer com ele. Mas não seria justo.

— Claro que sou. Tenho vinte e quatro anos. Acho que você me chamaria de estudante madura, não que eu goste desse termo.

— Graças a Deus. Eu sabia que você era nova, mas não tanto. Como você acabou trabalhando para o Ev?

Era estranho ouvir Adam se referir ao irmão por esse apelido. Como se ainda houvesse algo entre eles além de hostilidade e ódio.

— É uma história estranha — respondeu, observando enquanto Jonas chegava ao final da colina lateral e começava o longo caminho de volta até eles. — Eu tentei um estágio na empresa de produção do Everett e acabei sendo entrevistada pelo Drake. — Ela empinou o nariz. — Ele saiu no meio da entrevista, depois de receber um telefonema da Mia. Ela estava irritada. Pensei que tivesse terminado. Mas então, alguns dias depois, recebi uma ligação dela me oferecendo o trabalho de babá. Acho que o Drake deve ter contado a ela sobre o meu currículo.

— Então você ainda não conseguiu o estágio?

Ela balançou a cabeça lentamente.

— Não. E, se parasse para pensar nisso, ficaria preocupada e tensa, mas não quero pensar a respeito até depois dos feriados. — Ela sorriu para ele. — De qualquer forma, talvez, se eu impressionar seu irmão o suficiente, ele me dê um emprego.

Adam não gostou dessa ideia. Também não gostou de saber que Drake Montgomery a entrevistara.

— Eu poderia ajudar — ofereceu. — Com o estágio, quero dizer. Conheço algumas pessoas.

O sorriso dela vacilou.

— Isso é muito legal da sua parte, mas... — Ela fez uma careta, tentando encontrar as palavras certas. — Não quero dormir com alguém para chegar a algum lugar.

— Não foi por isso que ofereci. — Ele balançou a cabeça com veemência. — Só queria te ajudar. Um amigo ajudando outro.

— É o que nós somos? — a jovem perguntou, a cabeça inclinada para o lado. Ela olhou para ele, sorrindo. Seu cabelo escuro refletia a luz do sol, emoldurado pelas árvores cobertas de neve. Ele era lindo mesmo. Ela queria se beliscar por ele realmente querer passar algum tempo com ela.

— Amigos? Sim, acho que somos. — Seu sorriso aumentou quando Jonas finalmente chegou ao topo. — Boa corrida, Jonas, acho que essa foi a sua mais rápida.

— Podemos descer a do lago agora? — Jonas perguntou. — Estou esperando há tempos.

— Quer que eu vá com você ou a Kitty?

Kitty deu um passo para trás, levantando as mãos.

— Ah, não. Isso é com você, Klein.

O canto do lábio dele se contraiu, e ele estendeu a mão para bagunçar o cabelo do sobrinho.

— O que me diz. Vamos?

— Sim, mas eu quero que a Kitty vá também.

Ótimo.

— Claro. — Adam assentiu, com sabedoria.

— E eu quero que ela vá com você. Você desce mais rápido.

Um sorriso lento se abriu no rosto de Adam. Jonas estava certo. O peso de Adam realmente fazia o trenó voar colina abaixo, e Kitty se sentiu fraca só de pensar nisso. Com os dois lá, seria mais rápido ainda.

— Está tudo bem, estou feliz aqui.

— De jeito nenhum. Você vai depois, Shakespeare. Não seja covarde.

Ela observou enquanto os dois voavam pela colina. O trenó quase não tocava a neve enquanto desciam. Eles pararam logo abaixo do lago, com Adam caindo para o lado e Jonas rindo como louco enquanto ele subia sobre o tio. Seu coração se apertou ao vê-los. Não é isso que todas as crianças queriam? Adultos que prestavam atenção, que queriam passar algum tempo se divertindo? Por que Jonas tinha tudo o que o dinheiro poderia comprar, exceto a atenção dos pais?

Quando os dois subiram a colina, Adam puxando o trenó atrás de si, ela sentiu a antecipação se construir em seu estômago. Não apenas pelo medo do passeio, mas com o pensamento de se espremer naquele trenó com ele, as pernas enroladas nos quadris do homem. Já havia sido ruim o suficiente antes que os dois tivessem transado, seu corpo sempre reagindo à proximidade dele. Agora que ela sabia o que ele podia fazer, sentia o rosto esquentar de novo.

— Sua vez — Adam falou, trazendo o trenó para o lado dela. — Quer entrar primeiro?

Ela assentiu, ainda sentindo os pontos queimando nas bochechas.

— Jonas, não se mexa um centímetro, está bem? Não fique perto do lago ou você vai ter problemas.

— Tá — Jonas concordou, limpando a neve de um toco de árvore velho.

— Eu vou sentar aqui e esperar. Depois é minha vez de novo, certo?

— Certo.

Ela se sentou no trenó, esticando as pernas para a frente, e Adam subiu atrás dela, as longas pernas ao lado da cintura dela. O peito dele estava pressionado contra suas costas, e ele se inclinou para segurar a corda que estava caída entre suas pernas. Sentia-se completamente presa por ele — o peito e os membros a fixavam ao trenó. A boca de Adam estava perto da orelha dela, a respiração fazendo cócegas na pele sensível logo na parte de baixo.

— Vou ter que me mexer para fazer isso — ele sussurrou. — Tente não ficar muito animada.

— Só se for nos seus sonhos — ela zombou, mesmo com o coração acelerado.

— Você estava neles a noite passada.

No momento seguinte, eles estavam deslizando pela crista da colina, o trenó aumentando a velocidade quando desceu para o lago. Ela sentiu que Adam circulava o braço ao redor da sua cintura, puxando-a firmemente contra ele, a outra mão segurando a corda. Ela abriu a boca para gritar — em parte com medo, em parte com alegria, mas a onda de ar frio tirou seu fôlego.

— Quando eu gritar "vai", você precisa pular para a direita — Adam gritou, a voz quase imperceptível acima do uivo do vento. — Não fique no trenó, não importa o que aconteça.

— Por que não?

— Por causa do lago — ele gritou mais alto. — Agora vai.

Ela se inclinou totalmente para o lado, sentindo Adam fazer o mesmo. O movimento fez o trenó deslizar. Então eles estavam caindo na neve profunda, os corpos afundando dentro dela quando pararam.

Ela estava sem fôlego, o coração acelerado como um cavalo de corrida, todo o corpo tremendo pela parada repentina. No momento em que conseguiu ficar de joelhos, seus cabelos estavam encharcados pela neve, o cachecol molhado pendurado nas costas.

— Você está bem? — Adam levantou os pés, oferecendo a mão para puxá-la.

— Estou, estou... — Ela balançou a cabeça, sem saber o que estava. — Essa foi a segunda coisa mais irresponsável que já fiz.

A jovem começou a rir, incerta se estava histérica ou não. Seu coração ainda estava acelerado como um puro-sangue. — Não acredito que você me fez fazer isso.

— Se essa foi a segunda coisa mais irresponsável que já fez, então qual foi a primeira? — perguntou, bancando sempre o entrevistador.

— Você. Definitivamente, você.

❄

— Você gosta de Natal? — Adam perguntou, colocando uma colher de ovos na sua boca. Eles estavam sentados junto ao fogo, um cobertor de lã quente cobrindo seus corpos pós-sexo. Nos últimos dias, ela desenvolvera o hábito de se levantar cada vez mais cedo, entrando de forma furtiva na cabana quando mal havia clareado, só para encontrar Adam na porta à sua espera, pronto para levantá-la e levá-la para dentro, onde o fogo estava rugindo na grade.

Eram horas preciosas e roubadas. Que só pareciam existir para eles. Ela queria protegê-los da maneira como se protegeria uma chama vacilante, unindo as mãos para bloquear o vento.

— Eu gosto mais da ideia de Natal do que a realidade — ela disse, engolindo os ovos. — Isto é uma delícia, a propósito. Como você aprendeu a cozinhar tão bem?

— Incrível o que se tem que fazer ao passar por locais estranhos. Às vezes não há nada como o excelente café da manhã americano, mesmo que se esteja filmando na selva da Colômbia. — Ele pegou uma garfada de bacon. — O que você quer dizer com "gosta mais da ideia do que da realidade"?

Ela mordeu o lábio, olhando para fora da janela embaçada para o maravilhoso campo de inverno.

— Não se pode viver com a alegria que todos criam, não é? — Ela tirou um pedaço de ovo do canto dos lábios, acariciando o ponto, agora limpo, com seus próprios lábios. — Todos nós crescemos achando que o Natal certo era branco de neve, embora estatisticamente as chances de isso acontecer sejam praticamente nulas, a menos que você viva em algum lugar como este. E nós crescemos pensando que não somos nada, a menos que estejamos envolvidos por família, um de nós tocando piano enquanto os outros ficam de pé cantando músicas festivas. O Natal, de alguma forma, foi sequestrado pelos grandes negócios de Hollywood, e não tem como viver de acordo com a perfeição que eles projetam.

— Você não acredita que exista a perfeição?

Ela sorriu.

— Não por muito tempo. A realidade sempre ganha, e a realidade é bagunçada. Você deve saber disso.

— Você é muito cínica para alguém tão jovem — ele disse, deslizando os lábios pelo lóbulo da sua orelha.

— Você pode falar, sr. Irritado. É você que filma a escória da humanidade e nos mostra para que todos sejamos capazes de assistir. Isso deve ter tirado todo o seu romantismo.

Ele estremeceu por um momento. Ela não tinha ideia do quanto suas palavras estavam perto da verdade.

— Eu posso ser romântico — ele disse. — Os dois não são mutuamente exclusivos. Só porque eu sei o quanto as pessoas podem descer, isso não significa que eu não acredite que nós podemos voar também.

Ela parecia intrigada.

— É sério?

Ele deu de ombros.

— Não tem nada de errado com um pouco de romance. Não tem nada de errado em esperar a fantasia também. Contanto que você não se deixe cegar pelo lado sombrio. Todos os melhores contos de fadas têm bandidos. Romance não tem a ver com fingir que eles não existem, mas sim sobre como vencê-los.

Um sorriso lento se espalhou pelo rosto dela.

— Essa pode ser a coisa mais romântica que já ouvi.

— Eu tenho mais de onde veio isso. — Ele estava se sentindo confuso agora. Uma combinação da maneira como ela estava olhando para ele e a forma como seu corpo se sentia, com ela tendo ficado embaixo dele, seguido de um delicioso café da manhã. Realmente não tinha como melhorar.

— Aposto que tem — ela respondeu. — Quase tenho medo de perguntar.

Ele sorriu.

— Vamos tentar isso. São quase oito horas, então eu tenho cerca de meia hora para transar com você mais uma vez antes de precisar voltar para a casa principal.

— Ah, sr. Klein, você sabe como cortejar uma garota. Estou quase dominada. — Ela fingiu, caindo no cobertor.

— Certo, fique aí mesmo. — Ele colocou de lado o prato do café da manhã meio devorado.

Ele se encaixou entre as pernas dela, se sentindo excitado assim que Kitty prendeu as coxas ao redor de seus quadris. O cabelo loiro dela havia caído em seus olhos, então ele estendeu a mão para afastá-lo. Ela umedeceu os lábios quando olhou para ele, com os olhos arregalados e mornos. Era errado que ele adorasse a forma como ela o encarava? Como se o mundo estivesse um pouco mais colorido sempre que ele estava por perto? Quando ele moveu seus lábios contra os dela, a jovem passou a mão pelo pescoço dele, os dedos fincando na sua carne. Suas línguas eram quentes, suaves, deslizando e acariciando enquanto se beijavam.

Ela se moveu por baixo até que a cabeça do pau dele deslizasse contra ela, lisa, macia e tão convidativa.

Quando ele abriu o caminho lentamente, abriu os olhos para vê-la olhando diretamente para ele, uma expressão de admiração no rosto. Então ela sorriu, estendendo a mão para acariciar sua bochecha barbada.

Não era só sexo. Não era só a forma como ela o fazia sentir. Era ela e a maneira como iluminava a cabana só de entrar ali. Seu próprio presente de Natal para passear, falar, amar.

Ele moveu os quadris, deslizando cada vez mais profundamente, até que estavam ofegantes, até que ela estivesse apertada, tensa e pronta para explodir.

Se isso era um conto de fadas, então ele queria acreditar. Também queria que ela acreditasse. A alternativa era impensável.

21

Nessa hora dançou uma estrela sob cuja influência vim ao mundo.
— *Muito barulho por nada*

Quanto mais o Natal se aproximava, mais difícil ficava fazer Jonas dormir. Mesmo que as suas pálpebras cerrassem, seu corpo permanecia vibrando de animação enquanto falava sobre Papai Noel, meias, presentes e neve. Kitty, em contrapartida, estava exausta. A combinação de se levantar no início da madrugada e o exercício vigoroso que fazia antes de o sol de inverno mal se instalar no céu, sem dúvida, era a culpada.

Não que ela estivesse reclamando dos momentos preciosos que estava vivendo com Adam na cabana. Quando fechava os olhos à noite, era ele quem via, a mirando com aqueles olhos escuros, emoldurados por longos cílios. Ela quase podia sentir a forma como ele a embalava, os bíceps estendidos quando envolvia os braços ao redor de sua cintura. Podia sentir a barba dele contra seu rosto enquanto roubava muitos beijos antes de relutantemente deixá-la partir todas as manhãs.

E agora faltavam três dias para o Natal. Pensar nisso a enchia de medo e animação.

— Vai ler mais uma história? — Jonas perguntou, os olhos ainda abertos, embora a voz estivesse sonolenta.

— Já li três histórias — Kitty falou. — Você precisa dormir. Não queremos que fique cansado no grande dia.

Ele se sentou na cama.

— Não vou estar cansado. Não mesmo. Estou bem acordado, viu?

Ela disfarçou o sorriso.

— Ainda precisa passar pelos próximos três dias. E ninguém pode ficar acordado por três dias. Nem garotinhos empolgados demais para o Natal.

— Não sou um garotinho. — Ele cruzou os braços.

— Não, não é — ela concordou. — E, como o adulto que é, deve saber que precisa dormir. Então, deite-se e feche os olhos. Se os mantiver fechados por dez minutos, eu vou ler outro livro.

Tratava-se de risco calculado, mas valia a pena tentar. Certamente ele estaria dormindo antes de dez minutos.

— Tá bom. — Ele se deitou e fechou os olhos. Ficou em silêncio por um momento, a testa franzida como se estivesse absorto em pensamentos. Então, com os olhos ainda cerrados, perguntou: — Quanto tempo é dez minutos?

— O tempo para caminhar até a cabana do seu tio.

— Ah, isso é muito grande.

Às vezes era, às vezes não. No caminho de ida, não poderia passar rápido o suficiente. No caminho de volta, sempre parecia um piscar de olhos.

— Kitty?

— Sim? — respondeu, paciente.

— O Papai Noel sabe que você está aqui?

— Como assim? — Seus lábios se curvaram em um sorriso confuso.

— Ele vai trazer os seus presentes para cá na véspera de Natal ou vai levá-los para a casa dos seus pais? Como ele sabe onde você está?

Era uma pergunta surpreendentemente perceptiva para um menino de sete anos. Ela teve que pensar antes de responder.

— Acho que ele sabe que estou aqui — disse, finalmente. — Mas eu sou adulta, e o Papai Noel só visita crianças, então ele não vai me trazer presentes.

— Nenhum mesmo?

Ela balançou a cabeça, mesmo que os olhos de Jonas ainda estivessem fechados.

— Não.

— Isso é realmente um saco. Eu odiaria ser adulto.

— Não é tão ruim — ela falou. — Tem vantagens também.

— Como o quê?

— Você pode comer o que gosta e fazer o que quiser. E ninguém fica dizendo o que você deve fazer o tempo todo. — Ela pensou nas outras coisas de que gostava, uma que envolvia um certo parente barbudo do menino. Mas era melhor não falar nada sobre isso.

— Eu prefiro ganhar presentes.

— Posso apostar que sim.

De acordo com o relógio, levou sete minutos para ele finalmente apagar. Ela se sentou na cama por mais um instante, para se certificar de que ele estava dormindo profundamente antes de sair do quarto e acender a luz noturna de que ele gostava.

Ao caminhar pelo corredor em direção às escadas, ela olhou pela janela, e para além da floresta sempre verde. Por um momento, tentou imaginar a cabana de Adam e se perguntou o que ele estaria fazendo agora. Jantando mais tarde? Brincando com o cachorro? Ela sabia muito e quase nada sobre ele. A parte grandiosa era clara — estava disponível na internet para qualquer interessado encontrar —, mas as pequenas coisas que o tornavam quem ele era ainda estavam meio confusas na cabeça de Kitty.

Ele era forte, gentil e até um pouquinho romântico. Isso ele tinha deixado claro. Mas ela ainda não conseguira descobrir o que ele estava fazendo lá naquela cabana, e se tinha planos de deixá-la.

E onde isso a deixava? Pensou na passagem aérea guardada na cômoda em seu quarto, um voo de ida para LA que partia após os feriados. A estadia aqui estava acabando, tudo o que viera fazer tinha uma data-limite. Em pouco tempo voltaria ao seu antigo apartamento, para sua vida antiga. E, como um vestido favorito que usava enquanto crescia, não tinha certeza de que a vida antiga lhe serviria mais.

Balançando a cabeça para seus próprios pensamentos, ela caminhou pela escada e entrou no corredor. Na cozinha, ouviu o rádio de Annie tocando outra rodada de músicas festivas, as melodias familiares que a faziam parecer melancólica enquanto evocavam cenas de um Natal passado.

— Teve notícias da embaixada? — A voz de Drake atravessou o corredor silencioso. Por algum motivo, a porta da biblioteca estava aberta. Kitty olhou alarmada, mas ele estava de costas para ela. Estava conversando com Everett.

— Não permitiram. Nós vamos ter que filmar em estúdio e na Califórnia. Podemos simular as montanhas com facilidade.

— Você acha que podemos fazer parecer autêntico? A Colômbia não é muito parecida com LA.

Ela quase pôde vê-lo dar de ombros.

— A menos que nós possamos receber essa injeção de dinheiro, não temos escolha.

Drake baixou a voz, mas não foi suficiente para disfarçar suas palavras.

— O seu irmão vai entrar nisso? Vai tornar o marketing muito mais fácil se ele concordar em fazer a publicidade.

— Vai, sim. Além do mais, nós temos um ou dois anos antes de chegar a esse estágio. No momento eu só estou preocupado com o elenco e a locação. Sem mencionar o financiamento.

Suas vozes diminuíram quando caminharam para o outro lado da biblioteca. Kitty soltou o ar. A última coisa que precisava era ser acusada de novo de bisbilhotar, mesmo que realmente estivesse fazendo isso.

Mas por que eles mencionaram Adam? Era o que ela não entendia. Tudo o que sabia sobre a família a levava a acreditar que ele não queria nada com Everett ou com o trabalho dele. Ela se perguntou se deveria questionar isso, descobrir se Adam pretendia se mudar para LA e trabalhar com o irmão. Só o pensamento era o suficiente para fazer seu coração bater forte contra o peito.

Mas Kitty já tinha escutado isso de Everett, e a última coisa que precisava fazer era agitar mais as coisas. Não quando precisava do estágio para ficar em LA. Ela não suportava pensar na alternativa.

Não, ela não mencionaria isso para Adam. Mas podia ficar de olho e tentar descobrir mais informações. Isso não machucava, certo?

Depois de ajudar Annie a preparar a comida, Kitty subiu a escada e foi para o quarto, logo depois das dez. Estava mais do que pronta para dormir — seu corpo doía como se tivesse passado a noite em um ringue de boxe em vez de preparando massa de bolo de cereja.

Quase uma hora depois, quando finalmente começou a pegar no sono, sua respiração se acalmou enquanto as pálpebras começavam a ficar pesadas. Logo elas estavam mais fechadas do que abertas, seu corpo sentindo como se estivesse em algum tipo de suspensão, abrangendo a distância entre o mundo real e o dos sonhos.

E depois... *bang*!

Seus olhos se abriram. Ela franziu a testa, olhando ao redor e tentando localizar a fonte do barulho.

Outra batida. Desta vez ela estava alerta o suficiente para ouvir o som de algo atingindo o vidro da janela. Esperou para ver se parava. Talvez fosse a neve pesada ou o bico de um pássaro particularmente irritante. Um pássaro noturno — uma coruja, talvez.

A terceira batida a tirou da cama. Ela atravessou o chão acarpetado com os pés descalços, puxando o pijama para garantir que estivesse completamente coberta. Assim como costumava fazer em Londres, puxou o canto inferior da cortina, tentando dar uma olhada pela janela sem ser vista.

Desta vez o que estava batendo na janela estava bem na frente do seu rosto. O barulho alto a fez pular, puxando a cortina junto. Ela caiu no chão, levando metade do tecido consigo.

Ah, merda.

De pé, ela olhou pela janela, para o gramado cheio de neve. Uma figura estava nas sombras da casa com um capuz na cabeça. Kitty olhou fixamente, apertando os olhos para tentar enxergar o rosto da pessoa.

Foi quando ele olhou para cima, o rosto iluminado pelo brilho da lua, o esplendor da sua pele contrastando com a barba escura. A mão dela voou para o peito, sentindo o coração bater forte.

Destravando a janela de forma desajeitada, ela a abriu, sentindo o toque frio do vento que soprava no espaço. Teve que ficar na ponta dos pés para se debruçar, a pele formigando sob a blusa do pijama.

— O que você quer? — ela meio que sussurrou, meio que gritou, mas não conseguiu esconder o sorriso nos lábios.

— Você.

A resposta de uma só palavra fez seu coração acelerar.

— Por que você não entra na casa como uma pessoa normal?

Ela conseguiu ver seu sorriso do andar de cima.

— Acho que nós dois concordamos que eu não sou uma pessoa normal.

— Você não está errado quanto a isso. — Kitty respirou fundo. — O que você quer de mim?

— Você — ele disse novamente.

— Você está sendo muito irritante.

Adam ergueu o gorro de lã e passou as mãos pelo cabelo.

— Venha aqui e eu te mostro o que é irritante.

— Estou de pijama.

— Não me importo.

Claro que não. Kitty olhou para baixo, para a calça e blusa de lã macia, sorrindo para a ovelha branca estampada na flanela rosa. Adam provavelmente estava imaginando cetim e lingerie, não um deleite de conto de fadas.

— E então? — ela questionou.

— O que você quer dizer?

— O que nós vamos fazer?

Ela estava começando a se preocupar, pois alguém iria descobri-los. Afinal de contas, ainda era noite. Everett ou Drake podiam dar uma volta pelo terreno e descobrir Adam gritando na janela.

— Quer que eu soletre?

— Não sei. Quantas letras?

A risada soou pelo ar noturno.

— Kitty, traga o seu traseiro até aqui e venha me ver. Então nós podemos jogar Soletrando a noite toda, se você quiser.

Soletrar não era o que Kitty tinha em mente. Ela também não achava que isso estivesse no topo da lista de Adam.

— Me dê um minuto para eu me vestir.

— Não, venha assim mesmo. Só coloque um casaco e calce as botas. Nós vamos pegar o Skidoo. Se apresse, princesa.

Meu Deus, havia algum veículo relacionado à neve que os Klein não possuíam?

— Tem algo de errado com as princesas?

— Contanto que elas não esperem que eu seja o Príncipe Encantado, não.

Ela teve que cobrir a boca para disfarçar a risada.

— Você não quer ser o meu cavaleiro em um Skidoo branco?

— Eu vou ser qualquer coisa que você queira, se você descer.

Percebendo sua impaciência, Kitty fechou a janela e calçou as meias e botas. Se olhou no espelho: pijama rosa de ovelhas, bota térmica preta e rosto sem maquiagem. Ela não estava exatamente vestida para matar. Fazendo o melhor que pôde, ajeitou o cabelo e apertou as bochechas. Esperava que a cabana estivesse iluminada apenas pelo fogo, e ela poderia conseguir aquele visual *acabei de sair da cama*.

A quem estava tentando enganar? Era mais provável que fosse parecer *estou indo agora para a cama*. Ela conhecia uma chamada para uma transa quando recebia uma.

Quando abriu a porta da cozinha, Adam estava esperando no degrau, o gorro puxado firmemente sobre a sobrancelha. Seu rosto se suavizou com um sorriso, e ele a puxou para perto, o casaco congelando contra o rosto superaquecido.

Claro que seus mamilos traidores se endureceram imediatamente.

Quando ela se afastou, seus olhos se concentraram neles.

— Isso é do frio, não porque estou louca por você.

Os lábios dele se contraíram.

— Claro.

— Bem, talvez você devesse colocar o seu estúpido Skidoo para andar e me levar até a cabana antes que o resto do meu corpo congele.

— Vista o seu casaco. — Ele gesticulou para a grossa jaqueta acolchoada na mão dele. — Vamos fazer um desvio.

Ela passou os braços pelo casaco, apertando-o com firmeza. Adam pegou seu cachecol e o enrolou no pescoço dela, beijando a ponta do nariz com lábios suaves.

— Belo pijama, a propósito.

— Achei que você fosse gostar — ela respondeu, sorrindo.

— Eu gostaria deles ainda mais espalhados no chão da minha casa.

Desta vez ela riu.

— Ah, você sabe encantar uma garota com suas palavras doces. Agora vamos ou não?

— Seu desejo é uma ordem. — Sem outra palavra, ele segurou a mão dela e a puxou para o Skidoo. Aquele veículo era menor e mais leve que a motoneve, e mais elegante também. Parecia mais uma moto do que qualquer outra coisa. Envolvendo um cobertor ao redor dos ombros, Kitty apoiou a perna sobre o assento, se aconchegando às costas largas de Adam.

Ele se virou e apertou sua coxa.

— Está pronta?

Kitty deu de ombros.

— Claro. — Ela não sabia por que ele estava perguntando. No momento seguinte, tudo ficou claro. Ele puxou o cordão e o motor ganhou vida, a máquina vibrando entre suas pernas. Adam se inclinou para a frente, Kitty ainda agarrada às suas costas, e então o Skidoo acelerou, levantando a neve em seu rastro.

Se tivesse pensado nisso, teria imaginado que ele era um ás da velocidade. Apesar dos hábitos similares a um ermitão, Adam era um homem do mundo, e passara a vida adulta contornando o perigo. Então, quando o Skidoo atravessou a neve, levantando e baixando nos desvios, ela se segurou com firmeza e rezou para ele saber o que estava fazendo.

Era assustador e chocante, mas muito excitante correr pela floresta noturna. Ela se agarrou a ele com força, as mãos quase unidas através de seu abdômen musculoso, se recusando a soltá-lo para não voar do assento. Ele segurou o guidão, manobrando a máquina pelo caminho através das árvores, virando e girando como se conhecesse bem a rota. A luz na frente do Skidoo iluminava o caminho, lançando um brilho através das maravilhas do inverno à frente deles. Havia algo mágico na paisagem que fazia os olhos de Kitty marejarem. Uma beleza assombrosa, que trouxe lágrimas aos olhos dela.

— Você está bem? — Seu grito foi carregado pelo vento.

Ela o apertou em resposta, a nevasca engolindo sua resposta.

Pouco antes de chegarem à clareira que levava a cabana, ele virou à esquerda, levando-os para dentro da floresta. Kitty franziu a testa, ainda se agarrando a ele.

— Aonde nós vamos? — Sua voz era pouco audível sob o zumbido do motor e o barulho do vento.

— Você já vai ver.

Cinco minutos se passaram antes que ele desligasse as engrenagens, parando com uma curva que quase a fez cair. Ela apertou os braços ao redor dele, sentindo o corpo tremer de riso. Idiota.

Ela estava prestes a reclamar de novo quando olhou para cima, e a cena diante de si tirou seu fôlego. Eles pararam em frente a uma pequena clareira, um pedaço de terra sem árvores que alguém tinha cortado. Uma pérgola subiu sobre o deque, as vigas de madeira torcidas com luzes cintilantes. Era como uma gruta de conto de fadas no meio da floresta. Bela e inesperada.

— Que lugar é esse? — perguntou enquanto ele descia e oferecia a mão para ela.

— Está aqui há anos — ele disse. — Muito antes de nós comprarmos a casa. Nunca consegui descobrir por que alguém construiria algo assim no meio da floresta. — Seus olhos se aqueceram quando ele a ajudou a sair do Skidoo, e então se aproximou dela. — Mas talvez eu entenda agora.

— Você acendeu as luzes? — ela perguntou.

— Sim, são alimentadas por bateria, então devem durar mais uns cinco minutos — ele disse, levantando uma sobrancelha. — Mas deve ser o suficiente.

— O suficiente para quê?

— Para provar que eu posso ser romântico.

A boca de Kitty estava seca. Ele tinha feito isso por ela? Aquilo era... Deus, era incrível.

— Uau — foi tudo o que ela conseguiu dizer.

— Vá até o deque — ele disse, tirando o telefone do bolso e puxando as luvas para mexer nele. No momento seguinte, a música estava fluindo, enquanto Adam colocava o telefone na balaustrada de madeira e caminhava até onde ela estava parada.

Acima deles, mil luzes brilhavam, e mais alto ainda podia ver as estrelas brilhando através do céu claro noturno. O ar estava frio, mas ela não sentiu enquanto ele tomava sua mão na dele, colocando a outra na parte inferior das costas do rapaz.

— Que música é essa? — ela murmurou, ouvindo a voz profunda cantando pelo ar noturno.

— É Marvin Gaye — ele falou. — Chama-se "I Want to Come Home for Christmas". Um clássico. — Com a mais delicada pressão em suas costas, ele a puxou para si, conduzindo a dança enquanto seus pés se moviam através das tábuas com facilidade. Uma valsa lenta e sensual sobre o deque, enquanto ela se derretia nele como uma vela com uma chama ardente.

— O Marvin sabe seduzir — ela falou suavemente. Adam também. Ela não podia deixar de sentir muita emoção enquanto continuavam a dançar, os corpos balançando juntos. Ninguém havia feito algo assim por ela antes. Era como estar em um filme, só que não havia câmeras ou diretores, nem estrondos ou iluminação. Só os dois, a noite e a voz doce e com alma de Marvin Gaye. — Sinto como se eu devesse estar usando um vestido amarelo, e talvez um bule deveria estar pulando para cima e para baixo no canto.

Adam riu.

— Isso faz de mim a Fera?

Ela olhou para cima, acariciando sua barba escura.

— Isso faz de você o homem mais gentil e romântico que eu já conheci. — Como ela não vira isso antes? Quando se conheceram, ela pensou que ele fosse rude e irritante, mas, olhando em retrospecto, ele não havia sido nada disso. Seu primeiro pensamento quando viu que o cervo estava sofrendo havia sido terminar com aquilo.

E ele tinha feito tudo isso por ela.

— Ele pode ser uma fera — ela falou, enquanto ele a girava pelo deque —, mas aposto que ele e a Bela tiveram uma transa ótima. Toda aquela testosterona.

Adam sorriu.

— Estou tentando ser romântico e você está toda excitada falando sobre a Fera. O que eu faço com você?

Ela olhou para os olhos profundos de Adam, o calor inundando seu corpo, apesar das temperaturas congeladas.

— Me leve para casa e me mostre o quanto você pode ser romântico.

— Você está usando o romance como um eufemismo para o sexo? — ele perguntou.

— Sim.

— Nesse caso, o que nós estamos esperando?

22

O amor é iniciado pelo tempo e [...] o tempo qualifica a faísca e o fogo.
— *Hamlet*

Adam caiu de volta no colchão, o coração acelerado como um trem de carga. Kitty se enrolou ao lado dele, o corpo macio pressionado contra a sua lateral, e a cabeça dele aninhada em seu braço. Ela estava respirando tão forte quanto ele, os corpos cobertos com um suave brilho de transpiração, apesar do frio lá fora. O sexo desta noite havia sido tão frenético quanto o daquela manhã. Carente. Desesperado.

Perfeito.

Ele precisava beijá-la de novo. Inclinou a cabeça, capturando os lábios dela com os seus. A respiração da moça aqueceu sua boca quando ele deslizou a língua para dentro, tocando-a suavemente contra a pele macia dentro dos seus lábios.

Kitty colocou a mão em seu estômago duro e plano, passando a palma ao longo de sua pele.

— Você está bem? — A voz dele era baixa.

— Ahã.

— Quer alguma coisa? Água, comida? Podemos tomar banho se você quiser.

— Mais tarde — ela murmurou. — Só quero ficar aqui por enquanto.

Era exatamente isso que Adam também queria. Ele ainda não estava pronto para deixar a cama. Sentir aquele corpo doce pressionado contra o seu era delicioso demais para abrir mão.

Ele fechou os olhos, respirando o cheiro de Kitty e de sexo. Era o afrodisíaco final. Se ele não passasse a maior parte da noite adorando os pés dela, sem dúvida ficaria duro novamente. Como deveria, ele estava contando os minutos antes de poder reunir a energia para outra rodada.

Sexo com Kitty Shakespeare era como uma droga, e ele estava ficando viciado.

— Adam?

— Sim?

— É a minha vez de fazer perguntas?

— Que tipo de pergunta? — A voz de Adam era cautelosa.

— Do mesmo tipo que você me fez.

Ele umedeceu os lábios secos, se perguntando por que se sentia tão desconfortável por ser colocado no centro das atenções. Era a mesma sensação que tinha na terapia, como se todas as suas ferramentas estivessem sendo usadas contra ele.

— Acho que sim...

— Me conte sobre a sua infância.

Seu estômago retraiu. Ela estava indo direto para as perguntas pessoais. Nada de conversa à toa com Kitty Shakespeare. Talvez fosse por isso que ele gostava tanto dela.

— Não tem muito para contar. Eu era um garoto rico. Mimado. Estudei em colégio interno. Obedecia a todo mundo e tirava boas notas.

Ela se aninhou ainda mais perto dele.

— Só isso? Sem relatos de rebeldia ou negligência infantil? Nenhuma história triste projetada para suavizar o meu coração?

Adam sorriu de si mesmo.

— Eu era normal, pelo menos para mim. Não sabia que poderia ser diferente naquela época.

— E agora?

— Agora... — Sua voz falhou enquanto tentava encontrar as palavras certas. — Agora eu percebo o quanto éramos privilegiados. E o quanto eu achava que tudo era garantido.

— O que você achava que era garantido? — A maneira como os dedos dela acariciavam sua pele o estava distraindo.

E esquentando.

Se acalme, garoto.

— Não sei. — Sua voz era baixa. — O dinheiro, as férias. Durante anos eu pensei que Annie era só uma tia, sempre pronta para cuidar de nós. Não acreditei quando o Everett me disse que ela era paga para limpar e cozinhar.

Kitty sorriu.

— Às vezes eu me pergunto se o Jonas pensa isso sobre mim.

— O Jonas é muito mais inteligente do que eu era.

— Posso fazer outra pergunta? — Sua respiração arrepiou a pele dele. Isso deixou seus mamilos duros.

— Talvez.

— Por que você está aqui?

Ele se virou para olhar para ela, uma expressão questionadora no rosto.

— Com você?

— Não. Quero dizer, por que você está morando aqui, nesta cabana? Está planejando fazer mais documentários? Há quanto tempo você está aqui? Quanto tempo vai ficar?

— São quatro perguntas diferentes. — E cada uma delas o fez querer se contorcer.

— Certo, então vamos começar com a primeira. Por que você está morando aqui?

— Eu me envolvi em confusão quando estava em LA. O meu advogado fez um acordo para arquivar as acusações. Concordei em voltar para cá, para a casa dos meus pais, e fazer uma terapia de controle de raiva.

Ela abriu a boca como se quisesse fazer outra pergunta, depois fechou de novo, acenando de maneira encorajadora para que ele continuasse.

— Eu não queria morar com os meus pais. Não moro com eles há quinze anos, então consertei a casa e me mudei para cá.

— Fez tudo sozinho?

— A maior parte. Pedi uma ou outra ajuda. Não é exatamente o Hilton, mas serve.

Ela mordeu o lábio, como se estivesse considerando a próxima questão.

— Quando você se mudou para cá?

— Há alguns meses. Mudei assim que o telhado foi impermeabilizado. Achei que poderia fazer o resto enquanto estava aqui.

— E quanto tempo você pretende ficar?

— Não sei — ele disse, com honestidade. — A terapia é obrigatória só por mais um mês. Depois disso, sou livre para fazer o que eu quiser. — Mas o que ele queria? Essa era a pergunta.

— Mas você vai fazer mais documentários, não é? — ela perguntou. — E quanto ao da Colômbia, você está planejando terminar?

Sua boca ficou seca com a menção à Colômbia. Ele realmente não queria pensar nisso. Adam a puxou para mais perto, até que seu peito estivesse colado nele.

— Essa é uma história para outro dia.
— Ah, é?
Ele deslizou um dedo pela coluna dela, fazendo seu corpo se contorcer sob o toque.
— Sim. Acho que estou cansado de falar por enquanto.
Kitty não protestou quando ele a puxou completamente para cima dele, espalmando suas nádegas. Deslizando a mão, ele segurou a nuca da jovem, puxando-a para baixo até que seus lábios estavam a poucos centímetros de distância um do outro.
— É tão bom estar com você — ele disse, ficando ereto enquanto seu corpo se movia contra ela. O toque dela foi o suficiente para fazê-lo esquecer tudo, todos os medos, raiva, lembranças incessantes.
— Digo o mesmo. — Ela abaixou mais a cabeça, até que suas bocas estavam coladas. Eles se moveram juntos, se beijando lentamente, como se tivessem o tempo todo no mundo.
— O seu gosto é muito bom também.
— Hummmm.
Então ele se abaixou, se inclinando até seus lábios pressionarem o estômago dela. Ele não queria falar mais, mas não significava que não pudesse usar a boca se quisesse.
Pelo som de seus suspiros, ela queria praticamente o mesmo.

❄

A cabana estava surpreendentemente quente para uma construção feita de pouco mais do que madeira e areia. Kitty estava aninhada nos travesseiros, a suavidade deles ondulando sob sua bochecha enquanto Adam sussurrava algo durante o sono antes de estender a mão para ela. Ele a abraçou a noite toda. No início da manhã, ela estava quente o suficiente para sair de seu aperto. Deitada na escuridão, ela colocou a mão sob a bochecha e fechou os olhos, tentando se lembrar de cada linha do rosto de Adam.
Estava se apaixonando por ele. Não da maneira como fora atraída pelos homens antes, naquela química explosiva de luxúria e excitação. Não, era mais uma conexão de alma. Uma conexão de corações e mentes que pareciam zumbir dentro dela. Necessidade de proteger tanto quanto de ser protegida.
Era muito cedo para se sentir desse jeito, mas ela não podia evitar. A maneira como ele havia decorado aquele lugar vazio na floresta só para

ela tinha conseguido derrubar tudo o que restava de suas defesas. Não que tivesse sobrado muito.

De alguma forma, ela precisava proteger seu coração recém-exposto. Uma tarefa impossível, pois ele já o havia roubado de seu peito. A maneira como ele a olhara na noite anterior, com aquele olhar perdido de menino, como contara sua história, tinha sido o suficiente para fazê-la querer devolver tudo a ele.

Droga, ela ficou péssima com isso. Todas as irmãs Shakespeare eram assim. Nenhuma delas conseguia separar o coração da razão. A necessidade de amor parecia correr através de suas veias, junto com seu sangue quente e inglês.

— Venha aqui. — Adam passou os braços ao redor dela, até que a cabeça de Kitty estava apoiada em seu peito. Eles ainda estavam nus, e ela podia sentir os músculos dele flexionados debaixo da bochecha. Também podia ouvir seus batimentos cardíacos. Fortes e constantes, batiam como uma tatuagem que imitava o dela. Um ritmo tão reconfortante quanto um pulso maternal, deixando os olhos pesados e a respiração lenta.

Duas horas depois, ela acordou subitamente. Dessa vez a cabana estava banhada pela meia-luz, o sol da Virgínia Ocidental lentamente surgindo na manhã. Kitty se sentou, desorientada, e teve de piscar algumas vezes antes de o quarto entrar em foco. Foi quando percebeu que não estava dormindo no quarto do sótão. E que a casa principal estava a poucos passos de distância.

Ela passara a primeira noite com Adam e tinha sido praticamente perfeita. Por que tinha que terminar?

— Preciso voltar. — Ela não tinha certeza se estava falando com Adam ou consigo mesma. — O Jonas deve estar acordando.

— Ainda é cedo. Tem muito tempo. Deite aqui e me deixe te abraçar.

Havia algo muito tentador em sua oferta que ela quase aceitou. Passar uma manhã deitada nos braços dele teria sido uma ótima maneira de passar as horas. Mas ela tinha coisas a fazer e um trabalho a executar, sem mencionar a vergonha a enfrentar. A última coisa que precisava era que a volta à casa principal tivesse plateia.

Não. O melhor era sair agora mesmo, antes que todos acordassem. Assim, quando se levantassem, nem perceberiam que ela havia saído. Ela simplesmente podia correr até o quarto do sótão e fingir que estivera lá a noite toda. Um banho, uma troca de roupa e seria uma manhã como qualquer outra.

— Não posso ficar — ela sussurrou. — Vão notar que eu saí.

— Você vem aqui todos os dias. Pode dizer que chegou um pouco mais cedo.

Ela se sentiu dividida entre sua necessidade por ele e a dedicação natural ao trabalho.

— Não posso — repetiu. — Está muito perto do Natal. Não podemos deixá-los suspeitar de nada.

— Você está certa. — Adam se sentou, as cobertas caindo na cintura. Seu peito parecia brilhar na luz da manhã. Ele realmente era um cara bonito. — Me dê dez minutos. Vou pegar o Skidoo.

Ela balançou a cabeça.

— Vão ouvir o motor. Podem até acordar. É melhor eu ir andando.

Kitty percebeu que ele não protestou. Talvez estivesse tão temeroso quanto ela em ser descoberto.

Claro que ele não gostaria que sua família descobrisse. Por que iria? Isso só complicaria as coisas.

— Então eu vou com você.

Ela colocou o braço em seu bíceps, sentindo o calor de sua pele se infiltrando na dela.

— Está tudo bem. Eu sei o caminho. Se alguém estiver acordado, vai ser mais fácil explicar se eu chegar sozinha.

Ele olhou para ela atentamente, como se estivesse procurando algo por trás de suas palavras.

— Eu posso parar na linha de árvores. Ninguém vai me ver.

Kitty mordiscou o lábio, considerando a oferta. Parte dela queria prolongar o tempo juntos. Queria ficar com ele nesta pequena bolha, na proteção de seus braços. Tinha medo de que, quando se afastasse, o feitiço se quebrasse.

A outra parte, no entanto, precisava de espaço para pensar nas coisas. Assim que ela voltasse para a casa principal, seria atraída para o caos do dia. Preparar Jonas, ajudar Annie com o café da manhã, sem mencionar os preparativos de última hora para o Natal. Com menos de vinte e quatro horas até a véspera, eles realmente estavam ficando sem tempo.

Ela precisava pensar antes de se aprofundar nisso. Antes que se deixasse levar pelo romance, esperança e o felizes para sempre. Uma caminhada fria e rápida na floresta era exatamente o que precisava, mesmo que seu coração não quisesse o choque de realidade.

— Está tudo bem. Vou ficar bem. Você continua com o seu dia. Deve ter muita coisa para fazer. — Ela sorriu, embora tenha tido que fazer um esforço. Desta vez ele não protestou. Em vez disso, puxou a calça do pijama e se sentou nos pés da cama, observando atentamente enquanto ela se vestia. O pijama de ovelha fofo parecia estúpido — não bonito do jeito que ela achara na noite anterior.

Muito pouco sofisticado, mundano.

Suas botas ainda estavam perto da porta. Ela as pegou e olhou para a jaqueta, mas Adam já a estava segurando.

— Tem certeza de que não quer uma carona?

— Eu vou ficar bem. — Ela colocou os braços no casaco. Adam o ergueu sobre seus ombros, as mãos permanecendo ali por um momento. Ela se deliciou com o toque dele, com a proximidade e seu cheiro delicioso.

Foi bom. Bom demais.

Ela estendeu a mão para a porta, virando a maçaneta para deixar entrar o ar da manhã. Quando se virou, ele ainda estava olhando, sua expressão ilegível. Ela queria dizer algo, talvez perguntar como ele se sentia. Dizer que sentiria falta dele, mesmo que Adam estivesse apenas a uma caminhada pela floresta.

— Acho que vou te ver mais tarde.

Ele assentiu.

— Vai, sim.

Ele estava bravo com ela? Ela queria que ele implorasse de novo para ela ficar. Que dissesse que gostava dela tanto quanto ela gostava dele. Mas ela era muito tímida para expressar suas necessidades.

Quando ele ficou em silêncio, Kitty ficou na ponta dos pés, pressionando os lábios contra sua bochecha quente e a barba.

— Tchau, Adam.

Ela correu pelos degraus da cabana e o chão cheio de neve. O barulho de madeira se chocando contra madeira demonstrou que ele fechou a porta, e ela sentiu como se algo dentro dela tivesse disparado. Kitty se virou para olhar, e a varanda estava deserta, só com a decoração e as luzes à vista.

Então era assim o final de uma noite perfeita. Era hora de se virar e enfrentar a brilhante realidade do dia. Ela encolheu os ombros enquanto se aproximava das árvores cobertas de neve, tentando ignorar a dor que já se formava no peito.

Ficaria bem. Sempre ficava.

A vida nunca deveria ser como um conto de fadas. Kitty não sabia por que se deixava acreditar que poderia ser.

23

O que está feito não pode ser desfeito.
— *Macbeth*

De alguma forma, Kitty conseguiu entrar no quarto do sótão sem ser vista. Tinha certeza de que o som das escadas rangendo, junto com sua respiração barulhenta, teria despertado toda a casa. No entanto, ali estava ela, tirando o casaco e se deitando na cama, tentando recuperar o equilíbrio após a longa caminhada pela floresta.

De acordo com seu relógio, ela tinha cerca de meia hora antes que Jonas acordasse. Ele colocou o alarme para despertar, com medo de perder as festividades do dia. Não que Kitty pudesse culpá-lo. Ela se lembrava de que, quando era criança, a preparação para o Natal era quase melhor do que a festa em si. A expectativa, a cordialidade, as infinitas horas brincando de pescaria e jogos de cartas. Ela costumava amar tudo relacionado aos últimos dias, das corridas para comprar um presente de última hora ao cheiro do peru que enchia a casa.

Mas agora sua cabeça estava repleta demais de Adam para pensar em outra coisa. Por isso demorou tanto tempo para perceber o celular piscando na mesa de cabeceira. Enterrada no fundo das memórias, mal notou a luz verde até que a vibração incessante finalmente a despertou de seus pensamentos.

Estendeu a mão para pegá-lo, a deliciosa dor em seus músculos lembrando-a mais uma vez da noite anterior. Virando a tela, viu que perdera duas ligações e uma mensagem — todas de Juliet, sua irmã.

Franzindo o cenho, Kitty pressionou o ícone da mensagem. Havia breves palavras, lembrando a ela como a irmã sempre parecia estar ocupada. Resultado de ser a esposa de um empresário proeminente, uma mãe coruja e estar abrindo o próprio negócio. Das quatro irmãs, Juliet era, certamente, a mais bem-sucedida. Mas Kitty sabia, pelas confidências da irmã, que as aparências às vezes enganam.

Estava pensando em você. Tudo bem? Me ligue para dizer como vão as coisas. Te amo. Bjs

Ainda era cedo, mas Kitty sabia que a irmã estaria de pé. Mesmo durante as férias escolares, sua sobrinha, Poppy, acordava com as galinhas, arrancando a mãe da cama para lhe fazer companhia.

— Oi, docinho. Eu tive uma sensação estranha a seu respeito. Você está bem? — Juliet disse assim que atendeu. Não era incomum que as irmãs reagissem dessa maneira. Cesca havia dito a Lucy e Kitty que Juliet estava em trabalho de parto antes de ela ligar para contar que a filha nascera. Talvez fosse o resultado de terem crescido tão próximas umas das outras. Elas sentiam tudo.

— Estou bem — Kitty falou, duas linhas se formando entre as sobrancelhas. — Que tipo de sentimento estranho?

— Não sei, é besteira. Eu só senti que você precisava de nós. Talvez seja por estar longe no Natal.

— Estou mais perto de você do que estive há anos — Kitty afirmou. — Só estamos a algumas centenas de quilômetros de distância.

— Mas é o seu primeiro Natal longe de Londres. Eu me preocupo com você. — Juliet soltou um suspiro suave. — Tem certeza de que nada aconteceu?

Tudo mudou, mas como explicar isso a Juliet?

— Eu estou bem, de verdade. Vou sentir falta de casa no dia, mas está tudo bem. Talvez todas possamos estar juntas no ano que vem. — Kitty tentou manter a voz animada.

— Talvez...

— Você está bem? — Kitty perguntou. — Parece um pouco estranha.

Outro suspiro de Juliet, este mais longo e profundo que o primeiro. Kitty começou a se preocupar com a irmã mais velha.

— O Thomas e eu estamos tendo alguns... problemas.

Kitty sabia o quanto era difícil para a irmã admitir isso. Em seu mundo perfeito, Juliet não permitia que problemas entrassem no caminho. Reconhecer era uma derrota para si mesma. Se ela estava dizendo isso em voz alta, então as coisas realmente estavam ruins.

— Que tipo de problema?

Juliet suspirou.

— Ele não está feliz comigo — ela respondeu. — Acha que estou negligenciando as coisas em casa por causa da inauguração da floricultura. Parece que ele passa mais tempo na casa dos pais do que conosco. Como você pode imaginar, eles estão encantados. Não devem parar de dizer coisas como *eu te avisei* e de falar sobre a minha inadequação. Eles nunca gostaram de mim.

Isso era um eufemismo. Kitty se lembrou do casamento — uma ocasião planejada de forma precipitada, já que Juliet estava grávida de quase seis meses. Joan Marshall, a mãe de Thomas, parecia estar chupando um limão durante toda a cerimônia.

— Isso parece horrível — Kitty lamentou. — Especialmente tão perto do Natal. Como está a Poppy?

— Confusa, triste, mas entusiasmada com as festas. Eu gostaria de fazer o melhor para ela, você sabe. Queria que ela tivesse uma infância perfeita e não posso fazer isso acontecer.

Todos queriam isso para Poppy. Era estranho como se espera dar uma vida melhor do que a sua à geração mais nova.

— Ela é uma criança ótima, vai ficar bem. Talvez haja mais do que isso. Está tudo bem no trabalho do Thomas?

— Pelo tempão que ele passa lá, espero que sim. Sabe que ele me disse que eu deveria só ser mãe e ficar em casa por causa da carreira dele? Como você pode imaginar, eu falei para ele enfiar a droga da carreira em um certo lugar.

Kitty soltou uma risada. Apesar da seriedade da situação, não podia deixar de sentir orgulho da irmã.

— Sinceramente, Kitty, nunca se apaixone. Isso estraga tudo.

Era meio tarde agora.

— Vou levar isso em consideração — falou, com leveza, sabendo que não ia.

— Por falar em homens irritantes, como estão as coisas com o cara mal-humorado? — Juliet perguntou, lembrando a Kitty que, da última vez em que se falaram, ela havia chamado Adam de idiota.

— Ah, aquilo? Foi tudo um mal-entendido. Nós resolvemos as coisas e agora está tudo bem.

— Ele pareceu uma mala sem alça — Juliet falou. — Qual o problema dessa gente que acha que sabe tudo? Sério, mande esse idiota ficar na dele.

— Ele não é assim — Kitty protestou. — Eu é que tinha entendido tudo errado.

Juliet fez uma pausa por um instante. Kitty podia ouvir a respiração suave na outra extremidade da linha.

— Não é? Então como ele é?

Bonito, maravilhoso, encantador? Não pareciam as palavras certas para resumir. Ela se perguntou se havia alguma palavra que pudesse realizar esse trabalho. Se os esquimós tinham cem formas de falar a palavra "neve", Kitty poderia ter mil e ainda assim não poderia descrever Adam.

— Ele é tudo.

— Kitty! O que está acontecendo? Meu Deus... — Juliet parou, sem dúvida balançando a cabeça para a súbita confissão de Kitty. — Você tem que me contar agora mesmo.

Durante os dez minutos seguintes, Kitty contou à irmã tudo o que acontecera entre ela e o homem teimoso, engraçado e bonito que morava em uma cabana junto ao lago. E mesmo assim as palavras não o fizeram justiça.

❄️

— Tem certeza? — Jonas fungou. — O tio Adam com certeza me disse que eles estavam lavando as meias.

A menção do nome de Adam era suficiente para fazer seu coração acelerar. *Pare com isso*, ela se repreendeu. Quando estava no papel de babá, Adam era a única pessoa que não deveria estar em sua cabeça. Ela estava aqui para cuidar de Jonas, e estava determinada a fazer exatamente isso. Começando com o ensaio das músicas, assim ele estaria pronto para cantar para a avó na véspera de Natal.

— Não, com certeza não estavam lavando as meias. Eles estavam observando seus rebanhos. Como os rebanhos de ovelhas. Eles eram pastores, sabe?

Jonas deu uma olhada para ela que parecia um *blergh*.

— Eu sei disso. Está na primeira linha. Mas até mesmo os pastores precisam lavar as meias, senão ficariam com chulé. O tio Adam me disse que os pés de uma pessoa são a parte mais importante do corpo. Se você não cuida deles, tem problemas.

— Às vezes o seu tio tenta tornar as coisas divertidas — ela apontou, com paciência. Você está cantando sobre pastores. E eles estavam observando as ovelhas quando o anjo do Senhor desceu.

Ele franziu o rosto, confuso.

— Não quero cantar errado. E se todos rirem de mim? Quero deixar a vovó orgulhosa.

— Você vai deixar. — Ela o puxou para si, abraçando-o. — Lembra do que a Annie disse? Sua avó adora a missa da meia-noite, mas este ano ela não pode ir à igreja. Então, nós vamos trazer as músicas para ela.

— Você vai cantar comigo? — Jonas lhe deu um sorriso suplicante.

Kitty arregalou os olhos.

— Não, não, a menos que nós desejemos estourar os tímpanos dela. Eu posso ter muitas qualidades, mas uma boa voz para cantar não é uma delas. Honestamente, ela vai adorar. Assim como todos os outros. Você tem uma voz bonita.

Seu canto era puro e verdadeiro, o suficiente para provocar lágrimas. Kitty começou a música de novo, pronunciando as palavras quando ele entrou no momento certo, se lembrando de cantar sobre rebanhos em vez de meias.

Era óbvio que, na tarde em que ela estava tentando fazer qualquer coisa menos pensar em Adam, Jonas pronunciava seu nome em quase todas as frases. Durante a última hora, a sala estava repleta de "Adam disse isso" e "Adam disse aquilo", até que a cabeça de Kitty não tivesse nada além dele.

Porque ela só queria falar dele também.

— Como foi? — Jonas interrompeu seus pensamentos. — Falei as palavras certas?

— Você foi perfeito. — Ela abriu um sorriso. — Por que não fazemos uma pausa? Podemos recompensar a sua garganta com leite e biscoitos.

— Os de gotas de chocolate com glacê? — Seus olhos se arregalaram. — Ah, cara, eles são de matar.

Suas palavras lhe deram vontade de rir. Kitty se perguntou se ele tinha ouvido a mãe usando a expressão. Parecia muito adulta para um menino de sete anos.

— Bem, vamos ver se temos desses lá. Eu deixo você comer dois se prometer não cair duro depois.

Jonas franziu a testa.

— Cair duro?

— Você disse que os biscoitos eram de matar. Não quero que você chegue a esse ponto.

Ele riu.

— Tá, se eu prometer não morrer, posso comer os biscoitos?

— Claro. — Kitty o abraçou, sorrindo.

Juntos, eles entraram na cozinham onde Annie já tinha um bule de café e uma leiteira aquecendo no fogão. Se havia uma coisa de que Kitty sentiria falta quando voltasse para LA, seria essa cozinha. Entrar nela era como invadir o set de um programa de TV, o equivalente visual a um abraço caloroso e acolhedor.

Annie colocou uma caneca de chocolate adoçado e deslizou um prato com dois biscoitos na frente de Jonas. Voltando ao fogão, serviu duas canecas de café, se virando para Kitty com um olhar tímido no rosto.

— Você pode levar isso até a biblioteca? O sr. Everett pediu.

Kitty balançou a cabeça.

— De jeito nenhum. Não depois da última vez. Ele disse para eu nunca mais aparecer na porta da biblioteca.

Annie lhe deu um sorriso conciliador.

— Mas ele pediu. Eu mesma iria, mas os meus joelhos estão me matando. É uma longa caminhada até lá.

Kitty semicerrou os olhos. Annie não tinha demonstrado nenhum sinal de dor quando entraram na cozinha. Além disso, a biblioteca não ficava exatamente a quilômetros de distância. Kitty podia até achar que Annie estava com medo de entrar no centro de operações de Everett Klein quanto ela.

— Talvez o Jonas possa... — Kitty olhou ao redor para ver Jonas sentado à mesa, com as pernas balançando enquanto tomava um gole de chocolate quente. Ele abriu um sorriso, os lábios emoldurados por um bigode marrom, e Kitty não teve coragem de mandá-lo para a batalha.

— Tudo bem — falou. — Eu vou.

— Deus te abençoe. A caneca preta é para o Everett. Ele gosta do café preto e doce. A caneca branca é para o sr. Montgomery.

— Certo. — Kitty pegou as canecas, saiu da cozinha e entrou no corredor. Como de costume, a porta da biblioteca estava fechada, e ela teve que bater na madeira de mogno escura com o cotovelo, já que as duas mãos estavam ocupadas com as canecas. Um momento depois, Drake abriu a porta, e seu rosto se transformou com um sorriso quando a viu de pé ali. Ele a conduziu para dentro, e Kitty deu seu primeiro passo para o cômodo proibido.

— Eu trouxe o café.

— Coloque na mesa no canto, por favor. — Everett estava sentado na mesa, olhando fixamente para uma das três telas. — Ei, Drake, veja isso.

Ignorando os dois, Kitty atravessou a sala em direção à grande mesa de carvalho, passando por cima de coisas e evitando caixas. Ao lado da mesa estava um roteiro, a primeira página aberta para ela ver.

Seus olhos se arregalaram quando viu. Olhou de volta para Drake e Everett, que ainda estavam distraídos no computador na frente deles.

Uma lidinha não faria mal, certo?

```
FADE IN

Foco em um par de olhos se deslocando da esquerda para
a direita. Deslizar um pouco para revelar uma gota de
suor escorrendo pelo rosto.

Mover a câmera para cima para revelar um antigo venti-
lador de três pás, circulando sem parar, embora clara-
mente não tenha efeito sobre o calor na sala.

A câmera baixa revela um documentário sendo filmado.
Manter o equipamento, incluindo uma câmera, estrondo,
luzes e outras parafernália.

Adam (a ser renomeado) toca os lábios com uma caneta.
Sua expressão está séria, os olhos semicerrados.

                    ADAM
Eu tenho provas de que você usa regularmente crianças
menores de dez anos para traficar drogas.

                    GARCIA
Com quem você tem falado?

                    ADAM
Nunca revelo minhas fontes, você sabe disso.
```

Gritos vêm do lado de fora da sala sem janelas. A porta se abre e um grande e robusto bandido arrasta um adolescente, que se debate e grita. Um olhar entre o menino e Adam alerta o espectador de que os dois já estão familiarizados um com o outro.

Garcia puxa uma arma do coldre.

Ela olhou para a impressão preta por um momento, piscando para deixar as palavras entrarem. O cara estava fazendo um filme sobre o irmão? Não podia ser só uma coincidência que ele estivesse usando esse nome. Ela estendeu a mão, querendo passar para a próxima página, desesperada para ver o que aconteceria. Sua mão pairou por um momento, insegura.
— O que você está olhando? — Everett perguntou. Kitty olhou e o encontrou olhando para ela, os músculos esticados em uma careta. Colocou as canecas sobre a mesa, se sentindo culpada.
— Nada.
— Tudo aqui é confidencial, lembra?
Ela assentiu.
— Lembro.
Drake se levantou, conduzindo-a novamente. Se ele não se achasse tanto, ela poderia descrevê-lo como um cavaleiro em um Armani brilhante.
— E, como dissemos antes, ela assinou um contrato de confidencialidade. Ela não pode contar a ninguém sobre as coisas que viu aqui, senão vai estar violando o contrato. Você só está interessada na forma como criamos filmes, certo, Kitty?
— Certo — ela respondeu, ainda não estando bem claro na sua cabeça o que tinha visto. — Sobre o que é o projeto?
— Por favor, Kitty. — Everett suspirou, esfregando o rosto com a palma da mão. — Pare de fazer tantas perguntas.
Parecia quase derrotado, como se estivesse carregando o peso do mundo em seus ombros. Ela assentiu rapidamente e se apressou, mas não antes de dar uma última olhada no roteiro que estava apoiado na mesa do outro lado da sala.
Era sobre Adam, aquilo estava claro. O que ela não sabia era por que e se Adam tinha alguma ideia de que o irmão estava fazendo um filme sobre ele.

24

Tudo feito com paixão e com desejo.
— *Do jeito que você gosta*

— Você parece diferente.
Adam sorriu de forma indulgente para a mãe.
— Acabei de entrar no quarto. Como posso parecer tão diferente?
— Ah, você ficaria surpreso. As mães sentem as coisas. Quando você era criança, assim que você passava pela porta eu já sabia se tinha tido um dia bom ou ruim. No momento eu diria que o seu dia está indo muito bem.

Seu peito apertou. Ele passara a manhã brincando com o cachorro antes de sair para terminar as corridas. Qualquer coisa que ele pudesse fazer para se impedir de ir à casa principal e capturar Kitty. Ele queria agarrá-la e levá-la de volta à cabana, o lugar onde ficavam felizes e saciados. De volta ao local onde conhecia cada centímetro de seu corpo. Nem o exercício físico intenso tinha sido suficiente para eliminar o desejo. Mal conseguia enxergar, pela necessidade de vê-la. Foi por isso que ele se pegou andando até a casa à tarde, deixando o vento bater em seu rosto enquanto atravessava a floresta.

Annie ergueu as sobrancelhas enquanto ele entrava na cozinha, então murmurou algo sobre a necessidade de passar um tempo com a mãe. Para sua decepção, Kitty não estava por ali, e ele não podia perguntar a Annie onde ela estava, não é?

Em vez disso, seguiu para o andar de cima, no quarto principal, onde a mãe estava na cama, exausta depois de uma hora passada com o fisioterapeuta.

— É Natal. Todo mundo deveria estar feliz, não? — Adam puxou uma cadeira para perto da cama. — Afinal de contas, é feriado.

— Por falar nisso, ouvi dizer que você vai se juntar a nós para o almoço de Natal. — Ela apertou sua mão. — Fiquei muito feliz quando ouvi isso.

— Eu sofro qualquer coisa por você, mãe.

Ela revirou os olhos.

— Não finja ser um Grinch. Você chegou aqui com os olhos brilhantes e a barba aparada e acha que não vou notar?

Adam passou a palma da mão no queixo. A barba precisava de cuidados, e hoje parecia um dia tão bom quanto qualquer outro para fazê-lo. Não havia nada além disso. Embora tenha considerado raspar todos os pelos por um tempo, acabou optando por apará-la.

— Como eu disse, é Natal. Não quero jantar parecendo um vagabundo.

— Quando foi que isso já te parou antes? — a mãe provocou. Então, ficando séria, ela acrescentou: — Você realmente parece diferente. Vivo. Não posso dizer o quanto isso aquece o meu coração.

Adam suprimiu um sorriso. Ele não ia confessar que não se sentia vivo assim em anos. Nem que era a linda loira que estava cuidando do sobrinho que causara uma mudança tão grande em tão pouco tempo. Esse segredo era dele — dele e de Kitty — e ele não ia estragar tudo compartilhando isso com qualquer outra pessoa.

— Talvez seja o cachorrinho do qual estou cuidando.

— O filhote do Jonas? — Seus olhos cintilaram. — Ouvi falar sobre isso. A Annie me disse que você concordou em cuidar dele até o Natal. Foi muito gentil da sua parte.

— Gentil? Eu fui pressionado a fazer isso. Negar não era uma opção.

— Ah, pare com isso. Você pode fingir ser mal-humorado e rude com todos os outros, mas esquece que eu sou sua mãe. Te conheço por dentro e por fora. Pode ser duro do lado de fora, mas por dentro é tão mole quanto um marshmallow.

— Marshmallow? — Adam questionou, levantando uma única sobrancelha. — Acho que o correto é ursinho.

Mary estendeu a mão para apertar a dele.

— Você também é um desses. Mas não se preocupe, eu guardo segredo.

Ele lançou um sorriso pesaroso para ela.

— A quem você vai contar? O Everett nunca iria acreditar em você. E o meu pai sempre disse que nós somos tão resistentes quanto o aço.

— O seu pai também é macio como algodão. — Sua expressão ficou triste.

— É por isso que ele vai ficar tão feliz por ter a família toda junta durante o Natal. Isso significa muito para nós dois.

Ele assentiu rapidamente. Sabia que a briga com Everett havia magoado seus pais e odiava isso. Ele simplesmente não sabia como superar, como perdoar um irmão que também havia destruído o coração dele.

— Sim, bem, mas não fique tendo ideias. Essa trégua é para o Natal, não para a vida.

— Eu nem sonharia com isso. — Ela piscou, mas Adam sabia que sua mãe, definitivamente, sonhava com isso.

Se ele fosse um filho gentil, encontraria uma maneira de tornar esses sonhos realidade.

❄

Ele estava perdido em pensamentos quando chegou ao primeiro andar, esbarrando em Kitty. Ela tropeçou, erguendo os braços em uma tentativa de se estabilizar. Tão rápido quanto um relâmpago, ele a segurou pela cintura, impedindo-a de cair no chão.

— Não te vi aí. Você está bem? — Ele franziu a testa, olhando para ela e tentando encontrar provas de qualquer ferimento.

Kitty estava sem fôlego.

— Também não te vi.

Ele ainda a segurava. Suas mãos estavam moldadas ao redor da cintura de Kitty como se ela fosse feita para ele. A camiseta era tão fina que ele podia sentir o calor do seu corpo. Apesar de estar na casa de seus pais, a poucos metros de onde o irmão estava trabalhando, ele sentiu o próprio corpo responder.

Quando olhou de novo, Kitty estava sorrindo para ele. A forma como seus lábios se curvaram, fazendo as bochechas aumentarem, fez o coração dele acelerar. Por toda a confusão, algumas mechas de cabelo escaparam do rabo de cavalo, então ele estendeu a mão e enfiou os fios atrás da orelha.

— Pensei em você o dia todo — ele sussurrou.

— Também pensei em você.

Era tudo o que ele precisava ouvir. Segurando a mão dela, Adam a puxou para a sala de estar, olhando para os lados para se certificar de que estavam sozinhos. Fechou a porta e a pressionou contra a parede, seu corpo segurando o dela enquanto abaixava a cabeça.

— Também pensei nisso. — Adam a beijou com generosidade. Os lábios de Kitty o receberam, suaves e quentes.

Ela passou os braços ao redor do pescoço dele quando Adam colocou a mão em suas costas, puxando-a para mais perto. Cada um de seus sentidos estava repleto dela e da necessidade de ter mais.

Meu Deus, ele não conseguia o suficiente. Deslizou as mãos sob a cintura do jeans, os dedos acariciando a pele macia. Ela arqueou as costas, empurrando seu corpo contra o dele, deixando-o imediatamente duro.

Ele recuou, o coração acelerado.

— Desculpe.

Kitty tocou a boca com o dedo indicador, as sobrancelhas franzidas.

— Por que você está se desculpando?

— Por te arrastar para cá e me aproveitar de você sem nem um oi.

Ela sorriu, flertando.

— E se eu quisesse que você se aproveitasse de mim?

Adam balançou a cabeça, respirando fundo. De alguma forma, ele precisava controlar seu corpo.

— Você não deve dizer coisas assim — disse a ela, a voz baixa.

Kitty deu um passo em direção a Adam, inclinando a cabeça para conseguir olhar em seus olhos.

— Tem muitas coisas que eu não devo fazer. O problema é o que eu quero dizer.

Sua boca estava seca. Era difícil pensar direito quando ela estava assim tão perto. O corpo dela estava abafando todos os pensamentos sensatos que ele poderia reunir.

— Kitty...

— Quieto. — Ela apertou os lábios dele novamente. Desta vez assumiu a liderança, beijando com suavidade aquela boca atraente. As palmas das mãos seguraram seu rosto, os dedos tocaram a barba. Quando ele abriu os olhos, Kitty o estava encarando, quente e carente, e precisou de cada centímetro de autocontrole que não tinha para não levá-la para o quarto dela.

— Venha para a cabana esta noite — ele falou quando finalmente se separaram. — Me deixe fazer o jantar para você.

— Ah! — Ela apertou a mão contra o peito. — Tem certeza?

Ela era tão fofa que ele queria beijá-la de novo.

— Tenho certeza de que EU quero fazer o jantar para você — falou. — Mas você tem certeza de que quer vir?

Ela inclinou a cabeça para o lado.

— Isso parece muito um encontro.

— Porque é. Eu não te convidei por achar que você está com fome. — Embora parecesse. O mesmo tipo de fome que ele sentia.

— Vou ter que descer mais tarde, depois que o Jonas estiver na cama. Seria muito tarde? — Os olhos dela brilhavam quando perguntou, refletindo as luzes de Natal adornadas pela lareira.

— Está ótimo. — Ele a abraçou. — Vai me dar tempo suficiente para descobrir o que eu vou cozinhar para você.

— É melhor que fique gostoso, se você quiser superar o gesto romântico da noite passada.

— Eu sempre sou bom, você sabe disso. — Ele beijou a ponta do nariz dela, arrumando o cabelo com a palma da mão. — Te vejo à noite.

❄

Adam ainda estava sorrindo quando entrou na cozinha, planejando roubar alguma comida de Annie para o encontro deles. Everett estava encostado ao balcão, segurando uma caneca de café em uma mão e o telefone na outra, pressionando-o contra a bochecha enquanto gritava ordens no viva voz. Ao ver o irmão, terminou a ligação, empurrando o telefone para o bolso enquanto o encarava. Tomou todo o café antes de dizer qualquer coisa, colocando a caneca vazia na bancada.

— Como você está? — Everett perguntou.

O bom humor de Adam desapareceu imediatamente.

— Você se importa?

— Que tipo de pergunta é essa? Sou seu irmão, é claro que me importo.

Adam olhou para ele, tentando compreender o ângulo. Se havia uma coisa que havia aprendido sobre Everett desde LA, era que sempre havia um ângulo.

— Nesse caso, estou bem.

Houve uma pausa quando Everett serviu outra caneca de café. Bebendo tudo, encarou Adam, um olhar de expectativa no rosto.

— O quê? — Adam não aguentou o silêncio.

— Não vai me perguntar como eu estou?

— Não estava planejando fazer isso. — Adam não conseguiu nem olhá-lo nos olhos. Virou as costas para o irmão, entrando no armário de comida para pegar o que precisava. Apesar de não estar preocupado, quanto mais cedo saísse da casa e pegasse seu caminho de volta para a cabana, melhor.

— Nós não podemos superar isso? — A voz de Everett o fez pular. Ele seguiu Adam por toda a cozinha e estava em pé na entrada. — Esquecer o passado. É Natal, a época da boa vontade. De que mais você precisa, da visita da droga de um anjo?

Adam semicerrou os olhos.

— Isso não é um filme, Everett. Você não pode agir como um idiota e depois fazer um giro de cento e oitenta graus nos últimos dez minutos. Eu venho para o Natal para agradar os nossos pais, mas isso é tudo.

O rosto do irmão endureceu.

— Então não tem nada que eu possa dizer...

— Nada que eu vá ouvir. Guarde o seu fôlego que eu vou guardar o meu. Enquanto você estiver aqui, eu vou te tolerar, mas não vamos caminhar juntos em direção ao pôr do sol.

— Bem, você não vai ter que nos tolerar por muito tempo. — Everett soltou um suspiro frustrado. — Nós vamos embora na próxima semana.

A mandíbula de Adam se contraiu. Ele deveria ficar feliz em ouvir isso. Deveria ficar satisfeito porque o irmão estava planejando partir o mais rápido possível. Mas, se Everett partisse, Jonas também iria, e isso significava que Kitty estava indo embora.

Ele tinha acabado de encontrá-la. Ainda estavam se conhecendo. E, antes mesmo de ter a chance de tê-la de verdade, sabia que seria em vão.

Ela partiria, ele ficaria na cabana, e tudo voltaria ao rumo de sempre. Talvez ele não devesse se envolver ou arriscar magoar seu coração de novo. Mas, mesmo quando seguia essa linha de pensamento, Adam o descartava sem hesitação. Passaria o máximo de tempo possível com Kitty Shakespeare, e não se arrependeria disso.

25

Ora, senhor, o cozinheiro que não sabe lamber os dedos não presta.
— *Romeu e Julieta*

Kitty ergueu as sobrancelhas enquanto olhava para o fogão.
— Sem carne? Você me surpreende, sabia? Eu achava que você fosse o típico carnívoro na hora de comer.
Adam se virou, ainda mexendo o molho de macarrão, e lançou um sorriso.
— Nada de carne, frango e, definitivamente, nada de cervo. — Ele piscou para ela, lembrando-a do dia em que se conheceram. — Só cogumelos ao molho alfredo. A menos que você tenha alguma coisa contra cogumelos.
— Não tenho nada contra. — Ela tomou um gole do vinho que ele havia servido. — Desde que você não tenha atirado neles com um rifle.
— Até os cogumelos merecem ser tirados do seu sofrimento.
— Cogumelos não sofrem — ela apontou. — Eles não têm sentimentos. São fungos.
— Caras divertidos. Assim como eu. — Ele piscou.
— Hummmm, exatamente como você. — Ela revirou os olhos com a piada. Se inclinando na direção de Adam, roçou a bochecha na dele, roubando uma cenoura da salada que ele havia feito. Adam tentou pegar de volta, brincando com ela até que os dois riram e a cenoura caiu no chão.
— Pare de brincar com a comida — ela repreendeu enquanto Adam pegava a garrafa de vinho para encher a taça. — Parece uma criança cozinhando.
— Está me chamando de criança? — Ele inclinou a cabeça para o lado.
— Se a carapuça serviu...
— Acho que você vai achar que eu sou todo homem. — Ele se inclinou e a beijou, seus lábios aconchegantes e convidativos. — Só um homem te beijaria assim — ele sussurrou.

— Hummm. — Ela o abraçou pelo pescoço, beijando-o de volta.

Eles estavam assim desde que ela chegara à cabana, uma hora antes. Brincalhões, sensuais e bons um com o outro. Ela saíra em encontros antes, mas seus acompanhantes nunca a fizeram se sentir tão em casa, e completamente fora da sua zona de conforto ao mesmo tempo. Eles estavam andando na corda bamba, de mãos dadas.

Adam deslizou os lábios pela lateral do seu rosto, lambendo a mandíbula dela.

Kitty ofegou enquanto ele mordiscava a pele sensível de seu pescoço.

Ele deixou um beijo demorado em seus lábios e voltou para o fogão. Se debruçando na bancada, Kitty girou o vinho na taça, observando-o enquanto ele deslizava pelos lados. Ela se dirigiu para a cabana pouco depois de Jonas ter ido para a cama, alegando que estava com dor de cabeça e queria dormir. Embora tivesse sentido uma grande onda de desconforto por ter que mentir para Annie, ela se consolou: a noite era sua, e, se quisesse sair em um encontro, podia.

Depois do jantar, Adam acendeu o fogo na sala de estar, pegando algumas toras e colocando-as cruzadas, abanando as chamas até que elas começassem a sair pela chaminé. Kitty se sentou na cadeira macia e viu os músculos se flexionarem sob a camisa de flanela, admirando o jeito como suas coxas engrossavam enquanto ele se agachava. Havia uma tranquilidade na força dele que a seduzia. Ele estava à vontade com seu corpo, usando-o como outra ferramenta para fazer as coisas funcionarem. Ela não podia deixar de desejar que ele estivesse tão confortável com sua alma. Por mais belo que seu corpo fosse, não era a única coisa que a atraía. Não era nem mesmo a principal. Era a maneira como ele sorria, aquela meia curvatura torta que fazia seu coração bater mais forte. Era como ele respondia a suas perguntas, pensativo e de forma significativa, que a fazia perder o fôlego.

Ele tinha cozinhado para ela, limpado tudo e estava se certificando de que estava quente e confortável. Isso era diferente de todas aquelas noites em restaurantes sofisticados de LA com rapazes metrossexuais bonitos que usavam a calculadora do iPhone para dividir a conta. Ela sorriu, imaginando a resposta furiosa de Adam se ela se oferecesse para pagar a conta.

Talvez ela devesse tentar em algum momento. Os flashes de fúria que ela via em seus olhos às vezes eram deliciosos.

O único problema era que não haveria encontros. Nem visitas a restaurantes ou idas ao cinema. Isto aqui era tudo o que tinham. Algumas noites escondidos em uma cabana antes de seus caminhos se separarem.

O pensamento fez o peito dela doer.

— Quer mais vinho? — Adam gesticulou para a taça vazia. Kitty sorriu, tentando engolir a tristeza, e a segurou para que ele a enchesse. Se servindo também, Adam a levantou, se sentando na cadeira e a puxando para seu colo.

Ele colocou o braço ao redor da sua cintura, e Kitty inclinou a cabeça contra o peito dele. O casal observou o fogo dançando na grelha enquanto bebia o cálido Merlot, e Kitty se perguntou se era assim que a felicidade se parecia. Era simples e verdadeiro. Ela não queria restaurantes sofisticados ou clubes da moda, apesar de antes gostar deles. Sentada ali com o braço de Adam a seu redor, o cheiro do fogo preenchendo seus sentidos, não conseguia pensar em nenhum lugar onde preferisse estar.

— Vai ficar comigo esta noite? — Ele passou o dedo por sua coxa.

— Não sei... — Ela queria, mas tinha medo. Não de ser pega, embora isso fosse ruim o suficiente, mas de se machucar. Cada célula de seu corpo estava ficando viciada no toque dele.

— Fique — ele murmurou, passando a mão ao redor da perna dela. — Até amanhã. Me deixe fazer amor com você e te abraçar a noite toda.

A sugestão a incendiou. Não havia nada que ela quisesse mais do que ser abraçada por ele, permitindo que ele a amasse até que os dois gritassem de prazer.

Kitty fechou os olhos, se entregando às sensações que atingiam seu corpo. A sensação de seu toque, o cheiro quente e fumegante do fogo e o sabor do vinho que permanecia em sua língua. Seria possível viver o momento, se deixar ser livre o suficiente para aproveitar o que restava do tempo com Adam e não se preocupar com o futuro?

Ela não tinha certeza, mas a alternativa — ir embora agora — parecia muito difícil de contemplar. Era como se o sentimento que estava procurando por toda a vida a estivesse completando agora. Era estranho que ela o encontrasse aqui, nesta cabana isolada no meio da neve, quando sempre achou que encontraria em LA.

— Vou ficar — ela sussurrou.

Teria dito mais, mas os lábios de Adam roubaram as palavras de sua boca.

❄

Ver Kitty dormir estava se tornando seu passatempo favorito. Adam se deitou de lado, com a bochecha apoiada na palma da mão, observando a postura relaxada dela. A moça tinha o hábito de franzir a testa quando dormia. Ele achava que era em resposta a algum sonho. E tudo o que queria era suavizar as linhas. Ela era a única coisa boa que havia acontecido com ele em muito tempo, e Adam não tinha certeza de que estava pronto para deixá-la escapar.

O pensamento o fez querer bater em algo. Qualquer coisa.

— Ei. — Kitty abriu meio olho. — Que horas são?

— Ainda de noite. Volte a dormir. — Ele roubou um beijo suave. — Eu te acordo quando for de manhã.

Ela se aconchegou a ele, abraçando-o. Seus lábios pressionados contra o vão suave da garganta.

— Você também deveria dormir.

— Não posso. — Ele pressionou o rosto em sua cabeça, o cabelo dela abafando a voz. — Mas isso não significa que nós dois precisamos.

A voz de Kitty era profunda e lenta, como uma criança acordada de um anestésico.

— Por que você não consegue dormir?

— Nunca consigo. Durmo no máximo quatro horas a noite toda, cinco às vezes. — Adam olhou para o relógio. Eram quase cinco da manhã.

Ela estendeu os braços acima da cabeça, sua boca se abrindo em um bocejo.

— Não posso sobreviver com menos de sete, não de forma regular. — Ela franziu o nariz. — Embora ultimamente eu tenha dormido pouco.

Ele riu com suavidade.

— Percebi.

Era estranho ver Kitty acordar. Seu corpo ligava um pouco de cada vez. Abria os olhos, alongava os braços, pernas maleáveis e flexíveis. Tão diferente do jeito como Adam acordava, todo o seu corpo se virando ficando alerta assim que o sono desaparecia. Um pouco disso vinha de suas experiências no exterior — dormindo em lugares estranhos, muitas vezes tendo que evitar pessoas que realmente não queriam que ele fizesse um documentário a respeito delas. Mas ele sempre acordava rápido, mesmo quando criança. O espreguiçar como o de um gato de Kitty era uma diferença sedutora.

— Posso te perguntar uma coisa? — ela indagou.

Ele piscou, encarando-a.

— Claro.

— O que aconteceu quando você voltou para LA neste verão?

Os escudos dele imediatamente se ergueram.

— O que você quer dizer? — Algo em seu tom devia tê-la alertado para o desconforto dela.

— Eu só estava curiosa. Deixa pra lá.

Ele não gostou do jeito como ela recuou. Foi o suficiente para fazer o estômago dele se apertar.

— Me desculpe se eu estou sendo cauteloso. Eu só... não foi um bom momento para mim.

Ela não disse nada. Talvez tivesse medo de colocá-lo novamente na defensiva. De qualquer maneira, Adam sabia que precisava arrumar as coisas. Para tentar recuperar a delicada facilidade de que desfrutavam momentos antes.

— São águas passadas — ele falou. — Eu briguei com o Everett por uma coisa e nós nos atracamos. Logo em seguida vi as luzes azuis chegando e estava sendo preso por violência e agressão.

— O Everett também foi preso?

Adam umedeceu os lábios ressecados.

— Ele não é tão bom em brigar quanto eu. Se deu mal.

— Qual foi o motivo da briga? — ela perguntou, com a palma da mão no peito dele, onde o coração estava batendo forte. Ela o encarou através daqueles lindos olhos azuis, a expressão suave.

Adam pensou naquele dia, quando descobriu tudo o que Everett tinha feito. O engano, a traição, os pagamentos que havia feito. Era como se um véu de névoa vermelha tivesse descido, colorindo tudo para onde ele olhava. Nem sequer tinha planejado acertá-lo na primeira vez, mas, quando se deu conta, Everett estava no chão.

Cristo, que teia os dois teceram.

— Ele me enganou.

Ela moveu a mão em um círculo em sua pele, os dedos deslizando devagar perto dos mamilos. Estranho como ele podia se sentir tão tenso e tão excitado ao mesmo tempo. Só ela podia fazê-lo se sentir dessa maneira.

Mais vivo do que jamais se sentira e completamente receoso, ele nunca mais se veria assim.

— Não precisamos falar sobre isso se você não quiser.

— Não é que eu não queira — ele falou. — É que estou tentando esquecer. Pelo menos pelos próximos dias. Prometi à minha família que vou ao almoço de Natal e deixaria o passado para trás. Se eu continuar falando sobre essa merda, vou ficar irritado de novo e não quero isso.

— Você tem medo de bater nele de novo?

Adam balançou a cabeça.

— Estou melhorando no controle da raiva. É por isso que eu tenho feito terapia. — Pelo menos era, até que tivesse mudado o rumo por causa de seus sentimentos por Kitty. — Quero ser o mais verdadeiro possível. Os meus pais tiveram um ano difícil, e parte disso é culpa minha. Eles merecem ter a família toda junta no Natal, e eu quero proporcionar isso a eles.

— E depois do Natal? — Kitty perguntou. — O que você vai fazer, então? Vai ser como o armistício de um dia na Primeira Guerra Mundial, quando os soldados jogaram futebol juntos e retomaram a luta no dia seguinte?

— Honestamente? — Adam perguntou. — Não faço ideia. Acho que as coisas vão voltar ao jeito que eram. O Everett vai voltar para LA, eu vou ficar aqui e terminar a terapia.

— E eu vou voltar também...

— Mas você está aqui agora. — A voz de Adam estava rouca. — E isso é o que conta, certo? — Ele colocou a mão sobre a dela, movendo a palma até deslizá-la contra seu mamilo. A sensação o deixou duro pra caramba. Ela conseguia fazer isso: despertá-lo com o toque mais simples até que seu corpo doesse e precisasse dela mais do que precisava de ar.

Como é que ele iria sobreviver sem ela?

❄

A luz da manhã estava fluindo através das persianas de cabana, brilhando linhas em branco no chão do quarto de madeira. Kitty olhou para elas, observando enquanto se moviam lentamente para a cama, como se estivessem brincando de pega-pega. Eram quase sete, hora de se levantar, alimentar o cachorrinho e voltar para casa antes de sua ausência ser notada.

Era difícil afastar o sentimento de ansiedade que havia ficado nela desde que vira o roteiro na biblioteca. De saber algo que Adam não sabia, de tentar encontrar uma maneira de contar a ele e que não agravasse as coisas. De abrir uma caixa de Pandora que ameaçava engolir todos eles.

Quando ela perguntara sobre LA, esperava que a conversa levasse a Everett e, naturalmente, ela pudesse falar sobre o roteiro. Mas Adam a distraíra, usando seu corpo para fazê-la esquecer de qualquer coisa que se demorasse em sua mente, até que tudo o que ela podia pensar era nele e no que fazia com ela.

Mas qual era a desculpa agora? Na verdade, estava com medo. Não, era pior do que isso: estava assustada demais com a possibilidade de esse pedacinho de meia verdade que estava escondendo dele ser a informação que poderia fazer tudo desabar.

Pior ainda, era véspera de Natal, o dia que Jonas esperava ansiosamente. E se ela contasse a Adam e ele entrasse na casa para bater em Everett? Os dois poderiam acabar na delegacia de polícia local, deixando os pais de Adam e Jonas devastados. Ela poderia fazer isso com eles, logo hoje?

Não, não podia. Mas também não conseguiria esconder isso dele. Não depois de tudo o que haviam passado. Mesmo que fosse embora na semana seguinte e nunca mais o visse, ela devia lealdade a Adam e tinha que contar.

Na sala de estar, ela ouviu o cachorro se mexer, arranhando a porta do quarto. Em um instante ou dois ele estaria latindo para que Adam o deixasse sair para fazer suas necessidades e o dia começaria.

Adam disse que queria esquecer tudo até que o Natal acabasse. Talvez Kitty pudesse fazer o mesmo. Eles poderiam passar o dia, fazer Jonas feliz por estarem todos juntos, e então, quando tudo acabasse, ela contaria a Adam sobre o roteiro que encontrara.

Na hora certa, os latidos começaram e o cachorrinho bateu na porta do quarto, sabendo que estavam ali dentro. Adam se sentou assim que ouviu o barulho, piscando para despertar e sorrindo quando a viu deitada ao lado dele.

— Bom dia. — Ele lhe deu seu maior e mais brilhante sorriso. Sim, era muito melhor manter tudo escondido por enquanto.

26

Nós dois vamos cantar sozinhos como dois pássaros na gaiola.
— *Rei Lear*

O dia foi abençoado com uma tempestade que agitou a nevasca, fazendo-a dançar como borboletas. Flocos antigos se misturaram aos novos o suficiente para causar uma queda de neve pesada. Kitty e Annie passaram a manhã da véspera de Natal acendendo a fogueira, fazendo chocolate quente, cantando com Jonas enquanto ele ensaiava as canções para sua performance da noite. Na hora do almoço, o aroma de pernil e abóbora encheu a cozinha, fazendo o nariz de Kitty se contrair com as lembranças olfativas da infância.

Não que tivessem comido torta de abóbora quando era criança. Seus feriados haviam sido tradicionalmente britânicos, com pudins de cheios de especiarias e tortas mornas e picantes. A carne de que gostava era peru, mas também havia pernil. Primeiro sua mãe, e depois Lucy, cozinhavam tanto que os restos duravam por todo o mês de janeiro. Peru ao molho de curry, torta de pernil e todas aquelas coisas tinham gosto de lar.

Ela tinha saudade.

— Quanto tempo falta? — Jonas perguntou, puxando seu braço. — Já está na hora?

Kitty bagunçou o cabelo dele.

— Ainda faltam nove horas, então vamos tentar não ficar pensando nisso, ok?

Só por uma noite, Jonas poderia ficar acordado até tarde. Eles decidiram que meia-noite era muito tarde, mesmo que seu canto devesse substituir a missa do galo, mas ficar até as nove poderia significar que ele dormiria no dia de Natal. Isso seria um presente para todos.

— Isso é muito tempo. — Ele se jogou na cadeira da cozinha, empurrando a caneca vazia.

Mia e Everett tinham saído mais cedo para viajar para Washington, para uma reunião seguida de uma recepção de coquetéis. Nenhum dos dois parecia particularmente feliz com isso, resmungando um com o outro como cães irritados antes de partir. Mia deu um abraço apertado em Jonas, prometendo que estaria de volta antes de o Papai Noel chegar em seu trenó.

Para compensar a ausência, Kitty estava determinada em completar o dia de Jonas com prazer.

— O que você acha de assistirmos a um filme? — ela sugeriu. — Tenho alguns aqui. *O expresso polar* ou *Um duende em Nova York*. Acho que também tem *Meu papai é Noel*.

Seu rosto se iluminou.

— Podemos assistir com a vovó?

Kitty balançou a cabeça.

— Ela está descansando para poder estar acordada hoje à noite. Ela não quer perder a sua apresentação.

— Podemos fazer pipoca, então? — Jonas lhe lançou um sorriso.

— Por que não? — O garoto estava sem os pais, preso em uma casa isolada, longe dos amigos, só com a babá, a cozinheira e os avós idosos como companhia. Se queria pipoca, ele teria.

— Oba! — Ele entrou na sala de estar para ligar a TV enquanto Kitty preparava o lanche e a bebida. Passaram a tarde aconchegados no sofá sob uma manta afegã, assistindo a um filme depois do outro e se enchendo de besteiras. À medida que a luz do dia foi sendo vencida pelo início do anoitecer, Jonas adormeceu em seu colo, o corpo leve enrolado no dela.

Era reconfortante tê-lo dormindo nos braços. Ela se sentia protetora e calma. Naquele momento, a satisfação se espalhava por ela e a aquecia por dentro. Sentiria falta dele quando voltasse a LA. Droga, havia muitas coisas das quais Kitty sentiria falta.

— Ele está dormindo? — Annie enfiou a cabeça pela porta.

— Está. — Kitty sorriu. — Eu ia acordá-lo, mas, como ele vai ficar acordado esta noite, pensei que deveria deixá-lo descansar.

— Bem, se você puder deixá-lo por um momento, tem alguém aqui que quer ver você.

— Quem? — Kitty franziu a testa.

— O Adam. Ele quer saber quando deve trazer o cachorro. Para a surpresa do Jonas.

Kitty só precisou ouvir o nome dele para seu coração começar a acelerar. Era vergonhoso como ele a fazia se sentir. Excitante também, naquele jeito colegial. Apenas quatro letras e seu corpo ficava com a maior pressa.

Suavemente, ela se afastou de Jonas, deslizando uma almofada debaixo de sua cabeça e enfiando o cobertor com firmeza a seu redor. Ele murmurou enquanto dormia, depois se virou, puxando o cobertor ao redor de si. Com seu cabelo dourado e as bochechas vermelhas, parecia mais um querubim do que um menino.

Os sentimentos calorosos a seguiram até a cozinha, onde Adam estava apoiado no balcão, os olhos castanhos seguindo a entrada de Kitty. Ele não precisava dizer uma palavra. Sua expressão dizia tudo.

Sua intensidade roubou o fôlego dela.

— Oi. — Ela se sentiu tímida de repente. Parando junto à mesa, a poucos passos dele, ela se viu retorcendo os dedos. — Está tudo bem?

— Sim. — Sua voz era grossa. — Eu só queria te ver.

— É? — Kitty olhou para trás, procurando Annie, mas a governanta estava longe de ser vista. Talvez estivesse sendo discreta, dando espaço aos dois. Kitty sustentava havia muito tempo de que Annie sabia exatamente o que estava acontecendo.

Quando Adam engoliu em seco, o pomo de Adão foi empurrado para fora.

— Eu fiquei com saudade. — Um sorriso apareceu no canto de sua boca. — Não consigo passar por um dia sem te ver.

As palavras fizeram seu coração querer cantar. Ele estava ecoando seus pensamentos, sublinhando a necessidade dolorosa que os dois pareciam ter.

Talvez fosse isso que a fez ser ousada o suficiente para dar um passo adiante e pegar as mãos dele. Ficando na ponta dos pés, ela se levantou, pressionando os lábios contra os de Adam. O contato da boca macia e quente, emoldurada pelas cerdas afiadas da barba, era delicioso. Um momento depois ele a segurou, beijando-a com força e rapidez. Suas mãos estavam em todos os lugares, no cabelo, na lateral do corpo, afastando-a. Se contendo enquanto podia.

Assim como ela.

Quando ela finalmente se afastou, seu rosto estava corado. Os olhos de Adam estavam escuros, procurando, buscando respostas que ela não estava certa de que podia dar. Mas ela queria tentar de qualquer maneira.

— Você veio por causa do cachorrinho?

Adam balançou a cabeça.

— Foi só uma desculpa. Eu vim por sua causa. Não, eu vim *por* você. Se eu pudesse, te roubava agora e te escondia na cabana.

— Isso parece bom. — Não, parecia perfeito. Não havia nada que ela preferisse fazer. Mas havia Jonas e outras complicações, e aquela droga de filme que Adam não sabia que estava sendo feito. Segredos e mentiras, tudo esperando para ser dito. Era errado ela querer se esconder de todos? Fingir que eram só ela e Adam e mais ninguém no mundo? Ela não conseguia se lembrar de um momento em que estivesse mais feliz do que quando estava deitada em seus braços.

— Mas acho que isso está fora de questão, não é? — Ele inclinou a cabeça, o sorriso convidativo. Queria sair, deixar tudo para trás. Para que pudessem permanecer em sua bolha durante algumas horas mais.

— Não posso... — Machucou o coração dela dizer isso. — Tem o Jonas, a apresentação... É véspera de Natal. Não posso deixá-lo sozinho.

— Onde estão o Everett e a Mia?

— Em Washington. Só voltam à noite. — Ela tentou esconder a amargura em sua voz, mas era impossível. — Eles nem vão estar aqui para ouvi-lo cantar para a avó

Um raio de ira acendeu os olhos de Adam.

— Não vão?

— Não, e ele está ensaiando há dias, pobrezinho. Está tão entusiasmado com isso. Às vezes eu tenho vontade de sacudir os dois, fazê-los perceber o que estão perdendo. Uma coisa é ser dedicado à carreira, outra é esquecer o filho na época mais importante do ano.

— Não importa que época do ano seja. O garoto deve sempre vir primeiro.

Kitty concordou com a cabeça. Outra razão pela qual se sentia tão conectada a Adam: ele tinha as mesmas convicções que ela. Com que frequência se conhece alguém que parece ecoar suas próprias crenças tão completamente?

— Você vai assistir à apresentação? — ela perguntou.

— Não perderia por nada no mundo.

— Obrigada — ela disse suavemente, apertando a mão de Adam. — Ele vai adorar.

O quarto de Mary Klein cheirava a água de rosas e sabonete. Em algum momento daquela semana, Annie o fizera parecer festivo — com uma árvore no canto e guirlandas na parede. Até a própria paciente parecia melhor. Qualquer dor residual parecia ter passado, trazendo a cor de volta a suas bochechas.

Talvez o fato de que ela ia descer pela primeira vez na manhã seguinte deixasse seus olhos brilhando. Ou talvez fosse a apresentação de Jonas que a fazia parecer tão viva. De qualquer forma, era bom vê-la tão acordada e feliz.

Ao lado dela, na cadeira acolhedora, estava o marido, e Annie se sentara do outro lado. Adam estava empoleirado no final da cama, enquanto Kitty estava perto de Jonas para lhe dar o apoio de que ele precisava. Até Drake estava lá, permanecendo na entrada. Era uma grande multidão para a estreia de Jonas.

— Tudo bem? — ela sussurrou para ele.

Jonas assentiu e tomou outro gole de água, engolindo com nervosismo. Kitty lhe deu um aperto de mão.

— Vá em frente. Você vai ser ótimo. — Ela podia ver suas mãos tremendo quando ele ficou no meio do quarto, todos os olhos o seguindo. Uma explosão de orgulho a atravessou. Ele estava superando seus medos, e ela sabia que tinha muito a ver com isso.

O quarto ficou em silêncio enquanto Jonas respirou profundamente, então cantou a primeira nota, a voz pura atravessando o ar abafado. Embora seus olhos estivessem abertos, ele estava focado em algo distante, o rosto assumindo um olhar melancólico. "Little Town of Bethlehem" foi a primeira canção de Natal. A favorita da avó, Annie lhes contou. Enquanto ele continuava com os versos, não havia ninguém que não chorasse no quarto.

Kitty olhou para Mary Klein, que estava murmurando as palavras junto com Jonas, olhando para o neto com adoração. Uma mão fina como papel estava apoiada na do marido, a outra apertando firmemente a colcha da cama. Os olhos de Francis e Annie também estavam focados nele. E na frente estava Adam, seu Adam, olhando para o sobrinho com o fantasma de um sorriso nos lábios.

Em alguns momentos, Adam pegou o olhar de Kitty. Como sempre, ele fez seu peito apertar. Era como se houvesse uma conexão física entre eles, vibrando e sibilando como uma falha elétrica que a fazia se sentir nervosa.

Quando Jonas começou a música seguinte, o pulso de Kitty estava acelerado. Pelo resto da vida, ela sabia que sempre pensaria nesse momento quando ouvisse uma canção de Natal. Seria impossível esquecer a forma como Jonas parecia tão dolorosamente melancólico, ou a forma como as velas cintilantes criavam sombras nas paredes brancas. Acima de tudo, ela se lembraria da maneira como se sentia, como se uma bola de fogo, atirada por Adam Klein, estivesse rolando dentro dela. O conhecimento dele a ergueu como um despertar espiritual. Ele encheu seu corpo, sua mente, sua alma. Cada parte dela doía para tocá-lo, para que ele a abraçasse e nunca a soltasse. Ela não queria mais do que desaparecer em sua pele.

Isso era amor? Ela não sabia. Mas, fosse o que fosse que sentia, era muito poderoso para ignorar. Ele era como o estrondo de um trovão na noite escura, uma tempestade cada vez mais próxima, sem nenhum edifício ou árvore para protegê-la. Ele a atingiria, e ela queria ser atingida. Ansiava por isso. Essa conexão — fosse lá o que fosse — tinha vida própria, e nenhum deles parecia capaz de controlá-la.

Jonas chegou à música final, e Kitty desviou os olhos de Adam. Seu corpo estava reagindo de maneiras que nunca sentira antes, como um urso que despertava da hibernação. Ela queria esticar o corpo, deixá-lo a invadir como um novo sopro de ar.

Quando Jonas atingiu a nota final, Mary Klein fez um gesto e ele se sentou na cama, enterrando a cabeça em seus braços. O misto de emoções que passou pelo sangue de Kitty a paralisou, o coração batendo forte contra o peito enquanto olhava o grupo de pessoas a sua frente. Uma família conectada na véspera de Natal.

Talvez isso devesse tê-la deixado triste. Talvez ela devesse sentir falta da própria família. Mas naquele momento, bem ali, não conseguia pensar em um único lugar onde preferisse estar. O lar não é onde está seu sangue. Nem mesmo onde está seu coração. O lar é onde você se sente aceito, amado, em paz.

O lar se parecia estranhamente com Adam Klein.

Jonas deu um enorme bocejo, estendendo os braços acima da cabeça de maneira quase paródica. O menino abriu tanto a boca que ela praticamente podia ver suas amígdalas.

— Muito bem, amigo, hora de ir para cama — Kitty falou, dando uma olhada para a avó para se certificar de que estava bem. Ela ainda se sentia estranha, como se estivesse tendo algum tipo de experiência fora do corpo.

— Ela está certa — Mary falou. — Se você não dormir, o Papai Noel não vem. Você não quer perder os seus presentes amanhã.

E, cara, que presentes eram. Kitty se perguntou se o cachorrinho seria uma surpresa bem-vinda.

— O que nós estamos esperando? — Jonas pulou da cama. — Vamos, Kitty, hora de dormir. — Com isso ele estava fora do quarto e correndo pelas escadas até o segundo andar, indo para o banheiro. Kitty olhou por cima do ombro antes de segui-lo. Adam ainda estava parado no canto, seu olhar aquecido. Ela queria dizer algo a ele, dizer adeus. Perguntar quando o veria de novo. Mas não podia, não agora. Não quando todos estavam aqui.

Ela odiava que seu segredo significasse que ela precisava permanecer em silêncio. Odiava segredos, ponto-final.

Kitty abriu um meio sorriso, depois se virou, ainda sentindo o calor do olhar de Adam em suas costas quando saiu do quarto.

Junto com um vazio, ela não conseguia compreender.

❄

Adam viu Kitty partir, o cabelo loiro balançando enquanto ela se movia e saía do quarto de sua mãe, seus chinelos de pele de carneiro batendo suavemente no chão de madeira polida. Ele a encarara a noite toda, não conseguira evitar. Ela era linda demais.

Eles não podiam continuar assim. No começo, o segredo fazia parte da diversão. Um grande *foda-se* para o irmão, uma aventura abastecida com adrenalina. Mas agora isso o estava matando.

Seus pensamentos se voltaram para aquela manhã, quando Kitty estava enrolada em seus braços. Ele não sentia vontade de se esconder quando ela estava por perto. Queria gritar a plenos pulmões.

— Adam, você me ouviu? — A voz da mãe cortou os pensamentos dele. Ele olhou para ela, seu sorriso quente.

— Desculpe, eu estava a quilômetros de distância.

— Percebi. — Seu rosto tinha uma expressão de malícia. — Eu perguntei quando você estava planejando trazer o cachorro.

Ele deu de ombros.

— Acho que vou trazer depois do café da manhã, quando nós abrirmos os presentes da árvore.

Ela deu um sorriso radiante.

— Você vai vir para abrir os presentes também?

— Claro. Quem não gosta de presentes? — Seus olhos cintilaram.

Mary se deitou, fechando os olhos.

— Quem é você e o que você fez com o meu filho?

Adam riu.

— Eu o amarrei e o deixei na cabana.

— Foi bom ter feito isso, porque eu gostei muito de você.

Ele caminhou até o lado da cama. Seu pai ainda estava sentado do outro lado, observando a conversa com carinho. Adam se inclinou e pressionou os lábios na testa da mãe, beijando-a gentilmente.

— Você devia descansar.

— É verdade — seu pai concordou. — Foi um dia longo.

— Um dia longo e bom. — Ela estendeu a mão e segurou a dele. — E foi maravilhoso ter você aqui conosco. Depois do que aconteceu no verão, nunca pensei...

Adam engoliu em seco, um nódulo se formando na garganta.

— Eu não gostaria de estar em outro lugar.

Era verdade. Kitty tinha sido o catalisador para abrir seu coração, mas era sua família que o fazia se sentir completo. Seus pais, Annie, Jonas, todos eles eram os motivos pelos quais ele se sentia tão confortável, o motivo pelo qual se sentia em casa.

Se inclinando, ele a beijou uma última vez.

— Feliz Natal, mãe.

Ela apertou a mão do rapaz e a soltou, as pálpebras começando a vibrar de exaustão. Sua voz era baixa o suficiente para que ele tivesse que se esforçar para ouvi-la.

— Feliz Natal, filho.

27

Ela tinha olhos e me escolheu.
— *Otelo*

Jonas foi para a cama sem reclamar. A ameaça de o Papai Noel não aparecer é suficiente para fazer as crianças se enfiarem debaixo das cobertas, e Jonas não era exceção. Ele escovou os dentes, vestiu o pijama de boneco de neve e depois pendurou a meia nos pés da cama antes de saltar para o colchão e fechar os olhos. Ele mesmo recusou a oferta de Kitty para ler um livro. A véspera do Natal não era rival para sua mente impaciente.

Ela esperou uma hora antes de entrar no quarto e encher sua meia. Uma variedade de presentes, embrulhados com papéis brilhantes, caía do alto de forma satisfatória. Mia e Everett podiam falhar em muitas coisas, mas a generosidade não era uma delas.

Era quase meia-noite quando finalmente subiu as escadas para seu quarto. O casal ainda não tinha chegado em casa. A neve tinha começado a cair de novo, os flocos batendo no vidro da janela e girando no feixe das luzes do lado de fora. Ela esperava que os dois chegassem logo e que a neve não os impedisse. Que Jonas não despertasse no dia de Natal para perceber que os pais não tiveram escolha a não ser passar o dia em Washington.

Entrando no quarto, ela estendeu a mão para acender a luz. Uma figura estava sentada em sua cama. Ela pulou, apertando o peito com a palma da mão, os olhos arregalados.

Adam. Era Adam.

Respire, Kitty.

— O que você está fazendo aqui? — ela sussurrou. — Quase me matou de susto.

— Quem você estava esperando, o Papai Noel? — Ele abriu um sorriso largo. — Você demorou pra caramba, por sinal. Quase cochilei.

— Eu estava ocupada — ela falou. — Tive que ter certeza de que o Jonas estava dormindo para poder colocar os presentes na meia. Ele ainda acredita em Papai Noel, você sabe.

Adam piscou.

— Você é um Papai Noel sexy pra caramba. Da próxima vez, quem sabe você possa usar a roupa vermelha.

Ela levantou uma sobrancelha, gostando desse Adam brincalhão.

— Você tem uma queda por velhinhos gordos?

Adam a agarrou, puxando-a para a cama com ele. Enrolando a perna ao redor do quadril dela, ele a segurou.

— Eu tenho uma queda por você, baby. — Ele passou o nariz ao longo da mandíbula de Kitty, pressionando os lábios em seu pescoço. — Gorda, velha, não me importa. Só quero te abraçar.

Ela passou os dedos nos cabelos dele, abraçando-o.

— Essa pode ser a coisa mais legal que alguém me disse.

Os lábios de Adam se moveram contra o pescoço dela.

— Então você está falando com as pessoas erradas, linda.

Parecia errado todos os momentos que passava com outra pessoa. Era como se os dois estivessem em um globo de neve — droga, toda a família, se você quisesse —, apenas eles e seu mundo de maravilhas do inverno, protegidos do mundo lá fora. Talvez houvesse algo na necessidade de Adam recuar. Algo concentrado e precioso. Ela não podia deixar de pensar que desejava que essa bolha durasse para sempre.

— Você vai passar a noite aqui? — Era errado, ela sabia, mas a ideia de ele ir embora parecia pior.

Seus lábios chegaram à clavícula. Beijando, mordiscando, lambendo, ele fez da carne dela a sua própria.

— Não posso deixar o cachorro sozinho.

Droga, ela havia se esquecido do cachorrinho. Seria bom pensar que ele não seria problema dela depois de amanhã, mas isso seria mentira. Estava só começando.

— Então você simplesmente passou para dizer oi?

— Algo assim. — Ele alcançou o seio de Kitty. Desabotoando a blusa, moveu os lábios para baixo até encontrar a borda da renda do sutiã. — Eu precisava te ver.

Ela perdeu o fôlego enquanto ele puxava a taça para baixo, até que seu seio estava exposto.

— Isso é bom.

Ele traçou uma linha quente com a língua. Pelo seio, ao redor da aréola. Ela sentiu a pele formigar.

— É bom — ele concordou, a ponta da língua mal tocando seu mamilo.

— Muito bom. — Os lábios de Adam se fecharam ao redor dela, sugando-a, e todas as palavras em que ela poderia pensar escaparam da sua mente.

Quando ele pegou o outro mamilo entre o polegar e o dedo indicador, o aperto a fez jogar o corpo para trás. Cada toque enviava ondas de prazer. Cada mordida a fazia gemer suavemente.

— Eu quero te fazer gozar assim — ele sussurrou.

— Não tenho certeza de que consigo...

— Quero tentar. Um presente de Natal para mim. — Ele sorriu contra seu peito. — Um presente contínuo.

Mas ela não estava dando, estava recebendo. Sugando prazer dele centímetro por centímetro, até que seu corpo parecia estar flutuando, vibrando, as células cantando uma música silenciosa enquanto ele a beijava e a amava até que ela não era nada além das sensações.

Um orgasmo a atravessou como um tornado, deixando a devastação em seu rastro. Por um minuto seu corpo era uma tempestade, então ela estava gozando. Cada vez mais forte e nos braços dele.

Adam a segurou forte, os lábios macios contra os dela. Experimentando o prazer de Kitty e o devolvendo. Seus músculos relaxaram, exaustos, as pálpebras pesadas enquanto ela se curvava em seu abraço.

28

> Minha língua vai dizer a ira do meu coração, ou então
> meu coração escondendo isso se partirá.
> — *A megera domada*

Adam saiu pouco antes do amanhecer, deixando Kitty aproveitar algumas horas de sono. No momento em que Jonas a despertou, logo depois das seis, todo o seu corpo estava doendo. A cabeça também doía, repleta de pensamentos sobre Adam.

Tinha se apaixonado por ele, ela poderia admitir isso. Mas tinha medo de Everett, droga, tinha medo de tudo naquele momento. Era uma confusão tão grande. Ela não via a hora de o Natal acabar — pelo menos depois dele Kitty poderia ser sincera.

Odiava segredos.

— O Papai Noel veio! Posso abrir os meus presentes? — Jonas pulou na cama com entusiasmo. — Tem tantos!

— Ainda não. — Ela acariciou seu cabelo. — Você precisa esperar a família acordar.

Mia e Everett deviam ter voltado em algum momento à noite, porque o carro estava estacionado na estrada de cascalho. Talvez ela estivesse dormindo, ou talvez estivesse muito absorvida por Adam. Fosse o que fosse, ela não tinha ideia de quando eles voltaram.

— Mas isso não é justo. A mamãe leva a vida toda para levantar. — Uma ruga teimosa surgiu em seu rosto. — Que tal só um?

Kitty se inclinou para baixo da cama.

— Talvez você possa abrir um dos meus presentes para você. — Ela entregou a ele uma caixa coberta com papel de embrulho da Disney, representando Mickey Mouse usando roupa de Papai Noel.

Até isso a fazia se lembrar de Adam.

— O que é? — Ele agarrou o pacote com impaciência. — O que você comprou para mim?

— Abra e veja.

Ele deslizou os dedos debaixo da fita, rasgando as bordas do papel. Cada rasgo revelou um pouco mais da embalagem, até que o papel restante caísse no chão.

— Você me deu uma caixa de mágica? Incrível! — Ele puxou a tampa, abrindo-a e procurando pelo conteúdo. — Eu sempre quis uma dessa.

Ela sorriu.

— Eu sei. Você me disse, lembra?

— Quando eu posso fazer alguns truques? — Ele levantou os copos e a bola. — Talvez eu possa fazer um show.

— Com certeza. Depois de treinar...

— Vou praticar o dia todo. Até ser o melhor mágico de todos os tempos.

— Acho que hoje você não vai ter muito tempo. Talvez amanhã? Amanhã, ah, amanhã.

Ele pareceu aborrecido.

— Mas isso é uma eternidade.

— Vai passar voando. Hoje você vai ter mais presentes para abrir e precisa passar um tempo com a sua família. Vai ter muito tempo para aprender truques de mágica depois.

— Acho... — Ele puxou o resto dos truques para fora, examinando um por um. — Acho que posso esperar.

— Bom garoto.

Depois de se vestirem, eles desceram a escada. Everett e Mia já estavam lá embaixo, tomando café, enquanto Annie arrumava o peru. O avô de Jonas, Francis, estava observando seu trabalho, passando o molho quando ela pedia.

— Feliz Natal, querido! — Mia abriu os braços para Jonas, que correu para eles. — O Papai Noel te trouxe presentes?

— Muitos, mãe. A Kitty disse que eu só podia abrir depois que você acordasse. Posso abrir agora?

Olhando por cima da cabeça do filho, ela assentiu com a cabeça para Kitty, como que agradecendo a ela.

— Claro, querido. Traga tudo aqui para baixo. Não vejo a hora de ver o que o Papai Noel trouxe! — Ela balançou as sobrancelhas, como se estivessem compartilhando uma piada. Mas claro que era uma piada para adultos que Jonas não entendeu. Tanto quanto ele estava preocupado, o Papai Noel era alguém que adorava dar presentes.

Jonas saiu correndo da sala e subiu a escada. Mia se recostou, parecendo aliviada e tomando outro gole de café.

— O que você fez com o cachorro? — ela sussurrou.

— Está com o Adam. Ele vai trazer mais tarde, quando formos abrir os presentes da árvore. Eu disse que iria encontrá-lo lá fora para que nós possamos surpreender o Jonas. Você vem conosco?

Mia franziu o nariz, olhando a neve caindo no chão branco.

— Talvez você possa trazê-lo aqui em vez disso.

Às dez horas, Mia estava ocupada bebendo uma mimosa e fofocando com Drake, deixando Kitty vestir o casaco, calçar as botas de neve e caminhar até o lado da casa onde Adam estava escondido. O cachorrinho estava em silêncio em uma coleira, bem-comportado, não se esforçando nem lutando para fugir. Adam havia prendido um laço vermelho na coleira, para desgosto do filhote. Ele tentava mordê-lo, mas estava tendo problemas em conseguir o ângulo certo.

— Você colocou um lacinho nele. — Ela não conseguiu disfarçar a alegria.

— Ah, imaginei que, se vamos fazer isso, temos que fazer pra valer.

— Então, o que nós vamos fazer? — ela perguntou. — Só entregar e gritar surpresa? Trazer o Jonas aqui para fora? O que você acha?

— Vamos nos divertir um pouco. — Seu sorriso era contagiante. — Vamos escondê-lo no armário e depois soltá-lo. Criar um pouco de confusão.

Os olhos de Kitty se arregalaram.

— Não sei se nós devemos fazer isso. E se ele fizer bagunça?

— Não vai ser por muito tempo, e nós o treinamos. — Sua expressão estava cheia de malícia. — Vamos, vamos animar as coisas lá dentro. É Natal, pelo amor de Deus.

— Se você tem certeza. — Kitty hesitou. — Não quero causar nenhum problema.

— Olha, para quem é o Natal? — Ele deu um passo à frente, segurando o rosto dela com a palma fria.

— Para as crianças? — ela arriscou.

— Certo. O que pode alegrar o dia do Jonas?

Ela deu de ombros.

— Correr atrás de um cachorro ao redor da casa até a mãe dele gritar bem alto?

— Exatamente. Então, vamos nos divertir, ok?

Fiel à sua palavra, Adam colocou o cachorro no armário, mal reclamando com o vira-lata quando ele começou a comer os sapatos de Everett. Jonas estava distribuindo presentes para a família, reunida ao redor da árvore. As pilhas eram grandes. Até Drake e Kitty — os relativamente estranhos — ganharam.

— Tem mais um presente no armário, amigo — Adam avisou o menino.

— Sério? De quem é? — Jonas se levantou, a animação iluminando seus olhos. Antes que qualquer um deles pudesse responder, ele estava no corredor, indo para o armário. Kitty pulou e o seguiu, e Adam foi logo atrás, nenhum dos dois se lembrando de fechar a porta. No instante seguinte, Jonas abriu o armário e foi atropelado por um cachorro assustado e agitado.

O cachorrinho começou a latir e a correr de um lado para o outro, sem saber para onde ir naquele lugar estranho. Cada vez que um deles tentava pegá-lo, ele escapava de seu alcance, tão esquivo quanto Pimpinela Escarlate. Primeiro entrou na sala de estar. Depois de ver todas as pessoas lá, foi direto para a cozinha. Seus grunhidos animados ecoaram pelo corredor, e ele se esquivou das pernas de Adam, atravessando o piso. O aroma de peru o deixou louco enquanto corria direto para o fogão no canto, deslizando antes de bater na porta de vidro.

— Tire esse vira-lata daqui — Annie gritou. — Estou tentando cozinhar. — Jonas o perseguiu, rindo alto, seguido de perto por Adam e Kitty. Entediado com o jogo, o cão se dirigiu para o salão mais uma vez, desta vez indo para a porta na extremidade mais distante.

Ele alcançou a biblioteca antes que qualquer um pudesse detê-lo, empurrando o nariz molhado para dentro da abertura onde a porta não estava completamente fechada. Logo estava no cômodo, correndo em círculos, derrubando móveis enquanto os três o perseguiam.

Jonas ainda estava rindo, gritando para o cão parar enquanto Kitty o seguia, tentando bloquear a saída. Ela não podia deixar de rir do espetáculo de um filhote de cachorro enganando os três, e se virou para Adam para ver sua expressão.

— Ele adorou — ela disse, a voz sem fôlego. — Nunca o vi tão animado. — Jonas ainda estava correndo ao redor da biblioteca. Então o cachorrinho pulou na mesa de carvalho, as patas derrapando nos papéis que caíram. Alcançou a beirada da mesa, olhando para baixo com olhos largos e castanhos, assim que Jonas o alcançou.

— Peguei! — ele anunciou com alegria. — Agora venha aqui, seu bagunceiro. — Ele ergueu o cachorrinho com facilidade, rindo enquanto o rabo balançava feito louco.

Adam estendeu a mão para esfregar a cabeça do cachorrinho.

— Vou sentir falta desse vira-lata — ele disse em voz baixa. Kitty sorriu e estendeu a mão para apertar a dele. Ela queria fazer mais, mas estava ciente de que Jonas os observava.

Por que ele sentia como se todos os estivessem observando hoje?

As duas horas seguintes voaram, com Jonas tentando ensinar o filhote a pegar. Todos os outros brinquedos foram ignorados enquanto ele falava pacientemente com o animalzinho, jogando uma bola de um lado para o outro até que finalmente conseguiu.

Foi preciso muita persuasão para ele deixar o cachorro amarrado no corredor para que todos pudessem jantar juntos. O menino ainda estava protestando enquanto Kitty o ajudava a se sentar, colocando o guardanapo em sua blusa azul. Então o resto da família chegou e o cômodo ficou repleto do barulho das pessoas conversando, Kitty ajudando Annie a trazer as travessas de comida, colocando-as no meio da mesa.

Ela estava ajudando Jonas a se servir de peru quando ele se virou para o pai a fim de fazer uma pergunta.

— Pai, você é amigo do tio Adam agora?

Kitty passou o prato de peru para Drake, que estava sentado ao lado dela. Não conseguiu olhar para nenhum dos homens Klein. Um sentimento de estranheza se abateu sobre todos.

— Bem, ah, mais ou menos, acho.

Mas isso não foi bom o suficiente para Jonas. Ele tinha um pouco de peru entre os dentes agora.

— Tio Adam, você gosta do meu pai?

Ao lado dela, Drake se remexeu, desconfortável na cadeira.

Mia limpou a garganta.

— Talvez nós devêssemos agradecer — sugeriu, lançando um olhar estranho para Jonas.

— Por que você não pergunta isso mais tarde? — Kitty sussurrou. — Depois que nós jantarmos?

— Mas eles estão fazendo um filme juntos, então devem ser amigos — Jonas falou.

Drake limpou a garganta, e Kitty se virou para olhar para ele. O homem estava deliberadamente olhando para a comida. Ela não conseguiu olhar para Adam, nem para Everett, não quando sabia exatamente do que Jonas estava falando.

— Vamos dar as mãos — Mia falou, a voz mais alta do que o habitual. — Para a oração.

Kitty se sentiu congelada no lugar. Era como se tudo na sala estivesse suspenso no tempo. Ninguém estava se movendo, nem comendo.

— Não estamos fazendo um filme juntos — Adam falou, a voz áspera. Olhando para baixo, Kitty podia ver suas mãos começando a se remexer.

— Sim, vocês estão. Eu vi o roteiro do papai. Tinha o seu nome nele.

— Jonas, você precisa ficar quieto agora. — A voz de Everett soou alta.

— A sua mãe está certa. Vamos fazer a oração.

— Que roteiro? — A voz de Adam soava perigosamente baixa.

— Jonas — Mia implorou. — Segure a mão da Kitty agora.

Jonas deslizou a mão pequena na dela. Seu lábio estava tremendo. Ele sabia que havia dito algo errado, mas o pobre garoto não tinha ideia do porquê.

— Que roteiro? — Adam perguntou de novo. O toque de Jonas se apertou na mão dela.

Mia respirou fundo.

— Bom Deus, agradecemos por esse dia...

— Que. Merda. De roteiro? — Adam se levantou, o movimento súbito fazendo todos os pratos estremecerem na mesa. Kitty olhou para Everett, que também se levantou. Observou os dois irmãos, olhando com raiva um para o outro.

— Sente-se — Everett grunhiu. — Vamos discutir isso depois do jantar.

— Não. — Adam balançou a cabeça. — Você precisa me contar sobre esse roteiro com o meu nome antes que eu arranque a verdade de você.

— Adam — o pai dele retrucou. — A sua mãe está aqui. Resolva isso lá fora, por favor. — Mary Klein estava observando os dois filhos, a mão cobrindo a boca.

— Você ainda está fazendo esse filme? — Adam perguntou a Everett, ignorando completamente o pai. Ela nunca o vira tão irritado antes.

— Está só na pré-produção — Everett protestou. — Tentei te falar sobre isso. Nós estamos seguindo uma diretriz totalmente nova...

No momento seguinte, o punho de Adam estava batendo no rosto do irmão, e Everett cambaleou, a cabeça recuando contra o golpe súbito. Ele levou a mão até o nariz, onde uma linha de sangue já estava se formando. Everett abriu a boca para dizer alguma coisa, mas Adam estava na sua frente novamente, a mão se curvando em punho.

— Adam! — Kitty gritou, empurrando a cadeira enquanto se levantava.
— Pare com isso! — Jonas começou a soluçar, se jogando contra Kitty. Ela envolveu os braços ao redor dele, acariciando seu cabelo macio. A mão de Adam congelou no meio do ar enquanto ele se virava para olhar para ela e Jonas. Seus olhos se arregalaram, mas, no momento seguinte, Everett se inclinou para ele, atacando o peito do irmão. O movimento os derrubou, e, quando eles caíram, Everett estendeu a mão, tentando se estabilizar na toalha da mesa, mas falhando. O pano deslizou através da mesa polida, puxando os pratos e talheres com ele, metade pousando no chão com um choque ressonante.

O coração de Kitty estava acelerado. Ela se virou para Drake, sua expressão em pânico.

— Você pode tirar o Jonas daqui? — ela perguntou. O garoto não deveria ter que ver isso.

Drake assentiu rapidamente, parecendo que não podia esperar para escapar.

— Sim, claro.

Quando saíram da sala, Kitty correu até os dois irmãos. O pai chegou ao mesmo tempo, tentando separá-los.

— Adam, por favor, pare com isso — ela implorou. — Não vale a pena. — Ela segurou seu braço, puxando o bíceps com firmeza. — Seja lá o que aconteceu entre vocês, o que aconteceu na Colômbia, não vale a pena.

Adam se virou para vê-la, a fúria ainda em seu rosto.

— Você também sabia desse filme?

Ela sentiu como se todo o ar tivesse sido sugado dela. Everett aproveitou a falta de atenção de Adam para deslizar de baixo dele, correndo até a parede dos fundos e colocando espaço entre eles. Lentamente, ela soltou o braço de Adam, permitindo que ele parasse. Ela abriu a boca para dizer algo.

Mas as palavras não vieram.

— Eu ia te contar — ela finalmente disse. — Amanhã. Eu ia te contar amanhã.

Ele parecia desgostoso.

— Há quanto tempo você sabe?

Ela mordeu o lábio para engolir o soluço.

— Não muito. Alguns dias. Sinto muito.

Uma mistura de confusão e raiva se formou no rosto de Adam.

— Você sabia disso enquanto estava na cabana comigo? — ele perguntou. — Sabia enquanto estava na minha cama? Sabia quando eu te abracei?

— Você está transando com o meu irmão? — Everett perguntou. — Jesus Cristo, o que está acontecendo aqui?

Tudo ficou quieto por um momento. Ninguém disse uma palavra. Kitty podia ouvir o sangue correr por suas orelhas, o pulso batendo uma melodia rápida. Todos olhavam para ela. Adam, Everett, seus pais. Até Mia. Ela se virou para ver Annie de pé na entrada da porta, a boca aberta. Adam balançou a cabeça, ainda olhando para ela com um olhar furioso.

Então ele passou por ela, batendo em seu ombro, afastando-a do caminho, passando por Annie e entrando no corredor sem dizer uma palavra.

— Adam! — Kitty gritou, se virando para segui-lo. Quando chegou ao corredor, ele estava a meio caminho da porta. Ela correu atrás dele, de camiseta e chinelos, até a varanda, descendo a escada e indo para o gramado coberto de neve. — Adam, espere.

— Me deixe em paz. — Seus passos eram longos e determinados. — Não quero falar com você.

— Adam, por favor, me deixe explicar. Me desculpe. — Ela teve que correr para alcançá-lo. A neve estava se acumulando em seus chinelos, o frio do ar envolvendo os dedos e sua pele. Levou só um instante para os arrepios tomarem seu corpo. Ela estendeu a mão para o braço, tentando segurá-lo, mas ele deu de ombros.

— Saia — ele disse. — Volte para a casa. Eu não quero você aqui.

Ela parou de correr, os pés afundando na neve enquanto o observava se afastar. Envolveu os braços ao redor da cintura, tentando evitar o tremor, mas era inútil. Ao caminhar até a linha das árvores, viu que ele se tornava cada vez menor, até que sua figura distante foi engolida pela floresta. E então ela estava sozinha, totalmente sozinha, no quintal de um estranho, em uma terra estranha, imaginando o que deveria fazer em seguida.

29

Se você tiver lágrimas, prepare-se para derramá-las agora.
—*Júlio César*

Kitty atravessou a porta da frente, que estava aberta, o corpo todo tremendo. Em silêncio, secou as lágrimas que escorriam pelas bochechas. Everett e Mia estavam de pé no corredor, olhando para ela. Seus pés estavam congelados, os chinelos de pele de ovelha encharcados e frios. Mesmo depois que os tirou sua pele não esquentou.

— Eu vou ver o Jonas — ela falou, não conseguindo encarar de volta.

— Não, não precisa. — Everett colocou uma mão em seu ombro, impedindo sua fuga. — Os meus pais o levaram para o andar de cima. Precisamos conversar. — Que coisa terrível para uma criança testemunhar, especialmente no dia de Natal. Ela queria falar com Jonas, dizer que não era sua culpa. Que o tio estava bravo, mas não queria dizer aquilo.

Nenhum deles queria.

— Nós achamos que é melhor você ir embora, Kitty. Eu pedi ao Drake para arrumar suas coisas. Ele deve descer em alguns minutos. — Mia estava remexendo as mãos, os olhos baixos.

— O quê? — Kitty estava incrédula. — Você quer que eu vá agora? Mas é Natal. Para onde eu vou?

— O Drake vai te levar até o aeroporto. Tem um voo para LA hoje. Você deve ir.

Ela abriu a boca para protestar, mas, na verdade, o que havia para protestar? Ela estragara tudo. Falhara com Adam, com Jonas e com seu chefe. Ninguém a queria ali, tudo ficou claro.

— Eu posso, pelo menos, me despedir do Jonas? — perguntou. Sua voz parecia tão áspera quanto uma lixa.

— Acho que não vai ser bom. Ele já está chateado o suficiente. Não queremos piorar as coisas. — Everett balançou a cabeça.

Ela pensou em Adam, voltando sozinho para a cabana.

— E o seu irmão? Quem vai falar com ele?

— O Adam já está grandinho. Pode cuidar de si mesmo. Estou mais preocupado com o Jonas — Mia falou. — Nós confiamos em você e você nos traiu.

— Desculpe...

Everett suspirou.

— Se você realmente quer se desculpar, vá embora em silêncio e sem criar problemas.

Ele estava certo, e ela sabia disso. Ela talvez não tivesse causado isso, mas sua presença, de alguma forma, tornara tudo dez vezes pior. E, no andar de cima, um garotinho estava soluçando porque o Natal estava arruinado.

O coração dele não era o único se partindo.

— Certo — ela concordou —, eu vou. Mas diga ao Jonas que eu deixei um beijo para ele.

— Tudo bem. — Everett acenou com a cabeça. Ela não tinha ideia se ele diria ou não.

Drake desceu as escadas, carregando as malas dela.

— Devo levar isso direto para o carro? — ele estava perguntando a Everett, não a ela.

Kitty sentiu o rosto esquentar ao pensar que Drake fizera as malas. Uma mistura de constrangimento e indignação a atingiu. Ela abriu a boca para dizer algo, mas a fechou novamente. Já estava pisando em um terreno precário, não se atreveria a piorar as coisas.

— Sim, vá com o Escalade — Everett concordou. — Você precisa ir logo. O voo sai em poucas horas.

Kitty seguiu Drake em silêncio para fora da casa, sem olhar para trás. Não havia nada a dizer, e, mesmo que houvesse, Everett não queria ouvir. Ela estava sozinha de novo, rumo a um apartamento vazio em uma cidade impiedosa.

Sem o homem que havia preenchido sua alma com esperança.

Ela chorou por todo o caminho da estrada. Drake dirigiu estático, tentando ignorar a angústia de Kitty, mas ela podia dizer, por sua expressão, como ele estava desconfortável. Então ela ficou o mais quieta possível, exceto pelo soluço ocasional, que cobria com a mão. Seus olhos estavam focados na janela, nas valas cheias de lama ao lado da estrada. Cobertas com uma camada de fuligem, eram as testemunhas da supremacia do homem sobre a natureza.

Levou quase duas horas para chegarem perto do aeroporto de Dulles. Mesmo no dia de Natal, havia grande movimentação, carros que atravessavam pistas, luzes vermelhas piscando. Pessoas impacientes e irritadas esquecendo que esse era o dia da boa vontade para todos os homens.

O telefone de Kitty tocou quando Drake seguiu direto para a pista de embarque e olhou para ela pela primeira vez, seu rosto uma imagem de piedade. Era isso que ela se tornara? Alguém digno de pena?

O nome de Lucy apareceu na tela, e Kitty tentou afastar a decepção. Só havia um nome que ela realmente queria ver, e, como não tinha o telefone dele, e certamente ela nunca lhe dera o seu, era improvável que a ligação fosse de Adam.

— Alô?

— Feliz Natal, querida. Por que você não está no Skype? Estávamos todas esperando por você.

No meio da loucura, havia se esquecido da família e de terem marcado a chamada no Skype no dia de Natal.

— Não posso falar agora. — Ela começou a chorar de novo. — Estou péssima.

— O que aconteceu? — Lucy pareceu alarmada. — Você está doente? Alguém te machucou?

Pelo canto dos olhos, podia ver Drake olhando para a frente, tentando desesperadamente não prestar atenção a sua ligação, mas era impossível não ouvir cada palavra que ela dizia.

— Fui demitida.

— O quê? No dia de Natal? Que tipo de babaca faria isso?

— O tipo de babaca para quem eu trabalho. — Ela soluçou de novo, as lágrimas deslizando pelas bochechas e no telefone. — Estou indo para o aeroporto de Dulles.

— Por quê? — Lucy pareceu confusa.

— Vou pegar um avião de volta para casa, em Los Angeles.

— No dia de Natal? — O espanto de Lucy foi substituído pela incredulidade.

Parecia ridículo, Kitty sabia. Como algum tipo de melodrama gótico. Que confusão.

— Isso mesmo.

— Mas você vai ficar sozinha durante os feriados. Isso é horrível.

Kitty fungava.

— Eu preciso ficar sozinha — disse à irmã. — Eu realmente não quero falar com ninguém agora.

— O que aconteceu? — Lucy perguntou. — Por que te demitiram?

— Posso te contar mais tarde? — ela questionou. — Agora estou em um carro. Só quero ir para casa, tomar um banho e beber uma taça de vinho bem grande.

Com certeza ela não queria conversar com ninguém agora e, definitivamente, não queria compartilhar toda a história sórdida diante de Drake, não importava o quanto ele parecesse interessado em sua conversa com a irmã.

— Tudo bem — Lucy concordou com suavidade, a voz cheia de preocupação. — Mas me ligue quando puder. Estou preocupada com você.

— Não precisa ficar.

— Sou a sua irmã mais velha, é claro que preciso.

— Te ligo em breve. Tchau, Lucy.

— Tchau, docinho, se cuida.

Kitty deslizou o polegar na tela para finalizar a ligação e apoiou a cabeça no vidro frio ao lado quando Drake parou o carro na pista de embarque.

Então era isso, o fim do seu período aqui, do Natal, dela e Adam.

Se ela ao menos pudesse acabar com a dor que lhe machucava o coração.

30

Deixe o pesar se expressar em palavras; o pesar não expresso sussurra ao coração sobrecarregado e lhe sugere que se quebrante.
— *Macbeth*

Para todo lugar que olhava, havia lembranças dela. A caixa junto à lareira onde colocaram o cachorrinho, um casaco que ela deixara nas costas de uma cadeira de jantar. Um copo, ainda manchado de batom, que ele não conseguia nem tocar. Estava com medo de apertá-lo com força suficiente para quebrá-lo.
Do jeito que seu próprio coração partira.
Ele não podia nem mesmo enfrentar seu quarto. Tinha tentado, mas a porta só abrira uma fresta antes de sentir o cheiro dela — um doce aroma floral que lhe apertara o estômago — e ele fechara a porta com firmeza.
Jesus, o que ele deveria fazer? Andou de um lado para outro na salinha, o corpo tão tenso quanto um animal enjaulado, com as mãos fechadas. Parou junto à lareira de novo, fechando os olhos por um momento, se lembrando da maneira como ela o olhara quando havia dito que não a queria. Seus olhos estavam marejados, refletindo o verde da floresta atrás dele, e o lábio tremeu até que ela o mordiscou.
E então ele conseguiu pensar no almoço. No fato de todos saberem além dele. O jeito que todos esconderam a verdade como se ele não importasse. A maneira como ela ficara do lado do seu irmão quando mais precisava dela.
Ele passou mal. Correu para o banheiro, ajoelhado na frente do vaso, mas nada saiu. Só um vômito seco que fazia suas entranhas sofrerem da mesma forma que seu coração. Ele ficou ali por um tempo, a bochecha pressionada contra as peças do piso frio antes de finalmente ficar de pé, limpar a boca e o rosto. Seu reflexo o encarou — os olhos escuros estavam vermelhos, a boca torcida em uma careta —, e ele mal se reconheceu.

De vez em quando, olhava pela janela, os olhos observando a linha de árvores para ver se alguém estava vindo. Ele queria que ela viesse? De jeito nenhum. Estava desapontado por ela não ter feito isso? Com certeza estava.

Ele queria brigar com ela de novo. Dizer que suas mentiras o cortaram como uma faca, só que ele não achava que essas feridas iriam se curar. Não, estava errado. Ele queria mostrar que ela não o afetara. Que era só uma garota qualquer que estava à mão no período do Natal.

Se isso fosse verdade.

Mais tarde, depois de uma corrida que não fez nada para acalmar sua cabeça, ele entrou em colapso na frente da lareira, ignorando a forma como até mesmo o tapete tinha o cheiro dela. Fechou os olhos por um momento, respirando pela boca, e, antes que percebesse, dormiu. Um sono que o fez suar como louco e ainda assim acordar congelando. Um sono que não lhe trouxe nenhuma paz.

Ele não tinha certeza de que voltaria a encontrá-la novamente.

❄

Era como se toda a cidade de LA tivesse decidido fechar para o Natal. À medida que o táxi atravessava as ruas, passando pelas casas iluminadas e as lojas fechadas, ela se surpreendeu com o quanto as estradas, que normalmente ficavam congestionadas, estavam vazias. Pela primeira vez a viagem do aeroporto para casa demorou menos de meia hora. Justo quando ficaria feliz pela distração, o táxi parou no apartamento de Melrose. Ela pagou o motorista e levou as malas para a porta da frente, tocando a chave eletrônica no dispositivo para entrar. Verificou a caixinha de correio de metal antes de chamar o elevador — tirando a pilha de correspondência que havia acumulado durante sua ausência.

As colegas de apartamento haviam ido para casa para os feriados. Quando entrou, o lugar cheirava a mofo, como se o ar tivesse permanecido fechado por muito tempo.

Acendendo uma luz, arrastou as malas para a sala de estar — um pequeno espaço com tamanho suficiente para caber um único sofá. Com a pilha de cartas na mão, se sentou devagar sobre as almofadas, deixando a cabeça cair contra o sofá por um momento. Que dia. Não, que mês. A última vez que estivera aqui foi antes de partir para a Virgínia Ocidental. Sua cabeça repleta de vídeos e tarefas, para não mencionar o estágio que ainda não tinha conseguido. Falando nisso, uma rápida olhada nas cartas revelou mais duas rejeições. Algo para tornar seu dia ainda pior do que já estava.

Não que isso realmente pudesse piorar ainda mais. Na história dos Natais ruins, aquele rapidamente ficou em primeiro lugar, superando até o primeiro Natal depois da morte da sua mãe. Pelo menos ela estava cercada pela família — comemorando o dia com as irmãs e o pai.

Hoje, estava completa e absolutamente sozinha. E doía pra caramba.

Ela não podia se permitir pensar sobre ele. Se o fizesse, sabia que as lágrimas começariam a cair, e, se começassem, não tinha certeza de que parariam. Ela só tinha que se lembrar da maneira como ele a olhara antes de se virar e voltar para a floresta para querer chorar de novo. Ele a encarou como se tivesse sido apunhalado no coração com a mais afiada das facas.

Talvez ela tivesse feito isso.

Kitty não podia culpá-lo por se afastar. Ela o havia traído da pior forma possível. Dissera a si mesma que estava mentindo para ele para seu próprio bem, que lhe daria o presente de Natal com a família antes de contar sobre o roteiro do filme que havia visto.

Mas o fato era que estava protegendo a si mesma. No final, isso levou um garoto de sete anos a fazer o que ela não pôde — contar a Adam a verdade sobre os planos de Everett.

Estava tão constrangida.

Mais tarde, quando sentiu como se o resto do mundo estivesse profundamente adormecido, Kitty se viu pegando o notebook e digitando o nome dele. Muito para não pensar. Observou enquanto os resultados da pesquisa preenchiam a página, clicando em um link para uma entrevista em vídeo com ele.

E lá estava, em detalhes completos e gloriosos, o homem por quem havia se apaixonado, o homem que ela machucara. Parecia tão diferente, mas ainda familiar. Na tela congelada, ele estava sem barba, o cabelo estava penteado de um jeito moderno, os olhos franzidos do jeito que ficavam quando ele sorria.

Que droga. Estava com saudade do sorriso dele.

Mesmo sabendo que era masoquista, ela moveu o cursor do mouse, clicando no vídeo. A imagem ficou em tela cheia, com Adam sentado de pernas cruzadas em uma cadeira, respondendo às perguntas feitas pelo entrevistador.

— Você sempre quis fazer documentários?

Adam sorriu.

— Não, foi uma coisa que acabou acontecendo. Eu comecei a estudar para me tornar diretor. O meu irmão e eu tínhamos um plano... Nós seríamos uma espécie de grande força no mundo do cinema, com ele produzindo filmes e eu dirigindo. Mas acho que os irmãos Coen não têm nada com que se preocupar. — Ele deu uma risada leve.

Pelas informações do vídeo, essa entrevista tinha pelo menos dois anos. Não podia dizer quantos anos ele tinha ali. Mas a referência ao irmão demonstrou que havia sido feita quando os dois ainda se davam bem.

— Então você decidiu não se tornar diretor de cinema. Como isso aconteceu?

— Eu recebi uma tarefa na faculdade. Nós tivemos que fazer um documentário de dez minutos sobre uma figura controversa. Acabei escolhendo entrevistar Lance Beckford — que estava no corredor da morte na época. Alguns meses depois, ele recorreu e ganhou. Não houve ligação direta entre o documentário e o recurso, mas, de alguma forma, eu tomei gosto pela fórmula.

— Lance Beckford, o homem-bomba de LA?

— Só que ele não era. — Adam piscou. — E, desde o momento em que o entrevistei, eu soube que algo estava realmente errado. Ele parecia inocente para mim.

— Foi isso que te atraiu nos documentários? — o entrevistador perguntou. — A capacidade de corrigir erros?

Adam balançou a cabeça.

— Não, era mais elementar que isso. Eu adoro, porque o formato te dá a capacidade de encontrar a pura verdade. Em um mundo cheio de mentiras, é importante ser capaz de cortar o papo-furado. Foi o que me atraiu nisso.

Kitty clicou no botão de pausa, fechando os olhos antes que as lágrimas começassem a cair. Doía demais vê-lo. Ouvir a voz dele fez seu coração doer.

Em um mundo cheio de mentiras, era importante ser capaz de cortar o papo-furado. Ele certamente tinha conseguido cortar o dela hoje. Ele devia odiá-la por não ter dito a verdade imediatamente. Por se convencer de que um Natal em família era mais importante do que dizer o que havia encontrado.

Deus sabia que ela estava começando a se odiar.

31

> O tolo pensa que é sábio, mas o sábio
> sabe que é um tolo.
> — *Do jeito que você gosta*

— Bem, acho nem devo perguntar se você teve um bom Natal, não é? — Martin lhe deu um olhar irônico.

O sorriso de Adam morreu em seus lábios antes mesmo de se formar. Mesmo depois de dois dias, era impossível encontrar algo engraçado nisso.

— Sim. Não se preocupe.

Martin o encarou, uma expressão tensa se formando no rosto.

— Estou feliz que você tenha me ligado.

— Eu não tinha certeza de que você atenderia — Adam respondeu. Não se incomodou em dizer a Martin que ele havia sido sua última esperança. Dois dias andando, correndo e tentando não acabar com a cabana foram um testemunho disso. Mas essa não foi a pior parte. Era a dor no peito que se recusava a ir embora. O desespero que ele sentia cada vez que cheirava seu perfume. O jeito como continuava olhando para a casa principal sempre que passava por lá, de alguma forma esperando que ela o visse.

E ainda não tendo coragem de entrar para vê-la.

— E o seu irmão está insistindo com as acusações desta vez? — Martin perguntou, se referindo à briga de Adam e Everett. Ele não pareceu mais satisfeito quando Adam havia descrito seu confronto. Não que sua reação fosse surpreendente. Eles estavam trabalhando para controlar a raiva de Adam havia meses, e, na primeira vez em que ele fora confrontado, voltou a brigar.

— Não tanto, pelo que eu sei. A polícia não apareceu.

— Então é isso? — Martin perguntou. — Tudo acabou e as coisas voltaram ao normal?

— Acho que sim. — O estômago de Adam se comprimiu. Se isso era o normal, ele odiava. Odiava o silêncio da cabana. A forma como tudo parecia tão vazio. Ele se sentia o tempo todo de lado sem ela.

Jesus Cristo, ele estava com muita saudade de Kitty. E não parecia estar melhorando.

— Por que você ainda não voltou para a casa?

A boca de Adam tinha sabor de arrependimento.

— Eu não consigo encará-los — falou. — Arruinei tudo. Acabei com o Natal. — Ele não pôde deixar de pensar na expressão de Jonas, as lágrimas da mãe, como o pai dele ficou desapontado. — Eles não me querem lá.

— Como você sabe?

— Porque não vieram me ver. — Adam começou a puxar um fio solto no braço da cadeira.

— Talvez eles estejam te dando um pouco de espaço. Foi você que saiu de lá e disse a eles para te deixarem em paz — Martin apontou. — Talvez estejam se sentindo exatamente como você. E o fato de Everett não chamar a polícia parece ser uma coisa boa, não é?

Adam deu de ombros.

— Talvez.

Martin ficou em silêncio por um momento, embora continuasse a olhar para Adam. Havia um vento suave lá fora, balançando as janelas do escritório.

— Sente falta deles? — finalmente perguntou.

Adam fechou os olhos, o peito doendo de novo. Isso estava se tornando muito familiar para ele.

— Sim, eu sinto. — Bem, de alguns deles, pelo menos. Especialmente da garota que iluminava a cabana sempre que entrava nela. Tinha tanta saudade que era doloroso.

— Talvez você devesse ir vê-los.

— Talvez.

Percebendo estar em um beco sem saída na conversa, Martin mudou de assunto.

— Você vai envolver os seus advogados desta vez? — perguntou. — Para parar o filme?

Adam esperou que a raiva familiar o abraçasse com a menção dos planos de Everett. Mas não havia nada.

— Não estou nem aí para o filme. — Não era verdade, mas, em comparação com tudo o que aconteceu, tinha se tornado insignificante.

Comparado com ela.

— E você teve notícias da garota? — Martin perguntou. Ele conseguia ler a mente de Adam?

— Da Kitty? Nem um pio. Não que eu esperasse.

Martin cruzou as pernas, tocando os lábios com a caneta.

— Por que não?

— Por que ela ia querer falar comigo? — Adam estava perplexo. — Ela me viu perder a cabeça na frente de toda a minha família. Viu do que eu sou capaz. — Ele não conseguia esquecer a expressão no rosto dela quando viu o nariz de Everett sangrando. Parecia desgostosa.

— Mas ela ainda te seguiu para fora da casa e tentou falar com você. Parece a atitude de alguém que não queria falar contigo?

— Acho que ela se sentiu culpada — Adam admitiu. — Que foi culpa dela eu ter ficado louco. Ela só estava tentando compensar. — E ele a empurrou como um animal irritante, sem olhar para trás enquanto quase corria para o santuário da cabana.

— Por que ela acharia que era culpada?

— Porque ela sabia tudo sobre o filme. — O estômago de Adam se contraiu só de pensar nisso. Ele tomou um gole de água gelada, que não fez nada para aliviar a dor.

— Ela sabia? — Martin finalmente pareceu surpreso. — Estava envolvida como a Lisa?

Colocando o copo de volta na mesa ao lado, Adam soltou um longo suspiro. Não pensava em Lisa havia semanas. Era sua assistente na Colômbia, um caso sem compromisso, não mais do que isso. No entanto, quando concordou em trabalhar no filme com Everett, ele sentiu como se fosse uma traição.

Em comparação com Kitty, não era nada. Absolutamente nada.

— Não faço ideia — Adam disse. Mas ele realmente não podia acreditar nisso, apesar das coisas que gritara. Ela era muito gentil, aberta demais para esse tipo de subterfúgio.

— Você não perguntou a ela?

Adam balançou a cabeça, tentando se lembrar de tudo o que disseram. A cena na sala de jantar parecia um sonho meio esquecido. Ele se lembrava de pequenas sequências de eventos, mas nada em conjunto. Sua cabeça estava fazendo um bom trabalho para suprimir as más lembranças.

— Ela disse alguma coisa sobre saber há alguns dias, e foi isso. Eu não deixei que ela dissesse mais nada. Estava muito bravo.

— Parece que você está mais bravo com ela do que com o Everett — Martin refletiu. — Por que você acha isso?

— Não estou com raiva dela. Estou mais bravo comigo mesmo.

— Então, o que você está sentindo?

Se não doesse tanto, Adam teria rido com a pergunta. O que estava sentindo? Era quase impossível explicar. Era como se seu corpo tivesse sido preenchido com tantas emoções que não tinha certeza de qual era mais forte. A raiva se transformou em tristeza, que rapidamente deu lugar a uma sensação de inutilidade. E dor, Deus, a dor, era quase demais para pensar.

— Dor — ele finalmente disse, em voz baixa. — Me sinto muito machucado. E sinto falta dela. — Ele realmente sentia. Demais.

— Você está sofrendo porque sente a falta dela? — Martin tentou esclarecer.

Adam se inclinou para a frente, sua expressão concentrada.

— Não, não só por isso. Estou sofrendo porque a magoei. Porque a afastei, não lhe dei chance de me contar o que aconteceu. Estou sofrendo porque não sou só a vítima aqui, também sou o vilão. E eu me odeio por isso.

— Não é isso o que todos somos? — Martin perguntou, a voz simpática. — As vítimas e os vilões das nossas próprias vidas? Temos que aceitar as coisas boas e ruins dentro de nós, aceitar que nunca vamos ser completamente um ou outro. E, se nós reconhecermos que temos um pouco de Fera, assim como a Bela, talvez possamos encontrar uma maneira de os dois lados conviverem.

Adam franziu a testa.

— Você usou uma analogia de conto de fadas comigo? — Seu peito contraiu. Ele queria rir, mas parecia muito inapropriado.

— Talvez.

— Jesus, você sabe como bater em um homem quando ele está para baixo.

Desta vez foi Martin quem riu.

— Estou tentando mostrar uma coisa importante aqui. O fato é que temos que aprender a conviver com as nossas partes boas e ruins, e isso traz uma certa paz para as nossas vidas. O pânico, a raiva e a destruição vêm quando nós tentamos lutar contra nós mesmos, quando tentamos nos apegar a um mínimo de controle quando não existe nenhum. A aceitação é a chave para tudo.

Adam ouviu suas palavras, absorveu e até viu sentido nelas.

— E então, o que eu devo fazer a respeito da Kitty? Você acha que eu devia procurá-la e pedir desculpas?

Martin sorriu.

— Eu sou terapeuta de gerenciamento de raiva, não da namorada. Descobrir isso é com você, meu amigo.

❋

Quando Adam parou a caminhonete na garagem da casa principal, Jonas estava sentado na porta, jogando uma bola para o cachorrinho. Toda vez que o cão trazia a bola de volta, Jonas o acariciava, fazendo um barulho antes de jogá-la de novo. Adam saiu da cabine e ficou de pé por um tempo, observando o sobrinho, e percebeu que ele estava abatido.

— Oi. — Ele se sentou no degrau ao lado de Jonas. — Já deu um nome para o cachorro?

Jonas deu de ombros com força.

— Isso importa?

Adam gentilmente o cutucou com o ombro.

— Claro que sim. Você gostaria de não ter um nome? Ter um nome significa que alguém te ama, que você pertence a alguém. Que, quando alguém te chama, quer você por perto.

— Clarence. Esse é o nome dele. — Os ouvidos do cachorro se animaram.

— Aquele que se torna anjo? Do filme *Do céu caiu uma estrela*? — Adam perguntou.

Jonas assentiu, depois jogou a bola de novo.

— É um ótimo nome. — Adam bateu a mão no ombro do sobrinho. — Clarence. Um nome forte, é perfeito.

O cachorro trotou, a bola ainda na boca. Assim que chegou a Jonas, ele a soltou, aguardando com expectativa até que o menino a pegasse e jogasse de novo. O coração de Adam doeu quando viu os movimentos meio desanimados do sobrinho.

— Foram uns dias ruins, né? — perguntou.

Outro dar de ombros.

— Acho que sim.

— Bem, me desculpe pela minha parte nisso. Eu não devia ter gritado, e com certeza não devia ter batido no seu pai do jeito que fiz. Gostaria de compensar isso.

— Como?

Adam inclinou a cabeça para o lado, olhando para o menino.

— Como você quiser. Pode cobrar. Nós podemos passear de trenó, ir a algum lugar no Skidoo. Eu vejo qualquer filme que você queira. O que me diz?

Por algum motivo, o rosto do menino ficou triste.

— Ah.

— O que foi? — Adam se inclinou para mais perto. Ele podia não ser o homem mais intuitivo do mundo, mas havia algo incomodando tanto Jonas que mal conseguia encará-lo. — Foi alguma coisa que eu falei?

Jonas balançou a cabeça.

— Eu achei que você fosse trazê-la de volta.

Adam ficou confuso.

— Quem?

— Kitty.

Seu estômago deu um salto.

— Como assim trazê-la de volta? Ela está aqui, né?

Por algum motivo, as mãos de Adam começaram a tremer. Claro que ela estava lá dentro, onde mais estaria? Mesmo que não pudesse falar com ela, parte dele ainda queria saber que ela estava bem.

— Ela não está aqui — Jonas falou em voz baixa. — Foi embora há dois dias. O papai disse que ela foi para casa.

— Para LÁ?

— Acho que sim. O Drake a levou para o aeroporto. Não deixaram nem eu me despedir.

Adam se levantou abruptamente, a boca de repente seca.

— O seu pai está em casa?

Os olhos de Jonas se arregalaram.

— Na biblioteca, acho. Você vai bater nele de novo?

Adam balançou a cabeça.

— Não deveria ter feito isso, e não, não vou fazer isso de novo. Só quero falar com ele. Me desculpar.

Ele quase se surpreendeu. Ele se desculparia?

O que mais estava acontecendo na sua cabeça?

— Vai pedir para ele trazer a Kitty de volta? — Jonas de repente pareceu esperançoso.

— Eu não posso fazer isso. — Odiava decepcionar o sobrinho. — Mas ela vai ficar bem, e você também.

Ele bagunçou o cabelo do menino e subiu os degraus até a porta da frente, empurrando-a para abrir e entrar. A casa estava em silêncio, fazendo o som de suas botas contra o chão de madeira parecer mais alto do que nunca. Olhou ao redor do corredor, observando a decoração desolada na escada, as luzes da árvore desligadas. Balançando a cabeça, se dirigiu à biblioteca, batendo levemente na porta para alertar sobre sua presença. Drake a abriu, os olhos arregalados enquanto observava Adam.

— Ah, é você.
— Quem é? — Everett perguntou, a voz tão alta como sempre.
— É o seu irmão — Drake disse, olhando para trás.

No instante seguinte, Everett abriu a porta.

— Pode nos dar licença por um minuto? — pediu a Drake. O assistente quase correu pelo corredor em direção à cozinha, como se tivesse medo de ser pego no meio de uma briga.

— Quer entrar? — Everett perguntou.
— Claro. — Adam seguiu o irmão na biblioteca, fechando a porta atrás de si. No canto, na mesa principal, podia ver páginas de um roteiro. Seu estômago se contorceu com a visão.

— Onde está a Mia? — perguntou, mais para preencher o silêncio do que qualquer outra coisa.

— Voltou para Washington. — Everett olhou para suas mãos. — Nós estamos enfrentando alguns problemas. Ela tem uma terapeuta lá. — Finalmente ele o encarou. — Ela quer se separar.

Foi como ser atingido no rosto por uma prancha.

— A terapeuta? — Adam perguntou.
— Não, a Mia.
— Nossa, sinto muito. — Ele realmente sentia. Apesar de tudo, ainda amava o irmão. Mesmo que essa emoção estivesse enterrada sob toda a confusão que ele causara.

— Sim. Bem, as coisas não estão indo bem há um tempo. Só me preocupo com o Jonas, sabe?

Adam assentiu.

— Sim, aquele menino já passou o suficiente.
— Nós dois sabíamos que essa viagem ia ser de matar ou morrer. Acho que eu estava esperando dar a ele um último Natal com toda a família. Um Natal de que ele pudesse se lembrar para o resto da vida. — A risada de Everett não tinha humor. — Todos nós conseguimos estragar.

— Haverá outros Natais — Adam falou, sem saber por que sentia necessidade de tranquilizá-lo. — E a família é o que você faz.

Ele se inclinou contra a cadeira, esfregando o rosto com a palma da mão. Quando se afastou, demorou um momento para recuperar o foco.

— Olha, me desculpe por ter te batido. Especialmente na frente do seu filho. Eu errei e não deveria ter feito isso.

A boca de Everett ficou aberta. Ele esperava tudo menos um pedido de desculpas.

— Está arrependido?

— Sim. — Adam podia sentir as costas endurecerem. Não estava lhe dando o alívio que esperava.

— Certo. — Everett lentamente acenou com a cabeça. — Certo. Eu compreendo porque você fez aquilo.

— É? — Foi a vez de Adam se surpreender.

— Eu não estou feliz por você ter feito. Deus sabe que eu tentei conversar com você muitas vezes nas últimas semanas para explicar o que estava acontecendo. Mas, toda vez que eu abria a boca, você me afastava.

— Porque você me traiu — Adam apontou, tentando engolir a raiva. — Você queria contar minha a história e, com isso, colocaria pessoas em perigo. Sem mencionar o fato de você ter chamado a polícia para me prender.

Everett suspirou, coçando a nuca.

— Olha, você vai me deixar explicar? — Ele apontou para as poltronas junto à janela. — Sente-se, vamos conversar. Finalmente.

Adam olhou para as cadeiras por um momento, ponderando as opções. Estava pronto para ouvir o irmão sem voltar a usar os punhos? Sim, pensou que provavelmente estava. Se o ouvisse, talvez pudesse descobrir mais sobre Kitty. Por que ela foi embora, onde estava, se iria querer vê-lo de novo.

— Tudo bem — concordou, seguindo para as poltronas enquanto Everett pegava o roteiro na mesa da biblioteca.

— Vamos conversar.

❄

— Feliz Ano-Novo, querida. — Cesca puxou Kitty para um abraço. Sua voz era alta o suficiente para silenciar os clientes do café em volta. — Como você está? — perguntou, soltando-a. — Eu comprei um *latte* para nós. Espero que goste. Você não voltou a ser vegana ou algo assim, né?

— Não, eu tomo leite. — Kitty se sentou em frente à irmã, levando o copo aos lábios, sem se preocupar em apontar que já era janeiro. — Juro que você nunca vai me deixar esquecer o ano em que me tornei vegetariana.

— Como nós podemos te deixar esquecer? — Cesca provocou. — Eu apareci na cozinha à meia-noite e te vi enchendo a boca com cinco linguiças. Que bela vegetariana você se tornou.

— Foi culpa sua. Você que as deixou lá — Kitty protestou. — Foi cruel como deixar uma garrafa de vodca aberta na frente de um alcoólatra.

— Bem, fico feliz que essa fase em particular tenha durado só alguns meses. — Cesca a olhou de cima a baixo. — Não que você pareça ter comido muita coisa ultimamente. Quantos quilos você perdeu?

Kitty deu de ombros.

— Não sei. Não estou fazendo dieta nem nada. — Como se quisesse enfatizar, tomou outro gole do *latte* cheio de gordura. — Não ando com muita fome.

— Não me admira, depois de tudo o que você passou. Deveria ter nos visto no dia de Natal. Nós ficamos loucas da vida. A Lucy e eu passamos a maior parte da noite tentando imaginar formas de nos vingar daquela família horrível. Não acredito que te mandaram embora. Cretinos.

Kitty fungou.

— A culpa foi minha — ela falou baixo. — Eu me envolvi em coisas que não devia.

— Você quer dizer que se envolveu com um cara com quem não devia? — Cesca corrigiu, revirando os olhos. — Eu fiz o Sam prometer nunca atuar em nenhum filme desses Klein. Não sei quem eles pensam que são, tratando você assim.

Kitty abriu a boca para protestar que Adam não era um idiota, mas, afinal, qual era o objetivo? Não importava se era um idiota ou anjo. Ele não estava aqui e não a queria.

— Eu queria que você tivesse voltado para Londres em vez de vir para cá no Natal — Cesca continuou. — Nós te chamamos no Skype, mas você não atendeu. A Lucy queria pegar um avião e te arrastar de volta para casa.

Kitty balançou a cabeça, a boca seca, apesar do café.

— Eu queria ficar sozinha. Muita coisa estava acontecendo. Eu precisava de um pouco de silêncio para me equilibrar.

Cesca inclinou a cabeça para o lado.

— E está equilibrada agora?

— Na verdade, não — Kitty confessou. — Mas estou um pouco melhor. Até consegui terminar alguns trabalhos. — Quando não estava assistindo aos vídeos de Adam no YouTube várias vezes, estava escondida na Biblioteca Young, ou na ilha de edição da faculdade. A solidão forçada podia ter sido ruim em alguns aspectos, mas, academicamente, foi um grande passo em frente.

— E quais são os seus planos agora? — Cesca perguntou. As duas estavam cientes de que o futuro de Kitty dependia de um estágio em uma empresa de produção. E ela estava sem esperanças.

— Não tenho ideia — Kitty admitiu. Ela não havia pensado muito nisso. Estava muito focada em passar o dia para considerar o futuro. — Acho que, se não conseguir nada, vou ter que ir para casa, em Londres. — Balançou a cabeça com aquele pensamento. Parecia uma derrota ter que retornar para uma cidade que tinha deixado com tantos planos. Com o rabo entre as pernas, e pouco mais do que havia levado (a menos que contasse o diploma, que lhe custara mais dinheiro do que se preocupava em pensar).

A porta do café se abriu, deixando entrar uma onda de ar quente. O salão ficou silencioso de repente. Cesca se virou para ver quem era, seu rosto iluminando com o reconhecimento.

— Sam, estamos aqui.

Ele se aproximou, ignorando as garotas tagarelando e apontando telefones e câmeras enquanto andava. E não era de admirar. Com sua aparência de estrela de cinema, ele chamava a atenção aonde quer que fosse. Kitty se sentiu constrangida por Sam — ela sabia o quanto ele odiava a atenção constante. Se fosse ela, provavelmente se tornaria uma eremita, se escondendo de todos. Tinha que dar crédito a ele por enfrentar o interior do café.

— Feliz Ano-Novo. — Ele se inclinou para dar um beijo na bochecha de Kitty, antes de beijar os lábios de Cesca e bagunçar o cabelo dela. — Perdi alguma coisa?

— Não exatamente, a menos que você esteja interessado em histórias de sofrimento — Kitty falou.

— Adoro histórias de sofrimento, especialmente quando não estou envolvido. — Sam sorriu para ela. — E aí? Teve notícias do idiota ou o quê?

— Sam! — Cesca bateu no braço dele. — Você não pode chamar o homem que ela ama de idiota.

— Ei, quem disse que é o homem que eu amo? — Kitty protestou. — Não falei que o amava.

— Bem, você com certeza não é indiferente a ele — Cesca respondeu. — Você perdeu o que, uns três ou quatro quilos em uma semana? Está se lamentando como se o mundo estivesse prestes a acabar. E começou a falar sobre voltar para Londres quando todos nós sabemos que você sempre sonhou morar aqui em LA.

— Parece uma pessoa que eu conheço — Sam falou. — Você não voltou para Londres e ficou toda triste depois que nós terminamos?

— Sim, mas eu tinha todo o direito — Cesca falou, a voz divertida. — Você realmente foi um idiota.

— Um idiota por quem você estava apaixonada — Sam corrigiu.

— Sim, e isso só prova o meu ponto. — Cesca olhou de volta para Kitty. — Você não reage dessa maneira a alguém que só desperta seu interesse. Eu sei disso. Lembra que eu disse que tudo acabou e ele não queria dizer mais nada para mim?

— Mentira, tudo mentira. — Sam sorriu, uma covinha se formando na bochecha. — Todos nós sabemos que foi amor à primeira vista pra você, baby.

— Acho que não. Foi mais ódio à primeira vista.

Ele colocou o braço casualmente nas costas da cadeira de Cesca. Todo mundo ainda estava olhando para ele.

— Existe uma linha tênue entre o ódio e o amor.

— Sim — Cesca concordou. — E acho que a Kitty e o Adam a cruzaram há muito tempo. — Ela encarou Sam, os dois sorrindo um para o outro. O calor entre eles fez o coração de Kitty doer.

— Estou aqui, por sinal — Kitty retrucou. — Antes que vocês fiquem apaixonados e se esqueçam de mim.

— Não esqueceríamos de você. — Cesca se virou para olhar para ela. — Mas vamos falar do estágio. Você ainda está esperando respostas?

Kitty pensou na pilha crescente de cartas de rejeição. Tinha adicionado mais duas esta manhã.

— Algumas — falou. — Mas não tenho esperanças.

— Então você vai ter que deixar o Sam te ajudar.

Sam assentiu de forma encorajadora. Ele estava praticamente no auge da fama — uma palavra no ouvido certo podia garantir a posição de Kitty em um segundo.

Mas não. Ela não queria isso.

— Eu quero conseguir pelo meu esforço — Kitty falou. — Não porque o Sam pediu, ou conhece alguém que conhece alguém. Quero ser contratada porque sou boa.

— Você *é* boa — Cesca falou, com gentileza. — Mas às vezes é preciso contar com uma mão amiga.

Kitty olhou para os dois por um momento, observando-os. Sua linda e talentosa irmã e o belo homem por quem ela estava apaixonada. Eram como um casal de contos de fadas. Não era de admirar que fossem constantemente seguidos pelos paparazzi. Uma foto dos dois juntos era garantia de venda para as revistas de fofoca.

— Vocês são muito generosos — começou, franzindo a testa para encontrar as palavras certas —, e é maravilhoso saber que os dois estão ao meu lado. Mas esse problema é meu, e é a minha vida. Eu quero resolver isso sozinha. Vou conversar com o meu orientador na segunda-feira e pedir a ajuda dele para encontrar um estágio. Certo?

— Tem certeza? — Cesca perguntou. Ela parecia desesperada para ajudar.

Kitty assentiu, se sentindo mais resoluta do que se sentira por um longo tempo.

— Tenho — respondeu, tentando abrir um sorriso. — Tente não se preocupar comigo. Estou bem.

Talvez, se dissesse isso o suficiente, pudesse até começar a acreditar.

52

A verdadeira esperança é veloz e voa com asas de andorinha.
— *Ricardo III*

— Isso está bom. Muito bom. — O orientador fez uma pausa no vídeo e se virou na cadeira giratória para olhar para ela. — As edições fizeram uma grande diferença. Você documentou o que fez no relatório do projeto?

Kitty levantou o arquivo que estava apoiado no colo.

— Está tudo aqui. — Sempre bateram na tecla de que o relatório era tão importante quanto o próprio vídeo. Eles teriam que revisar todas as partes do processo, de transformar a ideia em um roteiro até a finalização do produto. — Terminei de escrever tudo na sexta-feira — falou. — Está pronto.

— Você não tirou uma pausa longa durante os feriados — ele apontou. — Ficou em LA?

— Uma parte do tempo — respondeu, não querendo entrar em detalhes. Repetira as últimas semanas na cabeça várias vezes. Era tão familiar para ela quanto seu vídeo. Cenas da corrida na neve para a casa de Adam, da leitura do roteiro com o nome dele. Às vezes, quando se sentia particularmente deprimida, tentava mudar o final. A Kitty imaginária contava ao Adam imaginário sobre os planos de Everett imediatamente. Mas, depois disso, sempre havia um vazio. Ela não tinha ideia de como isso teria acontecido.

— Teve alguma notícia das suas entrevistas? — ele perguntou, olhando para cima da mesa. — Você fez aquela na Klein Produções, certo?

Droga, ela tinha esquecido de que havia contado sobre isso. Toda vez que ouvia esse nome, seu coração batia como um bumbo.

— Sim, não deu certo — ela falou. — Eu recebi a resposta na semana passada.

Não era mentira, disse a si mesma.

— Droga. — Ele balançou a cabeça e deu um suspiro. — Eu tinha certeza de que você já tinha conseguido um estágio. Você é uma das minhas melhores alunas. Talvez a gente deva dar uma olhada em seu currículo de novo, ver se está tudo certo. Ou pode ser uma boa trabalharmos na sua técnica de entrevista? O que você acha?

Kitty umedeceu os lábios secos. Parecia um pouco tarde demais para aquilo tudo, mas que outra escolha havia? Tentou a opção de *sentar e chorar em seu apartamento* e ver como isso funcionava para ela.

— Seria bom. — Ela assentiu. — Mas estou pensando em tentar algumas empresas de produção em Londres — falou. — Eu poderia ter mais sorte lá.

Ele franziu a testa.

— Achei que você quisesse ficar em LA. Lembro de quando você chegou, tão animada por estar em Hollywood. O que mudou?

Um barulho do lado de fora da porta soou quando um grupo de alunos passou falando alto sobre alguma coisa. O orientador verificou as horas no relógio.

— Só estou tentando ser realista — Kitty falou. — Talvez eu não esteja destinada a trabalhar aqui. Talvez as minhas habilidades sejam mais bem aproveitadas em Londres.

— Não, não é verdade. Você está tentando desistir, e isso é péssimo. Não pare de sonhar, Kitty, e não desista. Não acabou ainda.

O problema era que ela já tomara sua decisão.

— Dê um tempo por enquanto — ele sugeriu. — Eu quero falar com algumas pessoas antes de você desistir completamente. Acho que você poderia se dar muito bem aqui. — Ele checou o relógio de novo, murmurando em voz baixa. — Droga, nós precisamos ir para o teatro de conferências. Eu preciso apresentar o palestrante convidado. — Ele se levantou da cadeira, fechando o notebook e o colocando na gaveta da mesa. — Falamos sobre isso mais tarde, tudo bem?

— Tudo bem.

O teatro de conferências estava quase cheio quando ela chegou — algo surpreendente para a primeira semana de aula. Ela cumprimentou algumas pessoas enquanto subia a escada, seguindo para o seu lugar preferido nos fundos da sala e se sentando em uma cadeira ao lado de uma morena baixinha que conhecia de uma aula de pós-produção a que assistira no ano anterior. Mal tinha puxado o bloco de anotações e o colocado na mesa quando as luzes do alto se apagaram, deixando a única iluminação no pódio, na frente da sala.

— Feliz Ano-Novo a todos e obrigado por virem tão prontamente.

Kitty não pôde deixar de sorrir com a ironia das palavras do orientador.

— Hoje nós temos uma pequena mudança em nossa agenda de conferências. Em vez da palestra anunciada sobre mudanças na rede de distribuição, vamos discutir a produção documental e sobre encontrar a verdade em mentiras.

Ah, que ótimo. Exatamente o que ela precisava. A faculdade devia ser o único lugar para onde ela poderia ir e não pensar em Adam — e agora eles iam discutir seu assunto de nicho. Que maravilha, UCLA.

— Embora o nosso palestrante convidado dispense apresentações, vou fazer uma assim mesmo. Ele foi aluno desta escola de cinema e, desde a graduação, dirigiu documentários reflexivos e perspicazes que mostram o lado humano de questões como o terrorismo doméstico, o comércio moderno de escravos e, mais recentemente, o narcotráfico. As produções dele foram indicadas duas vezes ao Prêmio da Academia de Melhor Documentário e, em 2013, ele ganhou o Prêmio Escolha da Crítica pelo documentário *Verdade em mentiras: em busca do verdadeiro Michael Davies*. Então, juntem-se a mim para dar uma grande saudação a Adam Klein.

Ela ficou congelada na cadeira enquanto o via aparecer no palco, sua marcha forte e fácil enquanto se aproximava e apertava a mão do orientador. Mesmo a essa distância, ele parecia muito diferente do que se lembrava. Em vez do jeans e camisa de manga que estava acostumada a ver, ele estava usando uma calça de alfaiataria e uma camisa de algodão branca, aberta no pescoço para revelar a pele recém-barbeada. A barba sumira completamente, assim como o cabelo bagunçado. Por um momento, ela se viu desprovida de sua ausência.

Parecia que alguém tinha levado Adam e o substituído por um sósia.

Mas então ele começou a falar.

— Bom dia a todos. Eu vou fazer o possível para ser breve, assim não faço nenhum de vocês dormir. — O riso explodiu no teatro. — Estou muito satisfeito por estar aqui hoje para poder compartilhar um pouco sobre como nós fazemos documentários. Quero contar a vocês um pouco sobre por que eu acredito que é a forma mais verdadeira e pura das artes cinematográficas.

Adam respirou fundo e apertou um clique para acionar a tela acima dele.

— O meu amigo Errol Morris uma vez disse que o que o interessa nos documentários é o fato de, no início, nós nunca sabermos como a história vai terminar. Isso é o que torna diferente a filmagem de uma história com roteiro. Para mim, não é o final que importa: é o processo, é encontrar a verdade peça por peça, puxando cada camada até os fatos serem finalmente expostos.

A sala ao redor dela estava silenciosa, exceto pelas suaves respirações dos estudantes. Eles olhavam fixamente enquanto Adam continuava.

— O verdadeiro foco de qualquer documentário que faço é a busca pela humanidade. Não só daqueles que são afetados, mas também daqueles que afetam. A única coisa que aprendi nesses anos é que os criminosos também são humanos. E eles são fascinantes, porque começaram do mesmo jeito que vocês e eu. Eles nasceram chorando, comendo, sendo seres humanos, como o resto de nós, mas em um certo momento da vida passaram a não entender o certo e o errado.

Seus olhos examinaram a multidão. Embora Kitty não pudesse vê-los, podia imaginá-los em suas lembranças. Profundos e quentes como chocolate derretido. O tipo de olhar em que ela poderia se afogar.

— É fácil pintar alguém como puramente malvado, mas é mais difícil olhar para além desse casco que essas pessoas se tornaram para o que os fez dessa maneira. Dizer que talvez nós, como sociedade, tenhamos um papel a desempenhar na criação da fera que vive dentro de todos nós. — Ele examinou novamente a plateia. Estava procurando por ela? O que ele estava fazendo aqui? O corpo de Kitty sentiu como se estivesse vibrando, a poucos segundos da detonação. A caneta estava tremendo em sua mão.

— De qualquer forma, chega dessa conversa. Eu vou mostrar para vocês alguns clipes para tentar demonstrar o que estou tentando dizer. — Ele se virou para a tela grande atrás de si, apertando o controle remoto em sua mão para iniciar o fluxo de vídeo.

Nos vinte e cinco minutos seguintes, Adam mostrou vários vídeos falando sobre os bastidores da história e o entrevistado, relatando como ele mergulhou mais fundo na sua psique para tentar encontrar os motivos de suas ações. Era fascinante observá-lo na tela, mas não tão fascinante quanto o que estava tão perto dela. Ele estava a menos de cinquenta metros de distância, tão perto que Kitty quase podia sentir o seu cheiro quente e de pinho. Ela quase podia sentir o jeito como ele costumava tocá-la, as mãos fortes e suaves, os olhos quentes enquanto ela respondia.

Mas por que ele estava aqui?

Ele tinha que saber que ela estaria nesta palestra. Ele sabia que era aluna de cinema da UCLA, afinal, quais eram as chances de isso ser uma coincidência? No entanto, ele estava falando na frente de todos esses alunos como se fosse a coisa mais fácil do mundo. Relaxado, seguro e confiante pra caramba.

O oposto completo da forma como Kitty se sentia. Ela estava muito confusa, tentando classificar as emoções enquanto passavam pelas veias e falhando miseravelmente. Ele ainda a odiava? Ele viajou essa distância para fazê-la pagar pelo que havia feito com ele? Adam não parecia estar com raiva. Parecia completamente calmo.

Os minutos pareceram se esticar até o meio do dia seguinte, cada segundo tão longo que pareceu ressoar em toda a sala. Adam continuou a falar, apontando as partes de seus documentários de que sentia mais orgulho, e ela não podia deixar de se ver fascinada por ele.

Não que ela fosse a única. A menina a seu lado estava praticamente babando. Droga.

Finalmente, chegou a parte das perguntas e respostas da palestra. Nesse ponto, Kitty não tinha certeza se estava satisfeita por estar quase terminando ou não. O que aconteceria depois? Ele a procuraria, pediria para falar com ela? Ou — horror dos horrores — partiria sem nem reconhecer sua existência?

Um aluno na primeira fila fez a primeira pergunta, passando nervosamente as mãos pelo cabelo enquanto falava no microfone.

— Hmmm... Na sua palestra, você disse alguma coisa sobre a necessidade de entender a fera em cada um de nós para fazer documentários. O que você quis dizer com isso?

Adam sorriu, se inclinando para o púlpito na frente do pódio.

— Acho que eu quis dizer que fazer documentários tem muito em comum com a psicoterapia. Se você ficar em LA por muito mais tempo, provavelmente vai descobrir isso.

Todos riram.

— Para aqueles que tiveram a sorte de evitar a psicoterapia até agora, vou tentar explicar. Boa parte da terapia se refere a aceitar o bem e o mal em todos nós. Entender que ninguém é herói ou vilão, mas uma mistura de ambos. O que sobe para a superfície a qualquer momento pode depender de uma variedade de coisas: as circunstâncias que nos rodeiam, nossa educação, como reagimos a determinados gatilhos e estímulos. Quando faço um documentário, não quero que você vá embora pensando em como esse cara é ruim. Quero que você saia se perguntando se teria feito o mesmo em seu lugar, se é possível que a pessoa que causou a morte e a destruição não seja tão diferente de você e de mim.

Finalmente, os olhos de Adam pararam sobre ela. Kitty sentiu seu calor antes mesmo de pegar o olhar dele, suas bochechas corando com seu olhar. Ela o encarou, seu rosto inexpressivo, esperando que ele respondesse.

Mas então alguém fez uma pergunta, e o momento foi interrompido. Adam respondeu a todos com facilidade, o sorriso casual quando falou sobre suas experiências e o conhecimento que havia conseguido com elas. Ela podia dizer, a julgar pela apreciação silenciosa de seus colegas, que eles estavam impressionados com ele.

Deus sabe que ela também ficara. Tinha ficado impressionada quando ele era Adam, o cara barbudo que morava na cabana junto ao lago. Mas agora que era Adam Klein, o premiado documentarista, ele roubara seu fôlego.

Depois de mais alguns minutos de perguntas, a palestra finalmente chegou ao fim, e a sala ficou cheia com o som dos alunos em pé e juntando suas coisas, e o som de sua conversa. Kitty ficou em seu lugar por um momento, observando enquanto os outros subiam a escada e saíam. Ela se perguntou se deveria se juntar a eles, talvez se esconder na multidão. Será que ele a procuraria?

Fechando os olhos por um momento, respirou profundamente, tentando se blindar para o que aconteceria depois. Então os abriu e enfiou a caneta e o bloco de anotações na bolsa, colocando-a no ombro enquanto ficava de pé para se juntar ao fim da fila.

O progresso foi lento enquanto as pessoas pararam para falar com Adam, atrapalhando aqueles que tentavam sair do teatro. Finalmente ela chegou ao degrau inferior, e estava a menos de dez metros de distância dele, embora o lugar estivesse cheio de alunos tentando conseguir uma palavra com o palestrante.

Levou um momento para que ele a visse. Estava falando com uma garota loira que continuava jogando o cabelo sobre o ombro de uma maneira que fazia Kitty querer cortá-lo todo.

Mas então ele ergueu o olhar para o dela, e todos em volta foram esquecidos. O ruído que a rodeava estava afogado pelo som de seu pulso tamborilando nos ouvidos. Ele olhou para ela sem constrangimento, o olhar suavizando. Os lábios dela se abriram, para que pudesse respirar, e os olhos dele baixaram para olhar sua boca.

Ele estava se lembrando da maneira como a tinha beijado? Seus lábios macios e exigentes, a mão segurando a lateral do rosto dela? Kitty ansiava sentir de novo o toque de Adam.

Ela só percebeu que tinha parado de se mover quando alguém a empurrou, tentando seguir o caminho até a saída. O movimento a lançou para a frente e a fez ficar ainda mais perto de Adam, os dois separados apenas por alguns retardatários agora.

Kitty olhou ao redor, imaginando o que deveria fazer. Esperar até que todos saíssem? Ou ir embora em silêncio, para o caso de ele realmente não querer vê-la de novo? Mas então ele estava caminhando em sua direção, e seus pés estavam colados no chão, achando impossível se mover, mesmo que quisesse. Mas ela não queria. A última coisa que queria era fugir dele, não quando ele não lhe saía da cabeça desde que ela deixara as montanhas.

— Oi. — Ele parou a poucos centímetros dela, como se fosse para dar espaço. Alguns alunos olhavam para os dois com interesse.

— Olá. — Ela tentou um sorriso. — Você tirou a barba. — Ela teve que apertar as mãos em punhos para evitar que se esticassem e tocassem sua bochecha. Kitty se perguntou o quanto seria diferente ter uma pele suave e lisa contra a palma da mão, em vez do pelo áspero a que estava tão acostumada.

Como se pudesse ler a mente de Kitty, ele estendeu a mão para tocar a própria bochecha.

— Sim, achei que estava na hora de derrubar as barreiras e enfrentar o mundo real.

— Ficou bem em você. — Ela mordiscou o lábio inferior. — Embora eu sinta falta da aparência rústica.

— Vocês dois se conhecem? — O orientador de Kitty se juntou a eles, inconsciente do calor que fluía entre seus olhos. — Adam, esta é a aluna de quem eu estava falando. Aquela que ainda está procurando um estágio.

Adam assentiu, ainda olhando para ela. Kitty não queria que ele parasse.

— Claro — falou. — Talvez nós dois possamos conversar sobre isso no café? — ele sugeriu. Ela assentiu com os olhos arregalados, ainda não conseguindo formar palavras úteis.

— Acho que eu não vou poder ir com vocês — o orientador disse. — Tenho outra aula em seguida. Mas, se você precisar de alguma referência, posso fornecer com prazer.

Adam assentiu, finalmente afastando o olhar de Kitty.

— Eu te aviso. — Então se voltou para ela. — Você está livre agora? — perguntou. — Vamos beber alguma coisa no café da biblioteca?

— Pode ser. — Sua voz, quando finalmente saiu, estava tão áspera quanto uma lixa. Segurando a bolsa contra o peito, com os dedos apertados no couro, ela o seguiu.

33

> Ouça minha alma falar: no instante em que te vi,
> meu coração voou ao seu encontro.
> — *A tempestade*

Se LA tivesse estações diferentes, Adam teria jurado que a primavera estava quase no ar. O tempo estava quente, mesmo no começo de janeiro, e o campus estava cheio de alunos de jeans e camiseta, só um casaco ou outro à vista. As árvores que alinhavam o caminho para a biblioteca estavam verdes e frondosas, lançando sombras salpicadas na rua enquanto a suave brisa as fazia balançar.

Havia um silêncio entre eles que não parecia estranho. Ela estava caminhando perto o suficiente para ele se aproximar e colocar a mão na suave curva das costas, os dedos se espalharam para sentir o calor dela sob a camiseta.

Ela não protestou. Ele achou que era um bom sinal.

Era estranho voltar ao campus. Caramba, era estranho voltar a LA. Seu advogado tinha falado com o departamento de polícia de Los Angeles para permitir que ele voltasse ao estado, evidenciando sua presença regular na terapia para mostrar seu compromisso de mudar. E ele mudou. Não se sentia mais aquele cara irritado. Não reconhecia o homem que tinha destruído um escritório, nem o cara que batera no irmão no dia de Natal. Talvez porque ele não soubesse o que tinha a perder.

O café estava meio vazio quando entraram. Eles compraram as bebidas — *latte* para Kitty e um café americano para ele — e vagaram para uma mesa no canto, onde Adam deslizou a bandeja na mesa branca revestida de plástico.

— Tem certeza de que não quer comer nada? — perguntou a Kitty.

Ela balançou a cabeça.

— Não estou com fome.

Ele também não estava. Não sentia fome havia dias. Estranho como o corpo funcionava — a comida de que tão desesperadamente precisava tinha gosto de cinza na boca.

Então eles estavam sentados em lados opostos um do outro, e não havia mais ações disponíveis para evitar a conversa. Adam olhou para ela por um momento. Ali em LA, ela parecia muito mais nova — se misturava aos alunos que rodearam o palco. No entanto, havia uma profundidade em seus olhos que o lembrou de quem ela era — e por que sentia tanto a sua falta. Ela não era como um caderno fechado. As páginas já haviam sido escritas.

— Me desculpe — ela falou, com as mãos ao redor do copo de isopor. — Eu nunca devia ter mentido para você, e sei que foi o que fiz. Uma mentira. Pensei que estivesse te protegendo, mas na verdade estava protegendo a mim mesma.

Sua boca estava seca. Ele umedeceu os lábios para poder formar as palavras.

— Não foi você, fui eu. — Ele queria rir do clichê, mesmo que visse um pouco de humor ali. — E fui um babaca. Não te deixei explicar, nem falar. Eu simplesmente assumi o pior e fugi.

Ela levou o copo até a boca, os lábios formando um "o" enquanto bebia pelo buraco na tampa. Seus olhos azuis o encararam enquanto engolia, como se estivesse pensando em suas palavras.

— Eu não te culpo por ter reagido assim — ela falou, colocando o copo de volta na mesa. — Eu teria feito a mesma coisa. Você deve ter pensado que todo mundo estava mentindo para você. — Ela franziu a testa, desviando os olhos dele. — Me desculpe por ter te magoado.

Mas ela também estava magoada. Ele podia ver. E não por um roteiro que não significava mais nada naquele momento, mas por causa da maneira como ele a tratara. Como se ela fosse dispensável.

— Eu quero te contar um pouco sobre a Colômbia, tudo bem? — Ele já havia repassado aquilo na cabeça umas cem vezes quando tentou imaginar como ia se explicar a ela. No final, pareceu simples: comece do início. Documentário cento e um, certo?

Ela arregalou os olhos.

— Sério? — Então ela assentiu rapidamente, como se tivesse medo de ele mudar de ideia. — Claro. Eu ficaria honrada em ouvir sobre isso.

Ele soltou um suspiro. Seu peito parecia apertado, mas não de forma sufocante. Mais como um lembrete de uma sensação que ele costumava ter.

— Não tenho certeza do quanto você sabe sobre o documentário que eu estava fazendo lá. Eu pesquisei durante anos. Queria mostrar o lado humano do tráfico de drogas, me concentrando nas crianças que são usadas todos os dias para contrabandear entorpecentes nos Estados Unidos. Algumas delas não têm dez anos de idade. Foi assim que eu comecei a investigar a gangue do Garcia. Levei alguns meses para encontrar alguém que estivesse pronto para conversar, mas, quando encontrei, sabia que tinha uma história.

Kitty inclinou os cotovelos sobre a mesa, descansando o rosto nas palmas das mãos. Estava ouvindo avidamente, como se cada palavra a envolvesse.

— Com quem você falou?

— O nome dele era Mat. Matias Hernandez. — Adam balançou a cabeça. — Ele contou que tinha quinze anos, embora desde o começo parecesse muito novo para essa idade. Descobrimos que ele tinha doze.

Kitty ficou chocada.

— Doze? — ela repetiu.

Ele não podia deixar de compartilhar sua aversão.

— Eu não sabia, mas deveria ter imaginado. Repassando a situação agora, fiquei tão feliz por finalmente encontrar alguém que quisesse falar que não pensei em mais nada. Não pensei no fato de ser uma criança, de que a conversa dele comigo teria repercussões. Eu estava muito interessado em procurar a verdade para ver o acidente do trem que estava só esperando para acontecer.

Ela mexeu a colher no copo vazio.

— E aconteceu? — ela perguntou. — O acidente, quero dizer.

Adam lentamente assentiu. Seu estômago estava dolorido.

— Era inevitável. Por aí, se você falar vai ter que lidar com isso. As únicas coisas que Mat tinha ao seu lado eram o fato de ser uma criança e o fato da mãe dele ser parente do Garcia. Se não fosse por isso, ele estaria morto agora.

Kitty se inclinou para mais perto.

— Então ele não está morto?

Adam suspirou, fechando os olhos para a luz que atravessava as janelas. Mesmo com os olhos fechados, tudo o que podia ver era aquele dia. A sala sem janelas, iluminada apenas pelas lâmpadas improvisadas que ele e o assistente haviam montado. A câmera ligada. O sorriso presunçoso de Garcia.

— Ele está bem. — A voz de Adam era brusca. — Mas não me agradeça. — Kitty passou a mão pela mesa, segurando a dele. Ele podia sentir o calor enquanto entrelaçavam os dedos.

— O que aconteceu, Adam? O que aconteceu lá?

Ele apertou sua mão como se nada fosse mais importante do que a conexão entre os dois. Mais algumas palavras e ela poderia se afastar completamente. E quem poderia culpá-la? Depois do que ele fizera, dificilmente suportaria olhar para si mesmo.

— O Garcia concordou em se encontrar conosco. Eu devia saber que alguma coisa estava acontecendo. Mas eu tinha proteção por lá, alguns caras que não tinham medo de usar as suas armas. Eu pensei que nós estivéssemos em segurança. Então chegamos a um armazém nas montanhas e nos preparamos. O Garcia chegou em seguida com a sua escolta, se sentou na minha frente e me mandou ligar a câmera. — Adam engoliu o resto do café. — Desde o início ele estava no comando. Quando tentei fazer a primeira pergunta, ele me falou para esperar, porque tinha um presente para mim. Foi quando dois de seus rapazes arrastaram o Mat para dentro e o fizeram ficar ao meu lado.

— Ele puxou uma arma — Kitty sussurrou.

— O quê?

— Ele puxou uma arma para você. Eu vi no roteiro. — Ela ainda estava segurando sua mão, o polegar apoiado na palma dele. De alguma forma, pareceu como se ela o estivesse apoiando.

— Sim, mas não foi para mim que ele puxou a arma. Foi para o Mat. Ele pegou a pistola e atingiu o menino nos dois joelhos, depois se levantou e saiu da sala. O garoto ficou gritando. Só Deus sabe quanto era doloroso. Eu estava tentando conter a perda de sangue, gritando por ajuda, e no fim um dos médicos do Garcia entrou e pegou o Mat. Em seguida, eles nos mandaram ir embora, confiscaram o nosso equipamento e falaram que, se continuássemos com o documentário, todos nós iríamos pagar. Incluindo o Mat.

— Eles atiraram nos joelhos de uma criança de doze anos? — Ela ficou horrorizada. — Jesus, isso é horrível. O que aconteceu com o menino depois disso?

— Ele se recuperou dos ferimentos, mas vai mancar pelo resto da vida. Passou os últimos meses escondido com a família em algum lugar perto de Bogotá.

— Você esteve com ele?

Adam deu de ombros, embora ainda parecesse em conflito.

— Ele está aqui em LA.

— Está? — Ela não conseguiu esconder a surpresa. — O que ele está fazendo aqui?

Adam deu de ombros.

— Ele está se tratando com os médicos do County General. Estão vendo se podem fazer alguma coisa para ajudar.

— Isso é bom. — A voz era suave. — Que ele esteja aqui, quero dizer. Deve tirar um peso das suas costas.

Ele assentiu, mas não disse mais nada. Kitty franziu a testa, como se existissem mil perguntas, mas não conseguiu encontrar uma maneira de formular qualquer uma delas. Lentamente, umedeceu os lábios. Adam observou enquanto sua língua deslizava, os olhos seguindo o movimento.

Ele se perguntou se ela entendia. Se sabia que ele ainda tinha pesadelos com Mat gritando e segurando as pernas que sangravam.

— Era o mínimo que eu podia fazer. — Ele olhou para baixo, para os dedos entrelaçados. O dela era longo, elegante; o seu, grande e forte.

Houve um momento de silêncio, mais estranho que o último. Ela abriu a boca algumas vezes para dizer alguma coisa, depois silenciou. Adam se perguntou em que estava pensando. Estava desesperado para saber.

— E o Everett? — ela finalmente perguntou. — Como ele se envolveu nisso?

— Com o filme?

Ela assentiu.

— Sim, isso. Imagino que foi isso que levou ao seu problema em LA. — Ela apertou os dedos dele.

Adam engoliu, a boca mais seca do que nunca.

— Eu descobri que ele tinha escrito um roteiro. Ele me deu e me pediu para ser seu consultor nesse filme. Fiquei louco. Naquela época, o Mat ainda estava desaparecido em algum lugar da Colômbia. Se o Garcia descobrisse, poderia ter havido grandes repercussões.

Kitty semicerrou os olhos com força.

— E agora? Ele ainda está fazendo o filme? Foi o roteiro que eu vi no Natal, não é? Ele não aprendeu nada?

Adam umedeceu os lábios. A maneira como Kitty o encarava fez seu peito se apertar pra caramba. Machucou e o acalmou.

— Nós conversamos sobre isso. — Ele sabia que ela odiaria o fato de ele parecer tão cauteloso. — Está sob controle.

Ela arqueou as sobrancelhas.

— Acho que é o seu jeito de dizer que não quer falar sobre isso.

Ele não gostou da maneira como sua voz soou. Como se ele a tivesse magoado de novo.

— Não posso — ele respondeu. — Não agora.

— Acho que eu preciso ir. Tenho aula à tarde.

Ele se viu apertando a mão dela, como que para impedi-la.

— Nós precisamos conversar sobre o estágio — finalmente disse, prendendo sua atenção.

— Ah, achei que fosse só uma desculpa para conversar — ela falou, franzindo o cenho. — Sinceramente, não precisa me ajudar. Você não me deve nada.

Adam queria rir de sua inocência. Ela achava que não ele lhe devia nada? Jesus, ele lhe devia tudo. Ele era a casca de um homem quando ela o conhecera. Foi graças a ela que, de alguma forma, ele estava voltando à vida.

— Eu vi o seu projeto — Adam disse. — O seu orientador me mandou uma cópia. Está incrível. Você tem talento. Sabe disso, né?

A respiração dela estava presa na garganta. Durante todo esse tempo em que estava assistindo aos vídeos dele no YouTube, também estava observando seu trabalho. Ela se perguntou se ele fora tão obsessivo quanto ela, se havia assistido àquilo inúmeras vezes.

— Gostou mesmo?

Ele assentiu.

— Gostei. — A voz era suave. — Ficou incrível, e é nítido que foi você quem fez.

Ela umedeceu os lábios. De repente ficaram secos, apesar do café.

— Bem, obrigada. Significa muito para mim.

— Significa que você merece um estágio. Me deixe te ajudar.

— Você não pode. Toda vez que faço uma entrevista, eu congelo. Posso ser ótima com o trabalho, mas pessoalmente eu estrago tudo.

O sorriso dele era simpático.

— Então deixe o seu trabalho falar por si. Me deixe te ajudar. Eu sei de um projeto em que você seria perfeita.

Ela balançou a cabeça.

— Eu não poderia trabalhar com você. Não seria certo.

Ele tentou não mostrar o quanto isso o machucou.
— Você não trabalharia comigo. Eu não pediria isso.
— Com quem, então?
— Você está livre amanhã de manhã? — perguntou. — Eu vou te levar para encontrar a pessoa. Ele tem um projeto pronto para começar. Você seria perfeita para ele.
— Tem certeza de que não é você? — Ela parecia desconfiada.
— Seria tão terrível assim?
Foi a vez dela de olhar para suas mãos. Quando olhou de volta para ele, parecia confusa. Seus olhos estavam cheios de perguntas.
— Eu não posso trabalhar para alguém que não confia em mim.
Ela só estava falando sobre o trabalho? Adam não tinha certeza.
— Eu confio em você. — A voz estava resoluta. — Acho que não existe ninguém no mundo em quem eu confie mais do que em você.
Ela piscou, como se a luz estivesse cegando seus olhos.
— É mesmo? — Ela mordeu o lábio inferior.
— Sim, é verdade. Então, você vai fazer o favor de me encontrar amanhã? — Relutante, ele soltou a mão dela e pegou um cartão do bolso, rabiscando um endereço. — Eu vou estar aqui às onze horas. — Ele olhou para ela. — Espero que você também.
Ele deslizou o cartão para ela, que o pegou, erguendo-o na direção dos olhos. Kitty franziu a testa de novo ao ler as palavras.
— Mas isso é...
— Eu sei. — Adam se levantou. — Espero te ver amanhã. — E se ela não aparecesse? O que ele faria?
Seu coração doía enquanto a observava ir embora. Ele a deixou se afastar uma vez. Não estava pensando em cometer o mesmo erro duas vezes.

34

Quem já amou aquele amor não à primeira vista?
— *Do jeito que você gosta*

Quando Kitty passou pela porta de seu apartamento, naquela noite, o lugar estava um caos. Ela mal tinha tirado os sapatos antes de Sorcha passar por ela, murmurando que estava atrasada para o trabalho, em uma boate no centro de LA. Anais estava correndo entre o banheiro e o quarto como um pinball, gritando que não encontrava os brincos, a bolsa e o cartão de crédito. E Sia estava sentada calmamente na sala de estar, já vestida para onde quer que estivesse planejando ir naquela noite.

— Você está atrasada — Sia observou, olhando para Kitty. — Voltou a trabalhar no restaurante?

— Não. Estava na biblioteca.

Sia sorriu.

— Você sabe como viver a vida no limite.

— Por que a Anais está tão irritada hoje? — Kitty perguntou, quando a moça começou a gritar que o sapato de salto estava arranhado. Não que Anais fosse completamente calma. Kitty tinha se acostumado com os dramas, convivendo com três aspirantes a atriz. Não era completamente diferente de morar com suas três irmãs.

— Vai ter uma festa esta noite. Disseram que alguns figurões vão estar lá. O namorado da Anais disse que pode nos colocar na lista de convidados. Você podia vir.

Kitty franziu o nariz. A última coisa que queria fazer era ir a uma festa chata e ficar de papo-furado por horas com pessoas que prefeririam olhar para si mesmas nos reflexos das janelas de vidro a realmente encarar o interlocutor enquanto conversam.

— Acho que vou ficar aqui.

— Pode ser bom pra você — Sia apontou. — É provável que tenha produtores lá. Você poderia perguntar sobre estágio.

Estava na ponta da língua de Kitty dizer que tinha uma entrevista amanhã. Mas isso só levaria a mais perguntas. Era difícil afastar o interesse das irmãs; ela não podia enfrentar ter que fazer o mesmo em sua própria casa.

Depois que as três saíram — Sorcha entrando no carro dela e indo para a boate, enquanto as outras duas foram levadas pelo namorado de Anais —, Kitty se sentou no sofá, empurrando uma pilha de vestidos rejeitados para o lado. Pela aparência deles, deviam ser de Anais, mas as meninas emprestavam as roupas uma para a outra. Quem saberia a quem pertenciam? Ela nunca fazia parte do grupo delas. As três eram gentis, mas, enquanto ela passava o dia todo no campus, as jovens iam a audições fracassadas e relacionamentos ruins. Até aqui, Kitty era estranha. A história da sua vida.

Eram só oito horas. A noite se esticou na frente dela como um intervalo indesejável — uma longa e solitária lacuna que ela realmente não sabia como preencher. Colocou uma refeição pronta no micro-ondas e depois remexeu nela com o garfo por um tempo antes de raspar o conteúdo no aparelho triturador de resíduos e ligá-lo com satisfação. Conseguiu ocupar mais vinte minutos deixando o portfólio pronto para o dia seguinte para o caso de decidir realmente ir. Então olhou para o cartão de novo, o endereço que Adam havia rabiscado nele.

A quem estava enganando? Claro que iria. Mesmo que fosse só para se fazer de boba.

Até pensou em matar o tempo com um banho, mas uma olhada para a devastação que Anais havia deixado a fez repensar. Mal podia entrar no banheiro para escovar os dentes e lavar o rosto. O banho teria que esperar até de manhã.

Quando olhou para o relógio, não eram nem nove horas. Sem nada para distrair a cabeça, voltou seus pensamentos para Adam. De novo. Analisando tudo o que ele dissera, todos os movimentos que fizera, se lembrando da maneira como ele pressionara a mão em suas costas enquanto caminhavam pelo campus para a biblioteca. O que ele quis dizer com isso? Ela queria ligar para uma das irmãs para dissecar os eventos daquela tarde, mas estava com medo.

Tinha medo de elas dizerem que estava vendo demais onde não tinha nada. Era como se uma pequena chama de esperança estivesse acesa dentro dela, golpeada por todos os lados por um vento que não conseguia parar. O melhor que podia fazer era protegê-la, colocar as mãos ao redor dela e esperar que, de alguma forma, a chama não se apagasse.

Depois de caminhar ao redor do apartamento por uns dez minutos, Kitty tirou a roupa e vestiu o pijama, determinada a dormir cedo. Pelo menos, se estivesse dormindo, não ficaria obsessiva com cada palavra que ele falara no palco ou a forma como seu rosto parecera quando falou sobre suas experiências na Colômbia.

Mesmo na cama, Kitty estava muito nervosa para relaxar. Ela se levantou e pegou o notebook, voltando para o colchão a fim de equilibrá-lo no joelho. Então ela abriu a página familiar — a que já estaria muito envelhecida pelo uso agora, se não fosse virtual — e abria o vídeo a que já havia assistido muitas vezes.

Lá estava ele. Seu estilo de cabelo, o rosto barbeado, parecia exatamente com o homem que ficou na frente da sala de conferências e envolveu duzentos estudantes com pouco mais do que uma boa história e muito charme.

Do mesmo jeito que a envolveu na Virgínia Ocidental. Exceto que, naquela época, ele tinha sido menos do que encantador e, definitivamente, não estava barbeado. No entanto e sobretudo, ele era único e o mesmo. Um homem que viu uma criança ser atingida na sua frente e que carregava a culpa como um peso pesado. Alguém que, de alguma forma, havia encontrado o caminho para seu coração.

Kitty empurrou a tela do notebook para baixo, se recostando contra o apoio de cabeça acolchoado, os olhos fechados. Por um momento se permitiu se dedicar a todas as perguntas que estavam na sua cabeça desde o momento em que ele entrara no palco. Por que ele estava lá? O que isso significava? Só estava tentando corrigir o modo como a tratara ou queria algo mais?

Era normal que um cara aparecesse assim só para se desculpar?

Ele estava planejando ir embora depois da reunião de amanhã?

Kitty apertou os punhos, sentindo a frustração envolvê-la. Não podia simplesmente ficar ali imaginando o que estava acontecendo. Precisava falar com ele.

E não aceitaria um não como resposta.

Apoiando o notebook na mesa de cabeceira, saiu da cama e entrou na sala de estar, pegando o telefone e o cartão de visitas que ele havia deixado. Tinha seu número — algo que nunca pensou em pedir quando estavam escondidos na cabana. Ela não precisava. Tudo o que tinha que fazer para falar com ele era seguir aquele caminho sinuoso e cheio de neve pela floresta. E, quando partiu debaixo daquela nuvem escura e triste, a última coisa em que pensou era perguntar se poderia ligar para ele.

Ela sentia a ansiedade se acumulando no peito enquanto pressionava os números no celular, deslizando os olhos entre o cartão e a tela para se certificar de que estavam certos.

Assim que pressionou o botão de ligar, o interfone tocou. Droga. Ela desligou, revirando os olhos contra a interrupção, e caminhou até o aparelho.

— Sim?
— É o Adam.

Ela congelou por um momento. Então, quando tentou formar uma palavra, sua boca se abriu e fechou como um peixe mudo. Finalmente conseguiu fôlego suficiente para falar.

— Oi.
— Você está aí?

Merda, ela tinha esquecido de pressionar o botão.

— Sim, estou aqui.
— Achei que você tinha fugido de mim de novo. — O calor na voz dele fez seu coração acelerar.

— Não, eu estou aqui — ela repetiu. Parecia tão animada quanto Dory naquele momento.

— Pode me deixar entrar? Eu só queria falar com você sobre uma coisa.

Alarmada, Kitty olhou para o pijama. Não eram as ovelhas fofas que usara na Virgínia Ocidental, mas estava igualmente estúpido. Tinha sido um presente engraçado de Cesca — short de coração com uma camiseta que dizia "Gang da soneca". Não exatamente a aparência legal e sofisticada de que ela gostaria.

— Eu estou de pijama — respondeu.
— Às nove horas?

Ela podia imaginar a expressão perplexa em seu rosto.

— Estou acostumada.
— Bem, não é nada que eu não tenha visto antes. — Ele estava sorrindo? Ela esperava que estivesse. — Mas prometo não te arrastar por aí em um Skidoo desta vez.

Era errado se sentir desapontada com isso?

— Tudo bem, pode subir. É a última porta do terceiro andar. — Pressionou o botão para abrir a porta da frente. Então, quando se virou, uma sensação de horror a invadiu quando viu a bagunça do apartamento. Roupas em todos os lugares, uma pilha de lingerie no balcão da cozinha — limpas, ela esperava — e pratos empilhados na pia que haviam sido ignorados por dias. O banheiro estava ainda pior. Parecia que uma bomba o havia atingido. O único cômodo em todo o apartamento que não estava em estado de desordem completa era o quarto dela.

Não, isso não estava acontecendo. Definitivamente não.

Quanto tempo demorava para subir os três lances de escada até seu andar? Não havia tempo suficiente. Para Adam, com certeza, seriam passos longos. Droga, ele e seus músculos. De jeito algum conseguiria arrumar tudo isso antes de...

Uma batida soou. Forte e clara. Assim como ele. Ela sentiu o coração começar a acelerar de novo, como se estivesse batendo em sua caixa torácica para se soltar. Contendo o nervosismo, caminhou descalça até a porta e a abriu lentamente.

Lá estava ele. Lindo. O homem por quem havia ficado obcecada desde que voltara para LA. Estava mais casual do que antes — usando jeans e uma camisa de algodão preta justa, que enfatizava os músculos do peito. Enquanto ela erguia os olhos para olhar seu rosto — aquela droga de rosto bonito —, viu que ele analisava sua roupa.

— Gang da soneca? — ele questionou, levantando uma sobrancelha.
— Combina com você. — Então, seus olhos deslizaram para o short e suas longas e felizmente depiladas pernas, e ela se perguntou sobre a emoção que podia ver brilhando no rosto de Adam.

— Entre — ela falou, se afastando para deixá-lo passar. — Me desculpe a bagunça. As minhas colegas não entendem o conceito de arrumar as coisas quando terminam de usar.

Toda vez que ele estava em frente a ela, a jovem se surpreendia com sua altura, a força e a forma como ele dominava o lugar. Ele estava olhando ao redor, sem dúvida notando a sala apertada, os sofás esfarrapados, as roupas que pareciam estar em toda parte. Seu lábio se curvou quando viu a lingerie na cozinha.

— Não são minhas — falou apressada. — Nada dessa bagunça é meu.

Seu sorriso ficou mais largo.

Ela mudou rápido de assunto.

— Quer beber alguma coisa?

— Estou bem. — Ele ainda estava sorrindo. Parecia muito diferente sem a barba cobrindo o rosto.

— Ainda estou me acostumando com você barbeado — ela disse, mais para preencher o silêncio do que qualquer coisa.

— Não gosta? — Ele esfregou o polegar ao longo da mandíbula.

— Não é que eu não goste — ela respondeu, observando o polegar dele deslizar ao longo da pele. — É que você parece muito diferente do Adam que eu conheci. — Ela umedeceu os lábios, ainda encarando seu rosto. — Posso tocar?

Era possível se sentir mais envergonhada? Por que ela tinha perguntado isso?

— Claro. Vá em frente.

Ela respirou profundamente, o ar entrando em sua boca seca enquanto levantava a mão tremendo até que os dedos quase tocavam a mandíbula. Adam fechou os olhos, os lábios franzindo enquanto ela passava as pontas dos dedos em sua pele macia e suave, expirando enquanto ela o acariciava, os dedos se movendo para cima, passando pelos lábios, bochecha e olhos. Em seguida, a mão dela alcançou o cabelo de Adam, sentindo os fios cortados fazerem cócegas na palma da mão. Suas pálpebras se abriram e ele a encarou, seu olhar quente e intenso.

— Por favor, não brinque comigo — ele disse, a voz rouca.

— Não estou brincando.

Ele cobriu sua mão com a dele, apertando a palma contra seu rosto, fechando os olhos de novo.

— Sabe quantas vezes eu sonhei com isso? — ele perguntou. — Você me tocando, me abraçando, olhando para mim do jeito que você está fazendo agora?

Ela sabia, porque também tinha sonhado com isso. Metade dela sentia como se estivesse sonhando ainda.

Em seguida ele segurou a mandíbula dela, o calo de sua palma queimando a pele de Kitty.

— Eu estraguei tudo naquele dia? — ele perguntou, com urgência. — Afastei para sempre o seu desejo de estar comigo?

Seus olhos estavam procurando os dela, buscando respostas. Seu peito parecia apertado quando ele acariciou o rosto de Kitty com o polegar, deslizando suavemente enquanto esperava a resposta.

— Não estragou nada — ela sussurrou. — Eu fiz tudo sozinha. — Como de costume. Ele ficou em silêncio, os lábios entreabertos e a respiração curta. — Mesmo que tivesse estragado, você nunca poderia me afastar. Eu só penso em você. Assisti a todas as drogas das suas entrevistas que consegui encontrar no YouTube. Vi os seus documentários várias vezes para não me sentir sozinha.

Um sorriso lento surgiu no rosto dele.

— Você tem me assistido?

— Além do trabalho da faculdade, não fiz mais nada.

— Por que você não me ligou? — ele perguntou.

— Por que você não me ligou? — Ela inclinou a cabeça para o lado, empurrando-a contra a palma da mão dele.

— Porque eu sou um imbecil — ele disse, a voz macia. — Eu tive medo de que você não me desejasse. Precisava resolver as coisas primeiro, ser o homem que eu preciso ser. Um homem digno de você.

— É isso? — perguntou, tocando novamente o queixo dele. — Foi por isso que você raspou a barba?

— Em parte — ele respondeu. — E em parte porque eu estava cansado de parecer um eremita. Chafurdei por muito tempo. Depois que você foi embora, fiquei um bom tempo me olhando na droga do espelho e não gostei do que vi.

— Você está sendo muito duro consigo mesmo. Sempre gostei do que eu vi.

O sorriso dele aumentou.

— Houve outras coisas também — ele falou. — Terminar a terapia e pedir para voltar para LA. Foram grandes passos, e eu não teria dado esses passos se não fosse por você.

Ela não conseguiu afastar os olhos dos dele. Muita emoção a puxava para dentro. Ela o encarou por um longo momento, a respiração presa na garganta.

— Você não falou nada disso na biblioteca — ela disse. — Eu não sabia como você se sentia.

— Eu estava tentando manter as coisas tranquilas — ele admitiu. — Ir devagar. E veja como acabou.

Ela deu uma risada, e ele se juntou a ela, a pele ao redor dos olhos franzindo enquanto continuava a olhar para ela. Então o sorriso deslizou de seus lábios, e ele se aproximou, até que o rosto parou a poucos centímetros do dela.

— Você é tão linda — sussurrou, inclinando a cabeça dela com a mão. Kitty olhou para ele, ainda sem fôlego. Esperando, querendo, precisando.

— Você também — ela disse, a voz tão suave quanto a dele. — Por dentro e por fora.

Desta vez o sorriso dele foi brilhante. Adam se aproximou, até os narizes se encostarem. Ela podia sentir o calor da respiração dele contra sua pele, os músculos do seu peito enquanto ele pressionava o corpo contra o dela.

Em seguida Adam a estava beijando, reivindicando-a, consumindo-a, sua boca se movendo contra a dela enquanto deslizava as mãos pelas costas de Kitty. Ele a puxou ainda mais para perto, a língua deslizando contra seus lábios, entrando em seguida até tocar na língua dela. Ela gemeu baixinho, as mãos ao redor do pescoço dele, como se estivessem se agarrando pela vida. A pele dele era quente, suave, um contraste tão diferente de antes, e ela estava adorando tocá-lo.

Gostando muito.

Todo o seu corpo estava respondendo ao beijo, as pernas e as mãos trêmulas. Os mamilos de Kitty endureceram sob a camiseta do pijama enquanto ele empurrava as mãos para dentro, deslizando as palmas pelas costas.

Quando ele se afastou, os dois ofegando por ar, ela se viu querendo mais.

— Vamos para um lugar mais... — Ela parou, tentando encontrar as palavras.

— Mais arrumado? — ele perguntou.

Ela riu.

— Eu ia dizer mais íntimo. Arrumado também serve.

Ele sorriu, acariciando o cabelo dela para longe do rosto.

— Eu gosto de íntimo — ele confessou.

— Eu também.

— E eu gosto de você, Kitty Shakespeare. Demais para o seu próprio bem. — Ele a beijou de novo, e ela se encantou com a sensação, os olhos fechados e os dedos dos pés se curvando de prazer. Quando ele a levantou e pediu para indicar a direção do seu quarto, Kitty se viu apreciando muito a sua força bruta.

Ele podia ter tirado a barba e substituído as camisas comuns por roupas de grife, mas por dentro ainda era o mesmo homem. Sua fera com coração, aquele que tentara assustá-la, mas só conseguiu aproximá-la. O homem que tentou se destruir, mas que emergiu mais forte.

Não era um conto de fadas, pelo menos não como aqueles que ela crescera lendo. Era mais sombrio e real do que isso. No entanto, enquanto ele a abraçava e a levava para o quarto, ela gostou muito disso.

35

Sabemos o que somos, mas não o que podemos ser.
—*Hamlet*

Ela chegou ao endereço alguns minutos antes das onze, estacionando na garagem de vários andares, em frente ao enorme prédio de escritórios. Ao atravessar a rua, olhou para a torre de vidro brilhante, o sol de inverno refletido nas janelas. Parecia familiar e estranho ao mesmo tempo enquanto entrava, dando detalhes ao segurança que operava a mesa. Assim como da última vez, prendeu o crachá no jeans, depois pegou o elevador até o último andar.

Quando estivera aqui? Seis semanas? Ela virou o rosto para cima, tentando se lembrar das datas. Parecia que tinha se passado uma vida desde que saíra pela última vez do elevador e entrara no chão acarpetado, atravessando as portas de vidro que levavam à Klein Produções.

Ela era uma pessoa diferente naquela época. Mais medrosa, mais sozinha. Agora, não se sentia assustada. Também não se sentia desesperada. A calma a havia tomado desde a noite anterior, quando Adam a abraçou.

— Posso ajudar? — a recepcionista perguntou quando Kitty chegou à mesa.

— O meu nome é Kitty Shakespeare. Eu tenho uma reunião com... — Droga, com quem ela ia se encontrar? Deveria chamar por Everett, Drake ou outra pessoa? Ela não fazia ideia.

A recepcionista olhou para ela de forma interrogativa.

Kitty deu uma risada nervosa.

— O Adam Klein me pediu para encontrá-lo aqui para uma reunião — explicou. — Mas eu não sei quem mais vai participar.

— Eu vou verificar para você. — A recepcionista digitou em seu computador, depois olhou para cima com um sorriso. — Sim, o seu compromisso é na sala de reuniões. Entre na porta atrás de mim e vire à esquerda. A sala de reunião fica no final do corredor.

Ela seguiu as instruções da recepcionista, chegando à sala de reunião rapidamente. Kitty hesitou, sem saber se deveria entrar ou bater primeiro. No final, a cortesia levou a melhor e ela se viu batendo na porta com os nós dos dedos.

Foi Drake Montgomery quem abriu. Ele sorriu para ela e abriu mais a porta.

— Entre, já vamos começar.

Ao entrar, se deparou com a sala cheia. Reconheceu Everett, é claro, e Drake, além da bela Lola, que a entrevistara da última vez que ela esteve aqui, embora Kitty ainda não fizesse ideia do trabalho que ela realizava na Klein Produções. Depois viu Adam sentado no canto, sorrindo para ela. Então foi para lá que ele havia ido quando sumiu logo cedo de sua casa. Ele a deixara saciada e sonolenta, dizendo que ligaria mais tarde.

Ao lado de Adam estava um adolescente e alguém que parecia a mãe dele, pelo jeito como se mantinha agitada ao lado dele. Do outro lado havia um menino mais novo, talvez doze ou treze anos. Mais à frente, três homens de terno — advogados ou algum tipo de empresário.

Se aquilo era uma entrevista, era a mais estranha em que já estivera. Kitty olhou ao redor novamente, surpresa.

Everett acenou com a cabeça.

— Sente-se, srta. Shakespeare. Talvez nós possamos começar fazendo algumas apresentações. Obviamente, você me conhece.

Sim, com certeza conhecia.

— Olá.

— E acredito que você já tenha conhecido a Lola. E o Drake, é claro.

— Oi. — Ela sorriu para os dois.

— E você conhece o meu irmão, Adam.

Desta vez ela ficou vermelha.

— Oi, Adam.

Ele a olhou conscientemente.

— Oi, Kitty.

— E este é Matias Hernandez, sua mãe, Ana, e o irmão, Tomás.

Kitty reconheceu o nome imediatamente. Ela se viu olhando para o menino que tinha sido tão brutalmente machucado, procurando evidências de sua dor. Mas ele estava sentado em silêncio, acenando com a cabeça enquanto Everett fazia as apresentações. Não demostrava nenhuma emoção.

— É bom conhecê-lo — ela falou.

— E no canto está David Madsen, o meu advogado, além dos dois assistentes dele.

— Bom dia, srta. Shakespeare — David falou, com a voz baixa. — Por precaução, nós gostaríamos que você assinasse este contrato de confidencialidade, concordando que as discussões nesta sala permaneçam sob sigilo.

O pedido não a perturbou. Esse tipo de contrato era distribuído como doces em LA. Ela leu o documento de duas páginas rapidamente, e não havia nada lá que a preocupasse. Aceitando a caneta de David, rabiscou seu nome na linha de assinatura e passou o documento de volta para ele.

— Certo. Bem, nós estamos aqui hoje para discutir um projeto que vamos começar a filmar em abril — Everett falou. — Acredito que você já tenha visto o roteiro antes. — Sua voz era mordaz.

— Você ainda vai filmar a história do Adam? — Seus olhos estavam arregalados. — Sério? — Ela olhou para Adam. Ele parecia estranhamente calmo. O que estava acontecendo?

— Não, eu vou filmar a história do Matias. — Everett deslizou o roteiro na mesa para ela. — Nós trabalhamos com o Matias durante meses por conta do que aconteceu com ele na Colômbia.

Ela se virou para Matias. Parecia tão calmo quanto Adam.

— Você está bem com isso? — ela perguntou a ele.

— Estou muito feliz — o menino respondeu, num inglês perfeito. — Isso significa que a minha família e eu podemos morar aqui nos Estados Unidos.

Seu olhar deslizou para Adam de novo. Ele parecia relaxado. As pernas longas se cruzaram enquanto ele se inclinava para trás na cadeira.

— E você? — perguntou a ele.

Ele deu de ombros.

— A história é do Mat. Ele pode contar como quiser. Fico feliz que isso signifique que ele vai poder se mudar pra cá e estar em segurança.

— E a sua família? — ela perguntou a Mat. — Não está preocupado com represálias?

— A mama e o Tomás vão se mudar para cá comigo — ele respondeu. — Nós vamos ficar bem.

Ela ficou em silêncio por um momento, tentando entender tudo. O roteiro não era sobre Adam, no fim das contas.

— Por que você não contou a verdade sobre isso no Natal? — ela perguntou a Everett. — Por que não falou para o Adam que o filme era sobre o Mat e a história dele?

— Eu estava planejando fazer isso depois do Natal, depois que tudo se acalmasse. Mas eu sabia que ele não ficaria feliz por eu ter feito isso pelas costas dele.

— Ainda não estou feliz. — Pela primeira vez a emoção atravessou o rosto de Adam. — Estou resignado. Pelo bem do Mat.

— Bem, por que eu estou aqui? — perguntou, sem saber com quem procurar respostas. — O que isso tem a ver comigo?

— Pergunte para o Adam. — Everett deu de ombros. — Foi ideia dele.

Adam levantou uma sobrancelha para o irmão. Ficou claro que ainda havia animosidade entre eles, não importando o quanto ele tentasse parecer despreocupado.

— Eu concordei em não impedir as filmagens se eu tivesse alguém envolvido — Adam falou. — Alguém em quem eu pudesse confiar. E eu só confio em uma pessoa no mundo para fazer isso por mim.

Foi a vez dela de arquear as sobrancelhas.

— Eu? Você quer que eu trabalhe na produção?

— Você vai estar livre em abril, não vai? — Drake perguntou. — E ainda está procurando um estágio?

— Sim. — A resposta foi curta. Ela continuou olhando para Adam, que permaneceu impassível. Ele olhou para ela. Seus olhos castanhos estavam calorosos, porém insondáveis. — Não sei se posso fazer isso.

— Nós vamos ficar felizes por negociar o seu salário — Everett falou. — Você pode conversar com o Drake sobre isso depois. E nós sabemos que você pode — acrescentou. — O Adam nos mostrou o seu projeto. Estava bom.

— E se eu recusar? — ela perguntou, ainda olhando para Adam.

Ele sorriu com a pergunta.

— Ninguém está te forçando a aceitar — ele respondeu. — Mas, assim como você está procurando um estágio, eu estou procurando ajuda. Nós podemos apoiar um ao outro nisso.

— E somos mesmo flexíveis quanto ao salário — Drake apontou. — Você vai ficar agradavelmente surpresa, tenho certeza.

Ela olhou para Matias, ao lado da mãe e do irmão, e depois para Everett, que a encarava tão intensamente quanto o irmão. Não conseguia saber se ele era o diabo ou apenas um burro de corrida.

— Felizmente, nós vamos te dar alguns dias para pensar a respeito — Everett falou. —, mas precisamos de uma resposta bastante breve.

Todos os olhos na sala estavam sobre ela. O olhar suave de Adam, o interesse de Matias, o estudo antecipado de Everett. Ela sentiu as bochechas quentes diante de tantos olhares.

— Eu gostaria de conversar primeiro com o Adam — ela falou. — Tem algum lugar aonde nós possamos ir?

Um momento depois, os dois estavam entrando na mesma salinha de reunião em que ela havia sido entrevistada. As paredes ainda estavam nuas, a sala ainda era esparsa. Mas desta vez ela estava sentada na beira da mesa enquanto Adam parou ao lado dela, estendendo a mão para acariciar sua nuca.

— Você está bem? — ele perguntou.

— Não, na verdade, não. Você poderia ter me avisado. Eu fui pega de surpresa lá dentro. Por que você não me falou sobre isso?

Ele sorriu.

— Sabe o contrato de confidencialidade que você assinou? Eu também assinei. Foi a única maneira.

— Mas por que você assinou? — ela perguntou, confusa. — Por que você concordou com isso? Depois de tudo o que o Everett fez com você, por que está deixando ele fazer isso agora?

Ela estava quase frustrada com a calma de Adam. Esse era o mesmo homem que socara o irmão depois que um filme foi mencionado?

— Se o Mat quer contar a história dele, sabendo tudo o que sabe, eu não posso impedir. É ele que quer trabalhar com o Everett.

— Mas ele se machucou na última vez. O que vai impedir isso de acontecer de novo?

— Dinheiro e geografia — Adam respondeu. — O que aconteceu na Colômbia não vai acontecer aqui, graças ao estado de direito. E o Mat e a família dele vão ser pagos generosamente pela sua história. O suficiente para pagar qualquer proteção se eles precisarem. — Ele se sentou ao lado dela, segurando sua mão na dele. — Sério, isso vai acontecer, eu gostando ou não. Ou eu fico louco por isso de novo e causo mais infelicidade para todos nós, ou aceito, e tento exercer uma influência positiva no filme. — Ele acenou com a cabeça para ela. — Você é a influência positiva, a propósito.

— Você confia em mim para fazer isso? — ela perguntou.

— Eu confio plenamente em você — ele falou, se aproximando dela. — Não menti lá dentro. Você é a pessoa em quem eu mais confio no mundo.

— Mas eu teria que trabalhar com o Everett. — Ela torceu a boca. — Depois de tudo o que aconteceu, não tenho certeza de que posso.

— Dê uma chance — Adam insistiu. — Ele ainda é um idiota, mas está um pouco mais maleável. Está se separando da Mia, e o afastamento fez bem para ele. Para os dois, na verdade.

— É mesmo? — Os olhos dela se arregalaram. — E o Jonas? Ele está bem?

Adam sorriu.

— Eu amo o jeito como você se preocupa com todo mundo. É uma das coisas que eu mais amo em você. Não precisa se preocupar com o Jonas, ele está bem. Conseguindo mais atenção dos pais agora que estão separados do que tinha quando estavam juntos.

A maneira como ele estava olhando para ela roubou seu fôlego. Como se ela fosse uma coisa preciosa e forte. Ela adorava isso. Adorava o fato de ele não conseguir parar de tocá-la.

E ele também a amava, não amava? Não era o que ele acabara de dizer? Seu coração bateu forte no peito ao pensar nisso.

— E você? — ela perguntou. — Quais são os seus planos?

Ele inclinou a cabeça para o lado.

— Eu pensei em ficar em LA por um tempo. Talvez terminar alguns projetos, sair com alguns amigos. E tem a minha garota. Eu poderia tentar fazer as coisas darem certo com ela também. Isto é, se ela me aceitar.

— Você vai ficar? — ela perguntou, um pouco sem fôlego.

— Esse é o plano.

— E a cabana?

— Ainda vai estar lá — ele respondeu. — Os meus pais não vão a lugar algum. E, se nós conseguirmos um fim de semana de folga, podemos voar para lá. É lindo na primavera, além de ser um lugar perfeito para um fim de semana sensual.

Ela riu.

— Parece o meu tipo de lugar.

— Isso é porque você é o meu tipo de garota. — Ele entrelaçou os dedos no cabelo loiro dela.

— Nesse caso, a resposta é sim. — Ela sentiu uma onda de calor e de excitação também. Como se uma porta tivesse acabado de se abrir e o sol brilhasse intensamente, esperando que ela entrasse.

— Sim? — ele perguntou. — Para qual pergunta?

— Para as duas — ela respondeu. — Sim, eu vou aceitar o emprego, e sim, também vou te aceitar de volta.

Desta vez seu sorriso ficou deslumbrante. Ainda curvava os lábios enquanto ele inclinava a cabeça, colando a boca contra a dela.

— Certo, então — ele respondeu quando se afastou. — Vamos dar a sua resposta ao pessoal?

Ela sorriu para ele.

— Conduza, Macduff — ela disse, entrelaçando os dedos entre os dele.

— Vamos fazer um filme.

Epílogo

Não gostaria de nenhum outro companheiro no mundo além de você.
—*A tempestade*

— Por que estamos parando aqui? — Kitty olhou para Adam enquanto ele dirigia o carro por um caminho de cascalho e parava na frente de um conjunto de degraus que levavam a um bangalô de estuque com telhado vermelho. Além da casa, ela podia ver o azul profundo do Pacífico, as ondas batendo em uma praia que deveria ficar bem atrás da construção. Também havia palmeiras alinhando o caminho para o bangalô e um deque ao redor do lugar, cheio de plantas em vasos e cadeiras acolhedoras.

Adam deu de ombros, segurando a mão dela enquanto Kitty saía do lado do passageiro.

— Eu só queria te mostrar isso.

— Não vamos nos atrasar? — perguntou, olhando para o relógio. Era quase oito horas. O sol estava começando a descer no oceano, inundando o céu com um brilho rosa e laranja. As silhuetas das palmeiras pareciam lindas, e o som das ondas contra a costa se tornava cada vez mais pacífico.

— Nós estamos a dez minutos de lá — Adam a tranquilizou. — Você não vai se atrasar. Eu não deixaria. Este é o seu grande momento.

— Dificilmente. É uma festa envolvente, mas o trabalho para mim está só começando. Nós temos todos os itens de pós-produção para providenciar. Eu preciso estar na ilha de edição bem cedo amanhã.

Foram longos meses. Embora a maior parte da produção tenha ocorrido no estúdio, Kitty passou algum tempo no México com o elenco, supervisionando enquanto as filmagens ocorriam. Era muito arriscado para Mat viajar para o sul da fronteira, então ela tinha sido a pessoa a se certificar de que a história permaneceria fiel à sua lembrança. Os dois haviam passado horas trabalhando juntos.

E agora estava chegando ao fim. Era um sentimento estranho. Como tantos funcionários da indústria do cinema, ela não tinha ideia do projeto em que trabalharia em seguida. Sentia tanto a liberdade como a indução da ansiedade ao mesmo tempo.

Mas ela não conseguia esconder o fato de que estava encantada por finalmente passar um bom tempo com Adam. Não via a hora de poder acordá-lo de manhã sem ter que correr de madrugada ou fazer ligações no café da manhã para localizar um membro sumido do elenco.

— Quer entrar? — ele perguntou, puxando sua mão enquanto ela o seguia até os degraus da porta da frente. Ela franziu a testa enquanto ele pegava uma chave, deslizando-a na fechadura e empurrando a porta para revelar uma área de estar de plano aberto. Era aconchegante, com piso de madeira quente e paredes pintadas de branco, com móveis que pareciam se encaixar ali. Tão diferente de alguns dos lugares em que ela estivera durante seu tempo em LA, onde as casas pareciam mais peças de museu do que lugares para viver.

— De quem é? — Ela olhou para o outro lado da sala, onde as portas de vidro do chão ao teto revelavam um grande deque de madeira. Além disso, havia a praia: areia clara que se estendia por uns dez metros para o mar. Era tão lindo que lhe roubava o fôlego.

— Nosso. — Ele parou na frente dela, encarando-a com aqueles olhos profundos e quentes. As nuvens por trás dos olhos dele haviam desaparecido havia muito tempo. Estavam tão claros quanto o céu noturno. — Bem, vai ser nosso se você concordar. Aceitaram provisoriamente a minha oferta. — Ele disfarçou um sorriso, balançando a cabeça. — Estou fazendo tudo errado, não estou? O que eu estou tentando dizer é que eu quero que você venha morar comigo. — Ele pegou sua mão, colocando-a entre a dele. Ela sentiu o calor, a força e a aspereza. Tudo o que fazia seus joelhos enfraquecerem. — Eu devia ficar de joelhos? — perguntou a ela. — Posso fazer isso.

Kitty pensou em seu apartamento em Melrose — no banheiro em que dificilmente podia entrar. Dos quartos que suas colegas de apartamento deixavam bagunçados. Todo o lugar era menor do que a área de estar daqui, e muito mais claustrofóbico. Dois mundos diferentes separados só por alguns quilômetros.

Não que ela estivesse passando muito tempo lá nos últimos meses. Sempre que tinha uma noite livre, inevitavelmente ficava no apartamento alugado de Adam, a alguns metros na estrada. Mas ainda era sua casa; ainda pertencia a ela.

Ela estava pronta para deixar o lugar?

— Você vai alugar? — ela perguntou. Ele ainda estava olhando para ela. A jovem podia sentir o calor florescendo no rosto, no peito, no corpo todo. Como sempre reagia a ele.

Adam balançou a cabeça devagar, seus olhos ainda nos dela.

— Não, comprei. Eu queria algo permanente.

A maneira como ele disse aquilo a fez imaginar se ele estava falando sobre o bangalô ou seu relacionamento.

— É lindo — ela falou. — Deu para entender por que você gostou tanto. Mas está fora das minhas posses. Não tenho como pagar nada assim.

— Nós podemos — ele falou. — Não importa quem. Somos nós. E nós podemos pagar por este lugar. Se você quiser.

Ela sentiu lágrimas se formarem nos olhos. Não apenas pela beleza do bangalô — ou a beleza das palavras dele —, mas pelo pensamento sobre o futuro. Ela podia imaginar Adam na cozinha, preparando sua massa, ou sentado no deque com o notebook, trabalhando nos planos para o próximo documentário.

Ela também podia se imaginar aqui. De short, sentada com as pernas dobradas sob o corpo, olhando para o mar enquanto tomava um vinho branco gelado. Sendo perseguida por Adam na praia, os dois rindo tanto que não podiam correr mais.

Se inclinando para falar com uma criança pequena — seu filho — na cozinha, enquanto o ensinava a assar cupcakes.

Cristo, de onde veio isso?

Embora estivesse a milhares de quilômetros — e a vida inteira —, a casa da praia de alguma forma lhe lembrou da cabana. Talvez porque eles também fizeram daquele lugar o seu espaço. Construíram um relacionamento dentro daquelas quatro paredes que durou além do Natal, foi além de uma breve aventura, se tornando algo tão grande que nenhum dos dois conseguiu detê-lo, mesmo se quisessem.

Mas ela não queria. Nunca.

— É lindo — ela falou, dando um passo em direção a ele. Os dois estavam muito bem-vestidos: Adam usava calça cinza e camisa branca, desabotoada no colarinho, revelando a sombra que sempre parecia cobrir o rosto ao final do dia. Não era barba, mas era muito sexy mesmo assim. Ela usava um vestido curto creme — justo no corpete, caindo em ondas sobre as coxas, com tiras finas atravessando as costas. Sua pele estava bronzeada de todos os meses em LA, o cabelo loiro caindo em ondas pelas costas. Quando Adam chegou ao apartamento para levá-la para a festa, ele a empurrara de volta para dentro, os olhos brilhando ao ver suas coxas nuas, os ombros lisos e a forma como o vestido se agarrava nos lugares certos. Ele praticamente a arrastara para o quarto, não a deixando duvidar do quanto ele havia gostado do vestido.

Ela estendeu a mão, passando os dedos por sua mandíbula.

— Amei este lugar — ela falou. — É perfeito.

— Você vai se mudar para cá comigo? — ele perguntou. Ela assentiu. Seu coração estava cheio demais para falar.

— Mas eu quero fazer isso do jeito certo — ele falou. — Se nós formos morar juntos, vai significar alguma coisa. Vai ser um compromisso dos dois. O compromisso de que nós queremos estar juntos. De que nós queremos mais. — Ele se inclinou, deslizando os lábios contra sua bochecha. — Aqui é onde eu quero te pedir em casamento, em frente à praia, as palmeiras e as ondas. E é aqui que eu quero criar os nossos filhos, onde o sol sempre brilha e a areia está sempre quente.

Era estranho como eles estavam em sincronia e, mesmo assim, perfeitamente normais. Os dois estavam pensando no futuro — o futuro deles —, e isso não havia assustado nenhum dos dois.

Fazia todo o sentido, porque eles eram perfeitos. Juntos, eram muito mais do que a soma de duas partes.

— Eu quero tudo isso também — ela disse, a voz rouca de emoção. — Muito.

Seus lábios caíram sobre os dela, que apertou os braços ao redor de sua cintura, sendo puxada para um caloroso abraço. Ela passou os braços ao redor do pescoço dele, ficando na ponta dos pés para beijá-lo com mais força, os dedos acariciando seu cabelo bem cortado.

Quando se separaram, os dois estavam sem fôlego. Os peitos subiam e desciam rapidamente enquanto tentavam acalmar o pulso acelerado. Ele ainda a abraçava, os braços vagamente circundando a cintura de Kitty, as palmas pressionadas em suas costas.

— Não vejo a hora de acordar com esta vista todo dia — ele disse.

— Você nem está olhando para a praia — ela apontou.

— Não é daquela vista que eu estou falando. — Ele se inclinou para a frente para beijar a ponta do nariz de Kitty. — É com você que eu quero acordar. Seja aqui em Malibu, ou em uma cabana na Virgínia Ocidental, você sempre vai ser a coisa mais bonita que eu já vi.

— Você sempre sabe as coisas certas a dizer.

— Porque eu amo você. — Ele deslizou as mãos pelas costas dele, segurando seu pescoço. — Te amo e te quero, e, agora que te tenho, nunca vou deixar você partir.

— Também te amo — ela disse, com um sorriso enorme no rosto. — Mas você pode precisar repensar a coisa de me deixar ir embora. Já estamos atrasados para a festa.

Ele ergueu a mão do pescoço dela, verificando o relógio de prata no pulso.

— Merda. Tem razão. Tudo bem, vou deixar você sair pelo tempo suficiente para irmos até a casa do Everett. Depois disso, todas as apostas estão fora.

Colocando a mão na dele, ela se deixou guiar de volta para a frente do bangalô, observando enquanto ele trancava a casa antes de voltarem para o carro. Quando ele se afastou, ela se viu virando e inclinando a cabeça para olhar para a construção. Observando a localização, a beleza, o sentimento de lar.

Era o primeiro passo do seu para sempre, mas não seria o último. Esse pensamento a deixou mais feliz do que jamais pensou que poderia ser.

❄

— Tio Adam! — Jonas gritou do seu lugar, ao lado do pai. Adam se virou para olhar para ele, uma taça de champanhe na mão. Kitty tinha se afastado para conversar com alguns amigos da área de figurino, deixando-o sozinho para pedir as bebidas no bar.

Ele levantou a mão para o sobrinho, que acenou, impaciente. Sorrindo, Adam se aproximou dele, dando ao irmão um aceno rápido quando Everett se virou para vê-lo.

— Como você está? — Adam perguntou a Jonas, bagunçando o cabelo do menino. — Tudo bem na escola?

Jonas sorriu, balançando a cabeça rapidamente.

— Eu ganhei uma estrela dourada hoje, pela minha leitura. E a Angela Merritt falou para a Kirsty Evans que gosta de mim.

Everett olhou para o filho.

— Muito legal. — Não havia nenhum traço de ironia em sua voz. Nos últimos meses, o produtor havia amansado ainda mais. Desde que Mia o deixara, pouco depois do Natal, ele tinha começado a passar mais tempo com o filho. De acordo com seus pais, Everett tinha mudado muito.

Adam não tinha pressa em julgar, mas até ele tinha visto a maneira como Ev se aproximara de Jonas. Isso contava muito. Os dois talvez nunca mais fossem se aproximar tanto quanto antes, mas as armas haviam sido baixadas e nenhum dos dois planejava levantá-las novamente.

— A Kitty veio? — Jonas perguntou. Ao passar mais tempo com o pai, ele também havia passado muito tempo nos sets de produção. Sempre que estava por lá, seguia Kitty, agindo como sua sombra como o cachorrinho dele agia com ele. Não que Kitty se incomodasse: ela tinha se apaixonado por Jonas do mesmo jeito que havia se apaixonado por Adam. Ele brincava com ela que talvez ela devia ter um fraco pelos homens Klein.

Então, ela indicou que Everett era um homem Klein, e esse foi o fim dessa conversa.

— Ela está em algum lugar por aí — Adam falou. — Deve voltar para cá logo. Vai adorar te ver.

— Posso ir encontrar a Kitty, pai? — Jonas perguntou, puxando a mão de Everett.

— Claro, mas volte daqui a vinte minutos. Eu quero você comigo quando eu fizer meu discurso.

Quando Jonas abriu caminho entre a multidão espalhada pela casa, Adam se virou para Everett.

— Ele parece feliz.

— Ele está. Nós dois estamos. — Everett limpou a garganta. — A Mia e eu concordamos em ter a guarda compartilhada. Meio a meio. Para mim está funcionando.

— Fico feliz. — Adam percebeu que seus lábios estavam se curvando. Ele estava sorrindo para o irmão?

— E você? — Everett perguntou. — Está feliz?

Adam tomou um gole de champanhe, sentindo o líquido borbulhante fazer cócegas em sua garganta enquanto engolia. Pensou em Kitty e na maneira como ela sorrira para ele no bangalô. Da imagem que tivera dela brincando na praia com seus futuros filhos. Da forma como o pôr do sol tornara o céu laranja, iluminando o lado de sua bochecha e destacando seu rosto lindo.

Piscando, voltou os olhos para o irmão, que estava olhando para ele com expectativa.

— Feliz? — Adam perguntou, assentindo em seguida. — Sim, estou feliz pra caramba.

❊

— Parabéns. — Cesca apertou a cintura dela com firmeza. — Seu primeiro filme. Como está se sentindo?

Kitty olhou ao redor da enorme sala de estar de Everett, cheia de figurões de Hollywood. A festa tinha se espalhado pelo quintal, as pessoas se aglomerando ao redor do bar da piscina. De vez em quando havia um barulho, como se algum desavisado — e bêbado — revelador tivesse conseguido cair lá dentro.

— Me pergunte quando nós terminarmos a pós-produção — Kitty falou, abraçando a irmã. — Estou tão feliz por você ter vindo.

— Eu não perderia isso por nada neste mundo.

— Nem eu. — Lucy cruzou com elas com uma taça de champanhe que conseguiu pegar de um garçom que passava. — Estou tão orgulhosa de você, Kitty. Me sinto como um pai cujos filhos finalmente cresceram.

— Você sempre foi a nossa mãe postiça. — Kitty apertou a mão de Lucy, aquela que não estava segurando a taça. — Tem que estar orgulhosa mesmo. Nós somos quem somos hoje por sua causa.

— Pare com isso. — Lucy não conseguiu esconder as lágrimas, apesar de estar obviamente tentando ao máximo. — Vocês têm que estar orgulhosas de si mesmas. Olhem para vocês: uma dramaturga de sucesso e uma produtora em crescimento. Eu queria que nosso pai pudesse estar aqui para ver isso.

— Bem, pelo menos nós quatro estamos aqui. — Juliet caminhou até se juntar a elas, a filha, Poppy, agarrada a sua mão. — Nós cinco, acho. Com que frequência todas nós conseguimos estar no mesmo lugar?

Kitty segurou Poppy, deu um enorme abraço na sobrinha, depois se virou para Juliet para abraçá-la também.

— Não consigo me lembrar da última vez em que estivemos no mesmo continente, muito menos na mesma sala. Isso me deixa feliz por ter todas vocês aqui.

Ela se sentiu aquecida por dentro, cercada pela família.

— Você está brilhando — Juliet falou. — Está fabulosa.

— É porque ela está apaixonada — Cesca falou. — E vocês achavam que o Sam e eu estivéssemos bem. Esses dois nos colocaram no chinelo.

— Pare com isso — Kitty falou, revirando os olhos. — Pelo menos as nossas demonstrações públicas de afeto não vão parar no TMZ.

— Peguem leve — Lucy falou, parecendo divertida. — Tenham consideração com quem está solteira.

Percebendo a oportunidade de tirar o foco dela, Kitty sorriu para a irmã mais velha.

— Quando é que você vai encontrar um cara legal e sossegar, hein? — perguntou a ela. — Eu tenho certeza de que o Sam e o Adam têm alguns amigos em quem você se interessaria.

— Se quiser um encontro às cegas marcado pelas minhas irmãs, eu aviso — Lucy falou. — Mas acho que posso cuidar da minha própria vida sexual, obrigada.

— Que vida sexual? — Cesca perguntou. — A pergunta que não quer calar.

— Hum, tem crianças aqui — Juliet apontou, colocando as mãos sobre os ouvidos de Poppy. — A propósito, se for parecida com a minha, é inexistente — ela sussurrou, antes de soltar a menina do seu aperto.

Kitty sentiu que era hora de mudar de conversa. Umedecendo os lábios, se esforçou para contar suas novidades.

— Hum, o Adam e eu queremos contar uma coisa.

Isso chamou a atenção delas. As três irmãs se viraram para encará-la. Ela notou que Cesca olhava para sua mão esquerda para ver se estava noiva.

Adam caminhou atrás dela, deslizando os braços ao redor de sua cintura. Ela apoiou a cabeça no peito dele. Sam estava com ele — nos últimos meses eles tinham passado muito tempo juntos sempre que Cesca e o cunhado estavam em Los Angeles. Os quatro se davam bem, fazendo o coração de Kitty inchar.

— Você vai fazer o anúncio sem mim? — Adam sussurrou no ouvido dela. Ele não parecia chateado.

— Não vou fazer nada sem você. — Kitty sorriu, inclinando a cabeça para olhar para ele. — Nós somos uma equipe, você sabe.

— Então, qual é o grande anúncio? — Lucy perguntou. — Não nos deixe em suspense.

— Que suspense? — Jonas caminhou até eles, segurando a mão de Kitty. Ela sorriu para ele, apertando a palma dele na sua.

— Oi, Jonas. — Sua sobrinha abriu um sorriso animado para o menino. Havia uma diferença de dois anos entre eles, mas Poppy se aproximou dele assim que chegou à festa. Jonas era tão paciente com a menina como era com todos os outros.

Adam se abaixou para bagunçar o cabelo de Jonas. Outra coisa boa sobre estar de volta a LA era que ele tinha começado a passar muito tempo com seu sobrinho. Não era incomum para Kitty encontrar os dois juntos, as cabeças quase se tocando quando se abaixavam e faziam planos secretos. Isso deu a ela um vislumbre do tipo de pai que Adam seria um dia.

— A Kitty e eu queremos contar um segredo — Adam falou. — Para todo mundo.

— Então não vai ser um segredo. — Jonas parecia confuso.

Adam riu.

— É verdade, amigo, mas não faz mal que não seja mais segredo.

Lucy estava olhando para a barriga de Kitty. Estava procurando um bebê? Kitty tentou disfarçar um sorriso.

— Acho melhor falar logo, antes que a especulação selvagem comece — Ela falou. — Antes que você perceba, vamos estar casados e com cinco filhos.

Ele a apertou com mais força.

— Não acho isso ruim.

Nem ela. Um dia. Depois que conseguisse se estabelecer na carreira. Mas o fato de ser "quando" e não "se" parecia um sol quente batendo nela. Seria possível se sentir mais feliz?

— Então, quais são as notícias? — Lucy perguntou.

Adam beijou a pele sensível abaixo da orelha dela.

— Eu pedi para esta essa linda mulher vir morar comigo.

Ela se virou em seus braços para encostar os lábios contra o dele.

— E eu disse sim.

Seus olhos brilharam quando ele olhou para ela. Ele deu um sorriso, *aquele* sorriso, aquele que prometia o que eles fariam mais tarde, quando estivessem só os dois. Quando estivessem nus e enrolados na cama.

A sala ecoou com os cumprimentos da família, mas Kitty estava muito ocupada olhando para Adam para perceber, muito ocupada sorrindo para ele e o vendo sorrir de volta.

Quando criança, ela tinha sonhado encontrar seu felizes para sempre. Agora ele estava aqui, e era mais maravilhoso do que imaginava e muito mais doce do que jamais acreditou.

Não podia mesmo ficar melhor.

Agradecimentos

Agradeço a minha editora, Anna Boatman, por todo o encorajamento e apoio. Agradeço também a toda a equipe da Piatkus — tenho muita sorte em ser uma das suas autoras. Para minhas agentes, Meire Dias e Flavia Viotti, da Bookcase Agency, obrigada por sempre acreditarem em mim. As duas trabalham demais em meu nome, e eu realmente sou grata por isso.

Todo o meu amor para Ashley, meu marido — obrigada por estar ao meu lado. Vamos fugir para uma cabana na neve juntos. Contanto que tenha wi-fi e um notebook. Além de uma geladeira cheia de cerveja. Você pode cortar madeira e eu vou ficar lá sentada, com cara de impressionada.

Para meus lindos filhos, Ella e Oliver, me sinto muito abençoada por ser mãe de vocês. Vê-los crescerem para se tornar os jovens engraçados, inteligentes e às vezes desafiadores que são hoje é um prazer, e eu amo muito os dois. Espero que alcancem tudo o que sonham — mas se lembrem de que às vezes (como no meu caso) pode demorar muito mais do que vocês pensam! O truque é sempre aproveitar a jornada.

Tenho uma família que me apoia muito e vários amigos adoráveis — tanto na vida real quanto na virtual, e citar todos seria como escrever uma nova história. Só quero que saibam que todos vocês são amados e que eu me sinto feliz por tê-los ao meu lado. Vamos estar juntos muito em breve.

Este livro foi composto na tipografia
ITC Giovanni Std, em corpo 10/14, e impresso em
papel off-white no Sistema Digital Instant Duplex
da Divisão Gráfica da Distribuidora Record.